El corazón de la banshee

El corazón de la banshee

Copyright © 2018 Raquel de la Morena

© de esta edición: Libros de Seda, S.L.
Estación de Chamartín s/n, planta 1ª
28036 Madrid
www.librosdeseda.com
www.facebook.com/librosdeseda
@librosdeseda
info@librosdeseda.com

Diseño de cubierta: Mario Arturo
Maquetación: Marta Ruescas

Imágenes de cubierta: © Jim H. Walling/Shutterstock (búho); © /Arcangel Images

Primera edición: marzo de 2018

Depósito legal: M-2837-2018
ISBN: 978-84-16973-39-2

Impreso en España – *Printed in Spain*

El corazón de la banshee

RAQUEL DE LA MORENA

Libros de seda

A mi marido, Pedro,
porque sin sus implacables críticas
y sus incansables ánimos
esta novela nunca habría visto la luz.

Capítulo 1

El proceso comenzó como de costumbre: el sol estaba a punto de extinguirse tras las montañas cuando, de manera súbita, sintió que las lágrimas brotaban y se derramaban violentamente por sus mejillas como nieve licuada en un alud. Aquel fenómeno físico y el frío que le atenazaba los huesos eran pruebas fehacientes de que se acercaba a su destino, Stormfield.

A sabiendas de lo que venía a continuación, se sirvió de la capucha de su capa para cubrirse la cabeza. Porque, igual que un árbol a las puertas del invierno, sus cabellos, de un cálido tono chocolate, comenzaron a marchitarse de las raíces a las puntas hasta transformarse en glaciales hebras plateadas.

Erin Galbraith volvió la cabeza y se parapetó en la oscuridad del rincón más próximo a la ventanilla del coche de postas en un intento por ocultar al resto de pasajeros su aparente aflicción. De advertir que una emisaria de la Muerte viajaba entre ellos, el pánico se habría apoderado de aquellos cinco individuos, cuya bendita ignorancia convertía sus vidas en felizmente corrientes.

La joven se llevó los dedos índice y corazón al cauce de piel por el que fluía la llantina, cortándole el paso. «Si resultara igual de sencillo desviar el curso de los acontecimientos…», pensó al tiempo que deseaba con todas sus fuerzas que el objetivo de su misión fuera un anciano. Nunca había abordado un «encargo» sin la supervisión de *lady* Máda; y del individuo que la aguardaba al final de aquel sendero de tierra y guijarros escoceses solo conocía el nombre: Killian O'Connor. «Por lo más sagrado, que no sea un niño, que no sea un niño».

Cerró, pesarosa, los ojos.

A lo lejos se oyó el lastimero ulular de un ave nocturna que hizo estremecer al resto del pasaje. Como tortugas acobardadas, la mayoría de los viajeros se arrebujaron aún más en el calor de sus finos abrigos. Solo una señora de generosa figura y muy desprendida palabrería —no había escatimado en compartir todas y cada una de sus insulsas impresiones desde que se subiera al vehículo en Kyleakin— osó perturbar la rítmica melodía que interpretaban los cascos de los percherones.

—¡Cielo santo! —No se conformó con llevarse teatralmente la mano al pecho: también hizo apresuradamente la señal de la cruz dos veces—. Deberíamos andarnos con ojo. Por el canto de esa lechuza, me atrevo a proclamar que una bruja de gran poder acecha estas tierras.

—Querida, esas no son sino supersticiones —replicó el que a todas luces parecía su marido. El hombre, armado de una paciencia infinita, se retiró el sombrero unos segundos para atusar la incipiente calvicie que lucía como recuerdo del devastador paso del tiempo—. Con semejantes bobadas lograrás inquietar a la señorita —añadió señalando a Erin, que seguía cobijada bajo su capucha.

En realidad, el canto del animal —que era un cárabo, y no una lechuza— no había asustado a la joven lo más mínimo. ¿Cómo podría, si era su compañero en aquella expedición? De hecho, si la rapaz se había lamentado de manera tan quejumbrosa en pleno vuelo había sido debido a las premonitorias lágrimas de la señorita Galbraith. Ambos se hallaban conectados, de manera que a ella se le había otorgado el don de contemplar el mundo a través de los ojos del autillo cuando lo precisaba y el ave era capaz de entender no solo las órdenes de la muchacha, sino también sus penas y alegrías. Erin lo había llamado *Argos* en honor de un gigante de la mitología griega al que se representaba con cien ojos, porque eso era lo que el cárabo hacía por ella: permanecer vigilante desde el cielo a todo lo que acontecía sobre la tierra.

Mientras la parlanchina dama se encaraba con su estoico consorte para exponerle su teoría acerca del vínculo que unía a brujas y bestias nocturnas, la señorita Galbraith permanecía inmóvil como una estatua de sal —a tenor de lo que le escocían los ojos—.

Al menos, había dejado de llorar; solo había sido el preludio de lo que vendría cinco días después.

Le resultaba difícil no sentirse confusa ante aquel extraño fenómeno: derramar lágrimas como un mero acto físico, tan vital e inevitable como respirar. En sus veintiún años de vida siempre había intentado mostrar fortaleza y espíritu combativo ante el resto del mundo, tal y como había aprendido tomando como referencia la conducta de sus hermanos mayores, así que en raras ocasiones había permitido que alguien fuera testigo de sus flaquezas. Incluso siendo muy niña, cuando a escondidas de la meticulosa custodia de su madre y sus maestros jugaba con los muchachos a guerrear y le golpeaban las piernas sin piedad con las espadas de madera, ella apretaba los dientes para mantener a raya el dolor y el llanto. En cambio, ahora, sin daño tangible, su cuerpo se veía obligado a segregar aquellas abultadas gotas de pesadumbre por alguien a quien ni siquiera conocía.

«Deja de lamentarte y recuerda las enseñanzas de *lady* Máda. Tu misión es ancestral, honorable y necesaria; no permitas que unos estúpidos sentimientos la entorpezcan, porque entonces el dolor que ocasionarás será infinitamente más luctuoso», se reprendió sin autocompasión.

Intentó distraerse con el paisaje crepuscular, casi veraniego, que se deslizaba ante sus ojos, y lo consiguió. Tal era la belleza de la isla de Skye —en la que el coche de postas se había adentrado hacía varias horas, tras una breve travesía en ferri—, que Erin olvidó por un momento que había dejado el corazón en Irlanda, a muchos días de viaje de donde se encontraba. En Dublín, sus adorados padres y hermanos continuaban llorando su pérdida: la creían muerta, y aunque por sus venas fluía la misma sangre de siempre, Erin Galbraith tenía prohibido retornar a su antigua vida, con aquellos a los que tanto amaba.

* * *

Todo había comenzado aquella fatídica noche, cinco meses atrás. El más joven de sus tres hermanos, Liam, de tan solo ocho primaveras, había contraído la escarlatina y hacía días que todos aguardaban el más trágico de los desenlaces en Deepwell House, la mansión familiar.

Erin se había acostumbrado a pasearse arriba y abajo por el corredor que daba a la puerta de la alcoba del niño, ya que, por tratarse de una enfermedad en extremo contagiosa, únicamente su madre, el médico de los Galbraith, que visitaba a menudo la casa, y dos cuidadoras —una diurna y otra para las noches— estaban autorizados a traspasar aquel umbral.

Mary, que atendía a Liam en las horas de luna, acababa de desaparecer por un recodo del pasillo en dirección a la cocina, en busca de un caldo de pollo para el enfermo. Cuando Erin oyó aquel lastimoso llanto al otro lado de la puerta, no dudó ni un instante. A pesar de la prohibición explícita, se precipitó hacia el cuarto para atender las necesidades de su hermano.

El benjamín de la familia yacía dormido sobre la cama, con aquellas llamativas erupciones cutáneas coloreándole la cara y el pecho, las únicas zonas de su diminuto cuerpo que las sábanas dejaban a la vista. Liam respiraba con dificultad, pero las gotas que le refrescaban el rostro no eran lágrimas, sino el sudor de la fiebre que le caldeaba frente, mejillas y sienes.

Erin iba a acercarse más a él cuando percibió el movimiento de una sombra cimbreando en el rincón más oscuro de la alcoba.

—¿Quién anda ahí? ¡Salga ahora mismo o…! —Se mordió el labio inferior mientras pensaba la amenaza más efectiva—. ¡O me veré obligada a gritar pidiendo el amparo de los míos! —exclamó con un ligero temblor de rodillas.

Bufó lamentándose de haber evidenciado semejante pobreza de ingenio; el pánico le obnubilaba la lengua y, al parecer, también el cerebro.

—Los gritos no serán necesarios —respondió a su llamada una mujer.

—Pues entonces, tenga la amabilidad de mostrarse —la invitó Erin, confusa por el delicado tono que desprendía la voz de aquella intrusa.

Nerviosa, se frotó las manos en la caída recta de su vestido de corte imperio. El temor dio paso a la incredulidad cuando de la zona en penumbra que el tímido fulgor de las velas había dejado desamparada vio emerger a una dama de aspecto regio: se cobijaba bajo la capucha de una elegante capa blanca con ribetes bordados en azul turquesa. Sus rasgos eran de una belleza madura, pausada y juiciosa, y los ojos tenían un extraño color gris. Aún acuosos por el llanto, recordaban a un mar de plata fundida.

—¿Quién…? —La señorita Galbraith tragó saliva ante aquella mujer, que le recordó a las hadas buenas de los cuentos que tanto gustaba de leer desde su más tierna infancia—. ¿Quién es usted?

—Aún no salgo de mi asombro, querida niña… ¿De verdad puedes verme?

—¿Y por qué no habría de verla? —Erin frunció el ceño y recluyó tras una oreja el mechón de pelo castaño que se le había escapado del sencillo recogido—. Pero no soy yo la que debe dar explicaciones, sino la que ha de exigirlas. ¿Por qué se ha introducido en casa ajena de manera subrepticia? ¿Quién es? Era usted quien lloraba hace un momento, ¿verdad?

Erin iba a proseguir el interrogatorio, pero una terrible sospecha le sobrevino y la obligó a poner fin a aquel ataque de verborrea. Porque el terror propio de la revelación que resulta inesperada del todo la hizo enmudecer unos segundos.

La señora que tenía ante sí dejó escapar un suspiro de reconocimiento.

—No es posible. ¡Yo no creo en…! —protestó Erin.

—¿En *banshees*? —La intrusa concluyó la frase por la señorita Galbraith. No necesitó explicarle el significado del término: cualquier dublinés sabía perfectamente que, en la mitología celta, las *banshees* eran criaturas sobrenaturales que se aparecían en las casas para anunciar con sollozos y lamentos la inminente muerte de uno de sus moradores. Eran mensajeras del otro mundo asignadas a determinadas familias irlandesas y a no pocas escocesas.

En alguna ocasión, sus hermanos Cillian y Gael le habían contado que los Galbraith tenían su propia *banshee*, pero ella siempre pensó que no se trataba más que de una broma para asustarla. Ahora la realidad había transformado en enormes aquellos pequeños temores de antaño. Pese a todo, la joven acertó a asir uno de los candelabros de pie que alumbraban la estancia y lo empuñó como si fuera una pica. La distinguida dama a la que amenazaba, en lugar de amedrentarse, pareció conmovida.

—En breve llegará mi señora, la Muerte, y, cuando tu hermano ya no pertenezca a este mundo, seré yo quien lo guíe al más allá.

—No se llevará a Liam. —Su voz sonó acongojada, entre la amenaza y el ruego—. Puedo asegurarle que no ha llegado su hora.

—¿Crees que no ha llegado? ¿Y por qué derramas entonces esas lágrimas, dulce niña? —preguntó con ternura la *banshee*.

Erin se secó la molesta prueba de su congoja con una de las mangas del vestido.

—Lloro de rabia, sí —dijo mostrando los dientes como si estuviera a punto de rugir como una leona—. Y de miedo, porque usted no es de este mundo.

—Pues deja de temerme. No tengo planeado infligirte ningún daño.

—No es esa la mayor de mis preocupaciones. —La joven desvió fugazmente la mirada hacia el cuerpo febril de Liam antes de volver a dirigirse a la intrusa—. ¿En serio es usted una *banshee*? —Negó con la cabeza tercamente, incapaz de aceptar aquella realidad.

La dama alzó ambas manos y apartó la capucha que le tapaba la cabeza justo a tiempo para que Erin pudiera contemplar una visión mágica: aquellos cabellos de un rojo abrasador, del tono de las ascuas que a unos metros de distancia se consumían en el hogar de la chimenea, habían empezado a cubrirse de una cenicienta capa gris perla.

—Aunque el oído humano es capaz de percibir nuestro lamento, pocas son las personas que pueden vernos junto al lecho del moribundo cuando deseamos camuflarnos de miradas indiscretas con el hechizo del *féth fíada*.

—¿Lleva un velo de invisibilidad? —preguntó incrédula. La *banshee* asintió—. No. No tiene sentido. Solo pretende confundirme.

—Puedes pensar lo que gustes, pequeña.

Se fijó en el rostro de la señora. No parecía una mentirosa, y, de hecho, algo empujaba a Erin a creer a pies juntillas cuanta frase inverosímil pudiera salir por su boca.

—Pero entonces…, ¿por qué yo puedo verla?

—¿Cuál es tu nombre? —preguntó con cautela la *banshee*.

—Erin Galbraith. Ese es mi nombre —contestó orgullosa.

La *banshee* lo pronunció en voz baja, como si intentara traer al presente un recuerdo lejano. No lo consiguió. Cabeceó, disconforme con sus infructuosos esfuerzos.

—La única razón que se me ocurre para esta rareza es que tú hayas sido uno de sus casos especiales —dijo mientras la examinaba con atención.

—¿Uno de sus casos especiales?

—Alguna vez, la Muerte prescinde de nuestros servicios y ella misma se encarga de acompañar al difunto en su último viaje. Tal vez te ocurriera eso: debió de posar sobre tu frente la yema de su dedo índice para abrirte el tercer ojo, como siempre hace con los moribundos, y finalmente, cosa extraña, llegó a la convicción de que aún no había llegado tu hora —continuó mientras Erin se contraía en un leve escalofrío, como si volviera a sentir el tacto frío de la Parca sobre su rostro—. Mi Señora te dejó abierto el tercer ojo, que proporciona la capacidad de percibir el más allá —le aclaró— y por esa razón puedes verme incluso resguardada bajo el hechizo del *féth fiada*. —Observó la mirada de la muchacha, que persistía en su incredulidad—. Querida, ¿recuerdas si en alguna ocasión estuviste a punto de fenecer?

—El día de mi nacimiento —reconoció Erin mientras, empujada por los dictámenes de la prudencia, daba un paso atrás—. Salí del vientre de mi madre con una vuelta del cordón umbilical al cuello. Solo gracias a la experimentada comadrona que asistía el parto logré salvarme. Mi familia siempre ha contado que durante un minuto creyeron que había fallecido asfixiada. Pasado ese tiempo, rompí a llorar con tanto sentimiento que provoqué risas de felicidad en mis padres. —Sonrió tímidamente, y de manera instintiva, al recordar la ternura con la que siempre le habían relatado aquella anécdota.

La dama asintió complacida.

—Tengo la sospecha de que mi Señora vio algo fuera de lo común en ti y, por tal motivo, te permitió conservar la capacidad de distinguirnos a las *banshees* incluso amparadas en el hechizo de invisibilidad. —Un turbador brillo en sus ojos inquietó a la señorita Galbraith—. Tal vez lo hizo porque solo aquellas mujeres que pueden vernos tienen la posibilidad de llegar a convertirse en una de las nuestras…

—¿Qué quiere decir con eso?

—Que, si lo deseas, podrías transformarte en una *banshee*.

—¿Y por qué iba yo a desear tal cosa? —inquirió la joven a la defensiva.

—Supone un gran honor —replicó con un sutil tono de censura—. Somos mensajeras de la Muerte, a la que servimos facilitando el tránsito de las almas de los difuntos al otro lado del Confín.

—¿El Confín?

—La franja invisible que separa el mundo material del espiritual. Si no las guiáramos hasta allí, sin nuestra tutela, esas almas podrían perderse y vagar solas por el mundo para el resto de sus días. Cada *banshee* tiene asignadas varias familias; entre las mías os encontráis vosotros, los Galbraith.

Erin torció ligeramente la cabeza, intentando discernir si lo que tenía delante era una mera aparición o algo corpóreo, pero no se atrevía a acercarse más y continuaba con el candelabro de bronce en ristre por si a la *banshee* se le ocurría ponerle la mano encima a su hermano.

—¿Pero es usted humana o inmortal?

—Ambas esencias conviven en mí. No puedo sucumbir de muerte natural, ni tampoco provocada —aseguró mientras lanzaba una significativa mirada a la improvisada arma que Erin empuñaba con firmeza—. Solo cuando mi Señora, aquella a la que sirvo, considere que ya he hecho suficiente bien en este mundo y me he ganado el descanso eterno, vendrá a buscarme para conducirme al más allá.

—¿Y mientras tanto puede llevar una vida como el común de los mortales? —preguntó con curiosidad Erin, aunque en absoluto estaba interesada en aceptar la sugerencia de la *banshee* de convertirse en una de ellas.

La actitud de la muchacha, ahora inquisitiva y cada vez más alejada del terror que la había dominado en un principio, provocó la sonrisa de la dama de ojos grises.

—No como el común de los mortales —reconoció esta—. Somos *banshees*; es como si nuestro pie derecho nos aguardara en el más allá mientras el izquierdo se sostiene aún sobre el territorio de los vivos.

—¿Y cuál es el proceso hasta convertirse en una de ustedes?

—Conlleva un año de preparación —respondió la *banshee* con cierta expectación. Erin lamentó de inmediato haber formulado aquella pregunta, porque no tenía previsto adquirir ningún tipo de compromiso servil con la Muerte—. Durante ese periodo de aprendizaje, la nueva pupila deberá atender a las lecciones de su instructora, que, en tu caso, sería yo, dado que, como ya te he revelado, soy la *banshee* oficial de los Galbraith.

—¿Lecciones? ¿Qué tipo de lecciones?

—Tal vez la más dura consista en aprender a despojarse de todo sentimiento humano, a no dejarse llevar por el corazón.

—¿Y por qué han de hacer eso? —preguntó disgustada con la idea de que una mujer tuviera que privarse por completo de sus emociones personales.

—Porque las almas a las que ayudamos a cruzar necesitan una mente preclara, sin cargas sentimentales que la distraigan de su misión. Por esa razón la pupila deberá renunciar a su familia, a los lazos afectivos que la unen con este lado del Confín.

«Decir adiós a todas las personas a las que un día amaron. Qué solitario y trágico destino», pensó la joven. «No me extraña que se conozca a las *banshees* por sus lamentos. Yo también me pasaría el día llorando si me separaran de mi familia. Me pregunto si…».

—Por favor, Erin, no te calles nada. Si está en mi mano, gustosamente daré respuesta a todas tus inquietudes.

La muchacha fue incapaz de rechazar aquella amable invitación, aunque entornó los ojos con recelo.

—Y entonces… quien acepte convertirse en *banshee* tampoco podrá formar jamás su propia familia —dedujo la joven, que nunca se había mostrado especialmente interesada en la idea del matrimonio al considerar que un contrato social de esas características sin duda mermaría la libertad que la había acompañado durante sus dos decenios de vida. Haber nacido en una familia acomodada le otorgaba una independencia de la que carecían la mayoría de sus congéneres, quienes, por la imperiosa necesidad de asegurarse techo y comida, se sentían inclinadas a tomar esposo; las más afortunadas, escasas en número, aleccionadas por la idea de que en verdad amaban al hombre elegido.

La dama asintió satisfecha al percatarse de la clarividencia de la muchacha.

—Las hermanas *banshees* seremos su familia a partir del instante en que pase a ser una de nuestras aprendices.

—No pueden casarse ni permanecer en contacto con los suyos… ¿Son ustedes una especie de monjas de clausura?

Aunque Erin era católica y muy devota, nunca había entendido la practicidad de una vida dedicada en exclusiva a la oración y el sacrificio.

La mueca de Erin hizo reír a la señora.

—No nos sometemos a un aislamiento total. De hecho, podemos desplegar facultades que de otra manera una fémina tendría complicado desarrollar. Por ejemplo, yo soy historiadora. Mi nombre, *lady* Máda, es reconocido en todo el Imperio británico…

—¡¿Usted es *lady* Máda O'Grady?! —preguntó Erin asombrada e, inconscientemente, dejó que el candelabro se posara de nuevo en el suelo.

—Asumo que encuentras en la Historia una materia de tu interés.

—Sí, aunque, si se trata de hablar de historias, siempre me he decantado más por el folclore popular —reconoció la joven, quien, asaltada por una nueva duda, la dejó escapar con desenvoltura—. Una historiadora de su reputación… Si en su día se alejó de su familia, ¿cómo es que ahora, siendo usted tan célebre, no la han buscado?

—No conservo el nombre con el que me bautizaron, y, en cualquier caso, nunca salí del anonimato hasta que los días de los míos hubieron pasado. Todos abandonaron este mundo hace ya largo tiempo, querida niña. —Como Erin no quería sonar descortés, se resistió al impulso de preguntar a la *banshee* por su edad, aunque calculó que apenas podía rondar los cuarenta años—. Así que te interesa el mundo de las leyendas…

—A la vista está que los cuentos del pueblo no son solo leyendas —objetó la muchacha dando un resoplido.

—No me vendría mal una pupila que se encargara de ese tipo de material… y pareces una joven despierta y con inquietudes. —*Lady* Máda era optimista por naturaleza, así que aquella pausa marcó un punto y seguido—. ¿Estarías interesada en el puesto?

¿Ser la pupila de una historiadora como O'Grady, de eminente prestigio incluso más allá de las islas británicas? Erin siempre había deseado dedicarse a un oficio de provecho, una posibilidad que en su mundo correspondía en exclusiva a los hombres. Se reconocía poco entusiasta de las labores propias de su género, como bordar, tocar el piano y aprender a llevar una casa. Eso no le bastaba, y su actitud rebelde había propiciado algún que otro quebradero de cabeza a sus pacientes progenitores. A semejanza de Cillian y Gael, ambos mayores que ella, había recibido instrucción en casa con los mejores tutores, pero, llegada una edad, los muchachos habían podido acceder a la universidad y Erin no. «¿Y si esta es mi oportunidad para tener una vida emancipada y fructífera?», se planteó la joven, esperanzada de repente en el futuro.

Todos sus anhelos le cayeron a plomo sobre el dedo gordo del pie al percatarse de que la oferta de la *banshee* tal vez no era tan desinteresada como ella habría deseado.

—Cuando dice que necesita una pupila… —La miró con los ojos turbados por la desconfianza—. No solo requiere los servicios de una ayudante para sus trabajos como historiadora. ¿Estoy en lo cierto?

—Me alegra comprobar que eres una joven de espíritu sagaz. Llevas razón: es una oferta doble e indisoluble la una de la otra. —La desilusión cruzó las facciones de Erin sin miramiento alguno—. La Revolución Industrial ha provocado que la población aumente —se explicó O'Grady—, y, si deseamos seguir haciendo nuestro trabajo con la misma dedicación y eficiencia, necesitamos a nuevas aprendices.

—Lo siento, pero en ese caso no me es posible aceptar. —Erin, en un gesto muy típico de ella, negó con la cabeza varias veces, como si intentara convencerse a sí misma de que esa era una decisión inapelable—. No podría soportarlo. Verme forzada a dejar a mi familia, sin posibilidad de volver a verlos nunca más… No, es imposible.

—Entonces, querida, no hay más que hablar —respondió apenada la *banshee* al tiempo que se acercaba al lecho donde Liam dormitaba.

Lady Máda ya se había quitado la capa y la había extendido sobre el cuerpo del pequeño cuando Erin entendió que de alguna manera lo estaba preparando para la inminente visita de la Parca. La muchacha avanzó con decisión y apartó de Liam aquella prenda como si fuera un trozo de tela en llamas.

—¡Mi hermano tiene un corazón muy fuerte! —logró exclamar pese a la congoja que le estrangulaba la garganta—. ¡Todavía puede seguir luchando!

—Mi Señora está a punto de llegar —vaticinó *lady* Máda antes de que su mirada se perdiera un instante en una de las paredes de la alcoba. Erin no podía verla porque se encontraba justo a su espalda, pero una sombra llena de oscuridad y vacía de sonido acababa de atravesar aquellos gruesos muros y escuchaba atenta la conversación entre ambas— y yo debo acompañar a tu hermano hasta el otro lado del Confín. Está escrito que así sea.

Erin cayó de rodillas frente a la *banshee*. Nunca se había doblegado ante nada ni nadie.

—Se lo suplico… Es un niño con tanta vida por delante… Aún no puede dejarnos. Si los cuentos y leyendas contienen alguna verdad, y su mera existencia, señora, así lo constata, siempre se puede hacer algo para evitar las desgracias.

—Solo sé de un caso en el que la Muerte puede hacer una excepción —sentenció la *banshee*. Erin, esperanzada, se puso de pie.

—Hable, por favor. Dígame qué debo hacer.

—Una vida por otra. —La mirada inquisitiva de Erin invitó a *lady* Máda a seguir hablando—. Solo tienes que unirte a nosotras. Convertirte en una *banshee*.

Por lo que la historiadora había dicho, la falta de empatía era una cualidad en las de su especie, pero la señora O'Grady pareció lamentar la congoja de Erin al escuchar aquella revelación.

—No, por favor… Tiene que haber otra forma de salvarlo —rogó mientras, con actitud protectora, colocaba una mano sobre la colcha que cubría a su hermano.

—Eso es lo único que permitiría a Liam sobrevivir a esta enfermedad mortal. —Se detuvo un instante, dejando que la joven asimilara la situación que se le planteaba, y le ofreció un nuevo aliciente—. Al fin y al cabo, ninguno de los dos moriréis, pues tú seguirás conservando tu cuerpo y envejecerás a razón de un año por cada once. Algunas de nosotras han superado ya los nueve siglos de edad.

«Nueve siglos…». Erin se preguntó cuántas maravillas la aguardarían en el mundo, listas para ser descubiertas, en esos novecientos años de existencia. Aun así, dudó, porque aquello a lo que debía renunciar era lo más preciado que había tenido.

—Pero perderé a mi familia… Y ellos lo son todo para mí. Más importantes que yo misma. ¿De verdad tengo que abandonarlos para siempre?

La *banshee* se mostró tajante:

—Sí. Incluso durante el año de formación en que serás mi pupila me veré obligada a prohibirte que mantengas contacto con ellos. Deberán pensar que has muerto. Es algo por lo que todas hemos pasado… Y no te voy a mentir: entraña un gran sacrificio.

—¿Algo más que deba saber? —preguntó atribulada la joven Galbraith.

—Una última advertencia que has de tomar en consideración antes de decidirte: si no consigues pasar la prueba al final de esos doce meses, si eres incapaz de mantener a raya tus sentimientos humanos, no le resultarás de ninguna utilidad a la Muerte y vendrá a buscarte para llevarte al otro lado del Confín. Como te dije antes: una vida por otra. —Máda O'Grady le concedió unos minutos de reflexión antes de insistir—. La cuidadora de tu hermano está a punto de regresar y esta conversación debe llegar a su fin porque, en su presencia, no podremos seguir hablando. Dime, muchacha, ¿te has decidido ya?

Capítulo 2

Un bache a duras penas superado por las ruedas del carruaje sacó a Erin de sus recuerdos y, por un momento, la devolvió al presente. Lo más difícil de su nueva vida era lidiar con sus sentimientos humanos. ¿Cuántas veces, en los últimos meses, había rondado de noche Deepwell House buscando el consuelo de un pasado al que ya nunca podría regresar? Al hacerlo, había desobedecido las instrucciones de *lady* Máda, y esta, consciente de las infracciones de su pupila, se había visto obligada a sancionarla: el castigo consistía en llevar a cabo aquella misión, sola y lejos de Irlanda. Porque la muchacha siempre había actuado bajo la supervisión de su tutora y solo en Dublín y alrededores.

Erin se sentía mortificada ante la idea de que sus seres queridos ni siquiera hubieran podido recuperar un cuerpo exánime al que amortajar, llorar y enterrar en el mausoleo familiar. ¿Cómo iban a hacerlo, si seguía viva?

* * *

La madrugada de su fuga, solo unas horas después de su primer encuentro con la señora O'Grady, Erin había abandonado a hurtadillas la mansión de sus padres, se había acercado a la orilla de una playa cercana de la bahía de Dublín en la que acostumbraba a nadar desde pequeña y se había deshecho del vestido, las enaguas, el corsé y las medias de seda. Lo tendió todo bien a la vista sobre una prominente roca. Pese a que se había puesto el abrigo de nuevo, dado que debajo solo llevaba la camisa interior de lino y los pantaloncillos que le llegaban hasta las rodillas, percibió cómo el frío de aquella madrugada hibernal le atravesaba los poros y le provocaba escalofríos. Se abrazó en un intento de preservar el calor corporal y cerró los ojos, imaginando que era su adorada madre la que se aprestaba a darle consuelo.

Solo volvió a abrirlos cuando sintió una presencia extraña a su lado: la muchacha, de más o menos su edad —al menos en apariencia—, dijo que se llamaba Dairine Burke y, según se enteró después, era una *banshee* novata: llevaba ejerciendo no más de diez años.

—Señorita Galbraith, ya puede dejar el abrigo sobre la roca, junto al resto de sus pertenencias —le dijo e, inmediatamente, la cubrió con una gruesa capa teñida del color de la noche.

Después la invitó a seguirla en silencio por las solitarias calles dublinesas. En la avenida Beech Hill, se toparon con un par de borrachos que, arrellanados en el suelo y enganchados a una botella de vino amargo, malentonaban, con una pericia casi ensayada, *Molly Mallone* con voz profunda y, a cada nota, más cerca del eructo. Aunque las muchachas pasaron a solo medio metro de sus bailarines pies, no repararon en ellas. Dairine advirtió en el rostro de Erin una mueca de extrañeza.

—Es por su nueva capa —le susurró—. La cobija de miradas indiscretas, como a mí la mía. —En su caso, era de un impoluto color blanco, como la de *lady* Máda.

—¿Está hechizada con el *féth fíada*? —preguntó asombrada Erin al tiempo que palpaba aquella tela gruesa aparentemente vulgar.

Su cicerone, de pocas palabras, se limitó a asentir con la cabeza y no volvió a abrir la boca hasta que llegaron a una hermosa casa señorial de la zona sur de Dublín.

—A partir de ahora, este será su hogar —dijo la señorita Burke mientras con un gesto tímido la invitaba a atravesar una verja que se interponía entre la calle y un alegre jardín tachonado de lavandas, rododendros, azaleas y rosas—. Aunque esta mansión se halla muy lejos de su antiguo hogar, cuando se vea obligada a salir deberá cuidarse de hacerlo con el hechizo del *féth fíada*, ya que, en caso contrario, alguien podría reconocerla y comunicar a su familia que sigue con vida.

A los dos días, *lady* Máda informó a Erin de que todo había salido tal y como habían convenido: los Galbraith estaban convencidos de que su hija había fallecido ahogada en aguas de la bahía de Dublín. Para consuelo de Erin, en todo momento se habló de «accidente» e «imprudencia» y nunca de «suicidio», rumor que sin duda habría sido mucho más doloroso para sus padres y hermanos.

La dublinesa se sintió aliviada y apenada a un tiempo al entender que los suyos no habían previsto iniciar otra búsqueda que no fuera la de su cadáver. No había vuelta atrás para ella, y, desde luego, no se arrepentía en absoluto de la decisión que había tomado; menos aún cuando la *banshee* le anunció que Liam había experimentado «una recuperación asombrosa, casi milagrosa, a ojos de los médicos».

* * *

Erin echó un nuevo vistazo por la ventanilla del coche de postas y comprobó que el día caía derrotado sobre la isla de Skye con la natural intención de no volverse a levantar hasta unas siete horas más tarde, cuando se quitara de encima a la plúmbea noche.

También ella sentía que se cernía sobre sus cada vez más resistentes espaldas una pesada carga. Habían transcurrido cinco meses desde su iniciación como *banshee*; así pues, solo le quedaban siete para que el ritual de vasallaje, si en justicia era digna de ello, quedara sellado entre la Muerte y ella.

El carruaje se detuvo y el cochero anunció a voz en cuello la parada en la que Erin debía apearse. Dando ejemplo de eficiencia, el mozo que acompañaba al conductor ya había depositado el equipaje de la señorita Galbraith en el suelo cuando esta descendió. Ella se lo agradeció con una moneda y respondió al saludo que el cochero y su ayudante le dedicaron antes de proseguir viaje.

Erin se acomodó sobre el pequeño baúl en el que guardaba la mayor parte de sus pertenencias, comprobó la hora en el reloj de bolsillo y echó un vistazo al cielo en busca de su inseparable compañero. No consiguió localizarlo en las alturas, así que cerró los ojos y se dejó llevar por la conexión que la unía al cárabo. Incluso con los párpados bajados, pudo «ver»: *Argos* estaba sobrevolando en ese momento un páramo cubierto de brezo, no lejos de donde ella se encontraba. Disfrutó de la sensación de libertad. Como si fueran sus propios brazos, sentía el viento bajo las alas de la rapaz, sosteniéndolas en su vuelo y animándolas a elevarse aún más en busca de la luna llena que esa noche colmaba de una luz mágica el firmamento.

El lejano sonido de unos cascos de caballo magullando el camino polvoriento la sacó del pacífico trance, y, mucho antes de que el carruaje se hiciera visible, se llevó los dedos índice y corazón de ambas manos a la boca para emitir un potente silbido. Sacó de su maleta de mano un guante con el que se cubrió el brazo derecho. Nada tenía que ver con la delicada prenda de seda que una señorita acostumbraría a vestir en una reunión social: este, en dos tonos de marrón, le llegaba prácticamente al codo y era grueso como la piel de un elefante. A los pocos segundos, las garras de *Argos* se posaron sobre el guante de serraje y el animal se entregó a las caricias con que Erin recompensó su obediencia; las plumas, coloreadas de tonos rojizos y castaños con manchas blancas, se estremecieron ligeramente de placer.

—Soy consciente de que mi propuesta no va a ser de tu agrado —se dirigió al ave mirándola directamente a sus oscuros y profundos ojos, ahora entrecerrados por el cariñoso masaje de cabeza que le regalaban los dedos de la joven—, pero me temo que, para llevar a cabo nuestra presentación en el castillo de Stormfield de manera pertinente, habrás de regresar a tu jaula. Te prometo que, en cuanto nos encontremos a solas en la alcoba que me hayan asignado los O'Connor, te devolveré la libertad: abriré la ventana para que puedas ir a buscar tu cena. ¿Trato hecho?

En respuesta, el autillo, de unos treinta y cinco centímetros de altura, se dejó meter con docilidad en la pajarera de reja blanca, cuya forma imitaba la silueta de un palacio hindú.

Un faetón tirado por dos robustos Clydesdales hizo su aparición al final del sendero. Cuando el conductor llegó a la altura de la joven, se levantó el sombrero para saludar, respetuoso y servicial.

—¿Es usted la señorita Galbraith? —le preguntó con voz angustiada—. Espero que no lleve mucho tiempo aguardando por mí. Aunque este es un condado de gente pacífica, cuando oscurece no resulta seguro para una dama permanecer sin compañía en un cruce de caminos.

—Oh, no se inquiete. Ya ve que me encuentro perfectamente.

Observó al cochero, aquejado de un sentimiento de culpa que le pareció del todo innecesario, y decidió mentir:

—La diligencia acaba de marcharse. Está ya muy oscuro, pero si mira en aquella dirección, hacia el horizonte, tal vez todavía pueda distinguir dos puntos de luz, los de los faroles del carruaje. —Aun cuando era imposible que el sirviente de los O'Connor avistara tal cosa, puesto que Erin llevaba esperándolo más de quince minutos y el coche de viajeros andaría ya bastante lejos, las palabras de la joven lo reconfortaron—. Así que deje de preocuparse, señor…

—Me llamo George Callaghan. Para servirla, señorita —dijo mientras echaba los pies a tierra de un ágil salto. Una estrecha cicatriz le cruzaba el pómulo derecho, otorgándole una imagen cruenta que salvaba sin dificultad gracias a la sonrisa perenne que esbozaban sus labios y al destello sincero de sus ojos castaños.

George se levantó de nuevo el sombrero para atusarse el cabello color panocha salpicado de canas y preguntó con un gesto si podía empezar a cargar el equipaje de la dama en el carruaje.

—Por supuesto. Se lo agradezco mucho, señor Callaghan. ¿Nos encontramos lejos del castillo? —preguntó Erin, que empezaba a sentir cómo el frescor de la noche se extendía para cubrirlo todo a su paso.

Sobre una colina lejana vio refulgir un rayo. El cochero, que se percató del temor de la joven, le aseguró que no tenía por qué inquietarse, ya que apenas tardarían diez minutos en estar a resguardo en Stormfield y, en cualquier caso, aquella tormenta eléctrica avanzaba en dirección opuesta.

George cumplió lo prometido, y a las diez de la noche, tras dejar atrás hectáreas de páramos estériles y el sendero que recorría un frondoso bosque, la señorita Galbraith avistó, en lo alto de un promontorio rocoso, una construcción de época medieval. Era majestuosa, y aunque la noche había hecho desaparecer como por arte de magia los detalles, Erin distinguió vetustas torres y almenas defensivas en color gris que se alzaban recortadas frente a un fondo que dominaban el cielo arriba y, por el rumor que le llegaba del batir de las olas, el mar abajo.

Atravesaron el espacioso puente de piedra que comunicaba con la entrada del castillo de Stormfield y George, haciendo chasquear las riendas sobre los lomos de sus caballos, los animó a cruzar el portón de la muralla que abrazaba la fortaleza. El carruaje penetró en un patio de armas en el que destacaban la fachada de la residencia de los O'Connor y, en un lateral, las caballerizas. Erin admiró impresionada las vastas proporciones de aquella mole, aunque pronto se sintió desolada al comprobar que nadie de la familia la estaba esperando en la escalinata que conducía a la puerta principal. Un lacayo abrió la portezuela del faetón y la saludó con una reverente inclinación de cabeza antes de tenderle una mano enguantada para ayudarla a descender.

—Lamento comunicarle que los O'Connor pasarán toda la velada fuera —explicó George, que también se había apeado del carruaje y parecía dotado de un sexto sentido para captar los sentimientos de quienes lo rodeaban, incluso si acababa de conocerlos—. Según me ha informado la señora Campbell, el ama de llaves, se encuentran de visita en casa de *sir* Brandan y *lady* Lesslyn. Los MacNicol —especificó al comprender que la muchacha no era de aquellos lares y bien podía desconocer a tan distinguido matrimonio—. Así que me temo que las oportunas presentaciones no podrán tener lugar hasta mañana, en el desayuno.

—Oh, está bien. No tiene importancia. —Disimuló la decepción de la mejor manera posible—. ¿Sabe quién me guiará hasta mis…?

—¿Señorita Galbraith? —la interrumpió una señora que acababa de aparecer por la puerta principal ataviada con un vestido con las mangas abullonadas y un vistoso lazo verde adornándole el escote como único toque de color. Sin esperar la respuesta de Erin, continuó—: Soy la señora Campbell, el ama de llaves —se presentó con gesto algo apurado—. Lamento haberme demorado, pero estaba inspeccionando la alcoba que se le ha asignado, asegurándome de que dispone de todo lo necesario. Si echa algo en falta, no dude en hacérmelo saber, por favor. Pero venga, deje que la ayude con su equipaje —se ofreció al tiempo que tomaba la pequeña maleta de mano de Erin, que aún no había tenido oportunidad de abrir la boca ante aquella mujer de cariñosos pero implacables modales—. Si es tan amable, sígame, querida. George y Allan se encargarán de subir su baúl de inmediato. Qué búho más encantador —comentó observando la jaula que la señorita Galbraith cargaba con delicadeza.

—Se llama *Argos*, y en realidad es un cárabo —pudo por fin meter baza Erin. Le dedicó una sonrisa a la criada, agradecida por el afectuoso recibimiento.

Se sentía cómoda permitiendo que el ama de llaves llevara el peso de la conversación, ya que ella prefería entregarse a la liviana tarea de observar el dispendioso mobiliario, los cuadros que rememoraban escenas familiares, el solado de mármol en damero gris y blanco, la colosal araña de cristal de Bohemia y una escalinata con doble acceso que se ramificaba y volvía a reunirse en los descansillos de las tres imponentes plantas. Todo contemplado a la luz de los numerosos candelabros de pared que iluminaban el vestíbulo.

La señora Campbell, seguida de Erin, subió con un garbo impropio de su avanzada edad los escalones que conducían hasta el segundo piso. Una vez allí, el descansillo, a semejanza de lo que ocurría una planta más abajo, se bifurcaba en dos estrechas galerías en sentidos opuestos.

—*Milady* se ha mostrado muy exigente en lo concerniente a la disposición de su dormitorio. Deseaba que, para cuando usted llegara, todo luciera perfecto. La ha ubicado en una de las habitaciones del ala donde duerme la propia familia —le explicó mientras la conducía por el pasillo de la derecha—. *Lady* Aneira me ha encargado comunicarle que lamentaba muchísimo no estar aquí para recibirla, pero que tenían el compromiso con los Mac-Nicol desde hace semanas y no podían faltar a la velada. Se siente emocionada por la oportunidad de hospedar a la pupila de la gran historiadora Máda O'Grady, ¿sabe? Confía en que, durante su estancia en el castillo, su tutora considere oportuno rendirnos visita al menos por unos días. ¿Cree que será posible? —Se dio la vuelta, muy interesada en escuchar la respuesta de Erin.

—No sabría decirle, señora Campbell. *Lady* Máda no me ha dicho nada al respecto, pero, en cuanto tenga oportunidad de escribirle, le haré saber que los O'Connor se sentirían muy halagados si pudiera escapar de sus múltiples compromisos laborales para alojarse unos días en Stormfield.

—Sí, por favor. Hágalo, hágalo —insistió el ama de llaves, muy satisfecha de haber maniobrado en favor de los intereses de su señora—. Hemos llegado a su alcoba —anunció mientras abría la puerta y se hacía a un lado para dejar que Erin pasara.

Una gran cama de roble tallada a mano y adornada con un majestuoso baldaquín presidía la habitación. Erin leyó en voz baja:

—*Never back down.*

La señora Campbell levantó la mirada hasta la inscripción, grabada en la viga de madera que se alzaba muy cerca del techo, sobre los pies de la cama.

—Es el lema de los O'Connor —explicó.

—Supongo que los hombres de la familia siempre han sido testarudos, y de ahí lo de nunca retroceder o echarse atrás —bromeó Erin.

—Oh, sí, señorita. Son los más tozudos del mundo, en especial el *laird* y su hijo mediano, el señorito Declan. Y también unos caballeros de sin igual determinación y valor —añadió con orgullo mientras se restregaba, afanosa, las manos.

Erin depositó la jaula de *Argos* sobre un tocador de madera con espejo giratorio y tres cajones al que precedía un taburete tapizado en fina seda floreada. Había una palangana en el suelo, junto a la chimenea. Contenía agua retirada del fuego minutos antes —según entendió la irlandesa al ver que humeaba— para que pudiera remojarse los pies, entrar en calor y aliviar la fatiga del viaje.

También descubrió con deleite que un biombo separaba la zona de baño, dominada por una enorme bañera de cobre pulido. Tras varios días de intenso periplo, pese a sentirse famélica, la señorita Galbraith habría sacrificado con gusto la cena a cambio de disfrutar de un baño relajante en aquella tina, pero desde pequeña había aprendido a no abusar de su posición privilegiada y juzgó que las diez y media de la noche no eran horas de importunar al servicio de Stormfield con el trabajo de acarrear cubos de agua caliente hasta la segunda planta del castillo.

El sonido del mar, ligeramente airado, le llegó a través de la ventana, que estaba cerrada. Se acercó para contemplar las vistas y quedó impactada por la belleza del paisaje. Las olas se mecían acompasadas en un vaivén infinito que embestía con fiereza las rocas que guarecían las bases del castillo.

—¿Le gusta, señorita Galbraith?

—¿A quién podría no gustarle? —respondió algo turbada por la maravillosa visión que la luna le ofrecía.

La señora Campbell soltó una risilla de satisfacción al constatar que la invitada de sus señores había quedado notablemente impresionada por sus aposentos. En ese instante, alguien llamó con discreción a la puerta, aun cuando permanecía abierta: eran George y Allan acarreando el baúl de Erin. Lo dejaron en el lugar que la joven les señaló y abandonaron de inmediato el cuarto. Al poco irrumpió otra de las criadas, cargada con una bandeja de plata.

—Sospeché que estaría agotada y hambrienta tras tan largo viaje y que preferiría cenar en su alcoba —explicó el ama de llaves. La señorita Galbraith asintió agradecida—. Si necesita más leña para la chimenea, no tiene más que pedirla. Sea la hora que sea —añadió señalándole el cordón de terciopelo que conectaba con las campanillas de la servidumbre. Echó un último vistazo alrededor y comentó desolada—: Ahora mismo doy orden de que le suban un candelabro. Veo que se nos pasó dejarle uno.

Erin no deseaba causar más molestias, así que le aseguró que no sería necesario y que bien podrían proporcionárselo a la mañana siguiente. Le agradeció todas las atenciones, se dieron las buenas noches y por fin se quedó a solas.

Lo primero que hizo fue sacar de la jaula a *Argos*, que revoloteó unos segundos entre aquellas cuatro paredes, constatando la amplitud de la sala, y atravesó la ventana que Erin acababa de abrirle para que fuera en busca de su propio alimento.

Antes de acomodarse frente a la mesita que había junto a la chimenea para degustar el plato de cordero asado con verduras, la joven Galbraith usó el mueble con jofaina y aguamanil que engalanaba un rincón; el jabón olía a lavanda y el agua aún estaba calentita. Se miró en el espejo y, al toparse con sus ojos verdes, tan parecidos a los de su padre, sintió una inmensa tristeza. Seguía acordándose tanto de su familia… ¿Cómo podría soportar esa separación forzosa? Supuso que transcurridos sus cien primeros años como *banshee*, cuando los suyos ya no se encontraran sobre la faz de la Tierra, todo le resultaría más sencillo.

Para cuando acabó el delicioso plato de cordero se encontraba de mejor humor. Se cepilló el pelo frente al espejo del tocador, se desvistió —desde que se había mudado a vivir con *lady* Máda, sus vestidos eran mucho más discretos y le parecía una ventaja, ya que no precisaba de la ayuda de una doncella para quitárselos—, se puso el camisón de batista, con puntillas y gomitas a la altura de las muñecas y, como hacía desde que tenía memoria, se encaramó a gatas en la cama para, una vez alcanzada la almohada, apartar la colcha y colarse bajo la sábana.

No habían transcurrido ni veinte minutos cuando se percató de que durante la cena había ingerido más agua de la cuenta y de que, para más inri, llevaba demasiadas horas sin visitar un aseo. El sonido del mar que le llegaba desde el otro lado de la ventana había dejado de resultar embriagador para convertirse en un tormento fisiológico.

Examinó todos los lugares susceptibles de almacenar una bacinilla, sin resultado. «Vaya por Dios. ¿Y ahora qué hago? Voy a tener que buscar el aseo, y la señora Campbell no me ha informado de su ubicación en el castillo».

Entreabrió la puerta con temor a encontrarse con alguien al otro lado, pero solo halló oscuridad. Los sirvientes ya habían apagado los candelabros del corredor y no se veía ni un alma. Y aunque la hubiera habido, tampoco habría sido capaz de distinguirla en aquella penumbra, así que la prudencia le aconsejó no asumir riesgos innecesarios. Regresó sobre sus pasos y revisó los cajones del tocador y de la mesita de noche. Los primeros permanecían a la espera de algún inquilino que pusiera fin al vacío que los llenaba, pero en los segundos encontró una Biblia, una palmatoria de cobre y una vela, que prendió con el fuego que ardía en la chimenea. Tras recogerse el cabello en una coleta mal hecha y taparse con una bata que iba a juego con el camisón, se atrevió a abandonar el cuarto.

El corredor por el que decidió aventurarse no era recto, y cuando fue a doblar un recodo para proseguir la búsqueda… ¡impactó con un objeto pétreo! ¿Habría topado con una estatua de mármol? Se vio repelida en un movimiento brusco que la desestabilizó y, cuando todo auguraba un desenlace fatal, con sus huesos yendo a parar contra el duro suelo de madera, unas manos rápidas la atraparon por la cintura.

—¡Oh, Dios mío! —jadeó muerta de miedo al creerse sostenida por los firmes dedos de la escultura. Su confusión fue aún mayor cuando escuchó a la presunta efigie gruñir con una voz que retumbó contrariada:

—¿Qué demonios…?

Erin sintió que las manos del hombre —ya no le cabía ninguna duda de que aquello no podía ser una figura exangüe— tenían éxito en su objetivo de restituirle el equilibrio. Pero ni cuando logró enderezarla consintió él en soltarle el talle, por temor a que, de la impresión, pudiera sufrir un desvanecimiento.

Por fin el rostro del intruso abandonó la oscuridad y Erin consiguió verlo a la luz de su tímida vela. Inspiró profundamente por la sorpresa. Tenía ante sí a un hombre de veintitantos años, de bellas facciones, pero con el gesto versado de un varón que hubiera alcanzado el medio siglo de vida. Lo único de su figura que efectivamente recordaba a una estatua romana era su solemne nariz. Algunos mechones de su cabello castaño oscuro, largo y ondulado, se escapaban del lazo que aprisionaba el resto de la melena a la altura de la nuca, y una barba emergente, de apenas un par de días, dejaba traslucir una mandíbula arrogante y muy masculina. Pero lo más impactante de aquel rostro eran sus ojos, los más azules e insondables en los que Erin se había visto reflejada nunca. Que la miraran ceñudos no les restaba ni un ápice de belleza.

—¿Quién diablos es usted? —le preguntó el desconocido con voz irritada y un acento escocés tan poco marcado que incluso le pasó inadvertido a la joven.

Atemorizada por la proximidad de aquel extraño, a Erin no se le ocurrió nada mejor que armarse de valor para responder:

—Señor, ¿se ve capaz de pronunciar una sola frase sin necesidad de dar cabida en ella al maligno? Y, si no es mucho pedir, ¿podría soltarme ya? Puedo prometerle que soy capaz de, aun sin su ayuda, mantenerme en una verticalidad casi perfecta.

El hombre, fuertemente impresionado por las audaces palabras de la joven, observó aquellos ojos desafiantes y verdes como su piedra favorita, el jade. Se trataba de una mujer con una armonía poco corriente en sus rasgos, que comunicaban templanza, inocencia y rebeldía a un tiempo.

—Soy capaz. De ambas cosas —aseguró él, y como para demostrárselo consintió en liberar su cintura, aunque se resistió a dar un paso atrás—. ¿Podría responder ahora a mi pregunta?

Erin dedujo que vestía con un estilo demasiado relajado para tratarse de un caballero: camisa blanca holgada y entreabierta, que dejaba a la vista de quien quisiera curiosear una gran parte de su pecho, tostado por los rayos del sol; pantalón estrecho en color beis y botas altas hasta la rodilla con una capa considerable de barro en las suelas.

—Soy una invitada de la familia O'Connor. ¿Es usted un sirviente de la casa? —preguntó ella vacilante, porque, aunque la indumentaria del hombre le hablaba de orígenes humildes, su manera de expresarse y la seguridad que imprimía a sus palabras, como si la joven se encontrara en una audiencia frente al mismísimo príncipe regente, le hacían pensar que no podía tratarse de un criado.

Erin se ruborizó ante la mirada de desdén que le lanzó el extraño. No, era evidente que no trabajaba para la familia. Pero si no se trataba de un O'Connor —ya que, según le habían informado, todos estaban fuera, en la velada organizada por los Mac-Nicol—, ni era un lacayo ni cualquier otro sirviente…

—¡Cielo santo! ¿No será usted un bandido?

Si lo era y pretendía secuestrarla, estaba perdida, porque nadie de la familia O'Connor se encontraba en el castillo en esos momentos para protegerla de aquel maleante. Erin advirtió cómo se forjaba en los labios del desconocido una sonrisa engreída; los ojos le brillaban divertidos, como si ella efectivamente hubiera dado en el clavo sobre la naturaleza de su oficio, pero no dijo nada y se limitó a observarla.

—Señor, es mi deber informarle de que soy una persona muy querida para la poderosa familia que habita este castillo —lo amenazó mientras daba un paso lateral y miraba de reojo hacia el fondo del pasillo, intentando calcular a qué altura lograría atraparla si se le ocurría echar a correr. ¿Le daría tiempo a gritar y la oirían la señora Campbell o alguno de los sirvientes?—. Si piensa hacerme daño, puede usted darse por muerto, porque los O'Connor me tienen en tan gran estima que no cejarán en su empeño hasta localizarlo, atraparlo y conducirlo ante la justicia. En el patíbulo le anudarán un bonito lazo en torno al cuello. Lo ahorcarán, y si tiene suerte… —dudó antes de continuar su truculento relato, convencida de que debía obligarse a ser lo más cruenta posible—. Si tiene suerte, se le quebrarán las vértebras y fallecerá en el acto. Y si no la tiene, y yo rogaré a los cielos por que así sea, las damas y los caballeros que hayan acudido a presenciar el espectáculo lo verán bailar en la cuerda mientras sufre una muerte lenta y agónica por asfixia.

Sin embargo, la única que parecía ahogarse bajo el peso de las palabras pronunciadas era ella misma. Las mejillas se le habían coloreado como si alguien se las hubiera pintado utilizando un par de frambuesas maduras como acuarela… y es que carecía de experiencia a la hora de lanzar amenazas de semejante rudeza.

Él, por su parte, tampoco se mostraba especialmente complacido por el desagradable discurso de la joven. Frunció el ceño ante una descripción tan descarnada de su propia muerte.

—Oh, sus plegarias servirían de muy poco, señorita. Me tengo en tan alta consideración que nunca permitiría que me dieran muerte por ahogamiento. Puedo vanagloriarme de tener muchos amigos en los bajos fondos de Fort William y me aseguraría de que contrataran a un mendigo que me tirara de las piernas en el momento en que el verdugo dejara caer la trampilla bajo mis pies —relató mientras se pasaba una mano por el cuello y cambiaba su expresión adusta por una sonrisilla—. ¿Y dice que los O'Connor la tienen en gran estima? —preguntó con sorna mientras inclinaba ligeramente la cabeza.

—Así es. Soy la pupila de una historiadora de renombre internacional, y también ella lo perseguiría a usted hasta el fin del mundo solo para cerciorarse de que es víctima del más lacerante de los decesos. Ni se imagina el tipo de contactos que posee mi tutora… —lo amenazó de muerte sin llegar a pronunciar el nombre de la Parca.

Las pupilas del desconocido destellaron como si una gran verdad le acabara de ser revelada.

—Eso suena muy bien —apuntó acercándose un paso más a ella, que lo miró sorprendida—. Oh, no me refiero a la muerte atroz que parece empeñada en reservarme. Pero si es cierto que usted resulta ser una muchacha de tanto valor para otros y finalmente me decanto por secuestrarla, el riesgo bien podría merecer la pena. Puedo pedir un rescate a los O'Connor y otro de similar cuantía a *lady* Máda O'Grady. Sin duda, llevarla conmigo sería un acto delictivo que reportaría pingües beneficios a mis alforjas.

A Erin le dio la sensación de que se burlaba de ella y que en absoluto tenía previsto raptarla: lo veía en su media sonrisa y en aquella presuntuosa mirada. Sin embargo, la postura corporal del individuo, amedrentadora y poderosa, le decía una cosa bien distinta… Un sudor frío le recorrió la columna. ¿De verdad querría hacerle daño aquel hombre?

—Es usted ciertamente elocuente, señorita… —Aguardó en silencio, invitándola a que ella completara la frase.

—Galbraith. Me llamo Erin Galbraith —contestó en tono orgulloso, como si su nombre y apellido pudieran servirle de escudo ante el ataque de aquel desalmado carente de escrúpulos.

—Bien, señorita Galbraith. Me he tomado unos segundos para pensarlo detenidamente, y como veo que alardea usted de contar con fieles amistades que me harían la vida imposible en caso de que decidiera secuestrarla —ella bufó ante el mensaje intimidatorio que encerraba aquel discurso—, no puede interesarme en absoluto darle más pábulo a esta conversación. Así que le deseo que pase una buena noche y… —pareció dudar— le ruego olvide, en la medida de lo posible, que me ha visto.

Y sin añadir una palabra más, el hombre avanzó con paso decidido por el corredor. Ella lo siguió con la mirada y, atónita por la osadía del intruso, vio que se plantaba ante la alcoba que estaba frente a la suya.

—Por cierto —se volvió él una última vez—, antes de meterse en la cama, no olvide cerrar con llave la puerta de su habitación —le recomendó con expresión irónica—. Que duerma bien, señorita Galbraith. Si es que esta noche se ve capaz de conciliar el sueño —murmuró en un tono de lo más impertinente.

—¡¿Pero adónde se cree que va?! —soltó Erin justo cuando el desconocido cerraba la puerta tras de sí.

Las dudas le bullían en la cabeza. Una de dos: o realmente aquel individuo era un salteador de la propiedad privada o, lo que parecía más probable, se había estado mofando de ella todo el tiempo y se trataba de alguien de la familia. A juzgar por su aspecto desaliñado, tal vez un primo lejano. Si ese era el caso y ella se atrevía a denunciarlo ante la servidumbre de la casa, haría el más espantoso de los ridículos. Apostar por la prudencia se le antojó lo más inteligente, así que tomó la decisión de regresar a su alcoba. Del susto hasta se le habían pasado las ganas de usar la letrina.

Tras asegurar la puerta con llave, como le había aconsejado el desconocido, la mente le jugó la mala pasada de volver a imaginar a aquel sujeto como un posible delincuente, alguien dispuesto a irrumpir en su habitación, en mitad de la noche, para asaltarla mientras ella dormía.

«¿Y en ese caso por qué me iba a recomendar cerrar la puerta por dentro?», se planteó con no escasa lógica.

No obstante, tomó el cuchillo que había empleado durante la cena, usó miga de pan para limpiarlo y lo depositó con cuidado sobre su mesilla. Con los nervios algo inquietos, se desplomó sobre la cama y, tras unos minutos de reflexión, cayó en la cuenta de algo importante:

—Solo le mencioné que era la pupila de una historiadora de renombre. Fue él quien nombró a *lady* Máda.

Que el extraño conociera a la historiadora logró tranquilizarla, porque afianzó su teoría de que por fuerza debía de tratarse de un pariente lejano de los O'Connor. Así que, en contra de los pronósticos de aquel hombre antipático, insufrible y arrogante, al poco de dejarse caer en el lecho, Erin fue capaz de conciliar el sueño.

Capítulo 3

Despertó feliz y triste a un tiempo. Aquella noche había soñado con su familia, y eso siempre suponía un regalo… y un recordatorio de lo que nunca volvería a tener. Se desperezó como una señorita de perfectos modales nunca debería hacer, pero ella era sobre todo práctica: no se obligaba a seguir las estrictas normas sociales cuando se encontraba lejos de miradas quisquillosas, y ahora estaba en la intimidad de su dormitorio.

Abandonó la cama, descorrió las cortinas y contempló las aguas del océano Atlántico. Por la posición que ocupaba el astro rey, debía de ser bastante tarde.

Echó un vistazo alrededor y encontró lo que buscaba: a *Argos* acurrucado en uno de los travesaños de la cama, profundamente dormido. Al despuntar el alba, el autillo había regresado y ella se había levantado para abrirle la ventana. Le apenaba tener que meterlo de nuevo en la jaula, así que, confiando en que la sirvienta que acudiera a arreglar el cuarto no se llevara un buen susto —era más que probable que ni se enterara de que el animal dormitaba allá arriba—, lo dejó tranquilo donde estaba.

Tras asearse y colocarse un discreto vestido de seda en color malva, salió de la habitación con ilusiones renovadas. Iba a conocer a los O'Connor y el que iba a ser su hogar durante no menos de tres meses: si el castillo y sus alrededores presentaban un aspecto sublime de noche, seguro que la luz del día lo dotaría de una belleza inigualable. Porque, aunque a Erin le gustaban las personas, disfrutaba incluso más de la naturaleza y de los preciosos momentos de soledad que le proporcionaba. Para ella no había habido fechas más alegres que las largas temporadas pasadas con su familia en la casa de campo de los Galbraith, en el condado de Kerry.

Se sintió un poco desorientada cuando descendió por la escalinata y se encontró sola en el solemne vestíbulo del castillo.

—¡Ah, señorita Galbraith! Buenos días. ¿Ha descansado usted bien? —le preguntó una señora de mediana edad que le salió al encuentro por una de las numerosas puertas que conectaban con el vestíbulo. Sus elegantes andares hacían rebotar unos rizos dorados que disimulaban con destreza las canas con las que los años habían empezado a platearle las sienes. A pesar del afectuoso recibimiento, había algo frío en su particular manera de hablar, como si acostumbrara a esconder tras palabras amables ideas mucho más funestas.

—Ay, pero qué descortesía la mía —añadió la dama—. Primero debería presentarme. Soy *lady* Aneira, la esposa del *laird*.

—Es un placer conocerla, *milady* —dijo Erin mientras hacía una ligera reverencia—. Como puede comprobar por la hora que es, me temo que he descansado demasiado bien —se disculpó con una tímida sonrisa por no haber dado señales de vida a la hora del desayuno.

—Oh, no debe afligirse por eso, querida. Tras someter su cuerpo a las penurias de tan fatigoso viaje, descansar bien no es un derecho, sino una obligación. Creo que, en su lugar, yo hubiera permanecido en cama al menos dos días más —le concedió.

—Vamos, madre, invitemos a la señorita Galbraith a tomar asiento con nosotras en el salón. Ha llegado el momento de que empiece a conocer al resto de la familia —intervino una voz que reflejaba un entusiasmo sincero. La joven, de cabellos rubios como los de su progenitora y belleza risueña, se presentó—: Por cierto, soy la señorita O'Connor, aunque, ya que intuyo que somos de edades muy similares, me gustaría que olvidáramos las formalidades y me llamara Nora.

—Será un placer, Nora. También usted puede llamarme Erin.

—Pasemos al salón —indicó *lady* Aneira—, me gustaría presentarle a la que será muy pronto la nueva incorporación al clan O'Connor. La señorita Marianne Morgan. La boda se celebrará dentro de unas semanas —comentó como si Erin ya estuviera al tanto de todos los asuntos familiares, cuando *lady* Máda apenas si le había revelado el nombre del señor del castillo, Waylon O'Connor.

—Es estupendo que haya llegado usted a tiempo para asistir a la fiesta de compromiso de Marianne y Killian —susurró Nora con expresión emocionada. Un cortante escalofrío le recorrió la espalda a Erin—. Es el primogénito y el primero de los hermanos en casarse —añadió mientras tomaba a su invitada del brazo para acompañarla a la salita de estar que ocupaban en verano.

La irlandesa apretó los dientes e intentó disimular la rigidez que de repente le atenazaba los músculos. Por unas horas se había permitido el lujo de olvidar la razón de su viaje a tierras escocesas. Y esa razón tenía un nombre: Killian O'Connor, su próxima misión como aprendiz de *banshee*. Por desgracia, al parecer el señor O'Connor era un joven a punto de contraer matrimonio, y la Muerte había concertado una cita con él en apenas cuatro días.

Su prometida, Marianne Morgan, era dulce y modesta, dos cualidades poco aptas para intentar sobrevivir a los tejemanejes de los ambientes de salón. Llevaba su brillante melena negra recogida en un moño bajo, sin los típicos rizos cayendo sobre la frente y las orejas, sin joyas en manos ni cuello; y, aun así, aquella muchacha refulgía como un ángel.

En cuanto *lady* Aneira reclamó la presencia del ama de llaves para discutir el menú de los próximos días y dejó a las tres jóvenes tratar a solas en un rincón de la estancia, casi de manera inmediata se estableció entre ellas una complicidad que Erin solo había experimentado con un par de amigas en Dublín.

—Ah, querido —exclamó al cabo de un rato la señora O'Connor dirigiéndose a un individuo de edad madura que acababa de atravesar la puerta del salón. El hombre conservaba gran parte de la apostura que debió de poseer en su juventud: lucía una espesa mata de cabello castaño entrecano y sus ojos azules destellaban con inteligencia. Lo acompañaba un aire distinguido que a Erin le resultó vagamente familiar—. Permite que te presente a la señorita Erin Galbraith, protegida de la maravillosa *lady* Máda desde el triste fallecimiento de sus progenitores hace un año. —La irlandesa asintió a las explicaciones de la dama, aunque se le hacía muy raro escuchar aquella mentira que O'Grady había inventado para evitarle preguntas engorrosas acerca de por qué no residía con sus padres—. Como ya te conté, esta joven, aprendiz de historiadora, se quedará con nosotros al menos tres meses, ya que está preparando un interesante volumen acerca de los mitos y leyendas de Escocia y la señora O'Grady decidió que la isla de Skye era el lugar idóneo para hablar con sus gentes y llevar a cabo dicha recopilación —añadió *lady* Aneira, a la que se veía muy entusiasmada con la idea de colaborar, aunque fuera de manera indirecta, con la célebre cronista.

Erin se había puesto de pie y ejecutado una discreta genuflexión. El señor del castillo, en respuesta, le hizo una cortés reverencia.

—Ojalá la señorita Galbraith se sienta tan cómoda entre nosotros durante las próximas semanas como para lograr convencer a su tutora de que nos haga una visita, aunque sea breve —continuó *lady* Aneira mientras guiñaba un ojo a su invitada.

—Sin duda, su tutora no encontrará seguidora más fiel que mi amada esposa. Nada le apasiona más que los libros de historia de *lady* Máda O'Grady. Nada —explicó el *laird* con un aplomo que casi sonó a reproche.

—Le agradezco, señor, la acogida que me han dispensado. Me siento como en mi propia casa —respondió Erin.

—¿Y eso dónde está?

—En Dublín. Aunque en realidad mis antepasados por parte de madre son escoceses. Mi bisabuelo, que era el benjamín de cinco hermanos, emigró a Irlanda tras recibir una herencia inesperada: uno de sus tíos, el conde de Kerry, siempre había mostrado predilección por él, una inclinación que dejó patente al dictar su última voluntad a los abogados que lo asistían en el lecho de muerte. Le dejó a mi bisabuelo todas sus propiedades y, por supuesto, el título, que hoy en día ostenta mi tío Henry.

—¿Y por qué es su tutora *lady* Máda y no su tío? —preguntó Nora con gran tino.

—Siempre fue una gran amiga de la familia, y mis padres, que sabían de mi inclinación por la Historia, pensaron que, en caso de faltar ellos, *lady* Máda podría responder mejor que nadie a mis necesidades tanto materiales como intelectuales —se defendió como pudo Erin—. Mi tío Henry se siente poco inclinado a ver con buenos ojos la independencia en una mujer.

—¿De qué parte de Escocia en concreto proviene su familia? —retomó las preguntas el anfitrión.

—De Inverness, milord. Aunque la relación no ha resistido el paso del tiempo.

—Así que de las Tierras Altas... —El patriarca de los O'Connor asintió y sonrió como si le satisficiera la respuesta—. ¿Y esta es su primera visita a Escocia?

—Así es.

—Entonces supongo que debo darle la bienvenida a su hogar, señorita Galbraith —se expresó el *laird* con la amabilidad dominando su voz y su mirada.

Erin creyó entender en ese instante por qué le resultaba tan familiar aquel hombre: le recordaba a su padre. Imponente, pero cariñoso en cuanto la ocasión invitaba a ello.

Lady Aneira echó un vistazo a su reloj de bolsillo antes de reflexionar en voz alta sobre el hecho de que Killian y el señor John Sullivan —según le explicó a Erin, un joven de nacionalidad inglesa que se alojaría con la familia durante una larga temporada, ya que se trataba del mejor amigo del mediano de sus hijos, Declan— se retrasaban. Ambos caballeros habían partido a primera hora de la mañana, sobre sendos corceles, para participar en una cacería que habían organizado los MacAllister. A consecuencia de esta demora, la dama ordenó a la señora Campbell que comunicara al cocinero sus deseos de que la comida se sirviera media hora más tarde de lo inicialmente previsto.

—El señor John Sullivan... —musitó la señorita Galbraith.

Ese debía de ser pues el nombre del desconocido con el que se había topado en el pasillo la noche anterior. Y pese a no considerarse una pusilánime, ya que nunca se había acobardado a la hora de enfrentarse a situaciones difíciles, de repente sintió un desagradable cosquilleo en el estómago. Si era un invitado de Stormfield, en breve volvería a encontrarse con la inquisitiva mirada de aquel hombre, y apostaba a que, en su reencuentro, esta se tornaría aún más socarrona, ya que Erin ahora era consciente de haber confundido a un amigo de la familia con un malhechor. ¿Se comportaría como un caballero y le ahorraría la vergüenza de comentar ante los O'Connor el malentendido que se había producido?

Al cabo de media hora, cuando ya todo estaba dispuesto para que los presentes se desplazaran al comedor principal, hicieron su aparición dos jóvenes.

—Mirad quién acaba de llegar de Londres —dijo uno de ellos, al que posteriormente se dirigirían como Killian.

Erin se quedó sin respiración. El primogénito del clan O'Connor estaba dando una palmadita en la espalda al insolente que al menos había dejado de ser un total desconocido para ella, puesto que ahora estaba segura de conocer su nombre: John Sullivan. La sorpresa de la señorita Galbraith se debía a que el individuo en cuestión había sufrido una completa metamorfosis: si por la noche bien podría haber pasado por la perfecta representación de un pirata, su aspecto ahora era el de un apuesto caballero. El traje se ajustaba al milímetro a sus anchos hombros, sobre los que caía el cabello, suelto y bien peinado; el lazo de la corbata lucía un nudo impecable y las botas ofrecían un aspecto lustroso, semejante al de sus mejillas, recién rasuradas.

La dublinesa examinó los rasgos del *laird* y se sorprendió pensando que tal vez, en sus años de juventud, el esposo de *lady* Aneira había cometido algún tipo de indiscreción en una de sus visitas a Inglaterra, ya que John se le parecía como un hijo se le habría parecido a un padre.

El caballero, de ojos profundamente azules, la descubrió observándolo con curiosidad, y cuando los demás no miraban, le lanzó un enigmático mensaje sin palabras: esbozó un simulacro de sonrisa y negó con la cabeza. Ella interpretó el gesto como una advertencia. ¿Estaba intentando decirle que no revelara nada de su primer encuentro? En su despedida, la noche anterior, también le había rogado que hiciera como si [...] ¿Y por qué Killian O'Connor aseguraba [...] procedente de Londres cuando ya había pe[...] se suponía que habían acudido juntos a una[...] mañana? Decidió dejarse llevar por la situa[...] especial interés —por no decir ninguno— contronazo que ambos habían protagonizad[...] castillo, intentó fingir un gesto inocente al ser presentados. Pero solo fue capaz de intentarlo, con escaso éxito a tenor de cómo se desarrollaron los acontecimientos:

—Señorita Galbraith —dijo *lady* Aneira con solemnidad—, le presento al primogénito del clan O'Connor, Killian —ambos jóvenes se saludaron cordialmente: la una, acompañada de una reverencia; el otro, con una elegante inclinación de cabeza—, y al mediano de nuestros hijos, Declan.

—Por san Patricio… —susurró Erin llevándose una mano a los labios. ¡El ser pretencioso e insoportable no era el señor Sullivan, sino uno de los hermanos O'Connor! Y ella lo había insultado de la peor manera acusándolo de ser un bandolero.

Lady Aneira la miró con interés.

—¿Se conocían ya? —preguntó, a todas luces desconcertada.

—No, madre. Debe de ser que tengo una cara de lo más común —conjeturó Declan— y probablemente nuestra invitada me haya confundido con alguna de sus amistades de Irlanda. ¿No es así, señorita Galbraith?

«¿Una cara muy común? ¿Quién va a creerse eso?», pensó ella mientras su cerebro intentaba pensar rápido, siguiendo el ritmo al que le había empezado a latir el corazón en el instante en que él se llevó la mano de la dama a los labios.

—Tiene razón —reaccionó con suficiente prontitud como para alejar las sospechas de *lady* Aneira—, me ha recordado mucho a otra persona. Pero no porque tenga usted un rostro corriente, que no lo tiene. Han sido sus ojos: se parecen bastante a los de un… primo lejano —mintió lo mejor que pudo.

Se sintió azorada porque, sin pretenderlo, sus palabras podían ser interpretadas como un torpe intento de coqueteo. Los ojos de

brillaron divertidos al percatarse del rubor que se había
ado en las mejillas de la joven desde el momento en que sus
radas se habían reencontrado y que ahora eran como ascuas
a las que alguien estuviera insuflando aire a un ritmo insufrible-
mente lento.

Intentó apartar sus pensamientos de él y centrarse en Killian
O'Connor. Tenía los cabellos rubios, mucho más cortos que los
de Declan, y sus pupilas refulgían grises como un día de bruma;
a Erin le dio la impresión de que ocultaban grandes secretos,
como las de su hermano, aunque le resultaron mucho más frías
y menos interesantes. Según le había informado Marianne, el
heredero estaba a punto de cumplir veintiséis, once meses más
que el mediano de los O'Connor y siete años más que la benjamina, Nora.

En ese instante entró un tercer caballero en la sala al que presentaron con el nombre de John Sullivan. En realidad, era el teniente John Sullivan. Médico de profesión, había servido en las
guerras napoleónicas, y su participación en la contienda, además
del ascenso, le había reportado una cojera —apenas perceptib-
ble— por una herida de bala y un halo taciturno poco frecuente
entre los jóvenes de su edad. Perder a muchos de sus camaradas
en el campo de batalla le había endurecido el carácter y originado
una visión algo pesimista del mundo. Ahora, en tiempos de paz,
pretendía dedicarse a ejercer como matasanos, aunque todavía
no había decidido en qué ciudad instalarse para ello: ¿Londres?
¿Edimburgo? ¿Tal vez Dublín? Pese a su personalidad reservada,
a Erin le cayó en gracia al instante.

Por las conversaciones durante el almuerzo, llegó a la rápida conclusión de que Sullivan y Declan se habían conocido en
Oxford, mientras ambos cursaban sus estudios: Medicina en el
caso del primero y Economía en el del segundo. Al término de la
etapa universitaria, el galeno se había embarcado en un buque
de guerra de la Royal Navy para hacer carrera militar; y Declan
se había centrado en ayudar a su padre y a su hermano en la ad-
ministración de las propiedades de la familia, además de en otra
actividad profesional que difícilmente Erin habría sido capaz de

imaginar de no ser porque en la sobremesa fue oportunamente informada por el propio John.

—Nunca he escuchado a nadie tocar el piano con semejante destreza. Su estilo es único. Ni siquiera las damas más habilidosas que conozco consiguen hacerle sombra —le explicó en voz baja a la señorita Galbraith mientras comprobaba que su amigo se hallaba demasiado lejos como para prestar atención a sus comentarios—. Es bastante discreto, ¿sabe? Probablemente me reprocharía que la esté haciendo partícipe de sus aptitudes musicales —conjeturó sin perder su gesto austero.

—¿Y dice usted que compone sus propias partituras? —preguntó mientras le dirigía una mirada de reojo a Declan, que, de manera relajada, apoyaba un brazo en la repisa de la chimenea mientras tomaba una copa de licor. Erin se fijó en sus dedos y efectivamente, aunque poseían una apariencia vigorosa, también eran esbeltos, perfectos para acariciar las teclas de un pianoforte.

—Así es. Y puedo dar fe de la popularidad de la que gozan en Inglaterra —reconoció—. Yo me alegro infinitamente de ello: al clan O'Connor le han venido muy bien los ingresos extras de mi amigo.

—¿Por qué dice eso? —se extrañó la dublinesa.

—Por su hermano Killian. Es un jugador empedernido, vicio que en el pasado ha conducido a la familia a una situación financiera algo delicada...

El doctor Sullivan se detuvo en seco, consciente de que acababa de cometer una indiscreción imperdonable.

—En ningún momento fue mi intención revelar las intimidades de la familia —reflexionó molesto consigo mismo—: por Dios que los hombres de la calle Bow agradecerían mucho contar entre sus filas con alguien de su talento para hacer confesar a los delincuentes más inexpugnables. Podría usted ganarse la vida incluso como espía.

Pese a la expresión afectada con la que John había pronunciado aquellas palabras, Erin no pudo evitar estallar en una simpática carcajada que llamó la atención de los presentes. A excepción de Declan, todos sonrieron divertidos ante el gesto espontáneo de la joven historiadora.

—No puede usted hablar en serio —le aseguró la irlandesa a su acompañante cuando consiguió dominar su ataque de risa.

—Le aseguro que nunca me había topado con una dama con quien me resultara tan fácil mantener una conversación sincera. Y eso que apenas acaban de presentarnos —reconoció John mientras fruncía el entrecejo—. Por naturaleza soy un hombre que tiende más bien a la desconfianza.

Era cierto que a lo largo de su corta vida la señorita Galbraith había notado que no pocas personas se sentían inclinadas a sincerarse con ella de una manera natural y espontánea. De hecho, a veces le incomodaba sentirse depositaria de tantos secretos por temor a que algún día, sin pretenderlo y llevada por su carácter impulsivo, llegara a desvelar alguno.

—John, debemos retirarnos —le avisó con aire formal Declan desde el otro extremo de la sala.

—Lamento dejarla, señorita Galbraith —se excusó el exmarino mientras depositaba su copa vacía sobre la mesita más cercana y, a continuación, se ponía de pie—. Al parecer me reclaman. Es momento de que los hombres nos batamos en retirada para no aburrirlas con nuestras conversaciones sobre política y economía.

—Sí, apuesto a que nuestras charlas tampoco resultarían de su agrado —aseguró ella acompañándose de una sonrisa de desánimo, ya que Erin odiaba las chácharas sobre las nuevas modas en el vestir y en los peinados. Aunque, para ser sinceros, no era de las que se negaban a escuchar una ronda de saludables chismorreos sobre las gentes del lugar, siempre que no resultaran crueles ni de mal gusto.

En este caso, el parloteo se centró en los preparativos de la fiesta que al día siguiente tendría lugar en Stormfield. Erin contempló apenada a Marianne: había observado a la joven durante el almuerzo y era evidente que su prometido la tenía fascinada; lo admiraba a distancia, a buen seguro soñando con la feliz vida de casada que emprendería en solo un mes. La dublinesa lamentaba profundamente que fuera a convertirse en una novia viuda dentro de tan solo cuatro días. ¿Pero qué podía hacer ella? Se quedó meditando un momento sobre la pregunta que acababa de plantearse. ¿Y si estaba equivocada y era posible evitar la prematura muerte de Killian? ¿Se podría burlar de alguna manera a la Parca? «Cuestionarse estas cosas debe de ser algo impropio de una aprendiz de *banshee*», se fustigó.

—¿Señorita Galbraith? —oyó que reclamaba su atención una voz femenina.

—¿Sí? —respondió mientras seguía dándole vueltas a la cuestión de si habría alguna manera de evitar la muerte del primogénito del clan O'Connor.

—Le preguntaba si querría usted encargarse de montar los farolillos de papel de seda que planeamos colocar en el salón de baile —le repitió *lady* Aneira.

—Claro, por supuesto. Estaría encantada de poder colaborar en los preparativos.

—Estupendo. Pues una vez adjudicadas todas las labores, ¿qué tal si nos ponemos manos a la obra, señoritas? En la biblioteca dejé esta mañana el material necesario para armar los farolillos —añadió dirigiéndose a Erin—. ¿Sabrá encontrar la sala, querida?

La irlandesa negó con la cabeza y su anfitriona le hizo una descripción pormenorizada de la ruta que debía seguir desde el vestíbulo.

Se orientó con desenvoltura y llegó a su destino sin contratiempos. Estaba a punto de empujar con una mano la puerta entreabierta de la biblioteca cuando tuvo los buenos reflejos de detenerse en seco al reconocer al otro lado la voz de Killian susurrando indignado:

—¡Por supuesto que me caso sin amor, Declan! —Parecía ofendido ante la duda—. ¿Qué clase de O'Connor crees que soy?

Capítulo 4

—No sé si en el caso de hallarme en tu lugar podría estar tan seguro. Esa hermosa joven es un dechado de virtudes: instruida, delicada, de una modestia cautivadora, sin afectaciones que le desfiguren el carácter… —replicó Declan con un tono de voz que oscilaba entre la advertencia y el enfado.

—Hermano, te recomiendo que renuncies a seguir destacando los numerosos atributos de Marianne si, como parece, deseas que la dama sobreviva a la noche de bodas —refunfuñó el primogénito—. ¿Por qué crees que mi vida cotidiana transcurre el mayor tiempo posible fuera de estos muros? Deseo tratar con ella cuanto menos, mejor, y sin que resulte sospechoso. ¿Crees que es sencillo para mí no hacerle caso cuando la sorprendo mirándome con esos tiernos ojos de enamorada? ¡Por Dios, si ni siquiera me he atrevido a robarle un beso! Si no fuera por la ingenuidad de la dama, a estas alturas la señorita Morgan ya estaría dudando de mi hombría —resopló Killian.

Erin era consciente de que espiar tras las puertas resultaba una actividad en extremo indecorosa, pero el diálogo entre los dos hermanos la tenía tan confundida que no fue capaz de evitarlo. Y cuanto más escuchaba, menos acertaba a entender el sentido de las palabras.

—Por favor, relátame por enésima vez la perversa historia de nuestra maldición, porque, como estoy seguro entenderás, no me regocija en absoluto esto de forzarme a huir de mi futura esposa como de la peste —rogó Killian mientras Erin oía cómo uno de los caballeros se dejaba caer con pesadez en algún tipo de asiento.

Declan resopló.

—De acuerdo, si crees que te servirá de algo... —E inició el relato con el tono tedioso de quien repasa una lección memorizada mucho tiempo atrás—: La maldición se inició cuando, allá por el año 1645, uno de nuestros antepasados, Bruce O'Connor, regresaba de yacer con la esposa de uno de sus vecinos, un hombre que se había alejado de sus tierras y de su mujer para participar en la guerra civil contra los *covenanters*.

—Sí. Según parece, todos los O'Connor tenemos mucho en común con nuestro ancestro: me refiero a la ardua tarea de consolar a damas afligidas por la soledad o el abandono. Y ninguno somos lo suficientemente quisquillosos como para hacer distinciones entre doncellas y casadas. Todas merecen ser reconfortadas por igual, ¿verdad, hermano? —Se oyó reír a Killian, que de inmediato, tras observar la expresión recriminatoria de Declan, añadió en un tono más comedido—: Salvo padre, por supuesto. Él es la excepción.

—¿Prosigo? —preguntó, molesto, el mediano de los O'Connor. El heredero de Stormfield lo animó a continuar con un gesto de la mano—. Bien. En el camino de regreso al castillo, mientras bordeaba la costa a lomos de su corcel, le salió al encuentro una *selkie*. —Erin había oído hablar de ellas. Eran las sirenas de la mitología escocesa, unos seres con forma de foca que, al desprenderse de su pelaje, se transformaban en mujeres de gran belleza—. La *selkie* le advirtió de que el mundo de las hadas estaba tremendamente molesto por su vil comportamiento. Le recomendó renunciar a la mujer de su vecino y buscarse una esposa propia a la que amar y con la que engendrar descendencia.

—Pero nuestro querido antepasado se mostró inflexible, porque de momento no tenía previsto sentar la cabeza —contribuyó Killian al relato—. La *selkie* le avisó de que comunicaría a sus hermanas la decisión que él había tomado de perseverar en su comportamiento y le explicó que habría de atenerse a las consecuencias. En ese momento Bruce, hombre desalmado y de pocas luces, mató a la *selkie* e hizo desaparecer el cadáver, confiado en que nadie llegaría a enterarse del crimen.

—Y tal vez la jugada le hubiera salido bien, de no ser porque quemó el cuerpo de la víctima, pero decidió conservar su hermoso pelaje. Dos años más tarde, cuando estaba a punto de contraer nupcias con una doncella de la que se había enamorado durante un viaje a las Tierras Bajas, ordenó a una costurera que confeccionara una manta con la piel de la *selkie*, al considerarla un presente digno de su prometida —continuó Declan con la voz teñida de frustración. Sin duda veía la carga de ironía que acarreaba la historia de su antepasado: porque, sin planearlo, al final Bruce O'Connor había cumplido con la voluntad de las *selkies* y se había enamorado profundamente de una mujer a la que iba a hacer su esposa.

—Pero en vísperas de la boda, una criada del castillo con conexiones con el mundo mágico —lo interrumpió Killian— descubrió sobre el lecho nupcial el cobertor hecho con el pelaje de la mujer-foca, reconoció su procedencia y esa misma tarde acudió a orillas del mar para comunicar la triste noticia a las *selkies*, que desde hacía dos años intentaban averiguar el paradero de su hermana, desaparecida sin dejar rastro. El mismo día del enlace se presentaron con forma humana en el castillo y, en lugar de acabar con la vida de Bruce, decidieron castigarlo con una maldición: si de verdad era amor lo que sentía por su esposa, esta fallecería la misma noche del enlace, tras yacer con él.

—Y así ocurriría con todas las primeras esposas de los herederos descendientes de Bruce O'Connor, que estarían condenados para siempre a casarse sin amor si deseaban mantener a salvo a sus cónyuges —concluyó la historia su hermano.

«¡Dios mío! De ahí que Declan se plantee que Marianne podría estar en peligro. Killian no puede, no debe amarla», comprendió Erin. No tardó en recordar que, para bien o para mal, en realidad Marianne no tenía nada que temer, ya que la pareja nunca llegaría a consumar el matrimonio: dentro de cuatro días, O'Connor estaría muerto.

—Desde entonces, los tres herederos que despreciaron las advertencias de las *selkies* perdieron a sus amadas consortes la misma noche de los esponsales. —Declan hizo una breve pausa—. Incluido nuestro padre.

—¿Te das cuenta de que si no fuera porque él perdió a su primera esposa probablemente no creeríamos ni una palabra de la maldición y yo ahora mismo viviría libre de preocupaciones? ¡Que se me lleven los demonios! ¡Incluso habiéndole sucedido a nuestro padre, me resisto a creer esta historia! —exclamó Killian, y ni se molestó en disimular su egoísmo—: ¿No podrías haber sido tú el primogénito? Te cedería el puesto con gusto. Total, siempre te has mostrado reacio al matrimonio, y tu mente y la que flota contigo en la tina ya las tienes entretenidas con esa *milady* tuya —Erin percibió el tono de burla en la voz de Killian. «¿La que flota en la tina? ¿Qué tiene que ver una esponja en todo esto?», se preguntó inocentemente Erin—, así que estás a salvo de casarte con alguien por amor verdadero. Pero, en mi caso, el deseo y el amor bien pueden entremezclarse… Y creo que a Marianne empiezo a desearla.

—Las hadas nunca hablaron de deseo, solo de amor —le recordó Declan, en cuyo tono de voz se apreciaba una nota de preocupación.

—¿Crees que padre aún la sigue amando?

—¿A *lady* Eirwen? Yo diría que sí, dado que, en cada aniversario de su muerte, deja un ramo de orquídeas rojas en su tumba —contestó pensativo mientras limpiaba una mancha invisible del brazo del sofá donde permanecía sentado.

—Padre es un sentimental, y lo único que nunca podré perdonarle es que haga sufrir a nuestra madre por esa razón. ¿Te has dado cuenta de que nunca tienen una muestra de cariño en público el uno con el otro? —El primogénito suspiró resignado antes de añadir con ademán desenfadado—: Por eso yo prefiero repartir mis atenciones entre una variedad amplia de corazones femeninos, y no dejaré de hacerlo una vez esté atado a la señorita Morgan. Soy demasiado ecuánime como para depositar todo mi cariño en una sola mujer.

—Eso no es algo que estés en condiciones de asegurar ahora mismo —replicó su hermano tras dirigirle una mirada admonitoria—. Una vez casados, el matrimonio por conveniencia podría convertirse en amor verdadero. No renuncies a la felicidad con

Marianne. Bastará con que logres llegar a la noche de bodas sin sentir nada por ella. ¿Crees que serás capaz?

—¿Son los peces capaces de nadar? Diablos, si tengo el corazón como un muerto en su tumba y ninguna mujer ha conseguido hasta el momento hacerlo latir, ¿no habré de aguantar estas pocas semanas sin enamorarme?

—Buenas tardes, señorita Galbraith. —Erin se sobresaltó al oír a sus espaldas la varonil voz de Philip, el mayordomo—. ¿Me permite pasar, por favor? —Iba cargado con una bandeja sobre la que tintineaban dos vasos de *whisky*.

La puerta se abrió de golpe, con un movimiento brusco que abanicó el rostro arrebolado de Erin, y apareció Declan. No dijo nada, pero su enojo era evidente. Dejó espacio para que Philip pasara, pero no apartó la vista de la señorita Galbraith ni un solo segundo: la retuvo con la mirada como si le hubiera echado una soga al cuello, y ella se sintió muy pequeñita a sus ojos.

Declan no habló hasta que Philip salió de la biblioteca y hubo desaparecido por el pasillo.

—¿Tiene por costumbre escuchar detrás de las puertas, señorita Galbraith? —la recriminó—. ¿Es este un comportamiento típico en Irlanda?

—Yo… Yo lamento haber sido indiscreta. Venía a buscar los farolillos de la fiesta de compromiso de su hermano y…

—Y no pudo evitar poner la oreja en una conversación que en absoluto le concernía. Tenía entendido que era usted aprendiz de historiadora. Tal vez debería enviar una nota a Dublín, a *lady* Máda O'Grady, aconsejándole que tenga a bien buscarle una ocupación diferente, ya que parece mucho más interesada en los chismorreos —se mofó sin necesidad de disimular su exitoso intento de mostrarse cruel.

Erin se sintió avergonzada.

—Lo siento, me preocupaba por la señorita Marianne. Acabo de conocerla, pero me parece una joven adorable y no entendía por qué tenía usted tanto interés en que su hermano reconociera que no siente nada por ella cuando están a punto de celebrar sus esponsales…

—Dios bendito… —dijo pasándose la mano por los cabellos para apartárselos de la cara—. Esto es peor de lo que pensaba. Lo ha escuchado todo, ¿no es así?

Sonó a acusación en toda regla. Ella tragó saliva.

—¿Se refiere a la historia de la maldición de las *selkies* que, al parecer, afecta a todos los herederos de la familia? —preguntó vacilante.

Declan la tomó del brazo, invitándola a entrar en la biblioteca. Aún la mantenía sujeta del codo cuando se dirigió a su hermano:

—Killian, ¿podrías dejarme a solas un momento con la señorita Galbraith?

El aludido se encogió de hombros, dirigió una mirada compasiva a Erin y obedeció como si fuera el benjamín de los O'Connor en lugar del primogénito.

Declan liberó a su presa y cerró con un portazo tras la salida de Killian. La dublinesa se estremeció, ya que aquella no era una conducta decorosa.

—La puerta debería permanecer abierta, señor —le recordó a pesar de sentirse algo acobardada.

—¿De verdad le preocupa eso? Estoy en condiciones de asegurarle que su reputación no corre ningún peligro —soltó con la voz teñida de un desdén del todo innecesario—. Y desearía evitar que nuevos oídos curiosos se presten a escuchar mis conversaciones privadas —explicó con gesto rudo mientras se dirigía hacia los ventanales, que iban del suelo al techo y permitían que la luz inundara aquella amplia estancia tapizada de estanterías llenas de libros—. Desde el mismo instante en que tropecé con usted anoche, tuve la sensación de que me daría problemas —musitó antes de volverse con las manos enganchadas a la espalda.

Erin, herida en su orgullo por aquellos insolentes comentarios, decidió no dejarse amedrentar por un patán sin la menor idea de cómo debía tratarse a una dama.

—Si tiene algo que decirme, dígalo rápido —le exigió mientras se acomodaba sobre el asiento de una butaca forrada en terciopelo azul—. No tengo todo el día y, al ver que me demoro en regresar, su madre, su hermana y la señorita Marianne se estarán preguntando si he confundido la biblioteca con los establos —dijo alzando ligeramente la barbilla para dar a entender que no le tenía ningún miedo, algo que no era del todo cierto—. Y tales suposiciones podrían sustentarse sobre una base no del todo errónea, dado el tipo de animal con el que he tenido la desgracia de toparme —lo insultó.

Él le dirigió una mirada de advertencia y ella, en un alarde de cautela, guardó silencio el tiempo suficiente para dejarlo hablar.

—Solo quería «rogarle» —por el tono empleado, hubiera sido más acertado recurrir a la expresión «ordenar bajo amenaza de muerte»— que no tenga en cuenta la charla que acabamos de mantener mi hermano y yo. Era pura chanza. —Trató de componer una sonrisa, pero la mueca resultante asustaba incluso más que cuando sus labios adoptaban una actitud severa—. Obviamente, no puede pensar que pese una maldición sobre el clan O'Connor.

Se vio tentada de seguirle la corriente para salir airosa de aquella fastidiosa situación, pero lo hubiera considerado un insulto contra su propia inteligencia. Le irritaba profundamente que algunas mujeres, incluso de su generación, consideraran una virtud el pasar por seres acéfalos frente a los especímenes del género masculino.

—Pues parece usted muy molesto por el hecho de que yo haya sido testigo de una simple broma entre hermanos —lo desafió la joven irlandesa, que cinco meses atrás, cuando aún desconocía la existencia de seres como las *banshees*, efectivamente, se habría tomado a chanza la conversación de los O'Connor—. Además, no sé qué entiende usted por contar algo gracioso, ya que en ningún momento lo he oído reír. Aún no lo conozco lo suficiente, pero me dio la impresión de que, mientras trataban el asunto, usted mostraba una honda preocupación.

Declan dejó caer las manos sobre el respaldo de un sofá de ribetes dorados y presionó tanto la madera que sus nudillos empalidecieron.

—Así no va a conseguir nada, salvo ocasionar daños en un mueble que conjunta a la perfección con el ambiente palaciego de esta sala —le advirtió Erin mientras fijaba la mirada en las manos de Declan—. En primer lugar, dígame qué desea de mí y veré si puedo ayudarle en algo. Y en segundo, yo misma tengo una pregunta que plantearle —le informó en un tono arrogante que estuvo a punto de sacarlo de sus casillas.

—Lo que deseo es que, por favor, no comente nada de este asunto con Marianne. No quisiera preocuparla en vano.

—Pues si su vida depende de ello, creo que sería justo que estuviera al tanto de lo que sucede. Con conocimiento de causa, la señorita Morgan podría tomar en libertad la decisión de si aún desea casarse con su hermano o, por el contrario, anular el compromiso —replicó Erin furiosa—. De hallarme en su lugar, yo agradecería que me hubieran informado del riesgo que corro al aceptar el matrimonio.

—Por fortuna, no es a usted a quien habré de llamar «cuñada» —masculló entre dientes Declan—. Ya que parece mantener una relación tan estrecha con la prometida de mi hermano, ¿sabe que este es un matrimonio concertado y que la señorita Morgan ha estado más que dispuesta desde un principio a que así fuera? —Por una vez, la señorita Galbraith se quedó sin palabras, algo que lo satisfizo a él profundamente.

¿Por qué razón aquel ángel había aceptado una boda de conveniencia con Killian? Erin tenía muy claro que, si su encuentro con *lady* Máda nunca hubiera tenido lugar, solo habría consentido en casarse por amor.

En la sincera sorpresa de la señorita Galbraith, Declan adivinó la rebeldía que la irlandesa habría mostrado ante un trato conyugal de esa naturaleza y se congratuló por ello. También a él los matrimonios concertados le parecían primitivos, propios de tiempos que merecían permanecer encerrados bajo llave en sus apolillados arcones.

—Ya ve, hay hijas complacientes prestas a aceptar lo que un padre ha dispuesto de buena fe para ellas —dijo, sin embargo, como si le lanzara a Erin una acusación velada. «¿Está dando a entender que yo soy una mala hija?», se preguntó ella mientras arrugaba la frente. «¡Este hombre es el ser más insoportable que he tenido la desgracia de conocer!»—. El señor Morgan es un acaudalado banquero de Edimburgo, viudo y con cinco hijas por casar a las que planea emparentar con familias de bien como la nuestra gracias a las generosas dotes que ha establecido para cada una de ellas.

—Pero eso no es posible… He observado cómo Marianne mira a su prometido. —Dudó sobre si tener el atrevimiento de decir lo que pensaba. Finalmente, lo tuvo—: Y lo hace con ojos de enamorada.

Declan soltó un resoplido de disgusto.

—Sí, es algo que hemos notado todos, y me preocupa que usted, que no lleva viviendo entre nosotros ni veinticuatro horas, pueda haberse percatado tan pronto.

—Y de ahí la pregunta que deseaba plantearle: ¿saben si la maldición surte efecto en caso de que la enamorada sea la novia y no el heredero del clan O'Connor? Porque, de ser así, ni usted ni mil demonios me impedirán hablar con la señorita Marianne de inmediato para advertirle del peligro al que ustedes la están exponiendo.

—No. No funciona así —la interrumpió él al tiempo que negaba con la cabeza—. La maldición atañe solo al heredero: no podrá casarse con una mujer a la que ame.

—¡Disculpe, señor O'Connor, pero la maldición atañe más bien a la esposa ignorante, que es la que en definitiva perderá la vida en la noche de bodas! ¡Las *selkies* deberían haber apuntado con mejor tino al lanzar su perverso maleficio! —dijo muy exaltada, con las mejillas sonrosadas por el enojo.

De no ser porque la situación tenía muy poco de cómica, Declan se habría echado a reír ante la reacción de aquella tozuda irlandesa que exhibía la delicada apariencia de una orquídea y la determinación aplastante de un roble centenario.

—Le doy mi palabra de que no funciona así. —Ocultó la sonrisa y volvió a ponerse serio, intentando levantar de nuevo las barreras frente a la dama con ojos de jade—. Por favor, le ruego que no le cuente nada a mi futura cuñada. Sé bien que es la consorte que más le conviene a Killian, porque estoy convencido de que él llegará a enamorarse de ella tras un tiempo de convivencia como marido y mujer. Marianne es la compañera ideal para ayudarlo a llevar una vida menos… —carraspeó como si algo se le hubiera quedado atascado en la garganta— menos disoluta.

Erin estuvo a punto de sacar a relucir las múltiples amantes que su hermano planeaba conservar tras la boda, pero prefirió morderse la lengua.

—Para no conocernos de nada, me está pidiendo guardar demasiados secretos —dijo la dublinesa mientras simulaba centrarse en un punto deshilachado de su vestido malva. Él enarcó una ceja y se acercó un paso a ella, como si no comprendiera a qué se refería con lo de «demasiados»—. Según tengo entendido —prosiguió ella intentando hacer alarde de una serenidad que no sentía—, usted ha regresado esta mañana de su viaje a Londres, pero yo sé que anoche estuvo en su cuarto, aunque supongo que solo de paso… Y, cuando nos han presentado oficialmente, ha dejado muy claro que no me conocía de nada. Creo que debería ser más amable conmigo de lo que lo ha sido hasta el momento.

—¿Me está amenazando, señorita Galbraith? Porque le aseguro que a aquellos que lo han intentado antes que usted les ha ido muy, pero que muy mal —replicó él fundiéndola con la mirada como si creyera que la dama estaba hecha de hielo.

—Solo quiero una cosa de usted —reconoció ella con una sonrisilla bailándole en los labios, orgullosa de la ventaja adquirida en aquella batalla dialéctica.

—Si le soy sincero, no la imaginaba de esa clase de mujeres.

—Su insolencia solo buscaba ponerla en un aprieto. Y a fe que, para su propio divertimento, lo consiguió, porque Erin se azoró al creer que la estaba malinterpretando.

—¡No sea engreído! —lo acusó ofendida—. La señora Campbell me ha explicado que cuenta usted con muchas amistades entre las gentes del pueblo —él frunció el ceño, como si no entendiera adónde quería ir a parar— y necesito a alguien que me acompañe en las visitas que pretendo hacer a aquellos vecinos que mejor conocen las leyendas escocesas. Al fin y al cabo, esa es la razón por la que me encuentro en Stormfield —mintió a medias Erin.

—Soy un hombre muy ocupado. ¡No dispongo de tiempo para dedicarme a ese tipo de menesteres!

—Yo, en cambio, tengo todo el tiempo del mundo: por ejemplo, para hablar con Marianne de cierta maldición que pesa sobre los O'Connor. —Fingió que meditaba y de repente encontraba algo más a lo que dedicar sus horas muertas—. O para tratar con su familia al completo de la extraña cuestión de que usted asegure haber regresado hoy al castillo cuando ayer deambulaba con una facha muy sospechosa por los corredores de la fortaleza. Y apuesto a que se atrevió a hacerlo porque estaba informado de que todos los suyos se encontraban fuera, pasando la velada con los MacNicol.

—Es usted una pequeña manipuladora… —musitó Declan, que se debatía entre la admiración y el verdadero fastidio.

—No sea así —dijo ella con falso comedimiento—. En atención a la hospitalidad que me han demostrado sus padres, pretendo amoldarme a sus horarios. Visitaremos a sus vecinos solo cuando usted esté en disposición de dedicarme algo de tiempo.

—Y aún tendré que darle las gracias —bufó él antes de abandonar la biblioteca.

Capítulo 5

Desde primera hora del día siguiente se hizo patente el trasiego de sirvientes por el castillo, con la señora Campbell a la cabeza dando órdenes para ultimar los preparativos de la fiesta de compromiso. Erin, por su parte, había cumplido con su tarea de montar los farolillos y observó con satisfacción lo bien que quedaban en el salón de baile, donde un par de lacayos se habían encargado de colgarlos en dos hileras, de un extremo a otro.

El único momento que enturbió el ánimo de la irlandesa llegó a la hora de la comida, cuando coincidió con toda la familia, incluido Killian. Notaba que su alma había comenzado a conectar con la del primogénito de los O'Connor. Como aprendiz de *banshee*, necesitaba establecer una suerte de vínculo invisible con el joven para después, una vez muerto, ser capaz de conducirlo hasta el Confín, como había hecho ya en varias ocasiones con ayuda de *lady* Máda. Tuvo que reconocer que esta sabía lo que se hacía al obligarla a pasar una prueba tan compleja. Hasta entonces, O'Grady y Galbraith se habían conformado con vigilar los pasos de la persona desde cinco días antes de que falleciera para fijar la conexión irrompible con su alma, pero sin que resultara necesario establecer un contacto directo.

El temor a que su nueva pupila no estuviera evolucionando como debía había provocado que la historiadora decidiera introducir una modificación sustancial en el *modus operandi* con Killian O'Connor, y así se lo había hecho saber a Erin una semana atrás, durante un paseo por los jardines de la mansión que la *banshee* poseía en Dublín:

—Estoy preocupada, querida. Veo que sigues demasiado apegada a tus sentimientos humanos. No haces grandes progresos en ese sentido —se lamentó—. Y seguir tan cerca de la que era tu familia no te ayuda en nada. Por esa razón he decidido enviarte a una misión en la isla de Skye.

—¿Viajaremos a Escocia? —preguntó Erin entusiasmada. Siempre había deseado ver mundo, y más aún la tierra de sus antepasados maternos.

—No, Erin. No «viajaremos». Viajarás. —Se quedó mirándola con los ojos severos de una madre que se niega a ser desafiada por un hijo—. Y tu proceder como aprendiz de *banshee* será algo diferente, ya que conocerás en persona a aquel a quien has de guiar hasta el Confín. Convivirás con Killian O'Connor durante los cinco días previos a su partida. Y tendrás que permanecer con su familia durante al menos tres meses del periodo de luto para ser testigo directo de su dolor.

Erin intentó retener las lágrimas de angustia. Si ya se le hacía difícil llevar a cabo una misión asistida por *lady* Máda y con un desconocido, ¿cómo podría enfrentarse a la tarea de hacerlo sola y con un hombre que le habían presentado, con el que además habría de compartir techo y mesa?

—Pero no sé si seré capaz, *lady* Máda… —intentó rebatir a su tutora—. ¿Yo sola? ¿Y si no consigo guiarlo hasta la luz? Dios mío, ¿qué haría en ese caso?

—Confío en ti. Sé que lo lograrás. Pero si no te pongo a prueba ahora, me temo que cuando termine el periodo de formación podrías no estar lista para cortar del todo tus lazos con el mundo de los humanos, y ya sabes cuál es el castigo por esa debilidad.

* * *

Sentada allí, con la familia O'Connor al completo, se preguntó si estaría a la altura de su misión. «¿Cómo voy a estar lista, si hasta me planteo encontrar la manera de evitar la muerte de Killian?». Apenada, miró de reojo al heredero de Stormfield. No, de momento prefería no darle vueltas a esa posibilidad, ya que, la forma en que O'Connor iba a perder la vida solo le sería revelada a través de un sueño premonitorio que tendría lugar apenas unas horas antes del encuentro que la Muerte había concertado con él. Su angustia creció al constatar las entusiastas miradas que Marianne lanzaba a su prometido entre bocado y bocado.

Erin agradeció contar con una buena excusa para abandonar a menudo el castillo durante esos tres meses en que permanecería junto al clan O'Connor: era una suerte que, aprovechando el viaje, *lady* Máda le hubiera encargado llevar a cabo una recopilación de leyendas escocesas. La propuesta había emocionado a la joven, ya que, en enero, coincidiendo con su nombramiento oficial como *banshee*, la recopilación sería publicada en forma de libro.

Una vez servido el postre, el teniente Sullivan sacó a relucir su interés por el trabajo de la señorita Galbraith:

—Declan me ha dicho que su tutora le ha encargado escribir una obra sobre mitología escocesa. —Evitó referirse a que su amigo lo había hecho partícipe de tal información lamentándose, entre exabruptos y maldiciones, de verse forzado a acompañar en sus pesquisas a la «insufrible irlandesa»—. Debe de sentirse muy orgullosa de semejante encargo siendo usted tan joven.

—Gracias, doctor Sullivan —respondió Erin, algo ruborizada por los elogios del apuesto marino—, aunque no soy tan joven. Ya tengo veintiún años.

—Como hombre de ciencia que soy, confío en que únicamente trate de recopilar historias… y en ningún caso espere hallar pruebas palpables de la existencia de seres sobrenaturales. —Las palabras habían salido empañadas de una fina capa de sarcasmo, pero la discreta amabilidad que irradiaba el señor Sullivan hacía imposible que Erin se molestara por ello.

—Soy menos ilusa de lo que usted pueda sospechar —replicó ella con una sonrisa afable en los labios—. A pesar de que cuatro de cada cinco irlandeses le asegurarían haber visto un fantasma, nunca he creído en lo invisible, con la salvada excepción de nuestro Señor, por supuesto —añadió mientras se llevaba una cuchara cargada de tarta de fresa a los labios.

—Le alegrará saber que no la había juzgado tan mal —señaló el galeno mientras contemplaba las diminutas migas empapadas de fruta que se habían quedado pegadas a la boca ya de por sí sonrosada de Erin. Retiró la mirada en cuanto se percató de que Declan lo observaba ceñudo, como se mira a un traidor—. Y he de reconocer además que la envidio por su fe inquebrantable en el Altísimo. La religión simplista de mi niñez es una de las cosas que más añoro, y odio a la despótica realidad por haberme arrebatado eso, por despertarme de un dulce sueño que prometía la inmortalidad.

—¡Por todos los cielos, John! ¿No será usted un impío? —fingió escandalizarse Killian antes de que lo hicieran las señoras sentadas a la mesa.

—No, no —respondió el buen doctor mientras con la servilleta de hilo se daba unos toquecitos en las comisuras de los labios y volvía a colocársela sobre el regazo. «¿Por qué no puedo dejar de sincerarme con esta mujer?», pensó mientras miraba de reojo a Erin—. Solo que hoy en día me cuesta más creer en la existencia de un paraíso destinado a los hombres.

Aún le roía en las entrañas rememorar las cruentas escenas de batalla contra los franceses y los rostros acobardados y agonizantes de sus compañeros moribundos cuando eran trasladados al hospital de campaña que él mismo dirigía. Eran muchas las vidas que las guerras napoleónicas se habían cobrado sin que ningún dios moviera un dedo por impedirlo. Cuando había acudido a un pastor en busca de respuestas que apaciguaran su espíritu atormentado, el clérigo le había hablado del libre albedrío con que el Creador había dotado al ser humano, pero aquella creencia no había aplacado en absoluto sus dudas religiosas. Más bien las había incrementado.

—Por supuesto que creo en la existencia de nuestro Señor —prosiguió el teniente—, lo único que me pregunto es si seremos unas criaturas lo suficientemente importantes como para que Él quiera velar por nosotros. ¿Creen por ejemplo que, a nuestra muerte, desea tenernos a su lado? Dadas las imperfecciones que encierra el carácter humano, tal vez no seamos la mejor compañía para un ser tan superior y puro.

—Doctor Sullivan, es muy triste que piense usted así —afirmó Nora, que, por prudencia y miedo a soltar una monumental tontería, se había acostumbrado a no participar en las conversaciones de la mesa cuando los que hablaban eran los hombres. Por suerte, la madurez le estaba confiriendo una mayor seguridad en sí misma y la comprensión de que, si los varones no temían decir estupideces, tampoco ella debería hacerlo.

Declan, que se había sentado a la derecha de Erin, aprovechó que todos los oídos y miradas se centraban en un comentario de su padre para susurrarle:

—¿En serio es una escéptica, señorita Galbraith? Me desconcierta, ya que asumió la maldición de nuestra familia con sorprendente facilidad.

La irlandesa alzó la vista para fijarla en él. Si bien no estaba dispuesta a revelarle sus secretos, al menos tendría la valentía de no responder a su pregunta con una mentira.

—Señor, yo era la más obstinada de las escépticas… hasta hace cinco meses, momento en que acepté entrar a trabajar con *lady* Máda —admitió en un débil susurro.

Confundido por la emoción que vio brillar en los ojos de Erin, Declan se vio tentado de seguir indagando, pero la voz firme y afectuosa de John llamó una vez más la atención de la irlandesa:

—¿No cree que el folclore es un manantial de superstición en el que algunos están deseosos de ahogarse? Esas creencias convierten al hombre en un ser aún más débil, alimenta en él miedos que no le corresponden. ¿Por qué una persona razonable habría de temer a seres que nunca han existido ni existirán? Duendes, ninfas, sirenas…

—*Banshees*… —se le escapó a Erin.

—Sí, también *banshees* —continuó él—. ¿Quién puede creer en tales cosas? —preguntó en un tono ligeramente huraño.

Con discreción, Erin pasó revista a las caras de los O'Connor, de repente interesados en desentrañar la quintaesencia del postre que coronaba sus platillos de fina porcelana. Solo *lady* Aneira se atrevió a mirar a los ojos al teniente para responder:

—Si el folclore es un manantial de superstición, qué dulce embriaguez entonces la mía, joven —se expresó con aire teatral—, puesto que yo sí creo en leyendas y hasta en maldiciones. —La palabra «maldiciones» cayó como una losa sobre la mesa—. Desde hace ya algunos años me interesan muchísimo todas esas historias. Y por esa razón encuentro fascinante el trabajo que en breve acometerá la señorita Galbraith.

Erin captó la intensa mirada que el *laird* dirigió a su esposa; era de advertencia, pero la dama optó por esbozar una sonrisa y proseguir con su perorata. «¿Se atreverá a hablar de la maldición iniciada por Bruce O'Connor allá por 1645?». Para tranquilidad de su marido y de sus hijos, *lady* Aneira se limitó a decir:

—¿Quiere ejemplos? Pues verá, en esta casa, ni mi esposo ni yo permitimos que trece personas se sienten a nuestra mesa, tenemos buen cuidado de no derramar la sal y, por supuesto, evitamos a toda costa toparnos con una solitaria urraca mientras hace ondear su cola estriada.

* * *

Atardecía ya cuando Erin, arreglada para la fiesta con un vestido que la hacía sentir como la pariente pobre de los O'Connor —el contenido de su baúl no daba para más—, se permitió un breve paseo por los alrededores del castillo.

A su regreso, nada más atravesar las murallas, se encontró con que le resultaba dificultoso avanzar debido al ingente número de invitados que se habían congregado en el patio de armas esperando su turno para saludar a los anfitriones. Intentó pasar desapercibida entre la marea de gentes. Y si en un par de ocasiones se vio a punto de naufragar, con un enganchón fortuito por aquí y una pequeña colisión por allá, finalmente, alcanzó tierra firme: el vestíbulo. Lamentablemente, Nora frustró sus progresos al abordarla allí mismo, reclamando toda su atención.

—¡Señorita Galbraith! —la llamó dejándose llevar por su risueña jovialidad—. Por favor, acérquese. —Erin obedeció e intentó esbozar una sonrisa que no fuera a juego con su vestido de muselina, que era de un blanco apagado y, efectivamente, se veía eclipsado por la luminosidad y pedrería de los de las damas reunidas esa noche en el castillo. Guiada por el instinto, se alisó la falda con disimulo.

—No les tengo mucha simpatía, pero son dos de nuestros más ilustres invitados —le susurró Nora a hurtadillas antes de añadir en voz alta—: Erin, le presento a lord Stuart Kerry, octavo marqués de Lothian, y a su esposa, *lady* Catriona.

—Es un placer conocerles —respondió Erin mientras ejecutaba una elegante reverencia. Era sobrina de conde y en Dublín se había acostumbrado, desde niña, a tratar con los más altos representantes de la nobleza irlandesa, así que sabía cómo desenvolverse en ambientes aristócratas.

Los diminutos ojos del anciano la escrutaron con una curiosidad que la incomodó, y cuando sintió sobre sus nudillos los severos labios del marqués, el estómago le dio un vuelco. Algo en aquel hombre, que a pesar de su avanzada edad parecía en plena forma física, le inspiraba repulsión, y Erin se sintió mal por prejuzgar de esa manera a un desconocido que además se estaba comportando con ella con tanta deferencia.

En un intento de desviar sus pensamientos hacia asuntos más gratos, la joven se fijó en *lady* Catriona, que en apariencia bien podría haber resultado ser la nieta del noble escocés en lugar de su esposa. Estaba segura de que la marquesa no había de superarla en más de cinco años, era de figura esbelta y sus hermosos cabellos pelirrojos refulgían a la luz de las velas. En su rostro se abrían unos enormes ojos azules, profundos y exánimes como un pozo sin fondo, aunque Erin percibió que la cálida voz de la dama se encargaba de atemperar su fría mirada. Además, todos sus movimientos destilaban exuberancia, imagen reforzada por su escotado traje de seda y pedrería en tonos turquesas.

—Oh, qué encantadora criatura. —Fueron las palabras de adulación que la aristócrata dirigió a Erin y que tristemente sonaron a «Oh, así que esta es la pariente pobre de los O'Connor».

Nora, joven, pero en absoluto necia, se percató del tono de falsa condescendencia de la marquesa y enseguida se posicionó del lado de Erin:

—Sí, la señorita Galbraith es encantadora y posee un extraordinario talento —expuso con un gesto de lo más cándido—. Es pupila de la historiadora irlandesa *lady* Máda O'Grady, y va camino de convertirse en una gran estudiosa de las leyendas y la mitología de los pueblos. Por cierto, empezará con el nuestro, con Escocia.

—Así que usted, como su tutora, ha decidido inmiscuirse en un mundo que siempre ha pertenecido a los hombres. —Las palabras que *lady* Catriona dirigió a Erin sonaron a recriminación.

—Bueno, ¿por qué no, *milady*? —respondió la irlandesa esbozando una sonrisa candorosa, en consonancia con la de Nora—, dado que ellos tienen la arraigada costumbre de inmiscuirse de manera tan habitual y sin consecuencias en nuestras vidas.

—Ese discurso suena al de una vieja solterona, y deduzco por su aspecto juvenil —examinó de arriba abajo las vestimentas de Erin— que la senectud aún le queda muy lejos, dulce niña. —Ante aquel tono pretendidamente indulgente, la dublinesa apretó los labios y se forzó a sonreír—. Si me permite un consejo, debería moderar su discurso y darle un giro más femenino. En caso contrario, ningún hombre se atreverá nunca a reclamar su mano.

—Debería escuchar a mi esposa, señorita Galbraith —intervino el marqués—. Ya ve que ella fue capaz de cazar a un miembro de la nobleza y, por tanto, hemos de inferir que sabe lo que se dice.

Erin querría haberles manifestado que no tenía planeado casarse y que no por codiciar las oportunidades profesionales de las que gozaban los hombres o lucir un vestido con tela en el escote era menos mujer que *lady* Catriona, pero lo último que deseaba era ofender a los invitados de Waylon O'Connor. Así que respiró hondo y, aunque no se resistió a soltar una pulla, lo hizo disfrazando la voz de falsa sumisión:

—Así lo haré, lord Kerr. A partir de este mismo momento, consideraré las sabias opiniones de *lady* Catriona, a quien los años han otorgado una gran experiencia, como si provinieran prácticamente de una madre.

El marqués sonrió satisfecho.

«Oídos masculinos. Qué poco acostumbrados a detectar la ironía en labios de una mujer», pensó ella ufana. En cambio, la mirada contrariada que le devolvió *lady* Catriona dejó patente que aquellas otras orejas, cargadas de rubíes y diamantes, habían sido mucho más perceptivas. A tenor del rubor enfurecido que le enmarcaba los pómulos, no había resultado de su agrado que la irlandesa diera a entender que la diferencia de edad entre ambas era patente.

Las primeras horas de la velada transcurrieron plácidamente; *lady* Aneira y Nora se encargaron de presentar a Marianne y a Erin al resto de los invitados. Sin embargo, tras bailar un par de piezas con el teniente Sullivan, la señorita Galbraith decidió escabullirse del salón principal. Aunque no tenía previsto reconocérselo a nadie, los escarpines de raso que tan amablemente le había prestado Marianne, y que le quedaban pequeños, estaban acabando con su resistencia al dolor, así que subió a su alcoba y los cambió por un calzado menos apropiado, pero más confortable.

Si le hubieran dado a elegir, después se habría decantado por un nuevo paseo por los jardines extramuros, engalanados por los sirvientes con relucientes antorchas para animar a los invitados a recorrerlos en aquella agradable noche de junio; pero la joven no tenía interés en cruzarse con parejas de enamorados ni deseaba ser testigo de cómo ponían en práctica sus técnicas de cortejo. Su segunda opción le pareció perfecta: dirigirse al tipo de sala que, desde la más tierna infancia, siempre había considerado su medio natural. Empujó la puerta delicadamente, con prudencia, por si llegaba tarde y alguien se había apropiado del lugar antes que ella. Por suerte, nadie había compartido la inclinación de Erin, y la biblioteca era toda suya.

La única en amplitud y número de ejemplares que podía compararse con esta era la de *lady* Máda, aunque ni siquiera la de Dublín disponía de tantos espacios de lectura visiblemente separados. En uno de ellos, dos amplias butacas tapizadas en azul, idóneas para acomodarse durante las destempladas noches de invierno, flanqueaban la chimenea con bordes de mármol; como Erin ya sabía lo que era sentarse en una de ellas, prefirió no rememorar el incómodo momento que había vivido con el mediano de los O'Connor. Se recriminó por pensar que nunca había conocido a un hombre como aquel, pero luego fue lo suficientemente prudente como para negarse a atribuirle calificativos de naturaleza elogiosa.

Frente a la estantería del fondo habían emplazado un sofá con armazón de madera de caoba y telas en color mostaza; a su izquierda quedaba uno de los vistosos ventanales que ocupaban toda la pared y conectaban con el patio de armas. Erin vio que había comenzado a caer una ligera llovizna, y como le encantaba escuchar el sonido del agua repiqueteando contra los cristales, decidió sentarse allí mismo, con un libro como única e inmejorable compañía. Acababa de tomarlo de una de las repisas de la biblioteca y versaba sobre la sublevación escocesa del 45.

Sonrió relajada cuando percibió a lo lejos las risas de las damas y los caballeros que participaban en la fiesta de compromiso, ya que no echaba de menos encontrarse entre ellos. Su postura era algo indecorosa, medio tumbada, con los pies descalzos cómodamente instalados sobre la tapicería del sofá y sus pálidos tobillos y pantorrillas a la vista. Dado que nadie la acompañaba, no había motivo para sacrificarse con una pose más refinada y fatigosa.

De repente, el escándalo que llegaba desde el salón de baile se hizo mucho más notorio. Y, si aquello ya era señal evidente de que alguien acababa de abrir la puerta de la biblioteca, los dedos de Erin presionaron con mayor tensión el libro cuando el volumen de aquel ruido festivo decreció hasta quedar casi apagado y escuchó claramente cómo cerraban con llave por dentro. La dublinesa casi no se atrevía a respirar, mucho menos a enderezarse para echar un furtivo vistazo por encima del respaldo del sofá.

Se sobresaltó cuando oyó el impacto de un cuerpo contra la puerta y enrojeció de rubor un segundo después, al extenderse por la habitación el murmullo de una risita femenina.

—Querido, de saber que me echabas tanto de menos, me habría asegurado de visitarte mucho antes —musitó una voz que a Erin le resultó familiar, pero que en ese momento no identificó.

A continuación, le llegaron un susurro masculino —no distinguió las palabras— y el sonido de unos besos. Erin se quedó paralizada. No sabía cómo actuar. Al estar reclinada en el sofá, alejado de la puerta y de espalda a los desconocidos, ni ellos podían verla ni ella podía verlos a ellos. A no ser que se asomara por encima del respaldo para echar un fugaz vistazo, pero, dado el riesgo que corría de ser descubierta, ¿se atrevería a hacerlo?

Reflexionó un breve instante sobre la conveniencia de hacer saber a la pareja de enamorados que estaba allí. De seguro, los tres degustarían las hieles de la turbación por el momento indecoroso que les había tocado compartir, pero se quedaría solo en eso.

Sin embargo, en el mismo instante en que estaba a punto de incorporarse, oyó hablar de nuevo a la pareja.

—Ven conmigo, Catriona —ordenó él mientras tiraba de su acompañante y la conducía hasta una de las butacas, junto a la chimenea.

Erin se llevó una mano a la boca tras reconocer por fin al dueño de aquella varonil voz. «¡Por todos los cielos! ¡Es Declan O'Connor con la marquesa de Lothian!», se indignó. La irlandesa no acertó a entender la razón, pero sintió una profunda decepción al enterarse de que el *highlander* tenía la evidente intención de seducir a una mujer casada. Ese sentimiento dejó paso a otro, algo más visceral. Notó cómo se le comprimía la mandíbula por la rabia. ¿Cómo diablos saldría ella airosa de aquella situación? No podía dejarse ver y abandonar el lugar como si nada… *Lady* Catriona era ni más ni menos que la esposa del marqués de Lothian. ¡Malditos fueran Declan y su lujuria!

Resolvió que solo cabía una solución, y consistía en aprovechar el momento de enardecimiento al que se habían dejado arrastrar los amantes para intentar pasar desapercibida y retirarse con toda la discreción posible. Pero si lograba llegar a la puerta, abrirla y salir…, entonces O'Connor y *lady* Catriona quedarían expuestos a que cualquiera entrara en la biblioteca, los descubriera y se armara un escándalo de proporciones épicas en el castillo, porque la puerta ya no estaría cerrada con llave. «¿Pero por qué diantres he de desvivirme yo por el honor de esos dos?», se dijo antes de dejar el libro sobre el asiento y de echar cuerpo a tierra para rodear el sofá por el lado derecho.

Por suerte, la iluminación de la biblioteca en ese momento dejaba mucho que desear, así que Erin confió en sus posibilidades. No pudo evitar echar un vistazo a la pareja. Declan estaba sentado en la butaca y la dignísima marquesa, tan predispuesta a ofrecer consejos sobre la mejor manera de atrapar maridos, se encontraba entre los brazos del caballero. Sin despegar los labios de su amante, se aprestaba a despojarlo del chaleco; la levita pendía, en una postura apresurada y casi imposible, de una silla cercana. La dublinesa se detuvo un instante, sintiéndose fascinada y abochornada a la vez: estaba acostumbrada a los castos besos de sus padres, y la visión que se abría ante sus ojos nada tenía que ver con aquella otra imagen. Pagó su inocente descaro con una desazón aún mayor.

«¡Por mil demonios!», se desconcertó Declan cuando se sintió observado y localizó un bulto entre las patas de la gran mesa central. De inmediato pensó que se trataba de uno de los perros de caza de Killian, pero cuando fue capaz de despejar algo sus obnubilados sentidos, pudo distinguir perfectamente el rostro y la figura de la señorita Galbraith. «¡Condenada irlandesa! ¿Cómo no la hemos visto al entrar? El sofá de la ventana…», supuso. Se culpó por su falta de previsión y dudó sobre si debía detener los avances de su amante. A buen seguro, no sería del gusto de *lady* Catriona constatar que habían contado con un público tan singular y, dado el carácter algo retorcido de la dama, la señorita Galbraith podría salir mal parada a largo plazo.

Acarició el cuello de la marquesa con los labios por pura inercia, puesto que los pensamientos y los ojos los tenía empeñados en Erin. El *highlander* sonrió. Al menos en apariencia, la muchacha pretendía pasar desapercibida, así que no le pareció correcto decepcionarla. La examinó con más detenimiento y el corazón le dio un pequeño vuelco cuando vio que se mordía el labio inferior por el apuro de haber sido sorprendida *in fraganti* mientras intentaba abandonar la estancia y que le dirigía una mirada tierna con la que le suplicaba que la dejara marchar como ella había planeado, con discreción.

Entendiendo que contaba con su beneplácito, la joven continuó arrastrándose a cuatro patas sobre la alfombra de Aubusson que cubría los suelos de la biblioteca. Una vez en la puerta, Erin se volvió una vez más para asegurarse de que la situación permanecía «tranquila».

—Querido, ¿estás aquí? Te noto muy lejos… —susurró la marquesa al oído de Declan.

Él apenas prestó atención a sus palabras porque, quién se lo iba a decir, estaba más interesado en seguir los movimientos de la señorita Galbraith.

La irlandesa, contrariada y perturbada por la insistente mirada de O'Connor, notó que el caballero se mostraba complacido, como si, pese a la distancia que los separaba, pudiera detectar el rubor que cubría las mejillas de la joven. ¿Era su manera de castigarla por haberse atrevido a chantajearlo para que la acompañara en sus visitas a las gentes del pueblo? Nadie hubiera podido convencer a Erin de lo contrario.

Mientras trataba de incorporarse, se pisó los bajos del vestido. De no haberse sujetado en el pomo de la puerta, habría acabado por los suelos. Temerosa, se dio la vuelta para comprobar si había llamado la atención de *lady* Catriona, y al parecer así había sido, pero Declan retuvo entre sus manos la cara de la marquesa para evitar que se volviera. Lo consiguió con un beso aún más entregado. O'Connor cerró los ojos solo unos segundos, y cuando los abrió, la señorita Galbraith ya había hecho girar la llave y se encontraba al otro lado de la puerta.

En cuanto se sintió a salvo en el pasillo exterior, Erin se dejó caer contra el muro más próximo e intentó recuperar el aliento perdido. Lo más extraño de todo era que no predominaba en su ser el alivio por haberse manejado con desenvoltura en una situación tan comprometida, sino una tremenda inquietud por la turbadora mirada que Declan le había dirigido mientras se dedicaba a besar con pasión a otra mujer.

Capítulo 6

Una vez recuperada la compostura, Erin decidió regresar al salón de baile y fingir que nada de aquello había sucedido. Se acercó a uno de los lacayos que cargaban las bebidas, agarró una copa de vino blanco y la vació de un trago sin llegar a saborearlo. Torció el gesto. Nunca había aprendido a apreciar el regusto amargo del alcohol, pero al menos sintió que el brebaje le reconfortaba el gaznate. Todavía le temblaban ligeramente las piernas al recordar los ojos de Declan O'Connor clavados en ella.

—¿Me haría el honor de acompañarme en esta pieza, señorita Galbraith? —le preguntó un joven de trato muy amigable que *lady* Aneira había tenido la gentileza de presentarle al inicio de la velada.

Erin supuso que sería buena idea intentar entretenerse con cuestiones que nada tuvieran que ver con lo que en ese preciso instante acontecía en la biblioteca, así que aceptó gustosa la invitación del caballero. Apenas habían dejado de sonar violines, laúdes y flautas, cuando una voz a sus espaldas la sobresaltó:

—Supongo que me corresponde el próximo baile, señorita Galbraith. ¿Nos permites, Darrell?

Cuando Erin se dio la vuelta y se encontró con aquella estatua romana de carne y hueso, estuvo a punto de desmayarse. ¿De verdad tenía que enfrentarse esa misma noche a él? ¿No le iba a conceder ni una pequeña tregua? Oteó alrededor y constató que *lady* Catriona ya se encontraba junto a su esposo, y su porte no podría ser más perfecto ni hubiera reflejado mayor inocencia si acabara de regresar del tocador de señoras.

Declan tomó del talle a Erin y la atrajo hacia sí, reduciendo al mínimo los centímetros de distancia que las normas del decoro marcaban. La joven apenas se había dado cuenta de que las notas del vals ya habían empezado a sonar.

—Esta noche está usted… —empezó a decir el caballero, pero se quedó callado. Suspiró y se limitó a mirarla desde las alturas.

—Los falsos cumplidos no son necesarios, señor O'Connor —dijo ella recelosa—. Soy muy consciente de que mi aspecto no está a la altura del que presentan el resto de damas que se han congregado hoy en Stormfield.

Erin se arrepintió al instante de pronunciar en voz alta aquellas frases, y por desgracia él se dio cuenta. ¿Por qué lo había hecho? ¿Acaso buscaba que la adulara, aunque fuera por compasión? «¡Menuda tontería! Erin Galbraith nunca ha necesitado la compasión de nadie». Se irguió aún más, intentando recuperar el orgullo, y habló con cierta frialdad:

—Pero supongo que la única razón por la que ha decidido invitarme a bailar es por el percance que tuvo lugar hace un rato en la biblioteca.

—Me gusta que sea capaz de ir al grano, Erin —declaró Declan mientras la miraba con un brillo de intriga en los ojos.

La joven hizo caso omiso de aquella perturbadora familiaridad: se había dirigido a ella por su nombre de pila, aun cuando la señorita Galbraith en ningún momento le había otorgado permiso para hacerlo.

—¿Se considera usted un hombre discreto, señor O'Connor?

—He de reconocer que no es esa la mayor de mis virtudes.

—Sí, ya me he dado cuenta, pero he de informarle de que no debe temer una indiscreción por mi parte, porque yo sí soy una persona prudente y poco dada a entrometerme en la vida de los demás. Entiendo la comprometida situación de la dama, también la suya, y desde luego no es asunto de mi incumbencia que usted mantenga una relación amorosa con una mujer que ya prometió su amor y fidelidad a otro. —Aun cuando lo dijo en un susurro apenas audible, el escocés detectó la censura que destilaban aquellas palabras.

—Usted no lo entiende… —repuso él, y, a pesar de que parecía a punto de ofrecer algún tipo de explicación, finalmente decidió guardar silencio.

—Puede dar fe de que efectivamente no lo entiendo, milord —confirmó ella mientras se dejaba llevar por Declan—. Supongo que, tal como la otra tarde expuso su hermano, es algo que los O'Connor llevan en la sangre —opinó en clara alusión a su tatarabuelo.

Lo dijo como si hablara de algo tan insulso como el tiempo, y no fue consciente de la impresión que aquel comentario había causado en su pareja de baile hasta que volvió a mirarlo a los ojos.

—No se atreva a juzgarme —replicó él con gesto agrio—. Usted no sabe nada de mí ni de *lady* Catriona. Somos buenos amigos desde niños, y la dama siempre contará con mi apoyo incondicional.

—Oh, eso me quedó muy claro hace unos minutos —afirmó ella, molesta por el tono que él había empleado—. Dudo mucho de que ese tipo de comportamiento sea habitual entre viejas amistades, pero sí, sin duda he podido ser testigo de cómo *milady* gusta de «apoyarse» en usted. Concretamente, en su regazo.

Declan se sintió tan impresionado por el atrevimiento de la señorita Galbraith que fue incapaz de contenerse y dejó escapar una carcajada que llamó la atención de algunos de los presentes, incluida la marquesa, que observó a la pareja con cara de pocos amigos.

—Jovencita, es usted una descarada —la acusó O'Connor sin miramientos y con una mezcla de admiración, incredulidad y diversión.

—Después de lo que ha sucedido, ¿soy yo la descarada?

—Coincidirá conmigo en que hay que serlo, al menos un poco, para proceder de la manera en que usted lo hizo: se quedó parada, observando la intimidad de una pareja —intentó azorarla, y no fracasó en el intento. Una vez logrado su objetivo, decidió mostrarse indulgente—. Lo siento, señorita Galbraith. La he avergonzado… No he tenido en cuenta que me dirigía a oídos castos como los suyos —se disculpó él dejándose llevar por la condescendencia, un sentimiento que Erin siempre había aborrecido—. Debería mostrarme más comprensivo con su evidente inexperiencia. Seguramente la perturbó el espectáculo —añadió Declan mientras reía entre dientes.

Erin se enfureció de tal manera que no le importó intentar pasar por lo que no era. Si él, desde su arrogancia, veía en ella a una jovencita inocente, se encargaría de hacerle ver lo equivocado que estaba.

—¿Inexperiencia? —sonrió con petulancia Erin—. ¿Y en qué se basa para llegar a semejante conclusión? ¿Tal vez en los discretos atuendos que últimamente luzco? —preguntó esforzándose por mantener la mirada en aquellos ojos azules y enigmáticos que destellaron sorprendidos—. Estos trapos no son más que mi uniforme de trabajo, ya que vine aquí para llevar a cabo una labor profesional, no a lucirme en fiestas. Le aseguro que los vestidos que a mi regreso me aguardan en Dublín tienen escotes incluso más pronunciados que el que hoy exhibe su amante —comentó en voz aún más baja mientras vigilaba a las parejas que bailaban alrededor. No deseaba ser indiscreta, y él se congratuló de ello.

—Por descontado me gustaría tener el privilegio de admirarla ataviada con alguno de ellos, pero estoy convencido de que usted se veía bien incluso vestida con un saco de patatas —coqueteó con ella Declan—. Pero acláreme una duda, si es tan amable: ¿pretende convencerme de que tiene usted experiencia con… los hombres?

Pese a que Erin no entendía el alcance de la pregunta, supo discernir que O'Connor se refería al hecho íntimo de hacer el amor. La dublinesa tuvo en cuenta dos circunstancias antes de darle una respuesta: la primera era el tono burlón que su anfitrión había empleado al plantearle la cuestión; y la segunda, que, incluso si él llegaba a pensar que no era una joven virtuosa, poco podía importarle a Erin, ya que tras el acuerdo con *lady* Máda había renunciado a casarse, a formar una familia. Podía permitirse el lujo de jugarse la reputación.

Sí, definitivamente iba a darse el gusto de dejarlo atónito:

—Así es. Y no con uno, milord. Sino con dos.

Erin se aseguró lo que buscaba. Aquella confidencia causó tal impresión en Declan que le hizo parar en seco, provocando que la pareja que los seguía en los giros de trescientos sesenta grados chocara contra ellos.

Incomprensiblemente, el caballero experimentó una punzada de celos. Sin embargo, optó por dejar la introspección para otro momento y se centró en la revelación de la irlandesa: «Solo un necio pasaría por alto que es apasionada, pero ¿experimentada? Me tengo por un excelente observador, y sus maneras, sus gestos, sus reacciones, no me dictan tal cosa. En cambio, es justo eso lo que acaba de reconocer. Ante mí, un extraño para ella. Y lo ha hecho como si no le importara en absoluto».

Por una vez, Declan O'Connor había perdido la impasibilidad que se empeñaba en aparentar durante aburridas reuniones sociales como aquella.

La mente de la dama, en cambio, se había remontado a las dos últimas Navidades, las de 1815 y 1816, en las que sendos jóvenes, ambos de buenas familias, habían aprovechado el muérdago de casa de sus padres para intentar robarle un beso durante las fiestas de Año Nuevo: del primero recordaba que apenas había sido un brusco choque de narices y labios; y del segundo ni siquiera se veía capaz de rememorar si él le había acertado en la boca o si ella se había dado la vuelta a tiempo de evitarlo y finalmente le había rozado las comisuras. En ambos casos se había enfadado sobremanera con ellos, pero ahora sonreía porque le habían brindado la oportunidad de demostrar al señor O'Connor que, si él era un libertino, ella no era una completa ignorante de la vida. Ciertamente, pese a lo poco que sabía de los procesos amatorios, Erin era consciente de haber dado a entender al escocés mucho más de lo que correspondía, pero había merecido la pena con tal de poder contemplar en el rostro del caballero aquella expresión de auténtico desconcierto.

Tras los repentinos celos, otro pensamiento conquistó la mente de Declan: «¿Y por qué no iniciar un juego de seducción entre los dos? Podría reportarnos mutuo divertimento». Si la joven dama le había informado de manera tan abierta sobre sus antiguos amantes tal vez era porque andaba en busca del tercero de la lista. Y él de momento no tenía compromisos que lo privaran de aquel pasatiempo. Porque la historia con *lady* Catriona era diferente, totalmente diferente.

A la joven se le secó en los labios el gesto risueño cuando observó que también en la boca de O'Connor florecía una sonrisa radiante y confiada. Si bien la irlandesa infirió que algo no marchaba como debía, fue incapaz de imaginar cuáles eran los planes del caballero para con ella.

Concluyó el vals y la pareja se separó para seguir caminos diferentes en lo que restaba de velada. Erin decidió retirarse a su habitación, no sin antes acercarse a dar las buenas noches a *lady* Aneira y Nora —Marianne danzaba en ese instante con su flamante prometido y parecía la mujer más feliz del mundo—; por su parte, Declan decidió abandonar la fortaleza con el objetivo de respirar un poco de aire fresco. Sentía que lo necesitaba después de bailar con aquella descarada irlandesa.

¿Quién se lo iba a decir? Aun cuando desde el mismo instante en que la conoció le había parecido una jovencita de carácter indómito, debía admitir que lo había engañado, y de qué manera, en lo que a su virtud se refería. La había visto ruborizarse tantas veces ante los halagos de su amigo Sullivan que habría puesto la mano en el fuego por la inocencia de la joven. «Y me habría quemado». Meditaba con tal ensimismamiento mientras observaba el cielo, de nuevo despejado, que no oyó los pasos de la persona que lo había seguido hasta que se halló a un par de metros de distancia.

—¿Tienes un momento, Declan?

—Por supuesto, amigo mío —respondió el escocés, e invitó a John a tomar asiento a su lado.

—Espero que el asunto no te resulte incómodo, pero tengo la necesidad de preguntarte algo.

—Adelante.

—¿Entre tú y la señorita Galbraith existe algún tipo de… —el galeno vaciló un momento— de relación afectiva?

O'Connor se pasó la mano por la nuca y arrugó el ceño, sobrepasado por la cuestión que le planteaba su amigo.

—¿Y esa pregunta? ¿A qué viene?

—Llevo observándoos desde que la dama llegó a Stormfield, y casi de inmediato detecté algo extraño entre vosotros. Algún tipo de vínculo. No tenía muy claro si era aversión o todo lo contrario. Pero cuando os vi bailar hace un momento… No sé, me pareció que la idea de que fuera inquina no podía ser más errónea.

—No irás a decirme que la joven es realmente de tu gusto… —resopló Declan, francamente preocupado por el inglés—. Entiendo que durante las últimas campañas contra Napoleón no hayas gozado de la compañía de demasiadas damas, pero que muestres un interés tan notorio por la señorita Galbraith, a la que acabamos de conocer, me parece como mínimo algo precipitado, ¿no crees? Supongo que en el campo de batalla contabais con un ejército de meretrices para aliviaros.

Pese a la herida de la pierna, el oficial se puso de pie como si alguien le hubiera apretado en el resorte adecuado.

—Declan, si no fueras mi amigo, en este instante te asestaría un puñetazo. ¿Cómo osas hablar de rameras y, en la misma frase, mencionar a la señorita Galbraith? —lo increpó. «¿Qué me ocurre? ¿Tan de mi agrado es esa irlandesa?», se sorprendió el teniente de su propia reacción—. Para tu información, en ningún caso recurrí a los servicios de las prostitutas que acompañaban al regimiento.

—E hiciste muy bien. Toda precaución es poca cuando se trata de preservar las joyas de la corona. —Declan rio abiertamente y, con una palmadita conciliadora en la espalda de su amigo, intentó limar asperezas. Con escaso éxito, a decir verdad.

—Deseaba mantenerme en un estado de salud idóneo para la que en un futuro convierta en mi esposa —añadió John con semblante sobrio.

En ocasiones, Declan echaba de menos al compañero de andanzas de los tiempos universitarios, cuando Sullivan exhibía un carácter mucho menos circunspecto y, sin tantas muertes en el recuerdo, se sentía libre para sentirse animado y ser feliz. De hecho, el escocés tenía la teoría de que la ligera cojera que aún le quedaba a su amigo era más psicológica que física, como si no quisiera darse el lujo de recuperar sus facultades al completo cuando tantos de sus soldados se habían quedado en el campo de batalla.

—No pretenderás decirme que has encontrado a la mujer de tus sueños en la señorita Galbraith —dijo de nuevo serio el *highlander* mientras estudiaba a su colega.

—Ni mucho menos me atrevería a asegurar tal cosa... —la expresión de alivio de Declan no tardó ni un segundo en desaparecer— todavía. La considero una criatura encantadora y me gustaría conocerla mejor, a poder ser sin que tú te interpongas. Por cómo te mira, soy consciente de que no tendría nada que hacer si te decidieras a cortejarla.

—¿Por cómo me mira? ¿Quieres decir con odio? Porque creo que estuviste acertado con tu primera suposición. —Declan esbozó una sonrisa exhausta. La noche había sido excesivamente movida incluso para un hombre de acción como él, y eso que el encuentro con Catriona no había concluido como ambos esperaban cuando se colaron en la biblioteca: O'Connor se había reconocido repentinamente indispuesto a los pocos minutos de salir Erin de la estancia—. En serio, John, pon tus ojos en cualquier otra. Ella no es para ti. Te equivocas del todo con la dama —aseguró mientras recordaba cómo la «inocente» señorita Galbraith le había asegurado que ya había sido de dos hombres.

De estar realmente interesado en la joven, su falta de pureza antes del matrimonio no habría sido objeto de los remilgos de Declan, pero tal vez sí lo fuera en el caso de su amigo Sullivan, dado que las raíces del puritanismo se arraigaban con firmeza en el flemático árbol genealógico del inglés. Negársela ahora al teniente era su manera de hacerles un favor, tanto al caballero como a la damisela; o eso creía O'Connor.

—Ya has oído con cuánto fervor defiende su libertad y la equipara con la de los hombres. Sospecho que entre sus planes no figura tomar esposo y compartir con él una prole que le impida desarrollar la profesión que ha elegido. —Declan clavó la mirada en el médico y sentenció—: ¿Quieres oír un buen consejo? Cuanto antes te la quites de la cabeza, mejor.

—Confío en que tus palabras no sean un ardid para eliminar a la posible competencia... —John examinó a su amigo con desconfianza.

—¿En verdad me crees capaz de semejante villanía? —bufó Declan, y dirigió al médico una sonrisa pretendidamente pacificadora al tiempo que experimentaba una pequeña punzada en el estómago. Remordimientos. Porque, aunque el escocés ni mucho menos tenía la intención de presentarle una propuesta de matrimonio a la señorita Galbraith, John había dado en el clavo al deducir que O'Connor podría quererla para sí mismo.

«En cualquier caso», se dijo, «no puedo ser más explícito contigo sobre las circunstancias que rodean a la señorita ni sobre mis propias intenciones para con ella. Lo siento, amigo». Y la razón principal era que no se creía en el derecho de revelar al galeno los secretos de alcoba que la propia Erin acababa de compartir con él aquella misma noche. En contra de lo que la irlandesa pudiera pensar, él era un caballero.

Capítulo 7

C uando Erin despertó a la mañana siguiente, no habían dado las ocho en su reloj de bolsillo. «Buena hora. Podré deambular sola y en total libertad por la playa que linda con el castillo, tal como había planeado». Abrió la ventana y el aire fresco le susurró que no parecía tan buena la idea de darse un chapuzón.

Las olas se revolvían bravías abajo, en los acantilados, y en ese instante recordó avergonzada que había soñado con Declan O'Connor. Se llevó ambas manos a las mejillas: incluso a medio despertar, continuaban enrojecidas por el roce soñado de la mano del *highlander* y las carcajadas burlonas que habían acompañado a semejante caricia.

—Maldito sea, que hasta en mis pesadillas ha de entrometerse.

Pero ni tal circunstancia logró que Erin se sintiera menos afortunada. Se aseó y se cepilló el cabello; en un acto de rebeldía, optó por dejárselo suelto, con los rizos vertiéndose como espirales de brillante color chocolate por la espalda. Total, estaba resuelta a regresar antes de que la familia O'Connor decidiera abandonar sus lechos, algo que, estaba segura, no sucedería antes de llegado el mediodía. Sabía que, como dictaba la tradición, habrían trasnochado hasta bien entrada la madrugada.

Pasó la cabeza por el cuello de un vestido de muselina blanco, se calzó con unas zapatillas de tela que le permitirían moverse con comodidad sobre las resbaladizas rocas y ocultó los brazos bajo una chaquetilla Spencer en púrpura oscuro. También llevó consigo una pamela de paseo para evitar que los rayos del sol enardecieran la aparición de un ejército de pecas dispuestas a tomar posesión de la piel que le cubría nariz y pómulos. En su caso, ni el jugo de limón era capaz de mitigar tan engorrosas manchas.

Antes de abandonar la fortaleza, ascendió las escaleras de caracol que conducían a la almena de uno de los torreones, donde la familia O'Connor había hecho construir un cómodo refugio para *Argos*. El ave rapaz ya había regresado de su noche de caza y dormía plácidamente sobre el amasijo de gruesas ramas. Erin se despidió de él con una tierna carantoña. El resto del castillo también reposaba en los maternales brazos de un maravilloso silencio. Primero se dirigió a la biblioteca para recoger el tomo que había comenzado a leer unas horas antes, y después a la cocina, donde hizo acopio de algunos de los emparedados fríos que habían sobrado de la fiesta. Había planeado desayunar a orillas del mar. Y el entrante, nada más alcanzar el exterior de la fortaleza, consistió en una saludable bocanada de aire fresco que le abrió aún más el apetito.

La única persona que encontró de camino a la playa fue a un joven de laboriosos brazos que trabajaba la tierra en la zona donde crecían los cultivos de los O'Connor. El muchacho, inquieto al ver que salía a pasear sola a horas tan tempranas, se ofreció para ir en busca de algún miembro de la servidumbre que pudiera acompañarla, ya que se rumoreaba que aquellas aguas se habían convertido en un nido de contrabandistas.

—No, por favor. —Erin lo detuvo con un gesto de la mano—. No quiero ser una carga para nadie. Si durante mi paseo advierto que alguien se me acerca a menos de cien yardas, ya tenga aspecto de pirata o de clérigo, le prometo correr de vuelta al castillo como alma que lleva el diablo. Soy rápida como una gacela, ¿sabe?

Erin consideraba poco probable tropezar con maleantes tan de madrugada. En Dublín había leído con asiduidad los periódicos vespertinos de su padre, y en ellos se explicaba que los contrabandistas acostumbraban a actuar al amparo de la oscuridad. Lo más probable era que en esos momentos permanecieran recluidos en sus guaridas, descansando de su actividad malhechora nocturna o durmiendo la mona. «Justo como las gentes de Stormfield», sonrió.

La joven siguió el caminito de piedras que bajaba hasta la playa. Inspiró profundamente y se dejó inundar por el húmedo aroma del salitre; descubrió que, de repente, respiraba mejor de lo que lo había hecho en los últimos cinco meses. Se sintió enamorada de aquel lugar y, en correspondencia por ese afecto, se dejó acariciar los pies por la arena. Había prescindido de usar medias y, cargada con el libro, las zapatillas y la servilleta cebada de emparedados, paseó sin prisa a lo largo de la orilla hasta localizar una hermosa roca saliente con forma de cuña y cubierta de líquenes en diferentes tonos verdosos. Casi parecía un trono.

Ya había dado debida cuenta del copioso desayuno y llevaba un buen rato leyendo las desventuras de «Bonnie Prince Charlie» cuando descubrió tres pares de pies justo delante de sus narices. Alzó la mirada poco a poco y se encontró con unos individuos de baja estofa que la contemplaban con curiosidad.

—Mira lo que tenemos aquí, hombre. Es una *banshee*... —aseguró un varón de frondoso bigote y perilla que debía de rondar los cuarenta años.

Erin lo miró abrumada ante el temor de haber sido descubierta. «¡¿Cómo es posible?!», se preguntó. Echó mano de los tirabuzones que le colgaban por delante y comprobó que no habían empezado a mudar de color, seguían siendo de su habitual tono castaño. No solo se tornaban plateados cuando Erin tenía que anunciar el fallecimiento de alguna de las almas que le habían sido encomendadas: también cuando la Muerte rondaba las cercanías. Por fortuna, no era el caso.

—Tienes razón, Frank. No hay más que verla —confirmó el segundo de ellos, más joven, con la cabeza sin un solo pelo de tonto (ni de listo) y el cuello escondido, como si de continuo se estuviera encogiendo de hombros—. ¿Qué opinas tú, Drostan?

—Señores, se equivocan —intervino la dublinesa—. Yo... Se trata de un error... Yo no soy una *banshee*.

Los tres se echaron a reír ante el gesto angustiado de la joven.

—Eso ya lo sabemos, *lassie* —comentó aquel al que habían llamado Drostan, el más elegante de los tres a tenor de los ropajes que llevaba, con una boina negra cubriéndole los cabellos trigueños y ondulados, a juego con el mostacho y las barbas que gastaba—. Por su acento, deduzco que no es de por aquí y desconoce nuestras leyendas. Permítame que le aclare el comentario de mis amigos: si ambos la señalaban como una mensajera de la Muerte es porque la hemos encontrado sentada en una «silla de *banshee*». Llamamos así a ese tipo de rocas con forma de cuña. El mar las forja para que las *banshees* puedan descansar sobre ellas —señaló con el mentón en dirección al asiento que hasta hacía un momento había ocupado Erin.

—¿Son ustedes contrabandistas? —preguntó con la voz más trémula de lo que hubiera deseado aparentar.

—Para servirla, señorita —respondió Drostan mientras ejecutaba una burlona reverencia—. ¿O sería más adecuado decir para servirnos? —dijo encogiéndose de hombros, y sus dos socios le rieron la broma con estruendosas carcajadas que angustiaron aún más a la irlandesa.

Nada más levantarse de la silla de *banshee*, Erin ya había reculado un par de pasos en dirección a Stormfield. Sin ningún remordimiento, había abandonado a su suerte el libro. La razón de cometer semejante felonía literaria era asegurarse de poder hacer uso no solo de los dientes, sino también de las uñas en caso de tener que atacar el rostro de aquellos desconocidos. Tampoco se molestó en alcanzar las zapatillas, que estaban más cerca de los maleantes que de ella.

Se hallaba examinando a aquellos hombres de mediana estatura pero fornidas constituciones y las posibilidades que tenía de escapar cuando se fijó en que uno de los tres esbozaba una sonrisa, con la vista al frente y perdida en el infinito. Ella lo ignoraba, pero a sus espaldas un cuarto individuo acababa de reclamar el silencio de sus compinches llevándose un dedo a los labios.

Las rodillas de la joven se doblaron ligeramente por la sorpresa cuando notó aquel brazo masculino rodeándole los hombros en un gesto que, de haber provenido de su padre o hermanos, habría considerado protector. Nada más lejos.

«Buenos días, señorita Galbraith», pensó el dueño de la extremidad invasora. Espantada, Erin volvió la cabeza y descubrió a Declan O'Connor, que exhibía una sonrisa provocadora. Tenía aspecto descansado, como si acabara de dormir ocho horas seguidas, aunque eso era imposible, dado que vestía las ropas de la noche anterior.

—Señor O'Connor…

—Así que aquí estabas, querida —la interrumpió el aludido—. Llevaba un buen rato intentando localizarte —se quejó con voz lastimera.

La irlandesa sintió alivio por la oportuna aparición del hijo del *laird*, pero también turbación por la familiaridad con la que se atrevía a tratarla. En cualquier caso, llegó rápido a la conclusión de que ya habría tiempo de recriminarle su actitud descarada y totalmente fuera de lugar; lo urgente era abandonar aquel paraje y la ingrata compañía de esos tres contrabandistas… a los que Declan, mediante gestos clandestinos, ordenó que le siguieran el juego.

El escocés le hizo darse la vuelta para ponerla frente a él y, con gesto admonitorio, le dijo mirándola a los ojos:

—Belleza, no deberías abandonar mi lecho mientras aún duermo —declaró con descaro mientras le rozaba con aparente dulzura los cabellos que le enmarcaban el rostro. Erin se estremeció en un escalofrío desconcertante, dolorosamente parecido a los que había sentido mientras soñaba con él aquella misma noche—. Es una suerte que estos señores te hayan entretenido tan cerca del castillo. Si no, apuesto a que la búsqueda me habría resultado infinitamente más ardua.

A un par de metros de ellos, los contrabandistas empezaron a murmurar entre sí con voces que denotaban diversión.

—¿Me permite que la abrace? —aprovechó Declan para decirle al oído.

—¿Abrazarme? ¿Después de dar a entender a esos maleantes que soy su querida? —le reprochó en susurros.

—Es vital para su seguridad —la previno el *highlander*.

Ella, tras echar un nuevo vistazo al trío de delincuentes —«Estamos en clara desventaja», meditó la muchacha, que tenía previsto participar en la pelea de llegar a producirse—, terminó masticando dos palabras que le supieron amargas:

—De acuerdo.

Si al principio los ojos le echaban chispas por el sentimiento de contrariedad, este, ante la proximidad del escocés, terminó por transformarse en un azoramiento que le arrebató una buena porción de su condición humana. La irlandesa ya no tenía por qué preocuparse de sus indeseables pecas: un rojo tan intenso como el de los cangrejos de río las diluía. Advirtió que los brazos del *highlander* la envolvían con una confianza que jamás había compartido con un hombre que no perteneciera al círculo de los Galbraith.

Declan sonrió sorprendido al notar cómo la tensión se iba acumulando en el cuerpo de la joven. «Su reacción no es la de una mujer que haya yacido con hombres», meditó mientras apoyaba el mentón en el aparatoso sombrero de Erin. «No me lo creo, señorita Galbraith. Vamos a ver cómo reaccionas si yo...».

—Déjese llevar, querida —le dijo de nuevo al oído, haciéndole entender que necesitaba ocultar sus palabras a los contrabandistas—. Si en algo valora su vida, no me contraríe, por favor.

Erin lo miró a los ojos, buscando cobijo en ellos. Y antes de que pudiera hacer nada por impedirlo, el escocés pasó una mano por el ala de su pamela para hacerla caer al suelo, acunó sus mejillas con delicadeza y, tras pensarlo menos de lo necesario, tomó suavemente sus labios en un beso que provocó que a ella volvieran a doblársele las rodillas. El *highlander* se preparó para el rechazo, pero enardecido por la inocente entrega que percibió en ella —de hecho, Erin, aunque tímidamente, le estaba devolviendo el beso, olvidando incluso la incomodidad de contar con espectadores—, el roce suave se volvió más intenso.

«¡¿Pero qué estoy haciendo?!», se preguntó ella transcurrido un tiempo que bien podría haber sido de unos pocos segundos o de muchos. Y en cuanto Declan escuchó el gruñido reticente que surgió de la garganta de la dama, entendió que no le quedaba otra que acceder a sus deseos, por muy dispares que fueran de los suyos. Le liberó el rostro y Erin se apartó discretamente, con la obvia intención de no llamar en exceso la atención de los contrabandistas. En vano, porque hacía rato que habían enmudecido ante el espectáculo.

«¡Demonio de mujer!», se dijo O'Connor, que compartía con ella la respiración entrecortada. Consternado, se fijó una vez más en los labios de la irlandesa, a los que ya echaba de menos, así que no le importó jugar sucio para obtener lo que tanto ansiaba.

—No se detenga ahora —le rogó en un murmullo—. Estos hombres son muy peligrosos. —La joven volvió a observar a los contrabandistas por encima de su propio hombro—. Lo único que la separa de ellos es que me respetan, y si piensan que es importante para mí, apuesto a que la dejarán en paz ahora y en un futuro. En caso contrario, a saber lo que podrían hacer con usted si vuelven a encontrársela a solas. ¿Acaso no ve sus pistolas?

Erin localizó las armas de fuego entre los ropajes de aquellos malhechores, pero no estaba dispuesta a sucumbir de nuevo a los deseos de Declan. A decir verdad, sentía tal alboroto en su corazón, que no hubiera sabido precisar cuál de aquellos cuatro hombres suponía una mayor amenaza para su integridad: si los primeros, con sus pistolas, o el propio O'Connor, armado con algo tan aparentemente inocuo como unos labios.

—La próxima vez que se me ocurra salir a pasear sola, le garantizo que llevaré conmigo algo mucho más letal que un viejo libro —le susurró, y sonó a promesa.

Declan sonrió ante la determinación que mostraba la joven.

—De acuerdo, pues. Habré de conformarme con el empleo de simples palabras para hacerles entender que usted es intocable —claudicó Declan antes de exclamar en voz alta—: ¡Qué tímida te muestras en público, querida! —la reprendió con sorna antes de dirigirse a los tres desconocidos—. ¿Pero dónde están mis modales? Señores, les presento a mi mujer, la señorita Erin —explicó en tono desenfadado como si se encontrara departiendo con delincuentes en una taberna de medio pelo.

A uno de ellos, el de la cabeza rapada, le tembló la mandíbula: se resistía a reír, pero su intento fue vano, y también el comentario mordaz que le picaba la lengua desde hacía un buen rato.

—Querrá decir su «nueva» mujer, capitán.

Capítulo 8

ngus estalló en una carcajada que normalmente resultaba contagiosa para sus compinches; no en esta ocasión. De hecho, se encogió dolorido, aunque sin parar de reír, cuando el compañero de aires más garbosos le propinó un recio codazo entre las costillas.

—Angus, siempre serás un bocazas, hombre —lo acusó Drostan—. El capitán nos ordenó que disimuláramos.

Erin se quedó petrificada, contemplando a Declan con incredulidad.

—¿«Capitán»? ¿Todos ustedes se conocen? —preguntó al tiempo que paseaba la mirada entre los cuatro hombres.

—¿Se ha disgustado la dama? —preguntó Angus, con evidentes dificultades para erguirse de nuevo y entender cuál era el problema.

Erin abofeteó con fuerza a Declan. Tras darle la espalda, avanzó unos pasos para recoger sus zapatillas y el libro que había abandonado sobre la roca y, a la vuelta, pasó como un torbellino entre los contrabandistas, esquivándolos como si fueran postes de madera. Ya se sentía suficientemente mortificada como para enfrentarse a aquellos rostros burlones, pero, de haberse fijado, habría constatado que solo uno de ellos, pese a la quemazón que sentía en la mejilla, sonreía encantado; los otros tres permanecían serios y algo impresionados por el carácter de la joven.

—Que pasen un buen día, señores —se despidió con acritud cuando ya los había dejado unos metros atrás.

Rezó por que ninguno de ellos, y menos aún el ladrón de besos, se atreviera a seguirla, pero tal vez Dios tenía otras urgencias que atender, porque desoyó su petición. Declan no tardó en darle alcance. Se atrevió a mirarlo de reojo y atisbó cómo el muy canalla dibujaba una mueca animada en los labios. Aquellos labios que acababan de besarla como ningún otro hombre había tenido la osadía de hacerlo.

—¿Por qué se ha molestado tanto conmigo, señorita Galbraith? —preguntó Declan en un tono de lo más ingenuo mientras aumentaba la longitud de sus zancadas para poder seguirle el paso a la ofuscada irlandesa.

O'Connor había recogido del suelo la pamela que la joven había dejado olvidada unos metros atrás y, mientras caminaba, se la pasaba de una mano a otra con habilidad.

—¿Y aún tiene que preguntarlo, señor? —Erin apretó los dientes y se negó a dirigirle la mirada. Prefería las vistas del vaivén de las olas, que, a cada acometida, amenazaban con mojarle los pies.

—Vamos, un beso no es para tanto —intentó razonar con ella—. Y si usted está empecinada en pasearse por estas playas con la libertad de un hombre, sin ningún acompañante y cuando le apetezca, era del todo recomendable que yo...

—¿Que usted me marcara como si fuera de su propiedad ante esos forajidos? —Se detuvo para clavarle la mirada, presa de una furia que no creía haber sentido jamás—. ¿Como si fuera una mercancía?

—Tal vez yo lo hubiera expresado de una manera diferente, más caballerosa —se atrevió a contestar él, porque en absoluto consideraba una mercancía a esa mujer independiente y de armas tomar.

—¿De una manera más caballerosa? Sería complicado: usted no es un caballero —musitó entre dientes.

Erin echó a andar de nuevo; sus zancadas eran marciales como las de un soldado de infantería cargando contra el enemigo, y de haber contado con una bayoneta entre aquellas manos, pequeñas pero firmes, se las habría apañado para insertársela a Declan hasta el fondo de las tripas. Fantaseó con la idea de hacerlo.

—Pensé que, dada su vasta experiencia con los hombres, no le importaría un poco de diversión —se defendió él mientras, aprovechando que Erin no miraba, intentaba enredar en su índice uno de los preciosos tirabuzones de la dama. La imagen de la muchacha con los cabellos sueltos, rozándole la cintura, lo había fascinado.

Cuando su comentario la hizo detenerse una vez más, Declan retiró el dedo de inmediato, consciente de que corría el riesgo de sufrir una amputación temprana. Se fijó en que los dientes de la dama, que un sentimiento furioso dejaba perfectamente a la vista, gozaban de una salud encomiable.

—Permítame que le aclare que una mujer, con experiencia o sin ella, debe ser libre de elegir si desea recibir las atenciones de un caballero.

Pese a que los dos sabían que la irlandesa le había devuelto el beso, circunstancia con la que él nunca intentaría justificarse ante ella, Declan consideró más que pertinentes las recriminaciones que acababa de lanzarle, y, de hecho, se extrañó de haber obrado con semejante falta de decoro. Nunca antes se había conducido de manera tan impulsiva; su proceder había resultado de todo punto inadmisible. Pero en lugar de reconocer su falta, cometió un segundo error. Decidió que, dado que nada podía hacer por volver atrás en el tiempo y reparar su impropio comportamiento, lo mejor era quitarle hierro al asunto, pensando que sería una buena salida tanto para él como para ella.

—¿En qué quedamos? ¿Entonces me considera o no me considera un caballero?

Erin lo fulminó con la mirada por no tomarse en serio aquella situación y por fin él entendió la magnitud de los reproches.

—Discúlpeme, por favor. Tiene toda la razón, señorita Galbraith. No debí besarla sin obtener antes su consentimiento. Fue una acción desafortunada —admitió al fin—. Pero —y esta vez fingió vacilar, ya que la pregunta era totalmente premeditada—, ya que hemos sacado el tema… ¿Podría usted jurar sobre una Biblia que anoche no mintió acerca de su supuesta experiencia? —La dublinesa frunció el ceño a la espera de que fuera más explícito—. Porque, si no mintió, he de informarle de que en el arte de besar contó usted con pésimos maestros… Si lo desea, me ofrezco voluntario para instruirla; con un poco de voluntad por mi parte, podría ayudarla a mejorar mucho. Por supuesto, esta vez aguardaré a que sea usted la que busque «mis atenciones».

Erin abrió la boca con tal asombro y gracia natural que él tuvo que refrenarse para no iniciar las clases en aquel lugar y en ese mismo instante.

—No puedo creerlo… —consiguió decir ella—. Después de comportarse como si fuera suya, ¿se atreve a criticar mi manera de besar?

—¡Oh, no osaría hacer tal cosa! —exclamó él con voz resuelta—. De hecho, he de confesarle que en raras ocasiones he encontrado tanto placer en un simple beso. —«¡¿Simple?! ¡Encima lo considera simple!», se enfureció Erin, para quien aquel beso había supuesto algo así como la revelación de un secreto muy bien guardado—. Es solo que se comportó usted de una manera tan tierna… que me pareció inocente como una doncella. Si hasta se ha asombrado cuando…

—¡Basta! ¡Es suficiente, milord! —se exaltó Erin mientras el bochorno regresaba a sus mejillas y se le extendía por el cuello.

—¿Insiste entonces en su supuesta experiencia con los hombres? —Declan alzó las cejas, a la espera de una respuesta sincera por parte de la dama.

Pero Erin, como buena irlandesa, iba a dar muestras de una exacerbada tozudez al mantener la versión que la noche anterior había ofrecido.

—Por supuesto que insisto. Ya le dije que mi experiencia se extiende a dos caballeros. —Alzó la barbilla, desafiante.

«En realidad a tres, contándolo a usted. Y, maldita sea, dado que ahora he aprendido cómo es de verdad un beso, debería reducir la lista a un solo nombre». No obstante, se guardó mucho de compartir tales pensamientos, y, como estaba deseando reorientar la conversación hacia rumbos menos fastidiosos, preguntó:

—Supongo que no fue casualidad que diera conmigo. ¿Cómo supo dónde encontrarme?

—Ronald, uno de nuestros labriegos, sintió inquietud al verla marchar sola y se dirigió al castillo para avisar a la señora Campbell. —«Condenado muchacho. ¿No podía mantener la boca cerrada?», lamentó Erin—. Ella, al tanto de que yo estaba despierto porque acababa de pedir que me llevaran el desayuno a la sala de música, acudió a informarme acerca de su imprudente plan —la reprendió con una sonrisa—. Decidí salir en su busca. No tema por los hombres que se encontró. Ellos nunca la atacarían, y menos en las inmediaciones del castillo, pero otras amenazas acechan ahí fuera y debería cuidarse de no tener que enfrentarse a ellas —añadió más serio.

—Apuesto a que no hay mayor peligro en dos leguas a la redonda que el que se aloja entre los muros de Stormfield, a una puerta de mi alcoba.

Declan esbozó una mueca satisfecha. Tal vez no todo estaba perdido en aquel juego de seducción que había emprendido con la señorita Galbraith si hasta ella misma era capaz de identificarlo como un «peligro».

—Ahora le ruego que me deje sola. Me gustaría proseguir con mi lectura y recuperar el sosiego que me embargaba antes de que esos hombres y usted se cruzaran en mi camino. —Intentó aparentar una serenidad que en absoluto experimentaba.

—Señorita Galbraith, permita que la acompañe en el paseo, por favor. Reconozco mi culpa. —Inclinó la cabeza y se llevó la palma de una mano al corazón en un gesto muy teatral—. Me declaro ante usted un bruto y un desconsiderado. Le doy mi palabra de caballero de que no volveré a abrazarla o besarla nunca más. Al menos hasta que usted me pida que lo haga —añadió en actitud zalamera—. Y tengo la esperanza de que no me haga esperar demasiado. La paciencia tampoco es una de mis virtudes.

«Precisamente mi más notorio error fue precipitarme. Debí esperar a que me diera pie», reflexionó Declan, flagelándose aún por lo ocurrido.

«¿Hasta que yo se lo pida? Qué poco me conoce, O'Connor», pensó Erin muy segura de sí misma, hasta que empezó a notar como si diminutas hormigas le estuvieran recorriendo el estómago arriba y abajo. «Yo nunca sería tan estúpida como para hacer semejante cosa. No, seguro que no… ¿O sí?». Contempló los risueños labios de Declan, bajó la mirada, confundida por las emociones contradictorias que la asaltaban, y alcanzó a ver cómo su pretendida certeza se desmoronaba en aquella playa, y ante sus ojos, como un castillo de arena embestido por las olas.

Se repuso al momento. No iba a consentir que erosionara sus convicciones. Y se aseguró de ello evocando el ingrato recuerdo de la marquesa en brazos del *highlander* la noche anterior. Que hubiera intentado tomarse con ella libertades similares a las que acostumbraba con su amante la disgustó sobremanera y provocó que la rabia rebullera en su interior lo suficiente como para que pudiera reemprender su ofensiva.

—Señor mío, es usted mucho peor que un bruto y un desconsiderado. —Declan intuyó que el alegato en su contra no iba a finalizar ahí, que ella pretendía echarlo de su lado sin emplear ni la fuerza de un meñique: bastaba con la violencia de sus palabras—. Es usted insufrible, además de un libertino. Por no mencionar que se trata de un hombre carente de escrúpulos, al que poco importa yacer con la mujer de otro —lo atacó con ferocidad, y él se resintió de la bofetada, esta vez de naturaleza etérea, que acababa de asestarle a su honor.

Declan no se sentía orgulloso de su relación con una mujer casada, pero Erin no podía entender sus motivaciones, ni él era libre para explicárselas.

—Por si eso fuera poco —prosiguió ella—, es también un contrabandista. Por la ropa que llevaba entonces, supongo que la noche que tuvimos la desgracia de conocernos venía de realizar alguna de sus escaramuzas y que su familia no está al tanto de tales andanzas. ¡Y encima es usted el capitán de esos rufianes!

—¡Maldita sea su intuición! Por lo que veo, está más que dispuesta a descubrir todos mis secretos —refunfuñó Declan, a quien la combativa irlandesa había hecho perder la sonrisa—. La mayoría de jovencitas no se dedicarían a criticarme por esas «escaramuzas», como usted las llama, sino que se mostrarían ansiosas por conocer hasta el más mínimo detalle. ¿En verdad le incomoda tanto que sea un fuera de la ley?

—Permítame que le informe de que el señor Galbraith, que es... —logró rectificar a tiempo— que era magistrado en Dublín, lo hubiera aborrecido, señor. Y mi madre siempre manifestó sobre mí que no ha habido ni habrá hija sobre la faz de la Tierra que se parezca más a su padre. —¿La dublinesa le estaba diciendo de la manera más civilizada posible que lo despreciaba? Declan no entendió la causa, pero se le hizo un nudo en las entrañas—. De haber nacido hombre, yo también habría estudiado Leyes y sin duda ahora estaría persiguiendo a criminales de su calaña por todo el Imperio británico.

—Infiero que, si estuviera en sus manos, usted misma me conduciría al cadalso.

Fue más una pregunta que una afirmación. Pero ella guardó silencio: siempre se había mostrado contraria a la pena de muerte, en especial en los casos de latrocinio y pillaje. Pagar con la vida por robar le parecía un castigo demasiado severo, máxime cuando normalmente era el hambre la que incitaba a cometer el delito. En cualquier caso, la muerte no era algo que le deseara a Declan O'Connor.

—Milord, usted y yo empezamos con mal pie y me temo que vamos de mal en peor —comentó con gesto dolido. Tragó saliva y suspiró—. Tengo la sospecha de que nunca llegaremos a congeniar como dos personas civilizadas.

—Coincido plenamente —dijo él, ya menos tenso—. Le aseguro que usted es la primera mujer que, al descubrir mi secreto, reacciona con unas palabras tan imperdonablemente críticas —se defendió bajo una sonrisa altanera.

—Y estoy convencida de que el paso del tiempo provocará que surjan nuevas razones para odiarnos.

—No veo cómo evitarlo —continuó Declan con fingida serenidad—, ya que es usted expresiva sin límites y por desgracia tiene en mí al hombre que mejor sabe leer en su bonito rostro. Estamos condenados a entendernos.

¿O'Connor acababa de reconocer que le parecía bonita? Erin bajó la mirada para ocultar una sonrisa halagada. «Pero ¿qué estoy haciendo?», se recriminó, y de inmediato borró aquella mueca de niña bobalicona. Era lo bastante sincera consigo misma como para admitir que su estancia en Stormfield se complicaba por momentos. *Lady* Máda la había enviado a Escocia para que aprendiera a desengancharse de sus sentimientos humanos y, a cada segundo que compartía con aquel impertinente *highlander*, se sorprendía descubriendo emociones que nunca habían estado ahí: malas, buenas y aún peores.

—Sí, me siento capaz de leer cada uno de sus pensamientos. —Era una suerte que las habilidades psíquicas del escocés tuvieran mucho margen de mejora—. Y de todos es sabido que una sinceridad extrema mata el romanticismo en una pareja.

Erin se sintió estúpida. Interpretó como burla lo que no era sino coqueteo.

—¿Romanticismo? ¿Pareja? —repuso indignada—. Le recomiendo que en lo que a mí se refiere opte por desechar tales palabras de su vocabulario.

—Disculpe, pero cuando anoche me habló con tanta franqueza durante el baile, yo deduje… —Al menos en eso sí podía ser claro como los albores del día—. Deduje que estaba buscando al tercero.

—¿Al terce qué? —preguntó Erin, incapaz de seguirle en su argumentación.

—¡A su tercer amante, por supuesto! —habló por fin sin tapujos—. Y que me había elegido a mí. De no ser así, ¿por qué demonios una dama de nobles orígenes iba a tratar con un semidesconocido un asunto tan delicado como el de sus conquistas amorosas? —Frunció el ceño como si la estuviera sermoneando—. No es que la critique por ello, pero es una práctica muy inhabitual, al menos en Escocia.

—¡Por todos los cielos! —exclamó horrorizada mientras se llevaba a los labios el dorso de la mano que cargaba con el libro—. No fue esa mi intención. No me estaba ofreciendo a usted, Declan.

—Bueno, es ahora cuando me doy cuenta —dijo encogiéndose de hombros, pero complacido de que por vez primera se hubiera dirigido a él por su nombre de pila. «No todo está perdido con ella. Solo que, si deseo seducirla, debo abordarla con mayor sutileza. Y creo que sé por dónde empezar».

—Señorita Galbraith, ahora que hemos aclarado el malentendido, me gustaría compensarla de alguna manera por mi inadecuado comportamiento.

—No es necesario. Me ha dado su palabra de que no volverá a hacerlo... —Una mirada de Declan la obligó a explicarse con mayor precisión—. Besarme. Y, mal que me pese, confío en usted.

La ingenuidad que demostraba Erin provocó en O'Connor un sentimiento de culpa que a punto estuvo de hacerlo renunciar a sus planes de conquista. Las dudas resultaron ser fugaces como los rayos en una tormenta.

—Insisto. Debe permitir que resarza el daño. Y, para ello, más tarde me gustaría acompañarla a un lugar —se ofreció.

—Teniendo en cuenta lo mal que nos llevamos, O'Connor, creo que por hoy ya hemos cubierto el cupo de tiempo que deberíamos pasar juntos en un mismo día.

—De acuerdo —capituló él, aparentemente sin plantear batalla—. Si no desea que la acompañe a visitar a la señora Gowan, por mí está bien. —No hizo falta que Erin le preguntara quién era la dama en cuestión, él la iluminó al instante—: Oh, es conocida por sus labores como hilandera... y por ser una de las mejores contadoras de leyendas de toda la isla.

—Ah, pero en ese caso sí me interesa... —reculó Erin muy a su pesar.

—Eso pensaba yo. —Declan sonrió sabiéndose ganador de aquel combate—. Si está de acuerdo, regresemos al castillo —la invitó a precederle en el camino que ascendía hasta los jardines extramuros—. Enviaré de inmediato a un sirviente a casa de los Gowan para preguntarles si podrían recibirnos a lo largo del día de hoy.

Capítulo 9

Cuando aquella misma tarde Erin salió por la puerta principal del castillo de Stormfield, Declan la estaba esperando en el patio de armas junto a un sencillo calesín. La joven observó con recelo el carruaje, ya que daba cabida a solo dos personas y no disponía de pescante.

—¿No nos acompañará el señor Gallaghan? —preguntó la irlandesa mientras miraba a su anfitrión con gesto desconcertado. Nerviosa, se recolocó a un costado la cesta de mimbre con tapa y cierre de metal en la que portaba su set de escritura.

—Lo lamento, señorita Galbraith, pero mi padre precisaba de sus servicios. Si le supone un problema viajar conmigo sin carabina, podemos posponer *sine die* la visita a la señora Gowan. ¿Quién sabe? Tal vez mañana George se encuentre más libre de ocupaciones —le propuso el *highlander* adoptando un aire de simulada indiferencia.

Erin dudó por un instante. Sus padres habrían considerado del todo inapropiado que accediera a pasear a solas con un caballero, y, menos aún, con uno que aquella misma mañana había tenido el atrevimiento de besarla; sin embargo, se obligó a dejar a un lado las objeciones que la razón parecía dispuesta a dictarle. Deseaba empezar cuanto antes con el trabajo de campo para su libro. Este, como le había instruido *lady* Máda, era el elemento que, por excelencia, mejor definía a un buen recopilador de leyendas. Así que rechazar la oportunidad que el escocés le había brindado con la señora Gowan por un exceso de celo protocolario se le antojó contraproducente.

O'Connor notó que la dama vacilaba y, para incitarla en la dirección correcta —es decir, la más inmediata a sus propios intereses—, se aproximó al caballo de tiro como si planeara desengancharlo del carruaje y devolverlo a los establos. Comprendió que su argucia tenía éxito cuando oyó a su espalda:

—¡No, por favor! —Declan, ufano, sonrió a escondidas—. Ya hemos avisado a la señora Gowan de nuestra llegada y preferiría no faltar a la cita. No sería… correcto —añadió Erin a sabiendas de que, en aquella situación, hablar de lo que era apropiado o no por fuerza había de sonar hipócrita.

—De acuerdo, pues —dijo él antes de apartarse del ataladje del animal—. Permítame, por favor —le ofreció la mano caballerosamente para que se apoyara y ascendiera al vehículo.

El escocés no se decidió a romper el silencio hasta transcurridos varios minutos de viaje. Había una cuestión que lo inquietaba desde su encuentro matutino:

—Señorita Galbraith, ¿podría…? —Tragó saliva; le disgustaba verse en la obligación de pedir un favor, y más a alguien con quien no le unía una estrecha amistad—. ¿Sería usted tan amable de tomar en consideración un ruego?

—¿Un ruego? —Erin se alegró de que por fin surgiera un tema de conversación—. No lo tomaba por hombre inclinado a la súplica…

O'Connor apretó los dientes. «Así que no vas a ponérmelo fácil…», se dijo.

—He dicho un ruego, no una súplica —la corrigió—. Suplicar comporta humildad y sumisión, y confío en que no sea tan ingenua como para esperar de mí tal cosa.

—La diferencia se me antoja muy sutil —insistió ella, aunque optó por conceder una tregua a su enemigo, no fuera el *highlander* a dejarse llevar por su mal carácter y dar media vuelta, de regreso al castillo—. Y, respondiendo a su pregunta: sí, estoy dispuesta a tomar en consideración aquello que tenga a bien pedirme. Aunque, antes de que diga nada, déjeme advertirle de que no dispongo de caudales que fiar.

—Es un asunto delicado, pero no tanto —replicó, agradeciendo la predisposición a bromear de la que hacía gala la irlandesa—. Se trata de mis actividades delictivas.

Erin, algo apurada dado lo severa que se había mostrado aquella misma mañana, dejó escapar un «Ah, ya veo». No podía olvidar las múltiples formas en que lo había insultado. Lo había tachado de delincuente y libertino, y no es que hubiera cambiado de parecer, pero él había aguantado las críticas con estoicismo; y, al fin y al cabo, ella no se sentía con derecho a juzgarlo. Ni a él ni a nadie.

—En casa, solo mi hermano Killian tiene conocimiento de ellas, por lo que le agradecería que no se las mencionara a nadie de mi familia. Tampoco al doctor Sullivan ni a la señorita Morgan, por supuesto.

«Vaya… Al parecer tiene en alta estima la opinión que Marianne pueda forjarse de su persona», pensó Erin mientras a hurtadillas le echaba un vistazo.

—Puede estar seguro de que su secreto se encuentra a salvo conmigo.

Aunque pedirle el favor resultaba innecesario —ya que la joven había decidido guardar para sí aquella información—, tampoco iba a desaprovechar la coyuntura de que él se sintiera en deuda con ella: Erin se arrepentía de la actitud orgullosa que la había alentado a engañarlo sobre su supuesta experiencia con los hombres, y, pese a que una vocecilla en su interior le aseguraba que podía confiar en la discreción del escocés, no estaba segura a ciencia cierta de que este deseara preservar la confidencia.

—Ya le dije, milord, que soy una persona discreta —continuó mientras contemplaba el paisaje cambiante que los sumergía bajo un mar de frondosas ramas. Arriba, los rayos del sol, como gaviotas hambrientas, se lanzaban en picado e intentaban con escaso éxito zambullirse en ese peculiar océano de tonos verdosos y castaños.

—Se lo agradezco —reconoció él, ahora menos agarrotado—. Prefiero no salpicar al *laird* con mis andanzas delictivas. Es un hombre de honor intachable.

Erin tuvo la impresión de que Declan estaba convencido de la decepción que sufriría su padre si llegaba a enterarse de que un hijo suyo se había convertido en el capitán de una banda de contrabandistas. Observó el perfil del caballero y, a pesar de su naturaleza sarcástica y disipada, encontró mucha dignidad en él. Una dignidad que, por alguna extraña razón, no hallaba en Killian.

—Siente admiración por ella, ¿verdad? —se atrevió a preguntar la irlandesa.

Declan la miró en una de esas raras ocasiones en que el sorprendido era él, y no al revés. La joven procedió a despejar las dudas de su acompañante:

—Me refiero a Marianne.

El desconcierto inicial del escocés se transformó en enojo y, como prueba de ello, una arruga se abrió paso entre sus ojos zarcos para avisar a la dublinesa de que su impertinente comentario se hallaba fuera de lugar.

—Solamente me refiero a que la señorita Morgan es de su agrado como cuñada —rectificó de inmediato Erin. Lo último que deseaba era ofenderlo—. En ningún momento he pensado que usted... que usted envidiara la suerte de su hermano... —mintió y se mortificó, sin saber muy bien cómo salir del callejón sin salida en el que acababa de meterse.

Declan se serenó al reconocer el remordimiento en aquella mirada de jade, y entonces el enfado dejó paso a la benevolencia, de manera que incluso tuvo que esforzarse para ocultar una sonrisa. «Alma rebelde y corazón bondadoso. No dudo de que haya dejado en Dublín un buen puñado de admiradores».

—Deje de fustigarse. La he entendido perfectamente —dijo por fin, y resopló, como si le costara reconocer la verdad que estaba a punto de salir por su boca—. No se equivoca, señorita Galbraith. Marianne es una belleza; su dulzura resulta poco común; prudente en sus afirmaciones; de una distinción innata pese a no provenir de una familia noble... —Aunque sentía por la señorita Morgan una gran estima, Erin deseó que Declan pusiera fin de inmediato a aquel listado infinito de virtudes—. Todas las cualidades que un hombre podría desear en su futura compañera —prosiguió él—. Y no creo que Killian hubiera podido hallar mejor madre para sus hijos.

Una punzada en la boca del estómago recordó a Erin que ella nunca disfrutaría del amor de un esposo ni de una familia. Y, pese al carácter libertino que exhibía el *highlander*, entendió que este terminaría por sentar la cabeza y casarse con una buena muchacha; en vista de lo escuchado, lo más parecida posible a Marianne. Muy a su pesar, porque ella era una aprendiz de *banshee* y no tenía derecho a soñar con desvaríos románticos, se sintió de repente malhumorada. «Su beso debe de haberme idiotizado. Si no, no ocuparía mi mente en semejantes frivolidades», se lamentó. «En cualquier caso, O'Connor nunca repararía en alguien como yo; no puedo ser más distinta a Marianne, su ejemplo de perfección». Aquel pensamiento, en lugar de apaciguar su estado de ánimo, logró alterarla aún más.

—Precisamente hay una cuestión que no logro entender respecto a la situación de la señorita Morgan —comentó Erin intentando aplacar su recién adquirido mal talante—. Si el de su hermano se trata de un matrimonio de conveniencia, ¿por qué demonios no procuraron que la novia llegara al castillo el día anterior a la boda? La han puesto en peligro sin ninguna necesidad. ¿Y si Killian llegara a enamorarse de ella?

—¿Ha dicho «por qué demonios»? Señorita Galbraith… —Declan enarcó las cejas en gesto amonestador, como si no diera crédito al uso de palabras tan impropias en labios de una joven dama.

—Ya lo sé, ya lo sé. La señorita Marianne nunca soltaría exabruptos como ese —admitió Erin mientras se cruzaba de brazos y, por empeñarse en observar el trote cadencioso del caballo, se perdía la sonrisa de Declan—. Pero absténgase de reprenderme como lo haría una institutriz; en usted, que se dedica a escamotear los ingresos al príncipe regente, la censura sonaría inoportuna.

Le divirtió que Erin definiera sus actividades delictivas con una expresión tan relativamente cordial, así que decidió pasar por alto el comentario.

—¿Sabe qué? Mi madre asegura que para Killian ha sido una suerte que, en cuestión de mujeres, haya podido prescindir del corazón durante todos estos años, ya que eso le permitirá conservar a su esposa tras la noche de bodas —dijo con una sonrisa mientras se encogía de hombros—. Y, en respuesta a su curiosidad —añadió al tiempo que sujetaba con firmeza las bridas y se esforzaba en dirigir al caballo para evitar un bache del camino—, fue el señor Morgan, el padre de Marianne, quien insistió en enviarla a Stormfield con un par de meses de antelación para que los prometidos fueran conociéndose... Como comprenderá, no podíamos negárselo. ¿Qué clase de familia lo habría hecho? Hubiéramos resultado del todo fríos.

—Mejor fríos ustedes que fría la novia al día siguiente de su boda —bufó Erin.

A Declan se le escapó una risotada tan genuina que la señorita Galbraith no tuvo más remedio que transformar, al menos durante un breve instante, su gesto hostil en una reticente sonrisa.

—Me congratula comprobar que está usted absolutamente seguro de que Killian no ama a la joven. En caso contrario, nunca se habría tomado a broma mi observación.

—Así es, Erin. ¿Es consciente de lo amena que me resulta su charla? Goza usted de un inusual ingenio. —Declan le sonrió como si se hubiera rendido a ella, y la vanidad de la dublinesa así quiso creerlo. Pero era demasiado sensata como para dejar que aquella sensación sobreviviera al transcurrir de unos pocos segundos—. Hemos llegado —anunció señalando en dirección a una vivienda de aspecto humilde pero confortable.

Tras las presentaciones pertinentes, el señor Gowan, que había aguardado en la casa la llegada de O'Connor y su invitada para recibirlos, los dejó a solas con su esposa; sus obligaciones reclamaban que acudiera a atender el ganado. Eran principalmente ovejas, que abastecían de lana el negocio familiar.

Erin se fijó en el pequeño de los Gowan: de menos de un año y con una mata escasa y pelirroja cubriéndole la cabeza, apretaba los labios en un continuo mohín de concentración mientras jugueteaba en el suelo con su caballito tallado en madera. Apenas si prestaba atención a los desconocidos. Todo lo contrario que su madre, que hizo las veces de perfecta anfitriona y les sirvió una taza de té antes de acomodarse de nuevo frente al gran telar que presidía la estancia.

—¿Les importa si vuelvo a la faena? —les preguntó—. Debo entregar esta alfombra en los próximos días y el tiempo no es algo que me sobre en estos momentos.

—Por supuesto, señora Gowan —respondió al instante Erin.

La dueña de la casa colocó los pies sobre dos de los seis pedales y la máquina artesanal cobró vida: al principio de manera lenta, para que la dublinesa, que se había acercado junto a Declan, pudiera ver cómo engranaban las distintas piezas; y después a una velocidad endiablada, con una coordinación impecable.

—Es usted una artista —clamó con gesto perplejo Erin ante la destreza de la mujer y la belleza de la pieza resultante—. El dibujo es muy hermoso… —empezó a decir mientras contemplaba las distintas viñetas—. ¡¿Es un cuento?!

—Yo nunca aprendí a escribir, pero tengo mi manera de dejar impresas las historias —aclaró tras tirar con exigencia de la lanzadera, una pieza de madera en forma de barco con una canilla dentro—. En estas prendas vierto mis penas y alegrías, dramas y comedias. —Se notaba que, para la hilandera, el suyo era el mejor oficio del mundo—. Bueno, si entendí bien al señor Hume —así se llamaba el sirviente de Stormfield que por la mañana había anunciado a los Gowan la inminente visita del hijo del *laird*—, la señorita Galbraith es historiadora y desea conocer nuestras leyendas —afirmó dirigiéndose a O'Connor, que movió la cabeza en señal de asentimiento—. Pues dígame, ¿en qué tipo de relatos anda interesada?

—Es usted la primera experta en leyendas escocesas con la que me entrevisto, así que puede elegir usted misma la que sea más de su agrado —dijo Erin antes de sacarse por la cabeza la correa de la cesta y distribuir sobre una mesa muy próxima al telar su set de escritura, compuesto por papel, tinta y una pluma de cisne.

Había olvidado el papel secante, así que, antes de recoger cada pergamino, debería cuidarse de respetar los diez segundos que la tinta necesitaba para fijarse. Confiaba en usar el menor número posible de folios: en su afán de ahorrar costes, acostumbraba a escribir con letra bien apretadita, como si vocales y consonantes necesitaran darse calor las unas a las otras en una fría tarde de invierno.

—Me lo pone entonces fácil y al mismo tiempo muy difícil —meditó la señora Gowan mientras, al hilo de sus pensamientos, provocaba que el telar de nuevo cobrara vida—. Es usted una muchacha joven y deduzco que permanece entregada a su soltería —dijo al ver las manos desnudas de Erin, que, tras acomodarse en la mesa, había dejado sus guantes blancos a un lado para no embadurnarlos de tinta.

La observación puso nerviosa a la señorita Galbraith, más que nada porque sentía la mirada de Declan clavada en ella, al acecho de cada una de sus reacciones, así que se cuidó de mirar a cualquier lugar que no fueran los ojos del caballero. «No entiendo qué pretende al intimidarme de esa manera», se quejó mentalmente mientras intentaba apartar de ella cualquier pensamiento relacionado con O'Connor y el matrimonio. «Tal vez soy yo, que, como buena irlandesa, veo fantasmas donde no los hay», se dijo. Sonreír a la hilandera le resultó de ayuda.

—Seguro que entonces, como cualquier señorita de nuestros días, estará interesada en historias vinculadas a la institución del matrimonio —dedujo la anfitriona.

—No necesariamente… —musitó Erin en un murmullo que solo captó Declan, sentado ahora a su lado y, a tenor de lo cerca que se había instalado, muy interesado en velar por la ortografía de la dublinesa—. Por supuesto, se me puede considerar una de esas romanticonas empedernidas —añadió esta vez en voz alta.

—Me sorprende la facilidad con la que es capaz de mentir —le susurró el escocés cuando se aseguró de que la señora Gowan andaba distraída con unos hilos que se le habían rebelado—. Pequeña mentirosilla, me plantearé como un reto aprender a discernir cuándo miente de cuándo dice la verdad… Por cierto, ¿qué opina usted del matrimonio? Es una muchacha en la edad y no le faltan cualidades; supongo que deseará casarse algún día —la tanteó. La confesión de su amigo John, evidentemente impresionado por la irlandesa, todavía le rondaba la cabeza.

—En realidad no, señor O'Connor —susurró ella también—. Trabaría el natural progreso de mi carrera como historiadora y necesito libertad para desarrollar mi profesión. En muchas ocasiones tendré que faltar de casa, emprender viaje a destinos muy lejanos, y no creo que ningún candidato a marido esté dispuesto a concederme la independencia que para ello requiero. —Declan reflexionó sobre ese punto: «Así que me confesó sin ningún pudor sus amoríos del pasado porque no está interesada en la idea del matrimonio...»—. Y, dado que por fortuna para los dos está excluida la posibilidad de que nuestros caminos se unan y sean bendecidos frente a un vicario, le ruego deje de interponerse entre mis oídos y la señora Gowan.

Erin tomó el asiento y se alejó unos precavidos centímetros de la silla en la que se había instalado el escocés. Necesitaba concentrarse de lleno en la historia que la hilandera estaba a punto de dictarle.

Capítulo 10

—Sin duda sabe que las herraduras están ligadas a la buena suerte —dijo la señora Gowan. Erin asintió—. Temo que voy a aburrir con esta historia al señor O'Connor. Es bien sabido en estas tierras que la idea del matrimonio no le seduce en absoluto.

—Por favor, continúe. Me embarga la curiosidad —exageró él adrede para hacer sonreír a las damas—. No conozco ninguna leyenda ligada a una herradura, y menos a tan sagrado sacramento. Tiene usted razón en que la materia a tratar no me atrae lo más mínimo, pero, como dice un viejo proverbio, «mantén a los amigos cerca y aún más cerca a los enemigos» —sentenció Declan.

—Esta leyenda, señorita Galbraith —prosiguió la hilandera—, está vinculada al hecho de que, al salir de la iglesia, un niño hace entrega de una herradura plateada a la novia, ya que se considera que trae buena suerte a las parejas de recién casados.

—También las irlandesas solemos acompañarnos de una herradura de la buena suerte el día de nuestra boda —le reveló Erin—. Pero he de reconocer que ignoro cualquier leyenda al respecto.

—Yo se la contaré, y es cien por cien escocesa —afirmó con un orgullo tan rotundo que hizo sonreír a la señorita Galbraith. Irlandeses y escoceses compartían un fuerte sentimiento patriótico.

Y así comenzó el relato de la señora Gowan, cuyas palabras empezaron a cobrar forma sobre el pergamino que con mimo Erin acababa de extender sobre la mesa:

Cuenta la leyenda que un joven y apuesto herrero de Inverness andaba trabajando en su fragua cuando el diablo acertó a pasar por delante de ella. El demonio lucía un aspecto cansado y se paseaba con los huesos ateridos, ya que estaban acostumbrados al calor abrasador de su reino. Llevaba días deambulando por la ciudad escocesa a la caza y captura de un alma que llevarse a los infiernos, pero la fortuna le había resultado esquiva en su búsqueda, ya que los habitantes de Inverness se habían cuidado mucho de no cometer fechorías que merecieran la reprobación de los cielos en el día de su muerte. El demonio decidió sentarse a reposar sobre el tronco podrido de un roble, y fue en ese ínterin cuando vio entrar en la fragua del herrero a la joven más bella que sus eternos ojos hubieran contemplado jamás.

—Buenos días, Ethan. —La voz de la dama sonó suave como el terciopelo—. Te traigo un caldo de pollo y unas frutas para tu hermana. ¿Cómo se encuentra la pequeña?

—Querida, mi familia y yo te agradecemos los desvelos —dijo el herrero con gesto atribulado—, pero me temo que, sin las medicinas que necesita, Kyla no sobrevivirá. —Tomó la cesta de las provisiones—. Y, como sabes, somos tan pobres que nos va a resultar imposible conseguirlas. Trabajo día y noche sin descanso, pero ni así llegaré a reunir el dinero necesario para salvarla. Ni siquiera sé si llegará con vida al feliz día de nuestra boda.

Isobel, que así se llamaba la prometida del herrero, se sintió apesadumbrada por la noticia de que poco se podía hacer por la pequeña Kyla, una jovencita de apenas doce años de edad que siempre había sido la alegría de su casa y que, desde hacía algunas semanas, sufría los síntomas de una enfermedad que ni todos los cuidados de su cariñosa familia habían logrado combatir.

—Algo se podrá hacer. Ya lo verás —intentó animar Isobel al que en dos semanas se convertiría en su marido.

El diablo, que había permanecido atento a la conversación y que, dada la dulzura de la joven, se había prendado de ella, tomó la resolución de hacerla suya a como diera lugar. Deseaba una compañera y estaba cansado de sufrir con sumisión la soledad a la que Dios lo había condenado tantos milenios atrás. Acompañado únicamente de almas perversas y oscuras como la suya, se sentía solo. «También yo merezco un poco de luz en mi vida, y esa luz será Isobel», se dijo convencido. Y, como el demonio siempre ha sido diestro en aprovechar las debilidades de la gente para engañarla y llevarse su alma, se propuso hacer lo imposible para conquistar a la joven.

Ya que la principal debilidad de la escocesa parecía ser la carencia de bienes materiales, decidió visitar en primer lugar al padre de la joven y tentarlo con muchas riquezas a cambio de la mano de su hija. Pero el señor Donaldson, hombre temeroso de Dios, se negó en redondo: «Ni por todo el oro del mundo consentiría en concederle al demonio la mano de mi única e idolatrada hija, que además está profundamente enamorada de Ethan, el herrero». Tras recibir un rechazo tan absoluto, el ángel caído no tuvo más remedio que abandonar aquella casa de gentes piadosas abatido por la frustración y con el rabo, nunca mejor dicho, entre las piernas.

Se alojó en una posada de Inverness, en la habitación con mejor chimenea de todo el lugar, y anduvo y desanduvo cada rincón de la habitación alquilada mientras entraba en calor y meditaba sobre cómo conquistar a la joven de corazón puro. Hasta que dio con la respuesta que estaba buscando.

A primera hora de la mañana siguiente, se vistió con las galas de un caballero, a excepción del sombrero, del que nunca había podido hacer uso debido a su retorcida cornamenta, y, decidido, abordó a la joven en plena calle.

—Bella Isobel, tengo una propuesta que haceros —le explicó mientras se esforzaba en parecer inofensivo, lo cual resultaba harto imposible dado su aspecto feroz, sus sórdidas astas, las patas de macho cabrío y el color escarlata que le cubría la piel de la cabeza a los pies, en ese momento ocultos por unos hermosos escarpines con borlas. Lo cierto es que el pobre diablo no resultaba en absoluto apuesto ni atractivo a ojos de una doncella que no estuviera privada del preciado don de la vista—. Deseo, hermosa dama, convertiros en mi esposa.

La joven abrió los ojos como platos, sin dar crédito a la proposición que acababa de hacerle el mismísimo diablo.

—Lamento tener que informaros, señor —se disculpó empleando un tono amable, ya que, además de bondadosa, era de naturaleza prudente, por lo que no osaba vituperar al rey del averno—, que ya estoy prometida con Ethan, el herrero, y es tal el amor que le tengo que nunca podría conceder mi mano a ningún otro.

—Soy consciente del amor que le profesáis, Isobel —replicó él con gesto compungido y a la vez comprensivo—, pero yo os podría colmar de riquezas. Os vestiría como a una reina, todos los días depositaría en vuestra mesa los manjares más deliciosos que podáis imaginar y pondría a vuestra disposición a más sirvientes leales de los que todos los reyes de Inglaterra juntos hayan podido tener.

La joven se mostró agradecida por la deferencia que el demonio demostraba hacia ella, pero le informó oportunamente de que el dinero y los oropeles no eran de su interés y de que se inclinaba por comer pan duro y sopa de cebolla durante el resto de sus días siempre que fuera al lado de su amado Ethan. Entonces el diablo, de naturaleza taimada y siguiendo con sus planes, determinó que había llegado el momento de sacar la artillería pesada en la negociación que había iniciado.

—¿Y si os dijera que podríais salvar a la hermana de vuestro adorado Ethan en caso de concederme vuestra mano?

A Isobel aquella pregunta se le clavó en el corazón como una flecha envenenada. Sabía que Ethan sería el hombre más feliz del mundo si su hermana Kyla conseguía salvarse. ¿Pero debía ella sacrificar su vida hasta el punto de entregarse en matrimonio al mismísimo diablo para que el sueño de su amado se hiciera realidad? «No es justo», se dijo la joven con lágrimas en los ojos.

El corazón del ángel caído, de costumbre yerto por la ausencia total de sentimientos, había vuelto a la vida en el mismo instante en que había conocido a la dama, y si al principio palpitaba al ritmo de un latido por hora, ahora lo hacía al de una palpitación por minuto. Así que el maligno se apiadó de la angustia que abatía a la joven y le propuso una alternativa. Una apuesta: si Isobel superaba una prueba, él le proporcionaría el dinero suficiente para salvar a la niña y otro tanto para que tuviera la boda más espectacular que jamás se hubiera visto por aquellas tierras, con Ethan como novio. Pero si perdía... Ay, si perdía. Entonces se veía obligada a aceptar la proposición del diablo, con quien abandonaría este mundo para compartir su trono en el reino de las tinieblas, a su lado para toda la eternidad.

Tras meditarlo largo rato, Isobel decidió que la recompensa de salvarle la vida a Kyla bien merecía el riesgo de sucumbir al maligno, así que intentó sonsacar al demonio cualquier información que pudiera ayudarla a salir airosa de la apuesta.

—Por favor, milord, antes de aceptar el reto, ¿no podría concederme alguna pista sobre el tipo de prueba que habré de superar? —le imploró. Y los tiernos ojos de la joven, de un brillante verde esmeralda, de nuevo alcanzaron el corazón del pobre diablo.

Este, viéndose cada vez más cerca de conseguir su objetivo, consintió en plantearle un acertijo que, en caso de ser resuelto, podría resultarle de ayuda a Isobel.

—Cuatro sencillas tripas y un arco frotándolas con gran fruición bastarán para que una caja de madera alcance a robaros el corazón.

La escocesa, que siempre había sido una joven muy despierta, encontró la respuesta a la adivinanza en pocos minutos, aunque se cuidó mucho de darle a entender tal cosa al demonio, que la observaba expectante, a la espera de su decisión final.

—Me habéis puesto un acertijo muy complicado, señor, pero aun así acepto vuestra apuesta. Y que gane el mejor.

Cuando la dama desapareció por el recodo del camino, el diablo chapoteó loco de contento sobre las decenas de charcos que cubrían la calle tras una noche de llovizna continua. Ilusionado como un niño, regresó a la posada. Invitó a los aldeanos a una ronda de pintas y subió a su cuarto con intención de componer una serenata que pudiera enamorar incluso al más reticente de los corazones. De todos es bien sabido que el demonio toca muy bien todos los instrumentos, y por encima de cualquiera de ellos, el violín.

Al día siguiente, la joven acudió a su cita con el diablo a orillas del río Ness y se congratuló de no haber errado en la resolución del acertijo mientras él la acomodaba muy gentilmente sobre una roca de aspecto achatado.

—Querida, esta es una pieza de mi propia invención. Espero que disfrutéis de ella, porque, si lo hacéis, habréis perdido la apuesta —dijo el maligno, complacido de que Isobel tuviera la mirada clavada en sus labios.

En respuesta, ella asintió y esbozó una sonrisa amable.

«Tal vez mis palabras y buenos modales ya la hayan enamorado», se dijo el rey del averno, ávido de hacer de ella su consorte.

El demonio se irguió con solemnidad y, en una pose en absoluto carente de elegancia, comenzó a frotar su arco contra aquellas cuatro cuerdas fabricadas con los intestinos de cuatro hombres, todos ellos músicos cuyas almas ardían ahora en el infierno. Los habilidosos dedos del demonio se deslizaban por los trastes haciendo emerger una melodía que hubiera enamorado a la mujer más renuente del mundo. Como había dicho el diablo, era una sonata de creación propia, y la tocó en algunas de sus partes con ternura y en otras con una violenta pasión, como actuaría un amante en el lecho de su amada. «Inevitablemente, la dama se emocionará y de esa manera perderá la apuesta», pensó muy seguro de sí mismo.

Por más que intentó conmoverla, Isobel permaneció con una sonrisa amable en los labios, pero sin denotar la más mínima turbación. El ángel del averno se entregó con inusitado fervor a la interpretación de la que ya consideraba su obra maestra, hasta el punto de que no se percató de que habían empezado a sangrarle las yemas de los dedos. Solo se rindió cuando una de las castigadas cuerdas saltó por los aires, poniendo fin a la sonata.

—¿Cómo es posible? —le preguntó el demonio con gesto desesperado. Tenía los dedos en carne viva y sentía un dolor inmenso en las articulaciones—. No he conseguido emocionaros. ¿Es posible que un ser tan exquisito como vos no ame la música?

La dama, que había adivinado los maléficos planes de su adversario, se puso de pie, le dio la espalda para, con disimulo, sacarse de los oídos los tapones de cera de abeja que el apicultor de Inverness le había fabricado la noche anterior y se volvió con expresión risueña.

—Claro que amo la música —respondió, ya que había leído los labios del diablo mientras hablaba—. Pero amo aún más a Ethan, milord. Habéis perdido la apuesta y deberéis pagar por ello.

El demonio, rabioso por su fracaso, negó con la cabeza varias veces, rehusando cumplir con lo pactado. No deseaba renunciar a la muchacha, no podía renunciar a ella. Y así se lo hizo saber. Ella intentó ocultar los temores que la asaltaban.

—¿En verdad me amáis, señor? —le preguntó con fingida inocencia.

—Os amo tanto que, si me fuera posible, renunciaría a mi reino y a todas las almas que he conquistado a cambio de teneros —respondió él, cuyo corazón había empezado a latir al ritmo de uno completamente humano.

Isobel lo invitó entonces a tumbarse a su lado, sobre la mullida hierba que acolchaba el suelo de la orilla. Él obedeció al instante, creyendo que ella por fin había aceptado ser suya, que su sueño iba a hacerse realidad. Coqueta, la joven escocesa se colocó bocabajo y tomó una brizna de hierba que se llevó a la boca.

—¿No es esta una postura deliciosa? —lo incitó a imitarla, y él, obnubilado por la belleza de la joven y enamorado como un adolescente, rodó sobre sí mismo para acercarse más a ella y quedar en la misma posición.

Momento que alguien, por detrás, aprovechó para echar mano de una de sus patas. Al pobre diablo no le dio tiempo a reaccionar. Sintió de inmediato cómo le arrebataban uno de sus pomposos escarpines y, acto seguido, el impacto de un martillo en una pezuña mientras dolorosamente le insertaban en ella los siete clavos de una herradura de hierro. Ethan, el prometido de Isobel, era un maestro de los elementos, como lo son los alquimistas, y había estado forjando aquella herradura purificadora y mágica durante toda la noche con fuego elemental y hierro, que ahuyenta a los malos espíritus, ya que la tarde anterior la joven le había explicado el pacto al que había llegado con el maligno y ninguno de ellos confiaba en que este pagara la apuesta en caso de perderla. El herrero había permanecido agazapado, muy cerca, esperando su oportunidad para saltar sobre el incauto músico. Gracias a la perspicacia de Isobel había logrado sorprenderlo.

El ángel caído, exhausto y harto de sentir un dolor lacerante en las yemas de los dedos, sajadas por las cuerdas del violín; en la pezuña, por aquellos malditos clavos mágicos, y sobre todo en el corazón por el rechazo irrevocable de la joven, les rogó que pusieran fin al menos a uno de sus tormentos y le quitaran aquella fastidiosa herradura. Sin embargo, para que sus ruegos fueran escuchados y tenidos en cuenta, primero tuvo que acceder a concederles las riquezas prometidas a Isobel y Ethan, que además le hicieron prometer que nunca volvería a importunar a ninguna novia o esposa que tuviera una herradura colgada de la puerta o de uno de los muros de su casa.

La pequeña Kyla recibió las medicinas que necesitaba para recuperarse de su enfermedad y dos semanas después estaba bailando alegremente con sus primos en la boda de su hermano y la audaz Isobel, en unos festejos tan ostentosos que, a pesar de los años transcurridos, se siguen recordando en Inverness y en el resto de Escocia.

—¿Y del demonio nunca más se supo? —preguntó Erin cuando terminó de anotar la última palabra en su pergamino.

—Señorita Galbraith, ¿tal vez se apiada usted de aquel pobre diablo? —se mofó Declan—. No debería. Ese tipo de seres libertinos, amantes de lo ajeno y además aficionados a la música no merecen su instinto compasivo. Guárdese de ellos o algún día serán su perdición, ya lo verá.

Erin observó el brillo travieso en aquellos ojos zarcos. «¿Acaso Declan se está comparando con el protagonista de esta historia? ¿Con el mismísimo maligno? Ambos son libertinos, amantes de lo ajeno y aficionados a la música…», meditó la irlandesa sin saber muy bien qué pensar.

—Bueno, amaba de verdad a la joven… Me ha parecido un ser bastante desamparado y torturado por la soledad —se defendió ella.

—El señor O'Connor tiene razón. El demonio no merece nuestra conmiseración. En cuanto a su pregunta, señorita, nunca más se supo de él por aquellas tierras.

Erin descubrió que una herradura pendía de uno de los muros de la sala donde se encontraban, colgada de una cinta blanca que unía ambos extremos y colocada en forma de U en la pared para poder almacenar en ella toda la buena suerte.

—Aquí siguen protegiéndose, no sea que al demonio le dé por reaparecer —observó divertida la aprendiz de historiadora mientras señalaba la prueba del delito.

—Como le expliqué antes, atraen la buena fortuna, y en especial aquellas que proceden de las patas traseras de una yegua gris, como es el caso de esa herradura —explicó la hilandera con una sonrisa—. Y, además, aumentan la fertilidad —añadió apuntando con la barbilla en dirección al lecho de su pequeño, quien, mediada la historia de Isobel y el demonio, se había quedado traspuesto en el suelo. De inmediato Declan se había ocupado de cargarlo en brazos y depositarlo en su cuna con delicadeza para evitar despertarlo, acción de la que Erin, muy a su pesar, había tomado buena nota.

—Es curioso que la forma de la herradura se asocie con la luna creciente, que, según se cuenta, también aumenta la fertilidad —reflexionó O'Connor mientras miraba, al igual que Erin, la herradura plateada de los Gowan—. ¿Se han fijado en que, en esa fase, la luna dibuja lo que bien podría tomarse por la panza de una embarazada?

La hilandera estalló en una risotada.

—Me sorprende, milord. Observaciones tan delicadas se me antojan más propias de una dama. Desconocía en usted esa faceta —comentó la señora de la casa.

Aquella fue la primera vez que Erin vio ruborizarse al *highlander*. Se sintió conmovida por su comentario sobre la luna y por su repentino ataque de timidez. Sin poderlo remediar, le acució el deseo de escuchar alguna de las composiciones de O'Connor para piano, aunque al instante se preguntó si no sería más prudente evitar tal exposición por su parte. Definitivamente, en caso de tener que presenciar una de sus interpretaciones se cuidaría de esconder los oídos bajo enormes tapones de cera que le evitaran caer en el influjo maléfico del escocés, que había demostrado ser un maleante, un descarado, un engreído, un seductor de mujeres..., pero también un individuo de una personalidad y sensibilidad poco corrientes.

Capítulo 11

Crin despertó sobresaltada en mitad de la noche con los ojos anegados en lágrimas. Tomó algunos mechones de su cabello y, a la luz del fuego que aún crepitaba en la chimenea, contempló su aspecto platinado. Aquella era la prueba de que la pesadilla no había sido solo un mal sueño, sino la visión que le anunciaba cómo y dónde tendría lugar la muerte de Killian O'Connor.

Angustiada, soltó una maldición en voz baja y, de un salto, abandonó el lecho. Empezó a recorrer la habitación de un lado a otro sin tener claro cómo actuar; solo se detuvo al topar con su reflejo en el espejo del tocador: como si un pincel invisible le estuviera tiñendo los tirabuzones, las puntas de su mata de pelo empezaron a recuperar su dulce color natural, que fue ascendiendo paulatinamente hasta alcanzar las raíces.

—Algo podré hacer. No puedo permanecer callada. Siento un aprecio sincero por Marianne y por… —se calló, temerosa de que pronunciar el nombre del *highlander* en voz alta materializara de algún modo los sentimientos que había empezado a despertar en ella—. Y por la familia O'Connor —concluyó antes de echar mano al pomo de la puerta y atravesarla con la determinación de una ráfaga de viento.

Golpeó con los nudillos sobre la plancha de madera que tenía ante sí, no sin antes compensar con un brote de templanza el imprudente impulso que la había conducido frente a aquella alcoba. Nadie respondió al otro lado. «Tal vez no se halle en el castillo», se dijo esperanzada y decepcionada a la vez, consciente de que, como aprendiz de *banshee*, estaba a punto de cometer un imperdonable error y de que, al mismo tiempo, era el corazón quien la empujaba a actuar de aquella manera.

Sin pensárselo dos veces, abrió la puerta y entró en la habitación. Le llevó unos segundos acostumbrarse a la oscuridad, ya que en la chimenea apenas si quedaban algunos rescoldos de lo que, en vista de las cenizas que cubrían el suelo del hogar, debió de ser una gran fogata a primera hora de la noche.

Cuando descubrió un bulto informe moviéndose inquieto entre las sábanas de la cama, el pulso se le disparó. Porque él estaba allí y tendría que armarse de todo el coraje del mundo para despertarlo y mantener una conversación de lo más incómoda. Una sacudida le recorrió la espina dorsal y se perdió más allá de la nuca. Respiró hondo e intentó convencerse de que lo que sentía era solo frío. Y así, engañándose a sí misma, se acercó al leñero que reposaba junto a la chimenea, eligió un par de troncos, uno especialmente seco, y, con ayuda de un fuelle que tomó de un cuelga útiles de hierro forjado, logró avivar el fuego.

Cuando se volvió, ya podía distinguir los enseres del cuarto y al escocés, que aún dormitaba en su lecho. Se acercó a él de puntillas, cuidándose de no hacer ruido… y se detuvo sin respiración cuando Declan movió la cabeza, y el resto del cuerpo, hacia ella. Al principio creyó que lo había despertado, pero no: sus ojos permanecían sellados, por lo que Erin supuso que el *highlander* se había vuelto instintivamente al percibir el calor que le llegaba procedente de la fogata.

La aprendiz de *banshee* tomó asiento con sumo cuidado sobre la colcha y se permitió contemplarlo bajo la cubierta estampada con los patrones de cuadros propios del clan O'Connor. Sonrió enternecida: mientras dormía, el hijo del *laird* parecía renunciar con gusto a sus aires arrogantes y burlones. Miró su rostro con detenimiento hasta llegar a los labios. «El muy descarado se atrevió a cuestionar mis habilidades. ¿Que no sé besar?», bufó. Aunque O'Connor hubiera acertado de pleno al cuestionar su experiencia, ¿qué clase de caballero compartiría tales comentarios con una dama? Y, de repente, como si una locura transitoria se hubiera apoderado de ella, se encontró acariciando los labios de Declan con los suyos, caminando de puntillas sobre ellos, con la curiosidad de una profana en el tema. Él se agitó ligeramente; fue un movimiento muy sutil, apenas perceptible. Acobardada por el temor de haber sido sorprendida *in fraganti*, y de manera gradual por si estuviera equivocada, se retiró unos centímetros. Dejó escapar un suspiro de alivio cuando se percató de que él continuaba en brazos de Morfeo. Pero justo cuando planeaba alejarse para despertarlo —aún estaba decidida a advertirle del peligro que corría su hermano Killian—, él sacó las manos del calor de las sábanas y envolvió la cintura de la muchacha. La hizo rodar sobre la colcha hasta que el cuerpo del *highlander*, cubierto por una camisa larga de dormir, la dejó aprisionada. La irlandesa gimió frustrada porque la había sorprendido besándolo y sin duda se iba a mofar cruelmente de ella, cobrándose con creces aquella acción temeraria.

—O'Connor, ha sido un error. Suélteme, por favor —musitó en un ruego, mortificada por la humillación que suponía haber sido descubierta.

—¿Ahora me tratas de usted? Vamos, querida, entre nosotros no caben las formalidades —repuso el escocés, quien, para sorpresa de Erin, ¡seguía con los ojos cerrados!

«¡Por san Patricio! Continúa dormido. ¿Será sonámbulo?», se preguntó mientras resoplaba confusa, sin atreverse a moverse más de la cuenta ni a hablar de nuevo en voz alta, no fuera a despertarlo del todo. Tal vez aún estaba a tiempo de salir airosa de la bochornosa situación en que ella solita había vuelto a meterse. «¿Con quién estará soñando? Probablemente con ella», se dijo pensando en la marquesa, y se sobrecogió al darse cuenta de que aquel pensamiento la mortificaba. Dejó de plantearse aquellas cuestiones cuando él aprisionó su boca y la besó tiernamente, con calma y paciencia.

«Dentro de unos meses me convertiré en una *banshee* y jamás volveré a experimentar lo que siento ahora», pensó Erin. No es que estuviera dispuesta a entregar su virtud: eso no pensaba hacerlo. En cambio, la tentación de los besos del *highlander* era demasiado grande como para resistirse, así que se dejó llevar como si estuviesen en un baile de disfraces y Declan nunca fuera a averiguar que era ella quien se escondía bajo la máscara de aquel sueño.

—Solo serán unos besos —se dijo a media voz.

Pero, como si hubiera escuchado sus palabras, en ese mismo instante O'Connor se volvió más exigente. Las manos, que al principio habían acunado la cara de Erin con ternura, descendían ahora muy lentamente por su garganta, en una caricia interminable que parecía encaminarse directa a los botones que le cerraban el camisón a la altura del cuello. Erin nunca se había visto expuesta a una experiencia tan turbadora como aquella, consciente de que su comportamiento, el de una joven virtuosa, debería ser bien distinto. Aquello estaba llegando demasiado lejos, debía detenerlo a como diera lugar... Empezó a retorcerse bajo el escocés con la intención de escurrirse hacia el lado derecho del colchón. Esperaba poder deslizarse lo suficiente como para alcanzar el borde de la cama y después, con un último esfuerzo, el suelo. Y todo, sin necesidad de sacarlo del sueño profundo en el que se encontraba sumido.

Oír la voz de Declan susurrándole al oído la paralizó durante un segundo.

—Tiemblas como si tuvieras frío... —murmuró el *highlander* mientras pensaba: «Ojos de jade, tú misma iniciaste este juego. ¿Ahora quieres ponerle fin de manera tan cruel? Eso no es justo, preciosa».

La respuesta a la pregunta que no había llegado a formular la obtuvo en forma de nuevos intentos de la joven por recuperar su libertad. «Está bien, está bien. No insistiré si tú ya no estás por la labor», se dijo Declan, que había despertado de su sueño en el instante en que los labios de la señorita Galbraith habían rozado los suyos. No había necesitado abrir los ojos para reconocerla al segundo: el jabón con perfume a lilas que usaba la irlandesa le resultaba ya inconfundible.

El *highlander* volvió a darse la vuelta y consiguió ponerse debajo, de manera que a ella le resultara la mar de sencillo escapar de él; y, para animarla a ello y poner fin a su propio tormento, le susurró:

—*Lady* Catriona...

Tal como había previsto, aquellas dos palabras bastaron para ahuyentar definitivamente a la señorita Galbraith. Y se halló en un grave apuro para no dejar escapar una risotada cuando oyó el golpe que la joven se propinó contra el suelo: la irlandesa no había calculado con precisión el impulso que debía tomar para escapar de las garras del escocés. Cuando Erin, de rodillas y con la respiración entrecortada, asomó la cabeza con cautela por encima del colchón, comprobó aliviada que él continuaba con los párpados cerrados. No podía creerse lo magnánima que la diosa fortuna se había mostrado con ella. «Será mejor que me marche...», concluyó mientras daba media vuelta y se encaminaba, sigilosa, hacia la puerta.

«De eso nada», pensó Declan cuando notó que su nariz perdía por momentos el rastro de aquel característico aroma a lilas. «No te vas a ir sin darme una explicación».

—¿Señorita Galbraith? —dijo incorporándose y con voz adormilada. En cuanto ella se volvió, presa del terror, Declan se restregó los párpados para reforzar la idea de que acababa de despertar de un profundo sueño—. ¿Es usted, Erin?

La alcoba estaba lo suficientemente iluminada como para que a la irlandesa le fuera imposible negar lo que era evidente.

En cuanto a él, se sintió maravillado, incluso conmovido, al contemplar el rostro de la muchacha, embellecido por las manchas de rubor que le tiznaban las mejillas.

—Sí, soy yo...

Declan se sentó sobre el borde del colchón y, con falso recato y divertido por la situación, se cubrió con las sábanas la pequeña porción de las pantorrillas que su camisa de dormir dejaba a la vista.

—¿Necesita algo en lo que yo pueda servirla, señorita Galbraith? —preguntó en tono inocente—. Deduzco por el rubor de sus mejillas que se trata de una urgencia y que por esa razón ha acudido corriendo a mi cuarto. —Se encargó de que la burla no pareciera tal, sino sincera preocupación.

Mientras pensaba qué responder, Erin se frotó los pómulos como si pudiera devolverles su palidez habitual.

—Dado que su habitación se encuentra frente a la mía, es poco probable que haya tenido que correr un largo trayecto para llegar hasta aquí. ¿No cree, milord? —respondió cautelosa, vacilando sobre si tal vez él se volvía a mofar de ella—. Me encuentro en este estado debido a un mal sueño. De hecho, un terrible sueño.

«Una media verdad es siempre mejor que una mentira entera», se dijo Erin. Porque, al fin y al cabo, algo parecido a una pesadilla era lo que la había despertado durante la noche y lo que la había llevado al cuarto del escocés. Al parecer, dado que Declan había despertado, el destino había decidido que finalmente tuviera la oportunidad de intentar ayudar a Killian O'Connor a esquivar su cita con la Muerte, que lo acechaba al alba del día que estaba por llegar.

—¿Una pesadilla es lo que la ha impulsado a visitarme? ¿Tal vez soñó que yo volvía a besarla? —dijo mientras inclinaba la cabeza y, bienhumorado, observaba detenidamente su reacción.

Erin empezó a sospechar que en realidad él llevaba despierto mucho más tiempo del que ella había supuesto, pero, dado que ese pensamiento la turbaba demasiado, prefirió alejarlo de su mente en aquel mismo instante.

—No, no soñé con usted. —El escocés torció el gesto, como si aquella respuesta sonara decepcionante para sus oídos—. Y creo que debería tomarse este asunto muy en serio, ya que soñé con su hermano Killian, y en ocasiones mis sueños se han hecho realidad. —Se había ganado la atención del caballero en el sentido que ella buscaba, así que continuó—: Su hermano... Su hermano moría en un duelo al amanecer.

Él no pudo reírse ante semejante afirmación y menos ante la expresión de dolor que reflejaba el rostro de la irlandesa. De hecho, tomó la bata que aquella noche al acostarse había dejado sobre la cama y se la puso antes de aproximarse a Erin.

—No debería preocuparse por Killian. Supongo que nos oyó a John y a mí hablar sobre el duelo de mañana... —le reprochó con dulzura mientras la tomaba por los hombros y, con dificultad, se resistía a consolarla con un sólido abrazo.

Ella no confirmó ni desmintió la teoría de Declan. Para no tener que ofrecer más explicaciones de la cuenta, era preferible que O'Connor pensara que una vez más había escuchado a hurtadillas conversaciones ajenas.

—Debe usted impedir ese duelo. —Erin luchaba para evitar que lágrimas de impotencia afloraran en sus ojos—. Porque, si no lo hace, su hermano morirá.

—No. No morirá. Es solo un duelo a la primera sangre. Un simple rasguño detendrá el enfrentamiento —replicó el escocés—. Además, mi hermano es muy diestro con las armas de fuego y se enfrenta a un joven que apenas está al corriente de por dónde ha de cargarse una pistola. Ray Kirkpatrick es demasiado inexperto, no le acertaría a un elefante ni a dos metros de distancia —bromeó con voz suave al tiempo que, en un gesto cariñoso, acariciaba uno de los suaves tirabuzones de Erin.

La irlandesa, vacilante ante la conducta de Declan, dio un discreto paso atrás. Desconfiaba de sus intenciones y dudaba aún más de sí misma. Él, también confuso por su afectuosa actitud con la joven, se frotó las yemas de los dedos como si las hubiera pringado de la más dulce de las sustancias.

—Debería saber, milord, que no hay enemigo pequeño —se envalentonó Erin, ahora furiosa con el obstinado *highlander* porque no estaba teniendo éxito en su intento de amedrentarlo. No obstante, y dado que había empezado a familiarizarse con el carácter obcecado del caballero, al momento decidió cambiar de táctica—. Por favor, evite ese duelo o la familia al completo lo lamentará. Sé que puede detenerse si no se llega a un entendimiento sobre el *methodus pugnandi*. Estoy convencida de que aquí conocen el caso del doctor Brockelsby, que no llegó a un acuerdo con su rival sobre el número de pasos a dar antes de disparar, o el de Akenside y Ballow, porque uno aseguraba que nunca se batiría por la mañana y el otro se negó a hacerlo durante la tarde. A buen seguro es posible encontrar algún subterfugio legal para que ambos abandonen esta idea absurda sin que el honor de ninguno de ellos resulte lastimado.

—Eso no es posible. Kirkpatrick se dejó llevar por la frustración y, delante de muchos de nuestros amigos y enemigos, acusó a mi hermano de hacer trampas con los naipes. Fue una torpeza por su parte recoger el guante que Killian arrojó a sus pies, y probablemente ahora se arrepienta, pero ningún O'Connor dejaría pasar una ofensa como esa.

—Prométame que le contará a Killian mi sueño y que será él quien decida si seguir adelante con el duelo o no. —Erin clavó la mirada en Declan. Se estaba arriesgando mucho al avisar a la familia de los acontecimientos que estaban por venir, y solo merecería la pena si finalmente evitaba la muerte del primogénito de los O'Connor.

—¿Me ve capaz de distraer a mi hermano con esta historia justo antes de que tenga lugar el enfrentamiento? ¿Tan desalmado me cree? —protestó él, que deseaba poner fin cuanto antes a aquel tema de conversación.

—Pero mis sueños se han cumplido en otras ocasiones... —le reiteró en actitud suplicante—. Solucionen el conflicto de una manera diferente, se lo ruego.

—Olvídelo, señorita Galbraith. Entiendo que se haya asustado, pero ha sido una pesadilla. Solo eso. Mañana todo irá bien. De hecho, no tenía previsto asistir al duelo, pero su inquietud, sus desvelos, me han hecho cambiar de idea y será un placer para mí comprobar en persona lo equivocada que está respecto al futuro de mi hermano. Ahora vaya a dormir tranquila. Cuando despierte, Killian y yo estaremos de regreso, desayunando y en perfecto estado de salud.

Capítulo 12

A la mañana siguiente, mientras Erin descendía las escalinatas de Stormfield, una de las sirvientas, entre sollozos y lamentos, la puso al corriente de la tragedia. En realidad, no necesitaba que nadie le explicara lo ocurrido: en dos ocasiones había sido testigo de la desgracia.

Primero la había presenciado en el sueño premonitorio, que, pese a ser siempre parco en detalles, le había mostrado la imagen difuminada de un grupo de caballeros, de dos de ellos enfrentándose con pistolas y de que, tras el primer disparo, Killian caía al suelo herido de muerte. Justo después había acudido a la habitación de Declan para suplicarle que impidiera aquel absurdo desafío.

Unas horas más tarde, la realidad resultó aún más cruenta. Erin caminaba cobijada bajo el hechizo del *féth fiada*, atravesando campos y superando vallas y escuálidos riachuelos. No conocía el lugar, y, sin embargo, su instinto de *banshee* le dictaba hacia dónde debía dirigir sus pasos para llegar hasta Killian. Debía apresurarse si deseaba llegar a tiempo de recoger el alma del joven para acompañarlo hasta el Confín, pero le costaba avanzar porque, con el rocío, se le habían empapado los bajos del vestido, las enaguas y la capa, y pesaban más que de costumbre. Por suerte, podía contemplar la escena del duelo, que le quedaba a menos de una milla de distancia, a través de los ojos de *Argos*: este sobrevolaba el campo de honor en el que el primogénito de los O'Connor y Roy Kirkpatrick iban a enfrentarse en un combate a pistola. La imagen desde las alturas ofrecía un mosaico de arces y olmos envueltos en una sutil neblina por las tempranas horas de la madrugada; Erin dio instrucciones al autillo para que se situara en la rama de un árbol cercano a los hombres para ver y oír todo lo que acontecía.

La aprendiz de *banshee* localizó al primer vistazo a Declan, que estaba al lado de Killian, aunque no pudo escuchar si en algún momento le reclamaba a su hermano que olvidara tomar parte en aquella contienda. Deseó que así fuera.

El juez del duelo fue el primero en revisar y verificar que ambas armas de fuego estaban preparadas para disparar y, a continuación, pasó a enumerar las reglas por las que debía regirse el enfrentamiento.

Declan se encargó de la pistola que iba a empuñar su hermano y, tras llevar a cabo una rigurosa inspección, dio el visto bueno. Luego, tanto él como el testigo de fe de Kirkpatrick recorrieron los diez pasos correspondientes y marcaron a sus respectivos duelistas el punto desde el que debían efectuar el disparo.

A la orden del juez, los dos contendientes se colocaron espalda contra espalda. Erin le rogó a Dios, si es que estaba de su parte, que cualquier imprevisto pusiera fin a aquella tragedia anunciada; pero la elección del lugar no había sido en absoluto aleatoria: se trataba de un espacio aislado para evitar «molestas» interrupciones. Killian y Ray avanzaron una decena de zancadas cada uno hasta alcanzar las marcas que sus respectivos padrinos habían señalado con una piedra en el suelo. Ambos se detuvieron, se volvieron y alzaron el brazo derecho para apuntar.

Los nervios traicionaban a Kirkpatrick, consciente de su temerario comportamiento al calumniar a alguien de la reputación de O'Connor, con una puntería infalible; parecía un niño a punto de echarse a llorar y el pulso le temblaba como si los huesos y músculos del antebrazo estuvieran hechos de gelatina. El primogénito de los O'Connor, en cambio, esbozó una sonrisa de suficiencia y aguardó pacientemente a que su oponente apretara los labios, cerrara con firmeza los ojos y por fin disparara; se podía permitir el lujo de dejar que Ray descargara primero y luego herirlo de levedad.

La detonación ahogó el sobrenatural lamento de Erin, que de otra manera se habría oído en el silencio de la campiña. La irlandesa avivó la marcha hasta echar a correr y, en las últimas yardas, buscando el camino más corto, se abrió paso entre arbustos y matorrales sin reparar en los arañazos que le provocaban sus retorcidas ramas. Solo se detuvo para recuperar el aliento cuando tuvo ante sus ojos el campo de honor... y el que muy pronto sería el cadáver de Killian.

Declan, en cuanto vio que su hermano caía al suelo, había acudido presto en su auxilio. Arrodillado junto a él, se le encogieron las entrañas al percatarse de la gravedad de la herida: la bala le había atravesado el cuello y la sangre fluía como lava por la ladera de un volcán. Buscó entre los caballeros reunidos al galeno, quien, maletín en mano y al renqueante paso que le permitía su veterano bastón, avanzaba ya hacia ellos.

También Erin, invisible a ojos de todos los presentes, se acercó a los O'Connor y oyó cómo Declan ofrecía a su hermano palabras de ánimo:

—No creas que este pequeño contratiempo te va a salvar de pasar por la vicaría, Killian —intentó bromear, aunque la tensión que le cubría los hombros evidenciaba su extrema preocupación—. En esta familia solo puede haber un soltero de oro, y ese seré yo. —Esbozó una sonrisa mientras tomaba con firmeza la mano que Killian le ofrecía.

Declan dirigió una mirada inquisitiva al médico, que llevaba unos segundos inspeccionando la herida y finalmente murmuró:

—Me temo que la bala le ha segado la yugular. —Declan sabía lo que eso suponía: que la vida se le escapaba a Killian con cada latido. Iba a morir desangrado—. Intentaré conseguirles algo de tiempo conteniendo la hemorragia —continuó el doctor en un murmullo para que el primogénito de los O'Connor no lo oyera. Mientras hablaba, ya había taponado el agujero de entrada de la bala con una gasa blanca, que enseguida comenzó a teñirse de rojo sangre, y presionaba la herida con ambas manos.

Declan resopló y se armó de valor para contener las lágrimas de angustia que se le acumulaban en pecho y garganta. Solo le quedaba acompañar a su hermano y hacerle lo menos traumáticos posible sus últimos minutos de vida. Le recordó varias anécdotas de cuando eran niños y las endiabladas travesuras que casi logran desgastar la paciencia del *laird* y el cuero de su cinturón. El moribundo se esforzó en poner buena cara. Esta vez no habría un final feliz. Ambos hermanos, a pesar de lo que uno decía y el otro callaba, lo sabían muy bien.

Las lágrimas de Erin en ese momento eran de verdadero dolor, no solo la reacción fisiológica propia de una *banshee*. Se dejó caer de rodillas junto a ellos, se sentó sobre sus talones y presenció taciturna cómo se despedían.

—Lo siento... —consiguió decir Killian—. Debí seguir tu consejo...

—Vamos, no hay nada que sentir. Era un consejo estúpido, yo mismo lo hubiera ignorado —lo consoló Declan—. Aguanta, aguanta mientras este matasanos te hace los remiendos necesarios para que sigas importunándonos a todos con tus insensateces... —le pidió esbozando una sonrisa cariñosa.

Erin notó apesadumbrada que aquellos ojos azules como el mar se empañaban en oleadas de tristeza y que el dolor amenazaba con inundar las mejillas del *highlander*.

—Despídeme... —Killian tragó saliva e intentó encontrar la energía necesaria para pronunciar sus últimas palabras. Por un momento, su hermano pequeño se sintió tentado de rogarle que no se esforzara en hablar, pero entendió que carecía de sentido. De estar en su lugar, también él habría querido despedirse—. Diles a nuestros padres y a Nora que los quiero... aunque no siempre lo haya demostrado con mis actos. —Una mueca de arrepentimiento desdibujó su rostro—. Y a Marianne... que lamento... que lamento profundamente no haber llegado a ser el esposo de una criatura tan deliciosa. —Lo interrumpió un acceso de tos que provocó que la sangre también le brotara por la boca.

El color de su piel cetrina contrastaba con las gotas de sangre que le salpicaban el rostro y el lazo blanco que aquella madrugada se había anudado al cuello de la camisa. Erin le echó por encima su capa —imperceptible a ojos de los mortales—, acción con la que completaba la conexión establecida cinco días atrás con Killian. El escocés sonrió ligeramente, como si el frío, que hasta un instante antes le había entumecido incluso los pensamientos, empezara a abandonar su cuerpo, sustituido por un agradable calorcillo. Esa calidez era la que desprendía el alma de la aprendiz de *banshee*.

—No te inquietes, Killian, se lo diré. A todos ellos —le prometió Declan mientras le limpiaba la sangre con su pañuelo de bolsillo.

—Y tú... Tú no seas estúpido: no le debes nada a nadie. Intenta ser feliz, hermano. Por ti... y por mí.

En ese preciso instante, Erin la vio aparecer: esbelta como un ciprés, oscura como el hoyo de una tumba y silente como un camposanto en la noche. No había un rostro que reconocer, y sin embargo no había posibilidad de errar en su identificación. Erin se preguntó si bajo la parduzca túnica se ocultaría el rostro de un ángel o de un demonio. Supuso que, de haber podido ver lo que escondían aquellas telas, no habría encontrado ni lo uno ni lo otro, pues aquel era un ser... diferente.

La Parca jamás había hablado en su presencia, aunque sabía por *lady* Máda que no siempre respetaba el silencio de los justos. Por ello, esta vez Erin tembló ante la posibilidad de que sus acciones hubieran provocado la cólera de aquella pacífica criatura: al fin y al cabo, había intentado interferir en el destino de Killian para que no falleciera a la hora y en el lugar estipulados. Sus temores resultaron del todo infundados. La Muerte procedió como de costumbre: con uno solo de sus dedos enguantados tocó a Killian en el ceño, entre ambas cejas, para abrirle el tercer ojo y proporcionarle así la capacidad de percibir el más allá; un don que muy pocos en el mundo de los vivos llegaban a poseer, pero que era otorgado a todos en el momento de la muerte.

La irlandesa se obligó a olvidarse de Declan y la devastación que lo asolaba en el mismo instante en que el corazón de Killian se rindió y dejó de latir.

La Muerte se desvaneció tal como había aparecido, sigilosa. También las voces de los mortales fueron perdiéndose en la lejanía, como si se hallaran a kilómetros de distancia de la irlandesa, cuando en realidad no se habían movido del lugar. La fantasmagórica neblina que, invisible a ojos de los humanos, había acudido en compañía de la Parca invadía ahora el campo de honor, sirviendo de confortable refugio a las almas de Killian y Erin.

Estaban listos para emprender juntos el viaje hacia el Confín. No hubo necesidad de comunicación verbal entre ellos; solo la serenidad que Erin intentó transmitir a Killian. Lo envolvió en su halo y él, obedientemente, la siguió a través de la bruma.

La aprendiz de *banshee* se dejó llevar por el instinto y su propia luz interior para cumplir con la importante misión que *lady* Máda le había encomendado.

* * *

De regreso del Confín, ya en sus dependencias del castillo, Erin se deshizo del hechizo del *fêth fíada* y cambió sus vestimentas por otras secas. Una vez más, recordó la expresión mortificada de Declan junto al cuerpo desangrado de su hermano y con qué empeño y ternura lo había intentado reconfortar hasta el último de sus alientos.

Obvió pasar por el salón que hacía las veces de comedor en el castillo —no sentía el estómago receptivo en aquellos momentos— y acudió directamente a la sala de estar donde se habían reunido todos. Tras ofrecer sus condolencias de una manera discreta al *laird*, *lady* Aneira, Nora, Marianne y Declan —al que no se atrevió ni a mirar a los ojos—, tomó asiento en un rincón lo más apartado posible. Era demasiado pronto para intentar mitigar el dolor de aquellas cinco personas; nada de lo que ella pudiera hacer o decir serviría de consuelo.

El señor de Stormfield y su esposa afrontaban su profunda aflicción sentados en sofás distantes. Nora y Marianne intentaban reconfortarse mutuamente, aunque con escaso éxito. Y el doctor Sullivan, con cara de circunstancias, se había instalado en el diván, junto a su mejor amigo, en silencio. El único que rompía la dolorosa quietud del ambiente era el nuevo heredero.

—No lo entiendo… No lo entiendo —no paraba de repetir Declan mientras se miraba las yemas de los dedos, como si hubiera estado en sus manos evitar aquella desgracia—. Vi claramente que Kirkpatrick ni siquiera le disparaba al cuerpo. La bala impactó en una roca cercana, rebotó y atravesó el cuello de Killian. ¿Cómo se puede tener tan mala suerte? ¡Maldita sea! No acierto a entenderlo… —reconoció entre sollozos, con la voz entrecortada y sin poder retener las lágrimas por más tiempo.

Avergonzado y enfurecido por su falta de entereza, se levantó bruscamente y abandonó la sala de estar. No volvió hasta una hora más tarde, cuando había recuperado su habitual consistencia y consideró que sus padres, su hermana y Marianne encontrarían en él un bastión lo suficientemente sólido como para sostenerlos. Se equivocaba, porque la mayor fortaleza no siempre se halla donde uno espera encontrarla. En cuanto Nora lo vio aparecer por la puerta, se puso de pie para recibirlo en silencio y Declan acudió al reclamo para estrecharla entre sus brazos, contra su pecho: se sorprendió al entender que no era él quien se había convertido en el apoyo de su hermana, sino más bien al contrario. Ella lo sostenía con su dulce entereza. Resopló mientras apoyaba la mejilla en la rubia cabellera y buscaba con la mirada a la señorita Galbraith.

Cuando Erin notó que una oleada de sufrimiento la sumergía, descubrió a Declan vigilándola, y si en sus ojos azules al principio encontró una mezcla de afecto y dolor, sin duda ambos sentimientos dirigidos a su hermana, en cuanto se percató de que la irlandesa le devolvía la mirada, esta atisbó en sus pupilas el cristalino reflejo de la dureza, del rechazo, del odio. Afectada por lo que interpretó como un reproche, Erin se permitió ausentarse de la estancia. Era como si de repente le faltara el aire y necesitara escapar de una estancia claustrofóbica cuyas ventanas parecían atrancadas por el tormento de la pérdida y el luto.

La playa la recibió con actitud relajada y más pacífica que de costumbre; se sentó junto a una gran roca para dedicarse durante un buen rato a contemplar el mar. Echó un vistazo a la fortaleza que se erguía a su derecha y deseó no haber salido nunca de los muros que desde niña la habían cobijado en Deepwell House; o al menos poder retornar a Dublín para seguir avanzando en su preparación como *banshee*. ¿Por qué debía permanecer en Stormfield durante tanto tiempo si había cumplido con éxito su misión de acompañar a Killian hasta el Confín? Sabía de antemano que para ella supondría un duro trance vivir con una familia sumida en el duelo durante un periodo de tres meses, pero nunca había supuesto que la situación se complicaría hasta el punto de granjearse la hostilidad más exacerbada de uno de los integrantes de la familia. Porque Declan O'Connor la despreciaba. Su mirada no podía significar otra cosa.

«¿Me creerá una especie de bruja?». Erin estimó que, de ser así, no andaba muy desencaminado. De cualquier manera, ella poco podía hacer para aplacar su ira y, desde luego, aunque su trabajo como historiadora se resintiera por ello, iba a intentar cruzarse en su camino lo menos posible durante las once semanas que estaban por venir.

* * *

El día posterior al trágico accidente, escribió a su tutora para informarla de que había cumplido su misión con éxito y se atrevió a insinuarle que deseaba regresar a Irlanda cuanto antes. Fue sincera y reconoció en su carta que seguía sin hacer progresos evidentes en lo que a sus sentimientos humanos se refería, pero daba a entender que, por lo bien que se había desarrollado su viaje al Confín con Killian O'Connor, tal vez en su caso no resultaba absolutamente indispensable forjar en torno a su corazón el escudo del que tanto le había hablado *lady* Máda.

Argos se encargó de hacer llegar el mensaje a Dublín —resultaba peligroso, y por tanto desaconsejable, que las *banshees* mantuvieran correspondencia por vías más ordinarias—, y, al cabo de unas jornadas, trajo de vuelta consigo, atada con esmero a su pata derecha, una escueta nota de O'Grady:

Queridísima Erin:

Me resulta imposible expresarte por carta lo orgullosa que me siento de que pudieras completar la misión sin dificultad, pero me temo que ese no es motivo suficiente para relajar tu entrenamiento. Aunque estoy convencida de que llegarás a ser una magnífica *banshee*, insisto en la necesidad de que antes aprendas a dominar por completo tus emociones humanas, y, por lo que me cuentas en tu carta, aún estás lejos de conseguirlo. Te ruego encarecidamente que trabajes en ello mientras convives con los O'Connor.

Comunica mi más sentido pésame a la familia por el fallecimiento de Killian y haz saber a *lady* Aneira que les haré una visita en cuanto me sea posible, aunque no creo que pueda ser antes de la llegada del invierno.

Atentamente, tu querida amiga,

Lady Máda

Las fechas se fueron sucediendo y, dado que estaba abocada a permanecer en Stormfield durante el periodo inicialmente previsto, gustosamente Erin se vio empujada a estrechar aún más su amistad con Nora y con Marianne, quien, como novia viuda, no había dudado en ponerse de luto como el resto de la familia. También la irlandesa se vestía con sus trajes más apagados y tristes para acompañar a los O'Connor en su duelo.

En uno de sus paseos diarios por los jardines extramuros del castillo, una taciturna Marianne le reconoció a la señorita Galbraith que desconocía por completo lo que habría de depararle el futuro y, lo más triste, que ni siquiera le importaba. Había deducido que, en un tiempo prudencial, su padre intentaría hacerla regresar a Edimburgo para buscarle otro prometido, de notable apellido o próspera fortuna. Sin embargo, ella ya no encontraba placer alguno en pensar en el matrimonio.

—Killian ha sido el amor de mi vida… Y no soy tan ilusa como para suponer que había conquistado su corazón, pero, dentro de mí, muy en el fondo, algo me decía que un día lograría hacerlo mío —le explicó a la dublinesa.

—Y yo estoy convencida de que, de haber tenido la oportunidad, lo habría conseguido, Marianne.

—¿Sabe? Desde que llegué a Stormfield he sido consciente de la reputación de mi prometido con las mujeres… Sin embargo, a mí ni siquiera llegó a robarme un beso —reconoció mientras miraba de reojo, sonrojada, a su amiga—. Y ahora lo lamento, porque tendría ese maravilloso recuerdo de él. —Como solía ocurrir cada vez que surgía el tema, el llanto de Marianne no se hizo esperar, pero Erin no se atrevió a reprenderla por ello: desahogarse le hacía mucho bien—. Tal vez no respondía a su ideal de mujer: soy de temperamento reservado y algo indeciso; y él era tan entusiasta, alegre y decidido...

—Oh, no piense eso, Marianne. Si con usted se comportaba de un modo diferente era porque precisamente la admiraba y respetaba. Se lo oí decir una tarde, al poco de llegar yo a Stormfield. —La joven escocesa examinó con ojos incrédulos a Erin—. Le prometo que es cierto. Oí cómo se lo confesaba a su hermano: dijo que le costaba muchísimo contener sus impulsos cuando se encontraba usted cerca.

La cara se le iluminó de tal manera a Marianne que la dublinesa se convenció de que había hecho lo correcto al revelarle aquella verdad que había escuchado en su segundo día en el castillo, la misma tarde en que había conocido la maldición que pesaba sobre los herederos de los O'Connor y sus primeras esposas.

—¿Lo dice en serio? ¿No es para hacerme sentir mejor? —preguntó ilusionada, como si de repente Killian hubiera resucitado de entre los muertos.

—Podría jurarlo sobre una Biblia —bromeó Erin levantando la palma de una mano y depositando la otra sobre un libro imaginario.

Y tras la radiante sonrisa de la señorita Morgan llegó el llanto más tenaz de los últimos días, aunque en esta ocasión la joven lloraba de pena y alegría a un tiempo. Erin la cobijó entre sus brazos y pensó que aquel era un paso adelante en la recuperación anímica de la muchacha. Mientras se dejaba empapar el vestido de muselina por las agridulces lágrimas de Marianne, atisbó en lontananza a Declan, que se alejaba del castillo montado a caballo. La señorita Galbraith meditó, no sin cierto pesar, que probablemente su amiga permanecería en aquellas tierras para el resto de sus días. ¿La razón? A la dublinesa no le resultaba difícil imaginar que O'Connor terminara casándose con una joven a la que había reconocido admirar con tanta devoción... De solo pensar en aquella posibilidad, un desconcertante malestar le arañó la boca del estómago.

Capítulo 13

había transcurrido un mes desde el fallecimiento del primogénito de los O'Connor y la tempestuosa relación entre Erin y Declan no se había apaciguado. Él se mostraba atento con todos los suyos, incluida Marianne, a la que trataba con el afecto de un hermano; pero adoptaba una actitud sombría con Erin, de manera que la hacía sentir culpable.

Nora fue la única persona que se percató de aquel distanciamiento, y una tarde, mientras ambas volcaban su atención en los bastidores de sus respectivas costuras, la benjamina de los O'Connor se atrevió a sacar a relucir el espinoso tema.

—Erin… —titubeó mientras levantaba la vista de su trabajo de bordado—, ¿le puedo preguntar cuál es la disputa que la ha enemistado con mi hermano? —La pregunta sorprendió a la irlandesa, que se quejó en voz baja del picotazo que, por culpa del desconcierto inicial, y con la inestimable ayuda de la aguja, acababa de asestarse en la yema del dedo índice. Por suerte, Nora no se dio cuenta y siguió con su razonamiento—: Durante los primeros días de su estancia en el castillo, me pareció detectar que, pese a las apariencias, disfrutaban el uno en compañía del otro. Pero ahora actúan como si hubieran levantado un infranqueable muro de cristal que los separa en todo momento: nunca se sientan juntos a la mesa; si uno entra en una estancia, al poco el otro decide salir…

—Nora, le agradezco su interés —la interrumpió Erin—. Pero está viendo sombras donde no las hay. No estamos enemistados —le aseguró—. Tampoco insinúo que nos hallemos en los prolegómenos de una gran amistad —reaccionó ante el gesto descreído de la escocesa—. Nuestra relación es… —Buscó un adjetivo que calificara su trato con Declan y no le resultó fácil. Mentir nunca es fácil—. Simplemente cordial.

—Cordialmente fría, querrá decir… —apuntó Nora en un tono de amistoso reproche.

—Es… —Erin volvió a dudar y negó un par de veces con la cabeza mientras apretaba los labios—. Como suelen ser las relaciones entre un caballero y una joven a los que ningún vínculo de parentesco une: distante. Las normas del decoro así lo exigen —replicó en un tono aséptico, como si el asunto no le interesara lo más mínimo.

Sin embargo, el corazón le latía apresurado y la impulsaba a abandonar cuanto antes la sala o, como mínimo, la materia que estaban tratando; de hecho, hasta se hubiera mostrado dispuesta a conversar con Nora sobre asuntos tan anodinos para ella como la última tendencia en sombreros para damas.

—¿Y acaso es usted pariente del doctor Sullivan? —inquirió Nora, y el rubor las tocó a ambas por igual: a quien lanzaba la pregunta y a quien iba dirigida—. Porque la relación que mantiene con él es mucho más cercana. Y eso que nuestro invitado es de carácter más reservado que Declan.

«Oh, Dios mío», se lamentó Erin, que desde su llegada al castillo había notado el evidente interés de Nora por el militar: cada vez que el caballero hacía su aparición, la señorita O'Connor insistía en retocarse los cabellos.

—Le aseguro que mi relación con el teniente es estrictamente normal. —La mirada de Nora le sugirió un «¿Y entonces? ¿Mi hermano?». Erin suspiró ante la insistencia de la escocesa—. Así que tal vez deba doblegarme por esta vez y concederle algo de razón en el asunto que tratábamos hace un instante —reconoció antes de intentar hallar una salida digna para su propio orgullo—. Y dado que la cordialidad rige mis modales cuando trato con el género opuesto, tal vez el problema lo tenga su hermano… —sugirió esbozando una sonrisa que planeaba aligerar la conversación e incluso darla por concluida, ya que volvió a tomar el odioso bastidor.

Sin embargo, Nora no picó.

—Estoy en disposición de asegurarle, tras diecinueve años conociéndolo día tras día, que Declan hace alarde de una gran desenvoltura en lo que respecta a sus habilidades sociales con las mujeres. De hecho, algunos calificarían su destreza de extraordinaria... —musitó mientras daba una nueva puntada, miraba de soslayo a su compañera de costura y se mordía el labio inferior por la indiscreción que acababa de cometer.

La dublinesa, que empezaba a sentirse enojada por la seguridad cada vez más irrefutable de que Declan parecía dispuesto a dedicar sus atenciones a todo el mundo excepto a ella, fue incapaz de resistirse:

—¿Se refiere por ejemplo a *lady* Catriona?

Nora levantó la cabeza, asombrada por que la señorita Galbraith pudiera estar al corriente de ese asunto y en especial por el tono que había empleado al pronunciar el nombre de la marquesa de Lothian. ¿Habían sido imaginaciones suyas o la voz de la irlandesa había revelado cierto resentimiento?

—¡Oh, cielos! —exclamó llevándose una mano a la boca—. ¿Cómo se ha enterado? ¿Es ese el motivo por el que se lleva tan mal con Declan? ¿Porque tal vez censura su comportamiento? —Impacientes, las preguntas surgieron una tras otra, y la joven ni siquiera aguardó las respuestas correspondientes antes de proseguir con sus propias conclusiones—: Ya intuía yo que debía de existir una razón de peso para este distanciamiento. Usted es tan encantadora... Y, si le soy sincera... —Nora se detuvo a tiempo de reflexionar—. No, no debo entrometerme hasta tal extremo.

—No censuro a su hermano —le aclaró Erin—, pero desde luego tampoco puedo aprobar su conducta. Es una mujer casada —precisó mientras se levantaba y se acercaba a la mesita donde reposaba un juego de té de porcelana esmaltada. Necesitaba sosegarse y algo de actividad para sus piernas le vendría bien—. ¿Quiere que le sirva uno?

—Sí, por favor. Con una nube de leche y tres terrones de azúcar, por favor.

—Es una suerte dar con una mujer que no se preocupe tanto por su silueta —bromeó Erin, y Nora sonrió por el halago.

—Sí. Me temo que tampoco tengo a quién impresionar —mintió tímidamente.

—Pues yo creo que debería dispensar parte de su tiempo al doctor Sullivan. Es un joven de conversación muy amena y apuesto a que tienen muchas cosas en común. Por ejemplo, el ajedrez: a los dos les fascina jugar y no los he visto enfrentarse en el tablero ni una sola vez —comentó con picardía Erin. «Si en verdad quiere impresionarlo, no debería comportarse con vergüenza o retraimiento», se dijo. Pero no iba a llegar tan lejos en sus recomendaciones. Entre otras cosas, porque no era una casamentera de instintos compulsivos.

—Sí, tal vez le rete uno de estos días —aseguró Nora, cuyas mejillas, sintiéndose descubierta por la intuitiva dublinesa, comenzaron a madurar como los tomates en agosto—. Pero no cambiemos de tema —propuso hábilmente—. Hablábamos de mi hermano y de la marquesa. —La señorita O'Connor demostraba ser una guerrera celta implacable, y Erin consideró que la mejor defensa en este caso consistía en guardar silencio. Nada que pudiera revelar lo frustrada, intrigada y confusa que la tenía su ahora inexistente relación con Declan—. La amistad que ambos mantienen se remonta a muchos años atrás. *Lady* Catriona y Declan nacieron bajo la influencia de los mismos astros, exactamente el mismo día, y en cuanto se conocieron, a la temprana edad de siete años, congeniaron muy bien. De hecho, en casa siempre pensamos que terminarían comprometiéndose —Nora hizo una breve pausa—, hasta que un día nos despertamos con la noticia de que ella había aceptado al marqués de Lothian.

—¿Y eso cómo afectó a su hermano? —preguntó Erin casi con indiferencia, como si en realidad le importara poco o nada obtener una respuesta.

—Al principio, se lo tomó muy mal. —La escocesa, que no tenía ni un pelo de tonta, sonrió satisfecha al notar el evidente interés de su amiga—. Declan no lo entendía. Se quejó de que el marqués casi triplicaba la edad de Catriona y no se explicaba las razones que la habían llevado a consentir ese matrimonio, salvo el hecho de que, probablemente aleccionada por los interesados consejos de su padre, así se aseguraba un bolsillo bien cargado. Gracias —dijo Nora mientras dejaba el bastidor a un lado, sobre el sofá, y tomaba la tacita de porcelana con el platito a juego que Erin le ofrecía—. Por favor, querida, siéntese a mi lado, no quisiera alzar la voz más de la cuenta —le rogó antes de asegurarse de que seguían solas. Su compañera de cotilleos aceptó la invitación—. Si le soy sincera, creo que lo que Catriona buscaba era hacer reaccionar a Declan y que se decidiera a luchar por ella. Pero si es así, se llevó un buen chasco —sonrió con perfidia.

La actitud de Nora sorprendió a Erin. Era la primera vez que escuchaba a la dulce señorita O'Connor soltar una maldad como aquella.

—¿Acaso ella no le cae bien?

La benjamina de los O'Connor se encogió de hombros.

—Nunca he entendido qué ve de bueno en ella Declan. La dama siempre ha sido de aires en exceso orgullosos. No le importa atacar a los débiles si el envite le resulta provechoso; hace daño a las personas sin plantearse las consecuencias de sus actos y es egoísta. También envidiosa. Por cierto, creo que en la fiesta de compromiso de Marianne y Killian… —Se detuvo un breve instante, taciturna, al recordar a su difunto hermano y sonrió al notar la mano de Erin sobre la suya, confortándola—. Como le decía, en la fiesta no dejaba de vigilarla mientras bailaba usted con Declan. Y no me extraña. Hacían una pareja maravillosa —sentenció muy ufana.

La señorita Galbraith sintió un cosquilleo al recordar aquel baile, el episodio de un día después en la playa, la visita a la señora Gowan, los besos que ella le había robado a O'Connor en su propio cuarto… No iba a negárselo más: le echaba de menos.

—Pero si entonces no la quiso como esposa, ¿por qué ahora sí la acepta como…? —Erin no se atrevió a concluir la pregunta, y fue una suerte, porque justo en ese preciso instante se percató de que el motivo de conversación las escuchaba atentamente, con la espalda apoyada en la jamba de la puerta y los brazos cruzados sobre el pecho.

—¿Mi queridísima hermana y nuestra estimada invitada han terminado de criticarme? —preguntó muy serio, claramente ofendido.

La señorita Galbraith, ligeramente alterada, decidió colocar la taza sobre una mesita que le quedaba a mano. Era la primera vez que Declan se dirigía a ella desde el encuentro que habían mantenido en la habitación del caballero la noche antes del duelo.

—Lo lamento, señor O'Connor —trató de disculparse la dublinesa—. Yo… Yo no debí…

—No. Efectivamente, no debió.

—No te enfades con nosotras, hermano —intercedió Nora—. Y si debes buscar a una culpable, esa soy yo. Me atreví a preguntarle a mi amiga por qué razón os habíais distanciado tanto.

—¿Y qué respondió ella? —preguntó Declan sin apartar la mirada de Erin.

—Que debía de ser culpa tuya. —La respuesta le heló las venas a la irlandesa—. ¿Está en lo cierto, hermano? —preguntó Nora con una sonrisa pretendidamente inocente mientras los observaba entretenida: ni Erin ni Declan podían hacer nada por apartar la mirada el uno del otro.

—Si nuestra invitada lo dice…, supongo que ese podría ser el caso. Debo reconocer que, por desgracia, la señorita Galbraith no suele errar en sus predicciones.

Aquellas palabras mortificaron a Erin y lograron que por fin pudiera desconectar de los azules ojos de O'Connor. Se vio con suficientes fuerzas para recuperar la taza de té y tomar un sorbo, en un intento de borrar el amargo sabor de boca que le provocaba el rechazo de Declan.

—Señorita Galbraith —prosiguió él, intentando recuperar la atención de la joven a la par que se internaba en el salón—, venía a decirle que tengo intención de concertarle un encuentro con James Ross. Presumo que sigue interesada en las leyendas escocesas. —Erin se animó al constatar que él se había tomado la molestia de pensar en sus necesidades como historiadora, así que el golpe fue especialmente duro cuando Declan echó por tierra sus vanas esperanzas de que aquello supusiera el inicio de una tregua—.

Cuanto antes finalice su trabajo de investigación, antes podrá regresar con los suyos a Irlanda.

—¿James Ross? ¿Tu amigo el pescador? —preguntó Nora con curiosidad—. ¿No se encontraba fuera, atendiendo unos asuntos familiares?

—Ya ha regresado. Me lo hicieron saber ayer los Gowan. Y él es uno de los mejores contadores de leyendas que tenemos por estas tierras —respondió a su hermana antes de centrarse una vez más en la señorita Galbraith—. Dígame, Erin —la acució—, ¿le interesa o no? Mi tiempo es muy valioso y odiaría estar perdiéndolo con usted.

—No lo pierde, milord. Como seguro entenderá, sigo muy interesada en la materia —respondió Erin, esta vez empleando un tono altivo, el mismo con el que solía responder a las impertinencias del caballero en los días previos al fallecimiento de Killian.

Declan levantó una ceja, sorprendido por la actitud desafiante de la irlandesa. No obstante, se cuidó mucho de no dejar entrever que le había agradado que la muchacha al fin reaccionara de alguna manera en su presencia, aunque fuera con altanería.

Durante casi un mes, ojos de jade se había mantenido alejada de él, como si se enfrentara a un apestado. No entendía del todo los motivos de la joven. Suponía que era por pura animadversión, o tal vez porque lo culpaba de no haber convencido a Killian de que renunciara al duelo —y eso que lo había intentado, en contra de su primer instinto—. Y cuanto más se escondía la señorita Galbraith de sus atenciones, más se enfadaba él. Saber que ella vivía bajo el mismo techo y que no se dignaba ni a devolverle la mirada era como sufrir de un maldito y persistente dolor de muelas.

—Bien. Pues esta misma tarde visitaremos al viejo Ross.

—¿Pero qué diantres pasa entre ustedes? —preguntó Nora en cuanto Declan desapareció de su vista. Aparentemente se mostraba casi tan atónita como Erin por la reacción de O'Connor—. Y no me diga que es cosa de mi hermano, porque exactamente el mismo sentimiento que advierto en él lo detecto en usted, querida.

Una vez más, la irlandesa prefirió callar. Tampoco tenía mucho más que añadir. La conversación la había dejado desconcertada. Sin duda, le era imposible saber a qué atenerse con aquel engreído escocés.

Capítulo 14

Oeclan ayudó a Erin a bajar del calesín y de inmediato hizo las oportunas presentaciones. James Ross era un hombre de apariencia humilde, con unas tupidas y afectuosas cejas y una barba densa, blanquecina, que contrastaba con la brillante calva que exhibió al quitarse el sombrero de paja para saludar a la señorita Galbraith.

—Señor Ross —le correspondió la irlandesa—, le agradezco muchísimo la ayuda. Ni se imagina lo importante que es para mí...

—Vamos, vamos, joven. Déjese de monsergas y vayamos directos al grano —se animó a interrumpirla el anciano—. Para mí siempre es un placer contar con la compañía de Declan y, como buen amigo que es, doy por supuesto que el muchacho la ha traído porque también usted es una persona afable. Que se trata de una joven muy hermosa es algo que puedo constatar por mí mismo. —La dublinesa esbozó una sonrisa tímida—. Por cierto, puede llamarme James.

—Solo si usted me corresponde llamándome Erin.

—He de confesar que mi intención no era otra. Me cuesta tratar con tanta ceremonia a jovenzuelos a los que triplico la edad —comentó enarcando las cejas a modo de advertencia—. ¿Ese es nuestro ágape? —Señaló el bulto que Erin cargaba envuelto en una servilleta. Ella asintió divertida—. Estupendo. Aunque soy flacucho y de aspecto desgarbado, en realidad como igual que una alimaña.

—Confío en que le gusten las viandas y quesos que he elegido.

—Vive Dios, ya lo creo que me gustarán. Y aún me gustan más las jovencitas que tienen la cabeza para algo más que pasarse el día admirándosela en los espejos —dijo el hombre mientras cargaba en el bote las provisiones y los bártulos de pescar—. Una damita encantadora, Declan —añadió echando la vista atrás.

—Bueno, su compañía resulta «tolerable» —replicó O'Connor en tono desabrido al tiempo que se adelantaba para evitar que Erin lo descubriera guiñándole un ojo al viejo pescador. Este se quedó mirándolos con expresión curiosa primero y como si acabara de descubrir un gran secreto después.

—Ya veo —replicó James antes de soltar una carcajada.

—¿Tolerable? Me parece justo. Es más de lo que yo podría decir de usted —musitó Erin mientras rechazaba la mano que el *highlander* le ofrecía para ayudarla a introducirse en el bote, que permanecía con media panza fuera del agua.

—No se enfade y ayúdeme a remar —dijo O'Connor pasándole uno de los remos. Ella puso cara de sorpresa—. ¿No quiere? Supuse que le interesaría hacerlo, ya que se siente tan inclinada a participar en el mundo que antes había estado reservado a los hombres —prosiguió mientras se rascaba el lóbulo de una oreja.

—Por supuesto que quiero —dijo, y tomó el trozo de madera.

—Pero empléelo únicamente para golpear el agua; no quisiera que nadie saliera herido, y menos yo, señorita Galbraith —la avisó en tono jocoso.

El lago, de una milla de largo y rodeado de juncos, era poco profundo y generoso en truchas. Dejaron de remar cuando, al alcanzar el centro de la extensa masa de agua, James les dio orden de parar. Erin lo agradeció porque, aunque no se quejó en ningún momento, estaba poco acostumbrada a forzar tanto los brazos.

Observó con atención a Declan y a James moviéndose en el bote y colocando sus cañas de manera que quedaran a babor y estribor, en una coreografía en la que en ningún momento se estorbaron el uno al otro.

La aprendiz de historiadora se distrajo al ver flotar un trozo de madera sobre el agua. Era de color rojo, y estaba a punto de echarle mano cuando Declan la retuvo por la muñeca para impedírselo. La joven frunció el ceño contrariada y, por un segundo, se enfrentó al rostro de O'Connor.

—Vaya, se ha acercado tanto a mí que he pensado que tenía algo que decirme... —le susurró el *highlander* mientras la soltaba.

—Me gustaría decirle muchas cosas, milord.

—¿Como cuáles, Erin? —Había regresado el Declan burlón, y pese a que la irlandesa simulaba un profundo rencor, en realidad se sentía aliviada.

—Por su propio bien, absténgase de pedirme que las diga en voz alta —refunfuñó ella, aunque él observó complacido que le habían brillado los ojos, prueba fehaciente de que disfrutaba tanto como él de aquel tira y afloja.

—Erin, no hallará razones para reprender a Declan —intervino el pescador—. Ha hecho bien en detenerla. La madera es fuente de vida y, cuando está en el agua, no debemos tocarla, porque de ella surgen seres como los *cravans*.

—¿*Cravans*? —preguntó interesada.

—Son unos pájaros mágicos que no nacen de huevos, sino de la madera vieja y podrida de embarcaciones naufragadas —le aclaró O'Connor tras retreparse en el asiento de popa junto al viejo James, enfrente de la bancada central donde la habían dejado acomodarse rodeada de sus aperos de escritura.

—¿Qué les parece si empezamos con una preciosa historia que no demasiados conocen y en la que aparece un *cravan*? —les preguntó el pescador mientras echaba las redes al agua—. ¿Le dan miedo los monstruos marinos, Erin?

«¿Los monstruos? Ni marinos ni de ninguna clase. ¿Cómo habría de temerlos si yo soy uno de ellos?», pensó sonriendo con tristeza. Declan se percató del gesto.

—No creo que los seres fantásticos la impresionen lo más mínimo, James —metió baza el joven caballero—. Apuesto a que ya desde niña era ella la que atemorizaba a los monstruos que se escondían bajo su cama y no al revés —aseguró, y ella arrugó las cejas con gesto desconfiado, sin llegar a descifrar si él teñía de ironía sus palabras o realmente veía en ella a una mujer aguerrida.

—Mejor así —apuntó James antes de advertirles—: Como lo último que deseamos es espantar a los peces, a partir de ahora me obligaré a bajar la voz.

Mecida por el balanceo del batel, Erin agradeció la obligación de tener que echar mano de la pluma y el tintero; de no ser así, hubiera tenido que hacer grandes esfuerzos para no dormirse al arrullo de aquella historia, que, en la voz susurrante del viejo Ross, sonaba como una nana:

Cuenta la leyenda que una vez existió en nuestras costas, y tal vez aún exista, una *selkie* de exuberante belleza llamada Evanna. Como otras de su especie, gustaba de vez en cuando de despojarse de su piel de foca para echarse desnuda sobre la arena de la playa, siempre cobijada entre cúmulos de amuralladas rocas para escapar de las indiscretas miradas de los humanos. Uno de esos días, mientras la *selkie* dejaba que los rayos de sol acariciaran su piel salífera, acertó a pasar por allí un elegante caballero. Cabalgaba a lomos de un corcel albo como la nieve que Evanna nunca había conocido y de crines tan negras como las profundidades abisales de la que siempre había sido su casa, el océano. La gran alzada del animal permitió que Mervin se percatara de la presencia de la joven entre las rocas y al momento quedó prendado de ella.

Se acercó a hurtadillas para no ser descubierto y, dado que enseguida había identificado a aquella criatura de divina hermosura, tomó su piel de foca del cantil donde su dueña la había depositado apenas una hora antes. Las leyendas eran claras al respecto: si un caballero lograba arrebatarle la piel de animal a una *selkie*, ella se vería obligada a seguirlo hasta su hogar, tierra adentro, puesto que le resultaría imposible regresar a su reino marino sin llevar consigo su cubierta de foca. Y Mervin la deseaba para sí, porque de todos es sabido que las *selkies* tienen fama de ser excelentes esposas y madres y el joven permanecía soltero.

Cuando Evanna descubrió al muchacho con su piel entre las manos, intentó apelar a sus buenos sentimientos asegurándole que ella nunca podría ser feliz en un hogar humano, que la melancolía marchitaría la belleza que ahora tanto parecía admirar en ella. Fue tal la aflicción que expresó con su mirada que Mervin no tuvo otra opción que capitular.

—No hay nada que yo desee más que tenerte a mi lado como esposa, pero no te forzaré a ello. Eres libre, Evanna. Puedes marcharte —le dijo mientras le cubría los hombros con su piel de foca.

En un primer instante, ella se vio tentada de huir veloz, como una fugitiva, ya que el corazón le gritaba que había estado a punto de perder lo más preciado que tenía: su libertad. Sin embargo, consiguió aplacar su miedo e invitó a Mervin a tomar asiento junto a ella sobre una roca. Charlaron durante horas hasta que el cielo se ocultó en el horizonte, apagado por las aguas de los confines del mar, pero prometieron volver a encontrarse al día siguiente. Y al siguiente volvieron a citarse para el siguiente. Y así durante cuatro meses en los que la *selkie* y el *highlander* terminaron enamorándose el uno del otro de manera irremediable.

Evanna se le entregó como una mujer humana hubiera hecho y fue tal la felicidad que la unión les reportó que, en cuanto él supo que iba a ser padre, le prometió a su amada abandonar sus obligaciones tierra adentro para convertirse en pescador y que así ella no se viera en la necesidad de alejarse nunca de su adorado océano. Mervin había planeado levantar con sus propias manos una casita a orillas del mar en la que disfrutarían de su amor, y ella sería libre para, si así lo deseaba, regresar cada día a las aguas que la habían visto nacer, en completa libertad. El joven se marchó aquella tarde prometiendo regresar al día siguiente con todas sus posesiones terrenales para empezar a construir de inmediato el que se convertiría en un hogar para ellos y el hijo que esperaban. Pero el caballero nunca regresó.

La traición ocasionó un gran dolor a la joven *selkie*. Solo cuando tras doce meses de gestación dio a luz a un niño de hermosos cabellos negros como los de su padre y ojos de un azul tan profundo como el mar, logró mitigar en parte su tristeza.

El desconsuelo inicial, con el paso de los años, fue transformándose en enojo, indignación y finalmente odio hacia Mervin y los seres humanos en general.

Quiso el destino que veinticuatro años después Calem, fruto de aquel amor entre un hombre y una *selkie*, buceara en aguas muy cercanas a la misma playa donde sus padres se habían conocido. Ignorante de lo que iba a provocar con su acción, una joven, acuciada por el dolor que le atravesaba un tobillo, dejó caer siete lágrimas al agua, de manera que Calem, sin saber al principio qué era aquella fuerza que lo arrastraba —que no era otra que la de la magia y el instinto de su especie: es bien sabido que cuando una mujer humana desea entrar en contacto con un macho *selkie* para ser consolada en el lecho tan solo debe derramar siete lágrimas en el mar para que él acuda a su encuentro—, se vio impelido a alcanzar por primera vez en su vida la orilla.

Una vez allí, se despojó de su piel para adquirir aspecto humano, se cubrió de cintura para abajo con un burdo pantalón confeccionado con algas y se acercó a la muchacha. Cuando le preguntó por el origen de su lastimoso llanto, Rosslyn, que permanecía sentada en el suelo y cuyos rubios cabellos brillaban con destellos de oro a la luz del sol, le explicó que una víbora acababa de morderla mientras se refrescaba los pies en la playa. Aunque se asustó al principio, permitió que Calem tomara entre las manos su tobillo; el *selkie* succionó la mordedura para extraer el veneno y lo escupió sobre la arena, hasta que, por el sabor de la sangre, comprobó que no restaba nada de la letal sustancia en el organismo de la damisela.

Esta le quedó muy agradecida y se sintió feliz; mucho más que Calem, que había entendido que las siete lágrimas de aquella joven que tanto le gustaba no habían sido derramadas para reclamarlo como amante. A pesar de que Evanna lo había aleccionado en contra de los humanos, el *selkie* llegó a la conclusión de que su madre por fuerza había errado en su juicio, ya que Rosslyn era una joven no solo inteligente, sino además de gran corazón. Que su padre, Mervin, se hubiera comportado como un desalmado al abandonarlos no era razón suficiente para condenar a toda la especie humana, y aquella muchacha era buena prueba de ello; así que, tras confesarle qué clase de criatura marina era, ambos decidieron entablar una amistad.

Al cabo de varias semanas, Calem, que ya había empezado a amar a Rosslyn con toda su alma, compartió con ella su mayor secreto: debido al intenso dolor que Evanna había sentido durante el embarazo y a que un tercio de la naturaleza de Calem era humana, las hadas del mar habían hecho del fruto de su vientre un ser mágico. Él era inmortal, como el resto de su especie, y hasta el día en que llegó su veintiún cumpleaños había sido un *selkie* completamente normal; sin embargo, llegado ese instante, tres años atrás, su proceso vital había sufrido una transformación. Un año para él se había convertido en una vida entera: el treinta y uno de diciembre fallecía con la apariencia de un anciano y el uno de enero volvía a renacer de las olas del mar con el aspecto de un bebé. A lo largo del año iba creciendo a un ritmo mucho más rápido que el de los humanos y, llegado el solsticio de verano, ya había adquirido el semblante de un joven adulto. Era durante los tres meses siguientes a esa fecha, y por su tercio de humanidad, cuando él tenía permitido tocar tierra; solo que hasta entonces nunca lo había hecho debido a los numerosos peligros que, según su madre, se escondían más allá de las rocas de la playa.

Desde el primer momento, Evanna miró con recelo la relación que su hijo había iniciado con aquella humana, ya que temía que le rompiera el corazón igual que Mervin había hecho con ella. Pero era demasiado tarde para intentar doblegar la voluntad de Calem y ella, que siempre había amado la libertad, no tuvo otra opción que dejarle actuar siguiendo sus propios deseos. Además, confiaba en que, como su hijo solo tenía permitido visitar tierra firme tres meses al año, la joven terminara olvidándolo y casándose con cualquier otro.

Pero pasaron dos, tres años, y en cada solsticio de verano Rosslyn acudía a la orilla del mar para recibir a su amado. Formaban una exótica pareja: él, moreno como la noche; ella, rubia como el día. Al igual que el sol y la luna, procedían de mundos totalmente distintos y distantes, pero se sentían tan radiantes de felicidad durante aquellos «eclipses» de tres meses que nunca se planteaban poner fin a su idilio. Y eso exacerbaba los ánimos de Evanna, consciente de que, impulsados por sus sentimientos, cuanto más alto subieran, más dura sería la caída para su hijo y para la humana cuando debieran poner los pies en el suelo al comprender que aquel era un amor imposible.

Así que, unos días antes del solsticio de verano del cuarto año, Evanna decidió exponerse al mayor peligro al que puede enfrentarse una *selkie*: por primera vez en su vida se «sumergió» tierra adentro. Su intención no era otra que la de visitar a Rosslyn para convencerla de que esta vez no acudiera a la playa en busca de Calem, pues si en verdad aspiraban a ser felices, ambos debían seguir caminos diferentes. Sin embargo, la conversación que la *selkie* había ensayado en su cabeza una y otra vez de camino al poblado de humanos nunca tuvo lugar: en cuanto Evanna vio a Rosslyn parada en mitad de la calle, la madre de Calem se ocultó en las sombras de un callejón cercano desde donde podía ver y oír a la joven. ¿El motivo de su reacción? ¡Que Rosslyn cargaba un bebé en sus brazos! Parapetada en su escondrijo, espió cómo una vecina destapaba a la criatura y proclamaba las mil bondades de la recién nacida. «Así pues, es completamente humana, y por tanto no puede ser mi nieta», se dijo Evanna, satisfecha de que el destino hubiera puesto fin a aquella insensata historia de amor.

La *selkie* regresó de inmediato al océano para informar a su hijo de lo que había visto y ofrecerle su maternal consuelo. Por supuesto, Calem no creyó ni una palabra del relato de su madre.

—Si no me crees, en este mismo instante puedes enviar a tu *cravan* y que él te traiga noticias de la joven que aseguraba amarte tanto —lo retó con lágrimas de rabia humedeciéndole los ojos.

Así lo hizo Calem, y el pájaro retornó con la información de que efectivamente había visto a Rosslyn cargando con un bebé precioso y completamente normal y que la había oído llamarlo «amor de mis entrañas». El joven *selkie* se sintió devastado por la noticia. «Madre está en lo cierto: si la niña es normal, no puede ser mía. Rosslyn ha encontrado a otro amor. Simplemente, me ha olvidado», pensó mientras las gotas saladas que brotaban de sus ojos se confundían con las aguas del mar.

Tan convencido estaba de que eso era lo que había ocurrido, que en cuanto llegó el solsticio de verano resolvió alejarse de las costas escocesas; y, por ello, no pudo presenciar cómo su amada acudía una vez más a su encuentro, más ilusionada que nunca, ya que acunaba en los brazos a Rhona, la hija de Calem. Aguardó durante todo el día pacientemente, aunque a medida que el sol avanzaba en su cotidiano viaje de este a oeste más se preocupaba por la ausencia del *selkie*. A la caída de la noche, se obligó a regresar a casa: la pequeña necesitaba un techo bajo el que cobijarse.

Ese verano regresó un día tras otro a la playa, siempre con la esperanza de que Calem apareciera; y cada tarde, al ponerse el astro rey y dar la espalda al mar, Rosslyn se marchaba con los ojos anegados en lágrimas por la ausencia de aquel que se había llevado consigo su corazón.

Transcurrieron los años, y mientras Calem recorría las aguas del mundo, Rosslyn, con mucho trabajo, sacaba adelante sola a Rhona, una niña que desde muy temprana edad demostró tener un carácter dulce a la par que intrépido. La pequeña creció conociendo la verdad acerca de su padre, sobre el que Rosslyn nunca pronunció ni una mala palabra, ya que estaba convencida de que fuerzas mágicas o de la naturaleza debían de haberlo arrancado de su lado. Tan segura estaba de su amor.

Cada solsticio de verano, madre e hija acudían juntas a la playa, por si se producía el milagro de que Calem regresara, pero eso nunca ocurría. Lo único que aliviaba el corazón de Rosslyn era ver lo que Rhona disfrutaba durante sus sucesivas zambullidas en el mar: con apenas unos días de edad, había descubierto que al sumergir a su bebé en agua se le abrían a ambos lados del cuello unas hermosas branquias y desarrollaba unas membranas transparentes entre los dedos de los pies y las manos. Un descubrimiento que mantuvo en secreto, ya que las personas corrientes tienden a desconfiar y dañar aquello que es diferente, insólito y excepcional. Y su Rhona, por ser hija de un *selkie*, era todas aquellas cosas.

La vida transcurrió entre alegrías comunes e inusuales penas, hasta que en el octavo solsticio en que ambas visitaban juntas la misma playa, Rhona se quedó observando a su madre y la tristeza que una vez más goteaba de sus ojos. Justo la tarde anterior, un nuevo pretendiente de Rosslyn, y era ya el cuarto, había acudido a la casa para pedir su mano. Se trataba de un campesino llamado Alistair al que la joven tenía en gran estima; de manera que, esta vez, Rhona intuía que su progenitora estaba a punto de aceptar la propuesta de matrimonio. La vida era difícil para una joven soltera y con una hija a su cargo, y el mayor temor de Rosslyn era caer enferma, porque, si llegaba a morir, nadie se haría cargo de su pequeña.

El melancólico suspiro de su madre, que mantenía la mirada perdida en el infinito del océano, impulsó a Rhona a correr lo más deprisa que pudo hacia el mar. Solo volvió la cara un momento para gritar:

—¡Le prometo que si padre sigue vivo volveré con noticias de él!

Rosslyn nada pudo hacer para detenerla de cometer aquella locura, ni siquiera ir tras ella, ya que nunca había aprendido a nadar. Cayó de rodillas sobre la rugosa arena y rezó con todas sus fuerzas para que al menos su niña regresara a tierra sana y salva, ya que recordaba las incontables ocasiones en que ella misma había alquilado un bote pesquero con la intención de localizar el territorio donde habitaban los *selkies*. Y siempre se había visto repelida por un viento huracanado que hacía imposible la navegación y que, una y otra vez, terminaba devolviéndola a la orilla. Ella no podía saber que era Evanna quien había invocado aquellos fenómenos meteorológicos para mantenerla apartada de su hijo Calem.

Rhona nunca se había adentrado tanto en el océano. Aquel universo la cautivó, porque de alguna manera también era su mundo, exactamente igual que el de la campiña que rodeaba el poblado en el que había vivido hasta entonces con su madre.

Buceó durante horas, incansable y con cautela, tratando de evitar los peligros que pudieran apartarla de su misión. Hasta que por fin localizó una ciudad submarina, construida con piezas diminutas de coral y en la que decenas de *selkies*, vestidos con su piel y por tanto con su habitual aspecto de foca, conversaban, comerciaban y llevaban una vida similar a la de los humanos.

En cuanto Rhona preguntó por Calem, le indicaron la casa donde habitaba su madre, la bella Evanna.

—¿Hola? —saludó tímidamente mientras tocaba con unos golpecitos la puerta entreabierta de la vivienda.

La niña se asustó cuando una *selkie* apareció de improviso al otro lado con el rostro encendido de alegría y al momento apagado por la decepción.

—¿De dónde has salido tú? —preguntó Evanna, entre confusa y frustrada.

—Estoy buscando a mi padre.

—Pues sigue buscando. Aquí no lo encontrarás —dijo la *selkie* mientras empezaba a empujar la puerta para cerrarle el paso a aquella mocosa de aspecto extraño que ni siquiera iba vestida con su piel de foca. Obviamente, la había confundido con una de su especie, ya que ningún humano podría aguantar la respiración bajo el agua durante tanto tiempo como para alcanzar la ciudad submarina de los *selkies*.

—Pero… —repuso Rhona mientras plantaba sus diminutas manitas sobre la puerta para evitar que su abuela se la cerrara en las mismísimas narices—. ¡Pero es que mi padre es Calem! —la oyó gritar la *selkie* justo cuando había conseguido su propósito.

Evanna volvió a abrir la puerta, y esta vez se detuvo a mirar con detenimiento a la criatura que se le había plantado enfrente. «Por Neptuno, ¿será eso posible? ¿Calem tiene una hija?». Aunque lo hubiera deseado con todas sus fuerzas, ni su desconfiado corazón era capaz de poner en duda las palabras de Rhona, ya que cuando había escuchado la voz de la pequeña por primera vez la había confundido con la del propio Calem en sus etapas de niño; y aquellos ojos… aquellos ojos marinos, de un profundo azul, eran asimismo los de su hijo. Para su disgusto, también halló en los cabellos de la niña el negro azabache que Calem había heredado de su padre, ese traidor de Mervin, cuyo recuerdo regresaba a su vida para atormentarla una vez más.

Evanna se sobrepuso a ese último pensamiento, se desprendió de su piel de foca para hacer que su nieta se sintiera más cómoda en su presencia y se centró en interrogar a la chiquilla acerca de su procedencia y de cómo había llegado hasta la ciudad de los *selkies*. Rhona, como si ya fuera una jovencita madura, le contó su historia con gran detalle, incluida la noticia de que su madre, a pesar de que aún amaba a Calem con todo su corazón, estaba a punto de prometerse con otro hombre por temor a que algún día algo grave le aconteciera y su pequeña se quedara sola y sin protección en el mundo.

La joven abuela, aferrada al marco de la puerta, se dejó caer de rodillas sobre el arenoso suelo al entender la iniquidad que, sin pretenderlo, había cometido ocho años atrás al informar a Calem de que la hija de Rosslyn no podía ser suya y al mantener lejos de su hijo a la joven cada vez que esta pretendió ir a buscarlo. Confesó ante la nieta su pecado y esta, mientras acariciaba con dulzura sus cabellos, le aseguró que ni su madre ni ella le guardarían ningún rencor, que lo único que deseaban saber era si Calem continuaba vivo y seguía queriéndolas como ellas a él.

Evanna le explicó que el joven *selkie* hacía tiempo que había abandonado aquellas aguas y solo regresaba a finales de año, cuando estaba a punto de morir, porque era en ese momento y en su renacer cuando volvía a requerir los cuidados de los suyos.

No obstante, en cuanto se corrió la voz de lo que había ocurrido, todos los *selkies* de la ciudad subacuática tomaron la resolución de empezar a propagar la noticia de que Calem tenía una hija llamada Rhona con el objetivo de que, por muy lejos que él se encontrara, llegara a sus oídos aquel mensaje de amor.

Consciente de que Rosslyn aún la estaría aguardando en la playa, angustiada a la espera de su regreso, Rhona se despidió de su abuela, no sin antes prometerle que mantendrían el contacto.

Cuando alcanzó la orilla, la joven humana abrazó con tanto ímpetu a su pequeña que esta, complacida por el reencuentro, temió que la fuera a estrangular allí mismo.

—¿Cómo se te ocurre dejarme así? Si te perdiera, como a tu padre, ya nada querría de esta vida.

—Madre, he visto su mundo, el de padre, y es maravilloso. Todos me trataron con cariño, en especial la abuela —dijo Rhona, que explicó a su madre lo sucedido—. Estoy segura de que él regresará a nosotras. Ya lo verá. Todo fue un malentendido.

Durante los primeros días que siguieron a aquel, Rosslyn mantuvo sus esperanzas de nuevo en alto, erguidas con pasión y orgullo, pero poco a poco, según se terminaba el verano y Calem seguía sin aparecer, fueron desmoronándose como un castillo de arena reseca. De manera que la joven, cansada de esperar y de sufrir, decidió que aguardaría el regreso de su amado solo hasta el último día del estío, el último en que él podría pisar tierra firme ese año. Si para entonces él no había regresado, aceptaría la propuesta de matrimonio de Alistair y se olvidaría para siempre del amor de su vida.

Llegó la fecha marcada como límite. La jornada transcurrió lenta, muy lenta, y cuando la puesta de sol caldeó el horizonte y se tiñó de cobre al entrar en contacto con el mar, Rosslyn se puso de pie y le ofreció una mano a Rhona para que hiciera lo mismo.

—Cariño, lo intentaste —dijo tras darle la espalda a ese mar que le había arrebatado la ilusión de su juventud—. Pero es hora de que retomemos nuestras vidas donde yo la detuve hace ocho años —añadió acunando entre sus manos las pálidas mejillas de la pequeña.

—¿Y si él regresa el año que viene y no nos encuentra aquí?

Rosslyn miró hacia otro lado para evitar que Rhona vislumbrara el desconsuelo que le encharcaba los ojos. Por el bien de la pequeña, se obligó a mostrarse firme.

—Vamos, Rhona. Es hora de recorrer el camino de vuelta por última vez —dijo mientras tiraba de su hija y comenzaban a marcharse.

—Rosslyn… —la llamó una voz masculina a sus espaldas.

La joven se dio la vuelta, sobresaltada. Era Calem. ¡Había regresado! Después de ocho años, estaba allí, frente a ella, cubriendo su figura humana con una fina túnica fabricada de algas y la mirada anhelante y enamorada, tal como ella la recordaba.

—Oh, Dios santo… —musitó Rosslyn mientras corría hacia el mar para fundirse con su amado en un abrazo.

Ambos se besaron como si recibir el aliento del otro resultara imperativo para sentir que volvían a respirar de nuevo, como si su supervivencia dependiera de ello. Si se separaron fue solo porque la joven lo obligó a detenerse.

—Hace tiempo que deseo presentarte a alguien…

—Mi madre me ha hablado de ella —respondió él mientras caminaban agarrados de la mano en dirección a la pequeña, que permanecía inmóvil y emocionada por la tierna escena de amor que acababan de protagonizar sus padres—. Rhona. Mi pequeña… —dijo el *selkie* cuando se arrodilló a los pies de la niña.

Ella no aguardó ni un segundo más y, como había hecho su madre antes que ella, se lanzó a los brazos de Calem, que la levantó y giró con ella como debería haber hecho en todos aquellos años de ausencia.

—Oh, amor mío —se lamentó Rosslyn—, dentro de un par de horas deberás marcharte y no volveremos a vernos hasta el nuevo solsticio de verano, pero me basta con saber que estás ahí, que regresarás a mí —comentó resignada—. Además, al menos ahora permaneceremos comunicados durante los meses en que no podamos estar juntos, ya que Rhona podrá visitarte siempre que lo desee y me traerá tus nuevas.

—Eso no será necesario, querida —replicó él con una sonrisa enigmática en los labios—, porque no pienso dejaros nunca más. A partir de ahora, vosotras sois mi hogar, y donde estéis vosotras, allí estaré yo.

Calem les explicó que había regresado a casa en cuanto le habían llegado las noticias de que Rhona era su hija. De eso hacía ya un mes, y si no había podido reunirse antes con ellas era porque había tenido que someterse a un antiguo y doloroso hechizo que, a cambio de renunciar a su piel de foca y a su inmortalidad, lo había liberado de tener que nacer y morir cada año. Continuaba siendo un *selkie*, aunque ya solo con forma humana y ahora era libre para vivir en los océanos o en tierra firme, tal como había decidido siguiendo sus propios deseos. Además, envejecería al mismo ritmo que los hombres.

—Pero Calem, podrías haber vivido para siempre… —lo reprendió preocupada Rosslyn—. No quiero que mueras nunca.

—¿Y para qué quiero la vida si no puedo vivirla a tu lado, mujer? —replicó él mientras le daba un tierno beso en los labios—. ¿Acaso crees que me sentí vivo estos años sin ti? Cuidaremos el uno del otro hasta que la muerte venga a nuestro encuentro y procuraremos aprovechar cada día como si fuera el último.

Rosslyn y Calem levantaron una modesta pero acogedora casita en la playa, muy cerca del lugar donde Evanna y Mervin habían planeado hacerlo. Padre e hija se adentraban en las aguas del océano muy a menudo para pescar y asegurar el sustento de la familia, mientras que Rosslyn aprendió a fabricar utensilios y adornos de todo tipo con coral que luego vendía a muy buen precio los días de mercado en las villas más próximas.

Evanna pidió y halló el perdón de su nuera por todo el sufrimiento que le había ocasionado y empezó a visitarlos con frecuencia. En una de esas visitas, Rosslyn tenía una noticia que darle.

—Ayer acudí al mercado de Stein, como todos los sábados, para vender mis abalorios de coral, y allí oí una historia que me llamó la atención. Trataba de un joven del lugar que un día, de la noche a la mañana, decidió vender hasta la última de sus posesiones en el pueblo. Lo que deseaba era levantar un hogar en la playa, junto a la mujer de la que se había enamorado, que era una foránea. Pero el mismo día en que lo tenía todo dispuesto para marcharse, ocurrió una desgracia: murió atropellado por una diligencia. Aquello sucedió hace unos treinta años, y el joven se llamaba Mervin —explicó Rosslyn mientras apoyaba una mano sobre la de su suegra.

Tanto dolor, resentimiento y odio… Para al final entender que Mervin la había amado hasta su último aliento de vida. La emoción cubrió los ojos de Evanna con una hilera de lágrimas que le resbalaron por las mejillas; procedían de las capas de hielo que habían envuelto su corazón durante todos aquellos años y que ahora habían empezado a fundirse.

Y, a partir de aquel día, su vida volvió a ser plena, alimentada por el recuerdo del amor que había sentido y para siempre sentiría por Mervin.

Erin volvió la cabeza en un intento por ocultarse de miradas indiscretas, se enjugó las lágrimas, emocionada, y se sorbió la nariz con disimulo, confiando en que Declan no se hubiera percatado de su reacción, ya que estaba segura de que sería motivo de mofa para él verla conmoverse con una estúpida leyenda.

Fue en balde, porque cuando levantó la vista, los ojos de O'Connor, que según la irlandesa debían de semejarse bastante a los de Calem, como las profundidades del mar, permanecían clavados en ella. «¿Por qué demonios en todos los protagonistas tengo que hallar algún parecido con este endemoniado *highlander*?».

Para su sorpresa, en las mandíbulas prietas y el gesto pensativo de Declan no halló ni un rastro de burla. Y fue entonces cuando Erin cayó en la cuenta de una cuestión importante que hasta ese momento le había pasado inadvertida: la historia del viejo Ross tenía como protagonistas a dos *selkies*, la misma especie de seres «supuestamente» mitológicos que habían lanzado un maleficio contra el clan O'Connor...

«¡Dios del cielo!», exclamó para sus adentros la aprendiz de *banshee* al percatarse de que la maldición recaería ahora sobre el nuevo heredero de Stormfield: Declan. La muerte de Killian lo condenaba a casarse sin amor si deseaba que su esposa sobreviviera a la noche de bodas. A buen seguro, la mujer elegida sería la señorita Morgan: el *highlander* había dado suficientes muestras de la admiración que sentía por ella.

¿Y por qué Erin se notaba enfermar solo de pensar en ese enlace? Intentó convencerse de que sus propios sentimientos nada tenían que ver. «Sé por qué me opongo a esa boda: porque si Declan ama a Marianne sin ser consciente de ello, y podría ser el caso, la estará sentenciando a muerte».

Capítulo 15

—Será mejor que emprendamos el regreso, James. Se avecina tormenta —dijo Declan señalando el horizonte, más allá de las montañas que apuntaban hacia los cielos al otro lado del lago.

—Sí, recojamos las cañas —convino el pescador—. Ha sido una tarde muy provechosa —añadió, y sonrió mientras mostraba a sus acompañantes la cesta que había ido rellenando de truchas al tiempo que narraba la historia de Calem y Rosslyn.

Apenas habían alcanzado la orilla donde los aguardaban el carruaje y el caballo de tiro, que pastaba plácidamente en los alrededores, cuando la tromba se abalanzó sobre sus cabezas. James insistía en regresar a casa como había llegado, a pie, pero Declan, con ayuda de Erin, lo convenció de que los tres debían cobijarse bajo la capota del calesín, que, aunque no demasiado, algo los resguardaría.

Así, Erin se vio sentada entre ambos hombres, excesivamente apretados, pero agradecida de evitarle a James un resfriado seguro. Tuvieron que desviarse para tomar el sendero que llevaba hasta la morada del pescador. Era un terreno especialmente duro y con baches a los que el vehículo ligero de los O'Connor no estaba acostumbrado, de manera que, cuando se encontraban a apenas cincuenta metros de su destino, una de las ruedas se quedó atascada en un socavón.

Declan se bajó de un salto, y con él James, para comprobar los desperfectos. El diagnóstico fue inmediato: el impacto, unido al sobrepeso, había provocado el estallido de un par de radios, lo que hacía imposible continuar viaje.

—Vamos, vamos —los animó el pescador—. Mi hogar, al igual que yo, es viejo y humilde, pero también confortable, y, con un poco de suerte, tal vez se pegue a sus muros algo de la juventud que hoy traigo conmigo —dijo sonriéndoles con bondad al tiempo que desenganchaba el caballo para conducirlo a las cuadras.

A la aprendiz de historiadora se le hicieron muy cortas las dos horas y media que tuvieron que aguardar para que arreciara el diluvio. Disfrutó como una niña tomando nota de las historias que James le contó sobre el Cù Sìth, un perro lobo de pelaje muy lanudo con el que de alguna manera se identificó, ya que también él era un mensajero de la Muerte y se dedicaba a llevarse las almas de los difuntos escoceses al más allá; varios relatos, unos divertidos y otros algo más truculentos, sobre *brownies*, duendes a los que la señorita Galbraith siempre había conocido en Irlanda como *leprechauns*; y una leyenda sobre un vengativo *kelpie*, un caballo acuático que, tras convencer a sus víctimas de que se le subieran a la grupa, cabalgaba hasta llevarlos a lo más hondo del lago, donde los ahogaba y devoraba. Erin se sentía muy satisfecha, ya que su libro de leyendas escocesas empezaba a tomar forma.

—Es hora de marcharnos —dijo Declan desde una de las ventanas de la cocina tras observar que el sol se dejaba ver tímidamente entre un grupo de aún irreductibles nubes—. En cualquier momento podrían regresar las lluvias, y de ser así es preferible que nos sorprendan lo más cerca posible de Stormfield.

—Pero ¿cómo vamos a regresar? ¿Andando? —preguntó Erin recordando el pésimo estado en que había quedado la rueda del carruaje. Además, solo disponían de una cabalgadura—. Yo siempre disfruto de un largo paseo, pero me temo que aún queda demasiado camino por recorrer.

—Por supuesto, iremos a caballo —respondió el *highlander* mientras la dejaba a solas con James.

Lo siguieron hasta la puerta de la casa, desde donde lo vieron entrar en las sencillas caballerizas.

—Ah, que tiene usted caballos —comentó la joven esbozando una sonrisa.

James negó con la cabeza varias veces, con gesto entre burlón y compasivo.

—Me temo que ya no puedo permitirme esos lujos, querida. La vejez me ha sorprendido con bastante espacio libre en las alforjas.

—¿Pero entonces...? —inquirió la irlandesa mientras Declan abandonaba los establos montado sobre el percherón que había tirado del calesín unas horas antes.

—No me diga que los dos nos vamos a subir ahí... —le advirtió a O'Connor cuando este se encontraba lo suficientemente cerca como para captar sus reticencias. ¿Ella subida a un caballo con el *highlander*? En absoluto le parecía lo más prudente—. Yo no sabré montar sin silla —se excusó con una torpeza que hizo sonreír al caballero.

A una señal de este, James tomó del brazo a Erin y con delicadeza la instó a avanzar unos pasos en dirección al animal. ¿Cómo es posible que no se hubiera percatado de la alzada del caballo hasta aquel preciso instante? Sintió vértigo solo de observar la longitud de las patas, y en esas se hallaba cuando notó unas manos vigorosas que la amarraban por encima de la cintura para tirar de ella hacia arriba.

En un instante se vio instalada de lado sobre el lomo del animal, con la espalda apoyada en el tórax de Declan y los brazos de este rodeándola. De repente, el temor a caerse del caballo había pasado a un segundo plano.

—Aguarden un momento —les pidió James mientras se perdía de nuevo en el interior de su morada.

En loor del decoro, la irlandesa trató de echarse un poco hacia adelante; actitud recatada que invitó a sonreír a O'Connor.

—Le recomiendo —dijo él inclinándose ligeramente para susurrarle al oído— que durante el viaje se mueva lo menos posible. No me gustaría perderla por el camino.

Al momento el pescador estuvo de vuelta y le ofreció a Declan una manta.

—La lluvia ha refrescado el día, y sus ropas no bastarán para resguardarlos del frío —dijo dirigiendo una enigmática mirada a Declan. «Muchacho, me pregunto si eres consciente del lío en que te estás metiendo», meditó divertido mientras observaba a la pareja. Conocía bien a O'Connor y sabía que nunca se había mostrado proclive a la idea de atarse a una mujer.

—Gracias por todo, James. Mañana, cuando envíe a alguien en busca del carruaje, te la devolveré —dijo Declan mientras aceptaba la prenda de abrigo.

También Erin le agradeció su ayuda al contador de leyendas y deseó que pronto pudieran volver a encontrarse.

Cuando Declan espoleó los flancos del percherón para ponerlo al galope, Erin se quedó aún más pegada al jinete, que le pasó el brazo derecho por la cintura para sujetarla con firmeza; ella, con su propia seguridad en juego, se vio obligada a permanecer inmóvil y fingir indiferencia. No habían abandonado aún el sendero que conducía al hogar de James cuando el *highlander* redujo la marcha.

—Ahora que no puede escaparse, supongo que ha llegado la hora de poner las cartas sobre la mesa. —Sonó ligeramente intimidatorio, a mitad de camino entre la inquietud y la determinación—. ¿Sería tan amable de explicarme cuál es la razón que la ha llevado a rehuir mi compañía durante el último mes?

Un escalofrío recorrió a la dublinesa. Declan estaba lo suficientemente cerca de ella como para malinterpretar su estremecimiento: con un movimiento brusco de la mano, dejó caer la manta excepto por el extremo del que la tenía sujeta, de manera que se desplegó y, como la pieza de lana era grande, la pasó sobre sus propias espaldas y, con delicadeza, la usó para cubrir también a Erin.

Dado que prefería que Declan pensara que sus estremecimientos se debían al frío y no a la cercanía del caballero, la irlandesa intentó centrarse en la conversación.

—Pensé… —vaciló—. Pensé que me odiaba por lo que ocurrió la noche antes de que su hermano…

—¿Por avisarme del peligro que corría Killian? —la interrumpió él—. ¡Si le estoy francamente agradecido de que lo hiciera! —exclamó frustrado por no poder mirar a la cara a la señorita Galbraith, que seguía empeñada en admirar las puntiagudas orejas del percherón.

—Pero el día de la tragedia…

—Es cierto que aquel día la odié a usted —reconoció con voz doliente—, pero solo por ser conocedora de mi ominoso pecado.

—¿Qué pecado era ese, Declan? —le preguntó extrañada.

El escocés notó, contrariado, que ella había estado a punto de seguir el impulso de volver el rostro hacia él y que finalmente había logrado contenerse.

—Usted mejor que nadie sabe que… —suspiró antes de proseguir—, estando yo al corriente de la tragedia que estaba por venir gracias a su premonitorio sueño, no fui capaz de impedir aquel maldito duelo con Kirkpatrick. Creí que usted me reclamaría ante mi familia, y con razón, que no hubiera hecho más por salvar a Killian. Supongo que me creerá si le confieso que sobre todo me odié a mí mismo.

—¿Lo intentó siquiera? ¿Trató de convencerlo?

—Lo hice, de camino al campo de tiro. Pero solo obtuve como respuesta las burlas de mi hermano —admitió—. Debería haber hecho más por impedir el lance.

—No conocía demasiado a Killian —dijo Erin, conmovida por la tristeza que destilaba la confesión de O'Connor—, pero sí lo suficiente como para saber que de nada habrían servido todos sus esfuerzos. Y usted lo sabe.

—Supongo que tiene razón. Pero es algo que llevaré siempre conmigo —añadió—. He esperado demasiado para darle las gracias, Erin. —La aprendiz de *banshee* guardó silencio. No entendía a qué podía referirse—. No tenía por costumbre acudir a los duelos de Killian, porque era un tirador nato y siempre se había impuesto sin dificultad. Nunca pensé que Kirkpatrick fuera una amenaza.

—Declan, lamento tanto que mi pesadilla terminara por hacerse realidad… —dijo ella mientras posaba una mano sobre la de él, en un gesto de afecto tal vez alentado porque ambas permanecían ocultas bajo la manta. Él se lo agradeció presionando ligeramente su cintura, en un gesto íntimo que los desconcertaba a ambos por igual—. Mi premonición no sirvió de nada.

—Es lo que pretendía decirle: que sí sirvió. Me di cuenta, unos días después, de que de no ser por usted yo no hubiera acompañado a mi hermano y él se habría marchado de este mundo en la más absoluta soledad —susurró él, ligeramente avergonzado por los sentimientos que se atrevía a expresar en presencia de aquella extraña mujer. Aun así, no se reprimió—. Al menos pude estar ahí para despedirme y sobre todo para que él se despidiera de los suyos gracias a mí.

—Sí, incluso de su enamorada… —Por un instante, Erin dejó de respirar, consciente de la indiscreción que había cometido.

Tampoco aquel comentario había pasado inadvertido para Declan.

—¿Cómo sabe usted que también se despidió de Marianne?

—Ella… Ella me lo contó —improvisó—. ¿Sabe? —preguntó Erin, logrando desviar la atención del *highlander*—, mientras James nos narraba hoy la leyenda sobre Calem y Rosslyn, caí en la cuenta de un asunto que…

—¿Tal vez cayó en la cuenta de que ahora soy yo el maldito de la familia? —se adelantó O'Connor. Interpretó el silencio de Erin como un sí a su pregunta—. Me temo que así es. No resulta muy alentador, puesto que ya antes de convertirme en el heredero consideraba la idea de contraer matrimonio como una auténtica maldición —intentó bromear con escaso éxito.

—Supongo que, puesto que usted es el único varón de la familia, deberá asegurar cuanto antes un heredero. —«Por Dios, que pueda esperar a casarse… Al menos hasta que yo me encuentre lejos de estas tierras», se sorprendió pensando Erin.

—Conociendo a mi padre como lo conozco, no tardará en reclamarme, con sin igual gentileza, que despose a alguna incauta lo antes posible. —Su pausa fue algo más larga de lo que él mismo había previsto—. ¿No estaría usted interesada en casarse con el heredero de los O'Connor? Ya que está visto que por nuestros caracteres nunca podríamos llegar a amarnos, me parece la mujer idónea para el puesto. Es del todo imposible que su vida corra ningún peligro la noche de nuestra boda —comentó en tono irónico, y ese tono fue el que le llegó a Erin, que no pudo ver que la sonrisa de Declan en absoluto reflejaba sarcasmo, sino pesadumbre. Porque el escocés estaba convencido de que una mujer independiente y de mente preclara como ella jamás renunciaría a su libertad ni por él ni por ningún otro hombre.

Pese al alfilerazo que acababa de sentir en el corazón, la joven se forzó a soltar una carcajada alegre.

—No creo que semejante idea se encuentre entre las mejores que ha tenido, Declan —afirmó ella al tiempo que, sin pensar, volvía la cabeza hacia él. No esperaba encontrar tan cerca el rostro de su acompañante y se quedó contemplándolo.

—No, tal vez no… —confirmó O'Connor mientras quedaba prendado de aquellos ojos esmeralda—. De hecho, en este instante veo imposible que alguna mujer pueda lograr hacerme pasar por la vicaría —dijo sonriendo con picardía, aunque el corazón le latía apresurado.

—Pero necesita un heredero… —le recordó mientras se esforzaba por controlar su desacompasada respiración.

—Erin, pídamelo. Por favor, pídamelo ahora —le rogó él mucho más serio, con un anhelo que le surgía del fondo del alma.

—¿Que le pida qué? —preguntó confusa.

—Le prometí que no volvería a besarla hasta que usted…

Por fin ella entendió.

—No deberíamos… —Estaba a punto de sucumbir y se negaba a hacerlo.

O'Connor pegó su frente a la de la señorita Galbraith y contempló sus labios.

—¿Quiere que lo suplique? De acuerdo: se lo suplico. Un beso. Solo eso y la dejaré tranquila —mintió.

Aquella petición fue más de lo que Erin podía soportar. Muy lentamente y algo temblorosa, sacó la mano derecha de debajo de la manta, acarició la mandíbula de Declan y lo atrajo mientras buscaba su boca. Los separaba un mísero centímetro cuando el restallido de un látigo asustó a Erin. Declan maldijo por lo bajo cuando ella se retiró veloz como un colibrí. La dublinesa, con la vista de nuevo al frente, se reprochó su falta de aplomo; había estado a punto de ceder ante aquel libertino. «¿Pero acaso no lo deseabas tú igual que él?», la reprendió el corazón mientras forcejeaba con su mente en una encarnizada lucha interior.

Un carruaje se aproximaba en sentido contrario, por el camino enlodado. Cuando el landó se detuvo a su altura, Erin observó la puerta, que exhibía con orgullo un escudo nobiliario: el del marqués de Lothian. Sin embargo, la cabeza que asomó por la ventanilla no fue la de su señoría, sino la de su esposa.

—*Lady* Catriona —la saludó Declan intentando disimular hasta qué punto le fastidiaba la interrupción.

—Oh, querido —resopló aliviada al comprobar que, efectivamente, era O'Connor—. Señorita Galbraith —saludó con sequedad a la irlandesa. Para cuando volvió a dirigirse a su amante, la voz de la dama había recuperado parte de la dulzura perdida—. Vengo de Stormfield. Necesitaba tratar una cuestión con usted. En privado —añadió mirando de reojo a Erin—. ¿Puede hacerme el favor de subir un momento al carruaje? —solicitó mientras le abría la puerta más cercana.

—Ese asunto no ha de ser tan urgente, seguro que puede esperar. Si lo desea, mañana por la tarde puedo pasarme a hacerle una visita —propuso él.

Aquella negativa, del todo inesperada, provocó que la marquesa cambiara de estrategia. De súbito adoptó una actitud seria y dirigió una mirada compungida a Declan.

—De verdad que necesito hablar con usted…

El escocés resopló con disimulo.

—Por favor, espéreme aquí —pidió a Erin antes de descabalgar de un ágil salto. Y, nada más poner un pie en el estribo, añadió—: Será solo un momento.

Ella asintió, aunque en realidad dudaba sobre cómo debía actuar ante aquella inusual situación.

No tardó en sentirse abandonada y empezó a pensar que, sin duda, el *highlander* merecía que ella le devolviera el favor. La posibilidad de largarse con el caballo y dejarlo en la estacada le pasó por la mente; pero era ante todo una joven de inclinaciones muy prácticas y no se veía capaz de dominar al percherón montando sin silla y, además, sin posibilidad de hacerlo a horcajadas debido a las ropas que vestía. Por otra parte, estimó que tal vez podía aguardarlo unos minutos más, ya que le había asegurado que regresaría en breve.

Y en esas estaba cuando las opacas telas que cubrían la ventanilla se descorrieron ligeramente, permitiéndole atisbar lo que sucedía en el interior: la marquesa tenía agarrado a Declan por las solapas de su levita y lo besaba. Erin no estaba dispuesta a soportar por más tiempo la visión de aquella escena, así que se dejó deslizar por el lomo del caballo con cuidado y el miedo a hacer el más espantoso de los ridículos si terminaba de morros en el suelo embarrado. Sus temores resultaron infundados. Tocó con seguridad tierra y, muy digna, cedió en silencio las riendas del percherón al chófer del carruaje antes de proseguir su camino a pie.

No llevaba ni doscientos metros recorridos cuando O'Connor, de nuevo montado a lomos del animal, le dio alcance. Un trueno resonó a lo lejos.

—¿Se puede saber adónde cree que va sola? —le preguntó desubicado por la reacción de Erin.

No era consciente de que el beso de la marquesa —solo había sido uno y él le había puesto fin de inmediato— había contado con una espectadora de excepción.

—Me gusta mucho caminar —contestó orgullosa y sin dejar de marchar.

—Ya veo. El día está agradable para un vigorizador paseo, ¿verdad? —se burló él, divertido ante la reacción belicosa de la joven—. Vamos, deje que la ayude a montar de nuevo. Aún queda un buen trecho y hemos de apresurarnos o nos sorprenderá de lleno la tempestad que viene en camino —dijo señalando las nubes que se aproximaban traídas por los vientos del sur.

Erin echó un vistazo a las alturas y se percató de que él llevaba razón. Maldita la gracia que le hacía tener que volver a cabalgar juntos, pero por fin se detuvo en seco, señal inequívoca de que le daba su permiso para elevarla una vez más del suelo. Y así lo hizo Declan, que la colocó en la misma postura en que habían viajado minutos antes. Con una sutil diferencia, que ahora ella renegaba de la manta y de su calor e intentaba impedir de todas las maneras posibles que su espalda reposara en el pecho del caballero.

—Erin, ¿por qué se ha enojado? —preguntó frustrado el *highlander*. «Si apenas la he dejado sola cinco minutos…».

—No estoy enojada, «señor O'Connor» —dijo para recordarle que lo correcto entre ellos era hacer uso de los apellidos—. ¿Por qué habría de estarlo? —continuó en un tono desapegado que terminaba de poner veto a cualquier familiaridad entre ellos.

—Ya veo: simplemente regresamos a la vieja costumbre de llevarnos mal —farfulló Declan.

Capítulo 16

O'Connor estaba en lo cierto respecto a las intenciones de su padre para con él. A la mañana siguiente de la visita a James Ross, el *laird* mandó llamar a su hijo al despacho para comunicarle que tanto él como *lady* Aneira deseaban que contrajera nupcias con la mayor brevedad posible para dar un heredero a Stormfield.

—Marianne es la candidata idónea. Ya sabes el cariño que le hemos tomado y será tan buena esposa para ti como lo iba a ser para Killian —explicó convencido el patriarca—. Es la solución perfecta, Declan.

—Sé que ninguno de nosotros desea que la señorita Morgan nos abandone…

—Así es. Y dado que he de suponer que su padre no tardará en reclamarla para casarla cuanto antes, ¿por qué no contigo? —preguntó mientras se encendía una pipa.

—Bien podría quedarse y vivir entre nosotros como la viuda de Killian; podemos explicarle al señor Morgan que a Marianne nunca le faltará de nada a nuestro lado —repuso Declan—. Pero, padre, no me pida que la despose: todos sabemos que ella amaba a Killian; la dama no querrá cambiar a un hermano por otro como se mudaría de sombrero.

—Por el contrario, yo estoy bastante seguro de que te aceptaría.

—Pero yo no deseo casarme —insistió—. Usted sabe que el matrimonio no es un sacramento que me interese lo más mínimo.

—Ya veo. En cambio, sí te interesa yacer con la mujer de otro. ¿Qué demonios esperas de esa relación? ¿Tal vez un bastardo? —Declan negó con la cabeza por el atrevimiento de su padre—. ¿Y me puedes explicar cómo podría ese bastardo heredar Stormfield?

—Preferiría que no se metiera en mi vida personal.

—Y yo preferiría no tener que meterme. Lo que debes hacer es poner fin a esa relación ilegítima y contraer matrimonio con una buena mujer, y con premura. Tengo la estremecedora sensación de que la muerte nos acecha... —comentó pensativo mientras apoyaba la cazoleta de su pipa en la sien; ambas bullían a la misma temperatura, una por el tabaco y la otra por las preocupaciones.

—Por favor, sabe que eso no tiene ningún...

—Declan, necesitamos un heredero —lo interrumpió categórico el *laird*—. Y de acuerdo: si Marianne no es de tu agrado, elige a cualquier otra. —Declan masculló entre dientes, consciente de que finalmente no tendría más remedio que casarse—. Por otra parte, más allá de asegurar la estirpe —continuó Waylon con un tono de voz menos autoritario—, no sabes lo que supondría para tu madre y para mí que una nueva vida llegara a Stormfield. Es tan grande el vacío que ha dejado en nuestros corazones la muerte de Killian...

Aquel chantaje emocional no era del gusto de Declan y así se lo hizo entender a su progenitor con una sola mirada. También él sufría por la ausencia de su hermano, pero no por ello pedía a los demás un sacrificio de tal envergadura.

—¿Y de dónde quiere usted que saque a una esposa? —se revolvió con todos los sentidos encrespados.

—Hay mucho donde elegir, Declan. Solo tienes que escoger a una.

—Sí, a una a la que no pueda amar —refunfuñó—. Ni hablar, no lo haré.

* * *

La conversación entre padre e hijo pasó de padre a esposa, de esposa a hija y de hija a amiga: Nora explicó a Erin que su hermano se había negado en rotundo a contraer nupcias con Marianne y que su decisión había encolerizado al *laird* hasta límites insospechados, de manera que ahora ni siquiera se hablaba con su heredero.

—Tal vez esté enamorado de otra… —comentó la señorita O'Connor mientras paseaba por los jardines del castillo con el brazo engarzado al de la dublinesa.

—Sí, podría ser —respondió sin pensar Erin. Intentaba recuperarse del estupor que la embargaba tras conocer la noticia. Acababan de confirmarse sus sospechas. «Si O'Connor ha rechazado la oportunidad de desposar a Marianne es sin duda porque la admiración que le profesaba se ha visto rebasada por un sentimiento mucho más profundo: ya la ama…».

—Ah, ¿entonces es de mi misma opinión? ¡Qué maravillosa noticia! —exclamó Nora al tiempo que hacía que Erin detuviera sus pasos y la mirara de frente—. ¿Y le ha hecho saber que siente lo mismo por él?

—¿Yo? —replicó asombrada la irlandesa—. ¿Qué tengo que ver yo con las decisiones de su hermano?

—Pero… acaba de coincidir conmigo en que es seguro que está enamorado de otra —titubeó la joven escocesa.

El malentendido provocó un gesto de incredulidad en el rostro de Erin.

—Por todos los cielos, Nora… Si lo dije, fue sin pensar —admitió—. Estaba con la cabeza en otra parte, discúlpeme. En cualquier caso, tengo una teoría diferente respecto a la negativa expresada por su hermano —prosiguió en un intento de salir del tema de conversación—. Estoy convencida de que solo hay una cosa que le impide comprometerse con Marianne.

—Venga, sorpréndame. ¿Cuál diría usted que es? —suspiró la muchacha mientras continuaban con el paseo.

—La maldición. —Nora puso los ojos en blanco, ya que nunca había respaldado la creencia familiar de que un maleficio pesara sobre el heredero de los O'Connor; a diferencia de su madre, la benjamina no creía en ningún tipo de supersticiones—. Lo sé, sé cuál es su opinión al respecto, pero también conozco la opinión de su hermano. Y él, que profesa una sincera admiración por la señorita Morgan, podría albergar sentimientos más íntimos que, de confirmarse, la pondrían en peligro si consintiera en casarse con ella.

—¿Sentimientos más íntimos? ¿Por Marianne? —bufó con impaciencia. ¿Por qué nadie veía más allá de sus propias narices? «Qué ridícula manera de enredarlo todo», pensó Nora—. Se equivoca de parte a parte, Erin. Conozco a mi hermano mejor incluso de lo que él se pueda conocer a sí mismo, se lo aseguro. Si de alguna cualidad se me permite alardear es precisamente de ser una excelente observadora, y desde luego algo así no lo habría pasado por alto.

—Yo misma lo escuché hablar de Marianne y es seguro que siente un gran aprecio por ella. —La firmeza de sus palabras sorprendió a la pequeña de los O'Connor—. Nora, las fronteras del amor son tan débiles como las marcas que el mar deja a su paso sobre la arena, y seguro que su hermano teme que nuestra amiga no sobreviva a la noche de bodas si es él quien la desposa.

* * *

Como ese mismo día la aprendiz de *banshee* tenía previsto enviarle un nuevo informe a *lady* Máda relatándole sus progresos —o más bien estancamientos— a la hora de dominar los sentimientos, aprovechó la ocasión para explicar a la historiadora que el heredero de los O'Connor se negaba a contraer matrimonio y que esa decisión hacía temer al *laird* por la continuidad de su estirpe familiar. A última hora de la tarde, *Argos* partió con el mensaje enrollado en torno a una de sus patas, rumbo a Dublín. Transcurrieron dos semanas entre la partida y el regreso del cárabo con la respuesta:

Queridísima Erin:

Me inquietan sobremanera tus noticias acerca de las reservas que muestra el nuevo heredero del castillo de Stormfield ante la idea de contraer matrimonio. Si se empecina en su decisión, pondrá en serio peligro el futuro del linaje O'Connor, tal como teme el *laird*.

Como *banshees* del clan, como sus protectoras, debemos evitar a como dé lugar tan nefasto porvenir. Debes hacer todo lo que esté en tu mano para que Declan O'Connor cambie de parecer, pues es totalmente indispensable que dé un heredero a los suyos para que el apellido no se extinga con él.

Confío en que sabrás hallar la solución ideal a este lamentable imprevisto.

Atentamente, tu querida amiga,

Lady Máda

—¿Y qué pretende que yo haga? ¿Que le ponga una pistola en la cabeza y lo obligue a pasar por la vicaría del brazo de cualquier muchacha que esté dispuesta a aceptarlo? —se preguntó Erin en la intimidad de la torre de *Argos* tras acabar de leer la nota.

* * *

El ambiente en el castillo se había enrarecido, y todos conocían la razón: el cabeza de familia no podía dar crédito a que su hijo más cabal, el que siempre había respetado sus decisiones y lo había secundado frente a las continuas locuras y los gestos egoístas de Killian, ahora se negara a contraer matrimonio con Marianne o con cualquier otra joven casadera para asegurar la supervivencia de su apellido.

Por su parte, aunque a Declan se le hacía duro verse obligado a contrariar a su padre, algo en su interior le insistía con vehemencia en que no debía tomar el camino de baldosas de oro que todos presentaban a sus pies: desposar a la señorita Morgan no era la solución; no para él. Tenía que buscar una alternativa que pudiera ser del gusto de la familia y sobre todo del suyo; lo que ignoraba era cuánto tiempo tardaría en hallarla. Los acontecimientos se sucedieron más rápido de lo que él mismo había previsto.

Se encontraba en las caballerizas del castillo, cepillando a sus corceles de pura raza, cuando su madre se presentó ante él con gesto de disgusto.

—Hijo, esto no puede seguir así —lo asaltó sin miramientos—. ¿Cuál es la razón por la que aún no te has reunido con tu padre para poner fecha a la boda con la señorita Morgan? —Como respuesta solo obtuvo la mirada obcecada de Declan; así que, con parva sutileza, decidió presionar aún más a su vástago—: ¿No te parece que la prematura muerte de tu hermano ya ha ocasionado sufrimiento de más a esta familia? Tu enfrentamiento con el *laird* debe concluir hoy mismo.

—Lo lamento, madre, pero no siento deseos de tener que embaucar a una dama de tan nobles sentimientos como Marianne. No lo haré. Y lo mismo vale para cualquier otra mujer —aseguró él mientras continuaba acicalando a sus caballos.

—¡Pero si ya no hay necesidad de engañar a nadie! —exclamó ilusionada al deducir que su hijo aún ignoraba las buenas nuevas—. ¿Acaso nadie te ha informado de que la señorita Morgan por fin está al corriente de la maldición?

Declan se volvió hacia ella con gesto consternado.

—¡¿Que Marianne conoce la maldición?!

Lady Aneira se encogió de hombros.

—Raro me parece que permanezcas ignorante a ese hecho, dado que en esta casa las noticias vuelan como un mal viento. Sabíamos que no aceptarías casarte con la señorita Morgan a menos que ella supiera del maleficio, así que esta misma mañana tu padre la convocó a su despacho para contarle la verdad.

—¿Y cómo reaccionó ella?

«Mi padre debe de estar realmente desesperado para decidirse a confiar el secreto de los O'Connor a alguien ajeno a nuestra sangre».

—Oh, francamente bien. Porque fue en ese momento cuando entendió por qué Killian la había evitado tan a menudo; comprendió que el único objetivo de mi pobre hijo, que Dios lo guarde en su gloria, había sido el de mantenerla a salvo porque no debía enamorarse de ella antes del día de la boda. —*Lady* Aneira suspiró—. Y si algo más le ha quedado claro al *laird* es que Marianne está dispuesta a casarse contigo.

—¿Es una deducción de padre o ha sido ella quien se ha expresado en semejantes términos?

—La señorita Morgan ha manifestado que te tiene en gran estima y que ama tanto este lugar que le gustaría permanecer para siempre en él, con el recuerdo de Killian.

—Oh, sí. Sería muy agradable estar casado con una esposa que suspira por el amor de un difunto… Por el amor de mi propio hermano —gruñó el *highlander* mientras comprobaba que en los cascos de sus caballos no hubiera grietas.

—Ella adora a esta familia y tú formas parte de ella. Por tanto, también ha de adorarte a ti. ¿No basta eso para levantar los cimientos de un matrimonio bien avenido?

—Killian había encontrado a la mujer perfecta para él, estaban hechos el uno para el otro: apenas unos días entre nosotros, y Marianne cayó rendida a sus encantos. Él no tuvo oportunidad de tratar demasiado con ella debido a la amenaza de la maldición, pero estoy convencido de que, tras la boda, habría terminado amándola.

—¿Y por qué no haces lo mismo con ella?

—¿Enamorarla? —preguntó sorprendido.

—¿Por qué no? Eres tan apuesto como lo fue tu hermano. De hecho —dejó escapar un suspiro doliente—, todos los de esta casa sabemos que la naturaleza te dotó con cualidades mucho más sublimes que las que tuvo a bien concederle a mi adorado Killian. No veo por qué la muchacha no habría de prenderse de ti.

—¿Y si llego a la noche de bodas y ella…?

—Hijo, ¿temes enamorarte de Marianne?

Declan no supo qué contestar a aquella pregunta. Unas semanas atrás se habría mostrado tajante en su respuesta: «Sí, temo enamorarme de ella». En cambio, ahora no tenía tan claro que fuera aquel miedo lo que lo apartaba de la señorita Morgan.

Como es opinión generalizada que quien calla otorga, *lady* Aneira malinterpretó el silencio de O'Connor.

—Pues ese sí es un contratiempo a tener en cuenta —reconoció la dama.

—Desde luego que lo es —añadió él para aferrarse a la única teoría que podía hacer desistir a sus progenitores de casarlo con la escocesa—. De ninguna de las maneras me uniré a Marianne.

Lady Aneira se llevó las manos a la cintura, como si creyera que Declan aún era un niño al que pudiera amenazar con una pose maternal como aquella.

—Y he de deducir que insistes en contar a tu futura prometida la verdad...

Su hijo le echó una mirada que expresaba más de lo que podrían haber manifestado mil palabras juntas.

—Ni por un instante lo dude —dijo, no obstante, y sonó a desafío.

—Terco... —lo acusó—. ¿Crees que cualquier otra dama en su sano juicio estará dispuesta a consentir dicho enlace si es consciente de que se está jugando la vida o, aún peor, de que corre el riesgo de contraer nupcias con un perturbado mental que cree en leyendas de *selkies*?

—Pues será así o no será —contestó Declan, que por un momento vio reflejadas en los fríos ojos de su madre las violentas tormentas del mar del Norte a las que había tenido que enfrentarse durante sus numerosos viajes como capitán del *Scottish Flying*. Pero si ni los elementos habían logrado doblegarlo, tampoco su familia obtendría éxito en aquella empresa—. Entiendo que es una situación desesperada, pero de veras no puedo ceder ahora.

—Sabes que las tierras y el castillo están ligados a un heredero varón. Aunque Nora se casara y tuviera un hijo, el muchacho no tendría ningún derecho a reclamar el legado de nuestra familia. El primo Elliot se lo quedaría todo... ¡Y ni siquiera es un O'Connor! —Él se mantuvo impasible y ella lo miró como si no lo reconociera—. ¡¿Se puede saber adónde ha ido a parar el hijo juicioso del que siempre me he vanagloriado ante nuestras amistades?! —Tomó aire en ese punto, consciente de que la ira no serviría a sus propósitos—. Declan, Marianne y tú aprenderéis a amaros. O al menos a convivir en armonía.

Declan levantó la vista y atisbó en los ojos de su madre un diminuto fulgor de tristeza. Sin duda, ella sentía que amaba a su marido mucho más de lo que él la amaría nunca debido a la alargada sombra de la primera mujer del *laird*, *lady* Eirwen, y eso la atormentaba hasta el punto de que, en lugar de buscar el cariño de su esposo, había decidido apartarse de él cada día más. Ambos habían iniciado un camino hacia el desamor, transitado rutinariamente por la fuerza de la costumbre.

Antes de retomar la palabra, la señora de Stormfield irguió los hombros en su habitual gesto de dignidad:

—Si, como dices, no deseas engañar a la mujer que has de desposar en lo que respecta a la maldición, Marianne es tu única alternativa.

Sin ser consciente de ello, su madre acababa de darle un buen motivo para sonreír. Por fin Declan lo veía todo claro. «En una cosa os equivocáis todos. No se trata de la única dama disponible que está al tanto de la maldición», pensó de camino a las puertas de los establos. *Lady* Aneira lo observó perpleja y a la espera de una explicación por su extraña reacción, pero él se limitó a plantarle un reconciliador beso en la frente antes de avanzar con paso decidido hacia la salida. Su salida.

* * *

Encontró a Erin en la torre donde habían habilitado un cómodo cobertizo para su mascota.

—¿Señorita Galbraith? —llamó su atención—. ¿Puedo robarle unos minutos?

La irlandesa se volvió sorprendida por la inesperada visita, aunque no por ello dejó de acariciar al autillo, que descansaba plácidamente tras el largo viaje de ida y vuelta a Dublín. Guardó a buen recaudo, en el faldón de su vestido de lana verde, la nota de *lady* Máda que acababa de recibir. Justo andaba ocupada pensando en Declan y en cómo solucionar el conflicto que se le había presentado a la familia O'Connor.

—¿Cómo se encuentra? —preguntó el *highlander* sin saber muy bien cómo romper el hielo con ojos de jade.

No albergaba dudas sobre el fondo del discurso que tenía en mente, pero sí lo asediaban algunas acerca de la forma más adecuada de plantearlo.

—Me encuentro bien, gracias —respondió ella mientras lo observaba con expresión curiosa. Conocía lo suficiente a aquel hombre como para adivinar que algo lo inquietaba. Algo de suma importancia—. ¿Por qué no deja los formalismos a un lado y me explica qué lo ha traído hasta aquí?

—Siempre me ha gustado que sea usted tan directa —reconoció él mientras se llevaba una mano a la nuca y ligeramente estiraba el cuello hacia un lado, como si se preparara para encarar una brava pelea—. Porque también yo lo soy. —Hizo una breve pausa. Aquella irlandesa era la única mujer en el mundo capaz de hacerlo vacilar, pero se animó a proseguir—: Señorita Galbraith, usted es consciente de la maldición que pesa sobre mi familia…

—Ya sabe que sí —lo animó a continuar.

—Necesito su ayuda.

—Si está en mis manos… —continuó la joven mientras se alisaba las arrugas del vestido con aparente indiferencia.

—En sus manos… —repitió él divertido—. En una de ellas precisamente habría de hallar su colaboración.

—Le ruego que sea más explícito, señor O'Connor. No le comprendo.

—Entiendo que lo correcto habría sido concertar primero una entrevista con su tutora, *lady* Máda, pero, dado que se encuentra tan lejos y, según mi familia, no tenemos tiempo que perder… —Erin sintió que se le ahogaba el corazón. «No, no puede ser»—. Señorita Galbraith, si he subido a buscarla es para pedirle que me conceda un inmenso honor. —Anticipándose a la pregunta, la irlandesa retrocedió un paso—. Dígame: ¿estaría usted dispuesta a convertirse en mi esposa?

Capítulo 17

Crin quedó tan impactada que se obligó a tomar asiento en un banco fabricado en madera maciza que generaciones anteriores de los O'Connor habían hecho colocar allí para disfrutar de las preciosas vistas que ofrecía la torre.

—Es una broma, ¿verdad? —Se animó por fin a hablar.

—Entiendo sus dudas, pero le aseguro que no puedo hablar más en serio.

—Pero si hasta la señora Gowan estaba al tanto de que usted no desea casarse —le recordó la irlandesa en un tono cercano al reproche, sospechando que estaba siendo objeto de la burla del *highlander*—. Ni siquiera con Marianne...

—Sin duda, alguien de mi familia la ha hecho partícipe de esa circunstancia en los últimos días. ¿Quién ha sido el chismoso? —Declan avanzó un par de zancadas para tomar asiento junto a la dublinesa, consciente de que se defendía mejor en las distancias cortas—. No, no es preciso que responda: apuesto a que no fue chismoso, sino chismosa. Mi hermana siempre ha sido una persona sinceramente proclive a compartir confidencias —añadió con una sonrisa seria.

—O'Connor, soy consciente de que la pregunta que voy a plantearle es de naturaleza muy íntima, pero también lo es para mí su proposición. —La pausa fue breve—. ¿Por qué rehusó desposar a Marianne? Ella posee, y me limito a repetir sus palabras textuales, «todas las cualidades que un hombre podría desear en su futura compañera».

Ante el mutismo del *highlander*, que temía fracasar en aquella misión y por tanto se había decantado por ofrecer cuantas menos explicaciones mejor, la dublinesa extrajo sus propias conclusiones.

—Ya veo —murmuró—: lo que necesita concertar es un matrimonio sin amor. Y, debido a la maldición, ella no podría estar a salvo tras la noche de bodas, porque usted siente… siente por ella… —Erin se negó a continuar aquella frase y él se limitó a mirarse los dedos de las manos. El corazón del escocés galopaba a un ritmo frenético que su cerebro se veía incapaz de seguir—. En cambio, si fuera yo quien se casara con usted, me hallaría en todo momento fuera de peligro.

Aunque se suponía que el mensaje en sí era positivo, le dolió pensar que Declan, al que consideraba el hombre de más pronta comprensión e ingenio de cuantos había conocido hasta la fecha, la hubiera elegido en semejantes circunstancias: así de seguro debía de estar respecto a que ella nunca podría despertar en él un sentimiento de profundo cariño. En un alarde de autocontrol, Erin fue capaz de dominar su profunda decepción.

—Señorita Galbraith —la sacó de su ensimismamiento el escocés, que acababa de tomarse la libertad de posar una mano sobre las de Erin—, creo que podríamos concertar un acuerdo muy interesante para ambas partes.

—Lo siento —replicó ella mientras se soltaba de él para ponerse de pie. Necesitaba urgentemente tomar distancia de aquel hombre y de su ridícula proposición de matrimonio—, pero yo no estoy disponible. No puedo casarme. Ni con usted ni con nadie.

Como prefería fijar la mirada en cualquier parte donde no pudiera encontrarse con los escrutadores ojos del *highlander*, la irlandesa se aproximó con paso fingidamente sereno a una de las almenas y, una vez apoyados los antebrazos sobre la piedra fría, dejó que la vista se le perdiese en el horizonte.

—Si no se considera digna de esta boda por el secreto que en su día me confesó, le aseguro que su virtud carece de toda importancia para mí —le informó él en un intento de mostrarse complaciente. Muy al contrario, consiguió herir a Erin en su orgullo—. Su inocencia no es una cuestión que me preocupe.

—No —replicó ella guardándose las ganas de gritarle que ni el príncipe regente podría haberse igualado a ella en dignidad y amor propio—. Por supuesto que no le preocupa. Y es una suerte para los dos, porque supongo que eso significa que usted no siente nada por mí ni prevé que pueda llegar a sentirlo de aquí a la boda.

—Bueno, en estas semanas que llevamos conociéndonos, los dos hemos dejado bastante claro que somos de carácter irreconciliable —comentó Declan con aire casi alegre, como si aquel fuera un dato digno de celebración. Y lo era: para la celebración de una boda entre los Galbraith y los O'Connor—. Sé que es usted una mujer independiente, ha dado muestras evidentes de ello. Y por esa razón he pensado que probablemente no encuentre a ningún otro caballero dispuesto a proponerle lo mismo que yo.

—¿Matrimonio? —se revolvió ella con gesto ofendido, creyendo que de nuevo él se estaba refiriendo a su honra supuestamente perdida.

—No —respondió Declan mientras se acercaba sigilosamente a ella, como un depredador que comprende que su presa está a punto de salir huyendo—. Libertad. Libertad dentro de la unión conyugal. Coincidirá conmigo en que, por desgracia para sus congéneres, no suelen ustedes gozar de excesiva autonomía una vez casadas.

—No me interesa su oferta, señor O'Connor. Búsquese a cualquier otra.

Erin tenía muy presente que una proposición de esas características era del todo inaceptable para una aprendiz de *banshee*. Porque en apenas cinco meses y medio ella dejaría de ser humana y se vería obligada a rendir cumplido vasallaje a la Muerte.

—No me vale ninguna otra —se enrocó él—. Me casaré con una mujer que esté al tanto de la maldición de los O'Connor o no me casaré —le aseguró—. Solo usted y Marianne conocen el secreto. Y, pese a los deseos de mi padre, no me planteo elegir a la señorita Morgan como esposa —añadió sin rendir más explicación que esa.

—Entiendo —dijo ella, aunque, sin ser consciente de ello, estaba lejos de entender—. Y el descarte de Marianne me deja a mí como única alternativa. —Su inferencia sonó a acusación.

—El hecho de que los dos conozcamos tan bien los secretos del otro puede resultar beneficioso para el contrato nupcial que me gustaría firmar con usted. —Durante su argumentación, O'Connor mantenía la mirada clavada, pero indecisa, en aquellos ojos verdes que lo observaban con un fondo de irritación que él no llegaba a descifrar, pero que resultaba contagioso—. No me interpondré en su carrera: si necesita viajar, lo hará; si precisa dedicar horas del día y la noche a sus estudios, le aseguro que nadie osará echárselo en cara en Stormfield, y aún menos yo.

—A mí no me puede comprar, O'Connor —respondió ella con altivez—, ni con libertad ni con nada. Quizá no haya reparado usted en que yo ya soy libre —concluyó como si deseara poner el punto final a aquella conversación.

Y, en ese mismo instante, una idea imprudente pero tal vez resolutiva empezó a rondarle la cabeza: ¿y si Declan, sin saberlo, le estaba proponiendo la solución perfecta al problema de los O'Connor? *Lady* Máda había rogado a la dublinesa que hiciera cuanto estuviera en su mano para propiciar que el heredero consintiera en desposar a una joven. Así pues, tal vez Erin debía acceder a ese matrimonio y, transcurridos como máximo cinco meses, fingir de nuevo su propia muerte: Declan podría considerarse viudo y libre, sin ningún obstáculo legal para casarse en segundas nupcias con la mujer que realmente deseaba tomar como esposa, la señorita Morgan. Erin sabía, porque Marianne la había hecho partícipe de sus deseos, que esta anhelaba permanecer para siempre en Stormfield. O'Connor y la edimburguesa podrían formalizar su relación —sin duda formarían una pareja adorable— en cuanto Erin desapareciera de sus vidas. La maldición no la asustaba ni tan siquiera ante la más que remota posibilidad de que Declan se enamorara de ella antes de la boda, ya que Erin había empezado a ser inmortal: era inmune a maldiciones, enfermedades, accidentes o el paso del tiempo; solo la Muerte podía acudir en su busca.

Una sola cuestión la empujaba a resistirse a la proposición de Declan: «¿Y si soy yo la que termina enamorándose como una idiota?». Era una *banshee* en periodo de prueba y, como tal, más le valía poner a buen recaudo el corazón, no podía permitirse el lujo de amar a nadie. «Pero no, eso no pasará, y, al fin y al cabo, es mi obligación asegurar que el linaje de los O'Connor no desaparezca».

A pesar de que algo en su interior le advertía que debía desechar el plan que acababa de esbozar, se oyó a sí misma diciéndole a Declan:

—De acuerdo, O'Connor. Me comprometo a tomar en consideración su oferta y a estudiarla cuidadosamente. Concédame unos días de plazo para reflexionar si el «negocio» que me está proponiendo podría resultarme de algún interés.

El escocés se sorprendió ante la frialdad que había detectado en el tono de la joven, y era demasiado orgulloso como para pasar por alto semejante circunstancia.

—Como desee. Pero, por favor, no me haga esperar mucho. Me gustaría solventar este asunto lo antes posible.

—De repente le han entrado las prisas —masculló Erin enfurruñada mientras lo veía alejarse—. ¿En qué lío me estoy metiendo, querido amigo? —se preguntó cuando oyó la puerta de la torre cerrarse tras Declan y se quedó a solas con *Argos*.

El autillo abrió los ojos como si pretendiera responder con una simple mirada a aquella pregunta tan compleja.

—Necesito el consejo de *lady* Máda... Debo comunicarle el plan que acabo de esbozar y que ella decida si debo ponerlo en marcha o le parece un absoluto despropósito. —Se quedó mirando a *Argos* con expresión preocupada—. Pero tú estás agotado, no debes ponerte en viaje tan pronto —reconoció mientras posaba una mano sobre la mullida testa del cárabo—. ¿Cuánto tardaría en llegar a Dublín una carta enviada por correo ordinario?

El ave agitó sus plumas como si quisiera espantar los temores de Erin, las expandió con elegancia y voló alrededor de la torre, demostrándole que se encontraba en perfecto estado para asumir una nueva misión. Cuando regresó al mismo tronco desde el que había partido, giró la cabeza en dirección a la muchacha.

—De acuerdo, pues, pequeño. Te enviaré otra vez a Irlanda con un nuevo mensaje para *lady* Máda.

* * *

Según transcurrían las jornadas sin obtener una respuesta de Erin, el carácter de Declan se fue agriando, porque vaticinaba que ella terminaría por rechazarlo y esa opción le generaba una desconcertante incomodidad. Cada vez que ambos se encontraban, evitaban incluso dirigirse la palabra: el *highlander* le lanzaba una mirada inquisitiva a la joven, y como ella se limitaba a bajar la vista y acomodarse la falda de su vestido, él daba por supuesto que aún no había llegado a ninguna conclusión definitiva.

Pero no iban a poder mantener una comunicación no verbal como aquella por tiempo indefinido. Al cabo de dos semanas —Erin seguía sin noticias de *lady* Máda porque *Argos* aún no había regresado de su misión—, llegó una invitación de Sheldon Manor, la mansión de la familia MacNicol. Iba dirigida a los O'Connor, y en especial a la joven irlandesa que se hospedaba en Stormfield, ya que la familia vecina sentía curiosidad por conocer mejor a la pupila de la historiadora más famosa del Imperio británico. Erin hubiera preferido rechazar la gentil convocatoria con cualquier tipo de excusa, ya que sus anfitriones estaban de luto y no acudirían a la velada, pero *lady* Aneira le insistió en que no desairara a los MacNicol y le aseguró que pasar unas horas en compañía de nuevas amistades le serviría de merecida distracción.

En un principio se había previsto que tan solo el doctor Sullivan acompañara a la dublinesa, así que todos se sorprendieron cuando en el último momento Declan insistió en que su deber, como heredero, era acompañar a la joven, dado que era una invitada de los O'Connor. Todos coincidieron en que resultaba pertinente que así se hiciera. A excepción de dos personas: el teniente, que veía en la adhesión de última hora una ocasión perdida para disfrutar de la compañía de Erin a solas, y la propia irlandesa, que adivinaba que la velada se le haría eterna con Declan rondando cerca.

Ya en el interior del landó, el silencio podía rebanarse en rígidas porciones. John intentó destensar el ambiente con una conversación ligera sobre una comedia francesa que se estaba representando esos días en Londres y que había provocado un gran revuelo entre la aristocracia por su mensaje revolucionario en pro de las clases bajas. Ninguno de sus dos acompañantes parecía dispuesto a seguirlo en sus buenas intenciones, empecinados ambos en vislumbrar la oscuridad que se movía a la velocidad del carruaje al otro lado de las ventanillas.

Durante la cena, Erin entretuvo a los invitados de los Mac-Nicol y a los propios anfitriones relatándoles la metodología de estudio empleada por *lady* Máda e ilustrándolos con anécdotas y curiosidades acerca de las experiencias que la veterana historiadora había acumulado en sus viajes por el mundo.

A lo largo de la entretenida velada, *lady* Lesslyn le presentó a un caballero londinense de alta cuna y bajos ingresos llamado lord Bolton, Ryan de nombre y primogénito de un duque venido a menos debido a las numerosas deudas de juego, la pandemia que con mayor ferocidad atacaba a los pudientes de Londres. Curiosamente, la única ocasión en que Declan se había dignado a dirigirle la palabra a Erin durante el trayecto de Stormfield a Sheldon Manor había sido para advertirle, con muy malos humos, de la fama de libertino de la que hacía gala el tal Bolton.

Los MacNicol habían invitado también a un par de familias cuyas propiedades colindaban con la suya, y la sobremesa se hizo muy agradable, tal como había vaticinado *lady* Aneira. Aileen, la benjamina de la casa a sus dieciséis años, se sentó al piano para amenizar la velada con un bienintencionado, más que virtuoso, concierto que, si no sirvió para impresionar al objeto de sus deseos —la muy ingenua había depositado sus ilusiones en lord Bolton—, al menos permitió que el resto de jóvenes pudieran entretenerse bailando.

Tras la cuarta pieza, Erin decidió recuperar el resuello tomando un poco de aire fresco. Según le habían explicado, adentrándose en la casa por el ala oeste terminaría topándose con un exuberante jardín interior. Allí podría descansar sin que les solicitaran más bailes a sus castigados pies.

—¡Me dijiste que no te interesaba! —oyó bramar a una voz conocida según se aproximaba a la galería de vidrieras que comunicaba con los jardines que andaba buscando. Las protestas provenían del interior del atrio.

—Sé lo que dije. —Erin enseguida identificó a Declan—. Y no me interesa, pero… ya te revelé hace unos días, cuando me preguntaste por mi negativa a casarme con Marianne, el secreto de la maldición que pesa sobre los O'Connor.

—¡No me vengas de nuevo con ese cuento, Declan! No puedes creer en semejantes supercherías.

—Sé lo que parece, John, pero la primera esposa de mi padre falleció en su noche de bodas. ¡Qué más quisiera yo que no fuera más que una estúpida superstición! Maldita sea, es una amenaza muy real.

—¿Pero por qué la señorita Galbraith?

—Porque también es consciente de la maldición. —El *highlander* vio que aquella excusa sonaba un tanto pobre a oídos de Sullivan. Dudó por un instante, pero como nunca había prometido guardar el secreto de Erin, engarzó su discurso con lo que pretendía ser una especie de disculpa frente a su amigo—: Sé que la consideras una mujer de extraordinaria inteligencia y trato ameno… Y lo es. Todas esas cosas. —Pese a que le costaba continuar, porque se sentía un miserable, siguió adelante—. Pero he de advertirte que la señorita Galbraith, a pesar de las apariencias, tiene cierta… experiencia. Ya me entiendes. —Enarcó una ceja, como si ese gesto bastara como explicación—. Así que no creo que pueda interesarte en absoluto.

Erin se llevó una mano a la boca para apagar su grito, encendido por el disgusto. Por suerte, los caballeros estaban demasiado enzarzados en la disputa como para percatarse de su presencia en una de las múltiples entradas al atrio ajardinado.

—¿Cómo que tiene experiencia? —preguntó el galeno sin querer entender. Su amigo se cruzó de brazos: no parecía dispuesto a ser más específico—. ¿Te refieres… con hombres? —La expresión de John era de absoluta sorpresa—. Eso es imposible. Debes de estar en un error. —La sospecha lo dejó paralizado en el sitio—. ¿O acaso tú y ella…?

—¡No, por todos los cielos, no! —«Aunque no ha sido por falta de ganas», reconoció para sí Declan, sintiéndose ligeramente culpable por ello.

—Pero entonces…

—No insistas: no voy a describirte sus circunstancias amorosas —le advirtió—. Mi palabra debería bastarte.

John se volvió consternado, con la mente bullendo de preguntas.

—Pero si así fuera, ¿por qué habría de ser buena para ti y mala para mí?

—Ya te lo he dicho: por la maldición. Porque, dado lo mal que nos llevamos, sé que nunca podría amarla. —«¿Y qué demonios hacía ella bailando con el crápula de lord Bolton hace un momento si le advertí de su fama de mujeriego?». O'Connor no conseguía quitarse la imagen de la cabeza: Erin en brazos de aquel depravado.

Por su parte, la dublinesa no dejaba de darle vueltas a la sentencia que acababa de pronunciar el escocés: «Sé que nunca podría amarla». Oírle a Declan decir aquello la dejó sin aliento, por mucho que hubiera imaginado que esos eran los sentimientos del caballero para con ella.

—Creo que eres un necio y te estás mintiendo a ti mismo —rugió John.

—Porque te considero como a un hermano no tomaré esas palabras como la ofensa que son —le advirtió Declan, que sonó amenazador sin necesidad de elevar la voz o moverse del sitio—. Pero si en algo aprecias mi amistad, es mejor que ambos nos tomemos las cosas con más calma.

El médico pasó por alto sus advertencias y continuó su discurso con la osadía que solo otorga hablar en confianza.

—Si es cierto que nada os une, elige a cualquier otra. Maldita sea, Declan. Y no te lo digo por el interés que yo pueda tener en la joven, sino porque no merece que la desposen sin amor.

El heredero de Stormfield resopló cansado de aquella discusión, aunque también algo más aliviado al entender que los sentimientos de su amigo por la dublinesa no parecían especialmente sólidos.

—Intenta comprenderme, John. La señorita Galbraith está al tanto de nuestra maldición y necesito que quien vaya a convertirse en mi esposa sea consciente del riesgo al que se expone. Como supondrás, no siento el menor interés en tener que compartir el secreto de los O'Connor con alguna jovencita desprovista de cualidades como la discreción para luego terminar rechazado por ella y apaleado por los dimes y diretes de la isla de Skye al completo. Y no me importaría si fuera yo el único perjudicado, pero este asunto compromete también a mis padres e incluso a Nora. ¿Quién habría de querer desposar a la hermana de un alucinado?

—Estás planteando la posibilidad de que te rechacen. ¿Pero cuándo se ha resistido a tus encantos una mujer? Yo te lo diré: jamás.

—Lo siento, pero si la señorita Galbraith me acepta, me casaré con ella.

—¿Aún no te ha dado una respuesta? —se sorprendió el teniente Sullivan. O'Connor negó con la cabeza—. Tal vez hayas topado con la horma de tu zapato, querido amigo... —se burló el galeno.

—Me temo que así es —dijo el *highlander* mientras dirigía su frustración hacia la fuente, decorada con elementos faunísticos y un surtidor en forma de globo terráqueo. Armado de una rama de brezo que halló abandonada en los bordes del pilón, castigó con un latigazo superficial aquellas aguas estancas.

Erin, después de lo que había visto y oído, decidió que había llegado el momento de intervenir.

—Puedo dársela en este preciso instante, O'Connor —dijo la joven, y su voz sonó extrañamente hueca—. Acepto su proposición. Me casaré con usted.

Declan se volvió hacia la entrada por donde había hecho su aparición la irlandesa y la miró con extrañeza. ¿Los había estado escuchando? Y si así era, ¿qué la había impulsado a concederle la mano justo ahora? Las palabras del escocés no podían haber sido más frías; no había expresado ni el más mínimo afecto hacia ella. Tal vez era eso: la señorita Galbraith no deseaba de él sino la libertad que le había ofrecido, con muchos derechos como esposa y, sin embargo, escasísimas obligaciones.

—John, ¿me harías el favor de dejarme a solas con mi prometida? —preguntó sin apartar la vista de Erin.

El doctor ni siquiera le respondió. De camino a la salida se limitó a felicitar a Erin sin efusividad, como si la muchacha no le inspirara sino una compasiva lástima, y abandonó el lugar para permitir que la pareja hablara en privado.

Declan se acercó a la irlandesa, le puso una mano en la espalda y galantemente la guio hasta uno de los bancos del jardín, donde la invitó a sentarse.

—Creo recordar que antes de llegar a esta casa le advertí contra ese casanova. Sin embargo, hace un momento la vi bailar con él —afirmó Declan intentando esconder su enojo.

—¿Se refiere a lord Bolton? —preguntó ella con indiferencia—. Su comportamiento ha sido intachable, el de un caballero.

—Cierto. Nunca escuché crítica alguna pronunciada por labios de mujer en contra de lord Bolton... hasta el momento en que decide abandonarlas, por supuesto. —Su gesto se tiñó de ironía—. ¿Él sí es un firme candidato a ser el tercero en su lista?

—En ocasiones se comporta usted como un auténtico canalla —le recriminó Erin en un susurro empañado de frustración.

—Si en tan pobre consideración me tiene, ¿puede compartir conmigo qué la ha impulsado a concederme su mano de manera tan inesperada?

—Por supuesto: he llegado a la conclusión de que jamás podría amarle, y eso me ha bastado para entender que esta entente nuestra puede servir no solo a los intereses de Stormfield, sino también a los míos —respondió Erin—. ¿Por qué prescindir de la protección de una familia poderosa como la suya si a cambio no habré de renunciar a mi libertad? O'Connor, estaba en lo cierto cuando vaticinó que probablemente nunca encontraría a otro caballero dispuesto a proponerme lo mismo que usted; y esa independencia que me ha prometido es un tesoro que, como bien sabe, yo valoro en extremo.

Declan apenas si había prestado atención al epílogo del discurso de Erin, interesado como estaba en su revelador prólogo:

—¿Eso es lo que la ha hecho vacilar durante estas dos semanas? ¿Pensó que corría el riesgo de llegar a enamorarse y, en aras de su libertad, no deseaba que así fuera? —se extrañó el escocés, cuyo orgullo se había visto en parte reconfortado por las dudas de la joven.

—Menuda broma pesada habría resultado que usted se casara conmigo porque soy la última mujer sobre la faz de la Tierra a la que podría llegar a querer —una pequeña parte de ella deseó que Declan la contradijera. No lo hizo— y que yo hubiera respondido a su indiferencia con amor. Discúlpeme si prefiero ahorrarme el sufrimiento.

—¿Y cómo es que ahora está tan segura de que nunca podría albergar tales sentimientos por mi persona? —inquirió Declan mientras erguía los hombros, como preparándose para recibir un golpe.

—Oh, es algo que la vanidad nunca me permitiría, señor O'Connor. Amar sin ser amado es uno de los peores y más estúpidos castigos a los que puede someterse por voluntad propia un ser humano. Pero dejémonos de cuestiones que a ninguno de los dos afectan y fijemos los términos del contrato que vamos a firmar.

—¿Son muy numerosos en lo que a usted respecta? —preguntó molesto por el tono desafectado que revelaban las palabras de Erin. Era él mismo quien había propuesto a la muchacha llegar a un acuerdo nupcial casi meramente mercantil, pero le enojaba que ella hubiera tomado su ofrecimiento al pie de la letra.

—Sin duda no serán escasos.

La frialdad era el único recurso al que podía agarrarse Erin, que a medida que transcurrían los minutos lamentaba cada vez más haber aceptado la petición de mano del *highlander* sin antes asegurarse el beneplácito de *lady* Máda.

—De acuerdo. Empecemos con mis condiciones, ya que al parecer seré menos exigente —expuso él, con una indolencia que rayaba en lo descortés, antes de tomar asiento en el pulido borde de la fuente—. Necesito un hijo varón, y por tanto reclamaré de usted exclusividad absoluta hasta que quede embarazada de mi heredero.

—¿A qué se refiere con exclusividad...? —preguntó ella inocentemente. La respuesta le sobrevino sin necesidad de explicaciones adicionales por parte del caballero—. Oh, Dios mío. —La desfachatez del escocés se le hizo una bola en el gaznate—. ¿Se está refiriendo a mi fidelidad?

—¿Se sorprende? Cuando le ofrecí libertad, no solo me refería a su vida profesional. También en lo personal podrá hacer lo que guste, siempre que actúe de una manera discreta —añadió en tono helado antes de cruzarse de brazos con apatía. Intentaba ponerse al nivel de la dama—. Pero, como le digo, solo podrá ser libre en ese sentido cuando me dé un primogénito. Supongo que, en vista de su promulgada experiencia con los hombres, luego sabrá cuidarse de no tener más hijos. No sería de mi agrado verme en la tesitura de tener que criar a un bastardo en Stormfield.

La tensión escalaba imparable entre los dos. Erin apretó la mandíbula. Le ardía la palma de la mano, pero abofetearlo en ese instante solo habría servido para demostrarle que tras su muro de aparente frialdad escondía un torrente de sentimientos encontrados. Y todos desembocaban en él.

—He de inferir que usted gozará de esa misma libertad.

—Por supuesto, querida —respondió él sin tapujos mientras sus dedos zigzagueaban en el agua fresca de la fuente.

—¿Y también me será fiel hasta el momento en que le haga entrega de su precioso heredero? —se atrevió a preguntar la irlandesa.

Declan frunció el ceño por un momento, hasta que levantó la vista y se encontró con las mejillas encendidas de Erin. «Tiene bien merecido el momento de bochorno, señorita Galbraith», se congratuló.

—No entiendo por qué habría de exigirme tal privación si ha quedado bien claro que entre nosotros no existe ni existirá el más mínimo afecto. Y desde luego yo no corro el riesgo de quedarme encinta. Tampoco las mujeres con las que pueda tener intimidad, se lo aseguro. Sé cómo guardarme de semejante complicación.

—Declan, en una actitud condescendiente que irritó aún más a su prometida, se encogió de hombros—. Pero si su deseo es que yo también le sea fiel, estoy dispuesto a…

—No, no será necesario —lo interrumpió Erin, y su pundonor habló por ella—: Es solo que me disgusta encontrarme en desventaja con respecto a usted.

—¿En desventaja? ¿Quién cree que se quedará al cuidado de nuestro hijo cuando usted se vea en la obligación de viajar por trabajo? Ya le dije que será libre como un pájaro para ir adonde le plazca desde el mismo día en que el parto del primogénito tenga lugar. Un ama de cría amamantará al recién nacido, y ya se sabe que un bebé no necesita más que comer y dormir.

—¿Y cariño?

—Siempre tendrá a su padre al lado para todo lo que pueda necesitar. Tal vez le sorprenda, pero los niños se me dan muy bien.

—Pues déjeme que le aclare que, si algún día doy a luz a un hijo, o una hija —algo que sabía era materialmente imposible porque, según le había explicado *lady* Máda, Erin ya estaba tocada por la Muerte, con un pie en el más allá y otro aún en la tierra de los vivos—, seré yo quien lo amamante, como mi madre hizo conmigo, y no me separaré de él o de ella hasta que considere oportuno hacerlo.

«¿Pero por qué le llevo la contraria? Nunca engendraré a su primogénito. Y antes de que llegue el momento de convertirme en una *banshee*, desapareceré de su vida y él podrá volver a casarse y tener esos hijos que tanto desea, pero con Marianne».

—Se hará como guste. No seré yo quien aparte a un recién nacido de los brazos de su madre. Solo pretendía facilitarle las cosas —dijo el escocés en un tono falsamente conciliador.

—Pues ahórrese esas preocupaciones —le sugirió ella mientras sentía que el estómago se le cerraba hasta causarle dolor—. Es más, tal vez tenga la suerte de perder a esta primera esposa antes de lo previsto; en ese caso, una vez libre de toda maldición, podrá usted casarse por fin con su adorada Marianne —añadió con rencor.

Erin se puso de pie para observar de cerca unas preciosas caléndulas que coloreaban el extremo norte del jardín. La excusa perfecta para, a escondidas, secarse las lágrimas de remordimiento que le corrían por las mejillas: aquellas últimas palabras habían estado de más. No pretendía que el día de su segura muerte él pudiera recordarlas y culparse de nada.

Declan no estaba mejor. «Una cosa es embarcarse en un matrimonio por conveniencia, exento de amor, y otra muy distinta iniciar una guerra de odios que ambos estamos condenados a perder», pensó. Pero no fue capaz de echarse atrás en su decisión de contraer esponsales con la irlandesa. El lema de los O'Connor se lo impidió: «*Never back down*».

Capítulo 18

C1 mismo día de la boda, a primera hora de la mañana, Erin ascendió los escalones que conducían hasta el refugio de *Argos* con la esperanza de que el cárabo por fin se hallase de vuelta con la respuesta de *lady* Máda. Pero la rapaz, cinco semanas después, seguía sin aparecer y, por primera vez, su mente se hallaba cerrada a cal y canto para ella, de manera que ni siquiera podía saber si se encontraba cerca o lejos. Por un momento se le pasó por la cabeza que su compañero hubiera sufrido un fatal accidente, pero desechó al instante tan oscuro pensamiento. Por calmar la desazón que el miedo a equivocarse provoca, se dijo a sí misma que tal vez la ausencia del autillo venía a ser una señal de los mismos cielos, que le daban su bendición para seguir adelante con el plan inicial, o de su tutora, que con aquel silencio le concedía su aquiescencia. En cualquier caso, no había nada que pudiera hacer y, puesto que la carta de la *banshee* no llegaría a tiempo para autorizar o impedir el enlace, se convenció de que era el momento de aceptar como algo ineludible su unión marital con el heredero de Stormfield.

Declan, que en esos momentos se hallaba encerrado en su alcoba, también se debatía en un mar de dudas, y salir a flote no le iba a resultar nada sencillo. Esa irlandesa lo iba a volver loco. En aquellas fechas previas a la boda habían vuelto a mantener las distancias, lo que le había valido los severos reproches de Nora. Y no solo había tenido que bregar con su hermana; también con *lady* Catriona, que no había dudado en montarle una escena durante su última visita al castillo de los O'Connor:

—Querido, ha llegado hasta mis oídos una extraña noticia. En verdad me atrevería a calificarla de ridícula —le explicó la dama mientras tomaba asiento en el saloncito de verano donde él la había recibido—. He venido enseguida a contártela para que puedas reírte conmigo.

Declan se había plantado junto al ventanal, que daba a un lateral del patio de armas del castillo. Observaba nostálgico el trasiego de los muchachos encargados de las caballerizas, que acarreaban cubos de agua y avena arriba y abajo. Hubiera preferido mil veces encontrarse en los establos, echando una mano a sus hombres, antes que en aquella sala, ocioso y a la espera de nada bueno.

—Me temo que no querrás reír cuando te confirme que esa noticia es rigurosamente cierta —le advirtió Declan y exhaló un profundo suspiro, intuyendo el descontento femenino que se le venía encima.

—No es posible... —La marquesa de Lothian se puso tensa como el arco a punto de disparar una flecha—. Querido, sin duda hablamos de historias bien diferentes.

—He de suponer que la cuestión que estamos tratando es mi inminente boda con la señorita Galbraith —aclaró al tiempo que se volvía para enfrentarse a su amante en la batalla dialéctica que se aproximaba de manera inexorable.

—¿Entonces es cierto que piensas casarte con esa lenguaraz irlandesa? —preguntó intentando dejar entrever lo menos posible su rabia.

—Catriona, tú y yo siempre hemos sido conscientes de que lo nuestro algún día llegaría a su fin. Sabes lo que siento por ti: en todos estos años te he demostrado mi aprecio, mi apoyo incondicional. Y seguirás siendo importante para mí, solo que ahora deberemos prescindir de nuestros encuentros privados.

—¿Vas a hacerme eso, Declan? ¿Me privarás de estar contigo tras todos estos años de compartir intimidades? No. No puedes traicionarme de esta manera.

—Nunca nos hemos prometido fidelidad —repuso el escocés, que carraspeó como si aquella escena de celos le provocara algún tipo de alergia. Tampoco podía evitar que un latigazo de culpa lo azotara: no deseaba herir a Catriona—. Nos reconfortábamos el uno al otro, y con eso nos bastaba. Tú has tenido a muchos otros amantes durante este tiempo; yo también he disfrutado de la compañía de otras mujeres… Y nunca me dio la impresión de que eso te molestara lo más mínimo.

—Pero ahora las cosas cambiarán —se quejó ella—. ¿Qué pasará con nuestro rincón secreto?

—No puedo asegurarte lo que ocurrirá en un futuro, pero de momento deseo permanecer fiel a la señorita Galbraith —le explicó mientras, incómodo por la situación, tironeaba de los bordes de su chaleco.

—¡Me opongo rotundamente a esta majadería! —gritó la marquesa—. Debes esperarme, Declan. Nos juramos amor eterno.

—Eso ocurrió cuando éramos solo unos niños —le recordó él.

Las líneas de expresión del rostro de la dama se descompusieron en decenas de arrugas que nunca habían estado ahí.

—¡Pero ahora te has convertido en el heredero de Stormfield! Te has ganado los favores de la caprichosa fortuna…

La explicación de *lady* Catriona lo hizo sentir profundamente ofendido.

—¿Cómo te atreves siquiera a insinuar que la muerte de mi hermano ha supuesto un golpe de buena fortuna para mí?

—Vamos, querido… Sabes lo que intentaba decir —trató de excusarse ella, pero le resultaba imposible fingir sus verdaderos sentimientos—. Mi marido no puede durar para siempre. Y cuando los cielos reclamen para sí su «agradable» compañía, nosotros podremos por fin estar juntos, a ojos de todos como marido y mujer.

—Eso debiste pensarlo mucho antes —repuso el escocés, que estaba deseando poner fin a aquella conversación.

—¿Y acaso hubiera servido de algo? ¡Nunca me ofreciste matrimonio!

—No me diste la opción. ¡Consideraste más importante un enlace con alguien de mayor altura social! Y ahora me alegro de ello —la ofendió sin pretenderlo.

—¡Pudiste venir a buscarme, a pedirme explicaciones! ¡Y no hiciste nada!

—No estaba preparado para hacerte ninguna oferta. No estaba preparado para el matrimonio. —Se maldijo a sí mismo y el día en que se le ocurrió consolar a Catriona con caricias en lugar de palabras.

—¡¿Y ahora sí lo estás?! —le preguntó ella enfurecida, y esa rabia le impidió percatarse de que se estaba lastimando las palmas de las manos con sus afiladas uñas.

—Eso parece.

La respuesta no satisfizo a la dama. Los sirvientes pudieron tomar nota de cada reproche, porque los gritos alcanzaban incluso las cocinas. Por fortuna, la prometida de Declan estaba lejos de allí: acompañaba al grueso de la familia O'Connor en un pacífico paseo por la playa. Dicha excursión no había sido fruto de la casualidad: la avispada Nora se había encargado de orquestarla en cuanto su hermano la informó, muy atinadamente, de que *lady* Catriona tenía previsto visitarlo aquella misma tarde.

* * *

Y llegado el día del enlace, los novios tuvieron la dichosa ventura de que la esposa de lord Stuart Kerr, marqués de Lothian, se había buscado el pretexto de un viaje a Glasgow, una visita familiar ineludible, para evitar aceptar la amable invitación que los O'Connor le habían hecho llegar.

Nada más descender de la torre de *Argos*, Erin se encontró con que la señorita Morgan y su futura cuñada la aguardaban a las puertas de su dormitorio.

—Hemos venido para ayudarte a vestirte —dijo Nora a la que ya consideraba una hermana, y su sonrisa fue tan luminosa que por un momento logró eclipsar el gesto mohíno de Marianne.

—¿Se encuentra bien? —le preguntó la irlandesa a la señorita Morgan mientras dejaba caer una mano sobre el antebrazo de la novia viuda.

—Sí, Erin. Debe perdonarme, pero para mí hoy es una jornada alegre y triste a la vez. —«Si me dice que le habría gustado ocupar mi lugar debido a lo mucho que ya aprecia a Declan, echo a correr y no me detengo hasta llegar a Dublín», se dijo Erin, mortificada ante la sensación de estar robándole una joya de gran valor a aquella joven adorable—. Es superior a mis fuerzas: nos imagino a Killian y a mí en el que debería haber sido el día más feliz de nuestras vidas.

No, su aflicción no se debía a Declan. La irlandesa dejó escapar un suspiro de alivio que disimuló con una sonrisa de apoyo incondicional.

—Es usted joven y posee un sinfín de cualidades. Estoy convencida de que encontrará a alguien con quien formar una familia antes de lo que sospecha —le aseguró Erin, que de repente sintió un puño invisible apretándole con saña el estómago. «En concreto, con el que dentro de un par de horas será mi marido».

—Ya no es eso lo que deseo. De hecho, si mi padre insiste en llevarme lejos de Stormfield, le pediré ingresar en una orden religiosa.

—¡Por el Altísimo! —estalló Nora—. Dejémonos de reflexiones sombrías, aunque sea solo por unas horas. ¡Intentemos que hoy el luto vaya por dentro y se nos note lo menos posible! Por Declan y por Erin —sentenció la joven como si acabara de proponer un brindis por la vida.

Cuando la puerta que tenían a sus espaldas empezó a rechinar porque su ocupante estaba a punto de salir, la señorita O'Connor engarzó del brazo a su futura cuñada y la lanzó al interior de su alcoba. A continuación, hizo pasar a Marianne y ella misma siguió los pasos de sus dos amigas, pero dejando la puerta entreabierta lo suficiente como para asomar su enfurruñado rostro al pasillo.

—¡Demonios, Declan! —Los exabruptos al parecer eran cosa de familia, sin distinción de género—. ¿Qué haces ahí?

—Oí tus chillidos y pensé que algún ser de las tinieblas amenazaba con arrebatarte la vida —respondió él divertido e indiferente a las amonestaciones de su hermana.

—¿Y si llegas a ver a tu prometida? ¡Menuda forma de iniciar un matrimonio: marcados por los malos augurios! Luego me acusáis de metomentodo, pero si no fuera por mí... —resopló muy ufana.

—Oh, vamos, a otro con ese cuento: tú eres la menos supersticiosa de todos nosotros.

Nora le dirigió una sonrisa traviesa a su hermano.

—Solo hoy me permitiré serlo. —Declan arqueó las cejas, y la muchacha entendió que la miraba sin comprender—. Es que le he prometido a madre que velaré por que, en este día tan especial, todas y cada una de sus extrañas creencias sean respetadas. Y una de las cosas que me especificó muy claramente es que no debía permitir que los novios se encontraran antes de la ceremonia.

—Por Dios bendito, en Stormfield ya se concede suficiente pábulo a otras supersticiones como para pensar que el hecho de ver a la novia un par de horas antes del casamiento vaya a gafar un matrimonio que ya nace maldito y seguramente condenado al fracaso.

Marianne abrió los ojos, estupefacta ante la declaración no ya de desamor —puesto que conocía a la perfección las normas impuestas por la maldición de los O'Connor—, sino de incluso desafecto que acababa de tener lugar al otro lado del muro. Erin se sintió fatal, aunque trató de camuflar su decepción.

—¡Qué peculiar sentido del humor el tuyo! —rio Nora—. Cualquiera que te oiga y no te conozca bien pensaría que estás hablando en serio —añadió con voz risueña pero los ojos cubiertos de indignación por el mordaz comentario de su hermano.

—Así soy yo, un consumado bromista —refunfuñó mientras se frotaba la nuca y le preguntaba con la mirada a su hermana si con estas palabras se podía considerar saldada la deuda contraída con Erin un momento antes.

La joven *highlander* asintió, en señal de aprobación.

—Ahora te ruego que regreses a tus aposentos y no nos molestes —le dijo—. Ya tendrás ocasión de ver a tu futura consorte frente al altar. Marianne y yo te haremos creer que desposas a un ángel.

«¿Ángel o demonio?», se preguntó O'Connor, aunque prefirió no encrespar más a su hermana, que había dado muestras de sobra de la estrecha amistad que la unía con la señorita Galbraith. De hecho, todos habían quedado impresionados en las tres últimas semanas por las notables habilidades que Nora había revelado poseer como organizadora de bodas. Aunque con algunas guirnaldas de menos por el luto de la familia, el castillo lucía de ensueño. Los prados colindantes se habían habilitado para el convite y el baile que tendrían lugar tras la ceremonia en la capilla familiar, situada en lo alto de una colina vecina.

El traje de novia, cosido en un tiempo récord por la modista de mayor reputación de toda la isla, la señora MacLeod, había sido confeccionado en lamé de plata sobre raso blanco con bordados de conchas y flores en la parte inferior y las mangas adornadas con encaje de Bruselas. Una vez vestida, la irlandesa se miró en el espejo con el ánimo algo entristecido, porque, pese a que aquel iba a ser un matrimonio de mentira, habría deseado tener consigo a sus padres y hermanos...

* * *

—¡No! —le gritó a Erin su futura cuñada mientras, una hora más tarde, tiraba de ella de vuelta al vestíbulo principal del castillo—. ¿Te has vuelto loca? Estabas a punto de salir por la puerta con el pie izquierdo y, según me ha insistido madre, debes dar tu primer paso con el derecho.

—Por favor, Nora... Tú tampoco crees en estas cosas y me gustaría ser puntual.

—Debo asegurarme de respetar estas tontas tradiciones, Erin, y Declan no se morirá por ponerse un poquito nervioso al constatar que la novia no llega. De hecho, creo que le vendrá de perlas —dijo esbozando una sonrisa perversa—. ¡¿Y la moneda de seis peniques?! ¿La llevas encima?

—Supongo que te alegrará saber que está dentro de mi zapato, atormentándome el dedo meñique en este momento —gruñó la señorita Galbraith mientras se miraba los pies, calzados con unas zapatillas de raso blanco—. Venga, pongámonos en marcha de una vez. Tu padre estará esperándonos impaciente ahí fuera. Habéis tardado demasiado en prepararme...

—¿Y acaso no ha merecido la pena? Si mi hermano albergó alguna duda sobre este enlace, cuando contemple semejante perfección femenina despejará sus vacilaciones en un instante —aseguró mientras revisaba el recogido de la novia y recolocaba una de las sencillas flores que adornaban con su diminuta belleza los ensortijados cabellos de Erin. Esta sonrió agradecida por los muchos cuidados a los que Nora la había sometido durante los últimos días, pero no había tiempo para eso ahora. Se preocupó de que el pie derecho fuera el primero en ponerse en marcha al salir por la puerta principal del castillo y se dirigió hacia donde el *laird* las aguardaba con un ojo en su reloj.

Todo eran prisas para Erin, y el buen ritmo marcó la pauta en su ascenso a lo alto de la colina, en dirección a las puertas del oratorio donde se oficiaría la misa. Cualquiera que la viera avanzar a esa marcha, más propia de la infantería del Ejército británico, habría pensado que la novia corría presurosa en pos de su amado. La realidad era otra: la señorita Galbraith sentía tal incertidumbre sobre si el acto que estaba a punto de perpetrar seguía o no los preceptos de lo que debía considerarse como correcto, que deseaba pasar el trance lo más rápido posible.

Sin embargo, las prisas fueron menos cuando alcanzaron el umbral de la capilla y Erin vio que todos se volvían para darle la bienvenida. También Declan, que conversaba impaciente y en voz baja con John.

—Ya ves que no era necesario ir a buscarla. Ahí la tienes —le dijo Sullivan, risueño como pocas veces se había mostrado desde su llegada a Stormfield.

O'Connor se había quedado sin palabras. La aparición de una diosa encarnada en mujer a las puertas de la capilla lo había privado de su acostumbrada elocuencia. El corazón le golpeó en el pecho como si quisiera llamar su atención sobre un asunto serio. El *highlander* tragó saliva y se colocó frente al pasillo para recibir, ceremonioso, a su futura esposa.

Y aguardó un minuto. Y otro más. Y al tercero empezó a fruncir el ceño.

Capítulo 19

Crin se había quedado clavada en el sitio. Acababa de oír el inconfundible ulular de *Argos* en las alturas y llegó a ver cómo el autillo aterrizaba en su torre de Stormfield. «¡Por san Patricio!». ¡Acababa de llegar la respuesta de *lady* Máda! ¿Pero cuál había de ser su modo de proceder? ¿Pedirles a todos, novio incluido, que se tomaran media hora de asueto mientras ella iba a comprobar si efectivamente podía casarse o no? Una mano le presionó ligeramente el antebrazo.

—Querida —la voz preocupada del *laird* la hizo salir de su ensimismamiento—, ¿no será de las que se arrepienten segundos antes de dar el gran paso?

Y, casi sin pensar, la irlandesa comenzó a avanzar por el pasillo nupcial en dirección al altar. Declan, que se había sentido aliviado al ver que al fin se ponía en marcha, la observó ahora con cara de pocos amigos. Erin iba pensando: «Oh, Dios mío… Espero que mi tutora apruebe esta locura», un angustioso pensamiento que la expresión de la muchacha reflejaba como si fuera un libro abierto y que a ojos de los presentes la hacía parecer un carnero que va directo al matadero.

Waylon O'Connor ofreció a su hijo la trémula mano de su prometida, que seguía reflexionando sobre si lo más idóneo no sería huir de allí sin dilación. Erin se sentía al borde de la histeria, a punto de precipitarse en el vacío.

—Señorita Galbraith —susurró Declan muy erguido mientras ceñía los dedos de la joven entre los suyos, en un intento por forzarla a dejar de temblar—, tranquilícese. Puedo jurarle ante nuestro Señor, aquí presente —dijo señalando el crucifijo tallado en madera que presidía el sencillo altar, adornado por los jardineros del castillo con incontables ramilletes de flores frescas, todas blancas— que no soy ningún ogro ni pretendo sacrificarla en honor de dioses paganos tras la ceremonia religiosa.

Y aunque Erin había mantenido la vista al frente en todo momento, fue en ese instante, al oír su voz, cuando de verdad contempló a O'Connor, y su visión la dejó sin aliento. Vestía el traje tradicional de las Tierras Altas: la capa escocesa, elegantemente prendida al hombro de su casaca con un broche rectangular de plata, y el *kilt* con los colores del clan (azul, verde y negro); un *sporran* de cuero negro y con una ornamentación de plata le colgaba justo por debajo de la hebilla del cinto; reconoció un afilado *sgian dubh*, con la empuñadura de marfil, medio escondido en la media de lana que le cubría la pierna izquierda, ya que Declan era zurdo; y en los pies, los *ghillies*, cuyos cordones largos le ascendían a partir de los tobillos como una oscura enredadera. Ni siquiera el gesto enfurruñado lograba afear al novio.

La irlandesa sintió que contemplarlo a él la descargaba de cualquier pesar, que era allí donde debía estar: su última oportunidad para sentirse completamente humana. Sonrió con dulzura y firmeza.

—Si no eres un ogro, deja de actuar como tal, O'Connor, y permite que la ceremonia comience de una vez —lo reprendió mientras se ponía de rodillas frente al altar.

Su cambio de actitud desconcertó de tal manera a Declan que este carraspeó y se limitó a imitarla y a asentir en dirección al sacerdote.

—Queridos hermanos: hoy, llenos de alegría, nos hemos reunido aquí, en presencia del Señor, para unir en santo matrimonio a este hombre y a esta mujer…

Escucharlo hablar de la unión de una pareja como el fruto de un amor incondicional, en el que los cónyuges se tendrán el uno al otro como fin en sí mismo y no como modo de obtener otros objetivos le revolvió ligeramente el estómago. Tampoco el aspecto de Declan era el de alguien que se siente cómodo ante lo que está oyendo. De hecho, cuando se pusieron de pie para recitar los votos, él tuvo la conmiseración de ofrecer un brazo de apoyo a su prometida, que de nuevo volvía a zozobrar como un mar inquieto.

—¿Conocen los votos? —susurró el padre Pershing a ambos novios.

Los contrayentes asintieron, y el escocés fue el primero en pronunciarlos:

—Yo, Declan O'Connor, te tomo a ti, Erin Galbraith, como mi legítima esposa a partir de este día, y prometo mantenerme a tu lado en la prosperidad y en la adversidad, en la salud y en la enfermedad, para amarte y cuidarte hasta que la muerte nos separe. —Sus palabras sonaron todo lo solemnes que cabía esperar.

Erin también conocía a la perfección sus votos. En realidad, la fórmula incluía una sola variante respecto a la que acababa de recitar Declan, pero esa variante siempre la había incomodado en las bodas a las que había acudido en calidad de invitada, porque ponía a hombres y mujeres a diferentes niveles en sus obligaciones conyugales. «No. Tal vez acepte ante Dios "amar" a este hombre hasta que mis obligaciones con la Muerte, mi señora, nos separen, acción que habrá de reinterpretarse como "tolerar" e incluso "apreciar", pero no empeñaré mi palabra asegurando que lo obedeceré».

—Yo, Erin Galbraith, te tomo a ti, Declan O'Connor, como mi legítimo esposo a partir de este día, y prometo mantenerme a tu lado en la prosperidad y en la adversidad, en la salud y en la enfermedad, para amarte… —vaciló un segundo y él la observó con cautela porque no se fiaba en absoluto de aquella mirada desafiante— y cuidarte hasta que la Muerte nos separe.

«Acéptame así o no me aceptes», pareció decirle con el gesto.

El murmullo que empezó a extenderse por la capilla hizo reaccionar al padre Pershing:

—Hija, creo que ha errado al pronunciar sus votos. Las palabras exactas son «amarte, cuidarte y obedecerte». Puede repetirlas conmigo ahora si así lo desea.

Erin notó que todas las miradas se clavaban en ella y que unas cabezas se juntaban con otras para cuchichear con desaprobación. Apretó los dientes para no ceder y se mantuvo en su postura, en medio ahora de un silencio implacable, hasta que una voz masculina la sacó de ese estado de congelación momentánea.

—No será necesario, padre. —O'Connor acababa de interceder—. En Irlanda tienen otras costumbres. La señorita Galbraith y yo ya tratamos sobre este asunto antes de la ceremonia —mintió.

—¿Otras costumbres, hijo? No creo que…

—Por favor, prosiga —insistió Declan mientras dejaba la alianza sobre el libro sagrado del sacerdote para que lo bendijera—. No veo el momento en que esta mujer sea mi esposa a ojos de Dios, y, sin el anillo en su mano, aún está a tiempo de echarse atrás.

A excepción de la familia más directa, todos los presentes sonrieron complacidos al ver lo enamorado que Declan demostraba sentirse de su joven prometida. Erin también detectó la mordacidad que escondían las palabras del *highlander*. Así que a los dos les vino muy bien que pronto llegara el momento de la comunión: ambos tomaron un trago de *whisky* de una copa celta adornada con sendos agarraderos, llamada *quaich*, que compartieron como símbolo de la unión entre las dos familias, como era costumbre en las Tierras Altas.

Una vez concluida la ceremonia, el señor de Stormfield le pasó a su hijo una banda de tela con los colores de la familia que el novio acomodó, y afianzó con un alfiler de plata, sobre uno de los hombros de Erin.

—Bienvenida al clan O'Connor —se expresó Declan con un gesto frío.

—Vamos, hermano. Que esa bienvenida sea la que un esposo debe tributar a su mujer —lo incitó Nora, que estaba deseando acabar con la tensión que parecía abrirse paso entre los recién desposados.

Los novios dudaron, pero ante la expectativa generada no les quedó otra que dejarse llevar por las circunstancias. Erin dio un paso en dirección a su marido y adelantó el rostro, brindándose a cumplir con el ritual que los invitados parecían reclamar de ellos. Declan miró dubitativo a su padre, que lo animó a actuar con premura.

—De acuerdo, de acuerdo —masculló en voz baja para que solo Erin pudiera percibir su desacuerdo. Esa actitud desabrida a punto estuvo de provocar que la joven se apartara de él disgustada, pero él estuvo rápido al asirla del talle y tomar de ella el beso que todos exigían presenciar.

En un principio fue un mero choque de labios, pero O'Connor no tardó en convertirlo en un beso más íntimo, como si ellos dos fueran los únicos ocupantes de la capilla en ese instante. No fueron conscientes de los gritos de ánimo y los silbidos con que familiares y amigos los jaleaban hasta que una voz varonil y anónima, al grito de «¡Declan, hombre, deja algo para esta noche!», los sacó del ensimismamiento.

El *highlander* escudriñó el rostro de su esposa, y su azoramiento lo conmovió. Ella le devolvió una sonrisa nerviosa y se dejó conducir hasta la salida del santuario mientras recibían a un lado y a otro las felicitaciones de los asistentes.

Entre los invitados se encontraban el viejo James Ross, ataviado con sus mejores galas, y la señora Gowan, acompañada de su esposo y del pequeño Arthur. Los dos contadores de leyendas se habían conchabado para asegurarse de que uno de los niños presentes le entregara a Erin una preciosa herradura plateada tal como le habían advertido que hiciera: con cuidado de que las dos puntas del hierro quedaran hacia arriba para dar buena suerte a los novios. La irlandesa aceptó emocionada el regalo.

Por primera vez en semanas, Stormfield se llenó de risas, y Erin se sintió contagiada de aquel espíritu optimista durante un par de horas. El hechizo se rompió en cuanto su mirada se cruzó con las almenas de la torre donde sabía que *Argos* la aguardaba con la respuesta de *lady* Máda. Entendió que no debía demorar más el momento de enfrentarse a la verdad y conocer la reacción de su tutora frente a su alocado plan. Un plan que había dejado de ser tal para convertirse en un hecho casi consumado, a falta solo de la noche de bodas.

Se deshizo con facilidad del grupo de mujeres casadas que la habían mantenido secuestrada durante la última media hora con conversaciones enigmáticas y al parecer chistosas que ella no llegaba a entender sobre lo que estaba por venir en la intimidad de su habitación aquella misma noche. Vigilando que nadie la seguía, se internó en el castillo. Nunca unos escalones se le habían hecho tan cuesta arriba. Cuando alcanzó la cumbre de la torre le faltaba el resuello, pero se sintió feliz al comprobar que el cárabo parecía no haber sufrido ningún percance.

—*Argos*, amigo mío, ¡cómo me alegro de verte! —Acarició con mimo al ave nocturna—. Pero me temo que tu respuesta llega tarde —reconoció con una sonrisa taciturna al tiempo que tomaba de su pata la carta enrollada que *lady* Máda le enviaba como respuesta—. ¿Por qué durante este último viaje no me permitiste entrar en tu mente?

Erin resopló antes de desenrollar la nota, que era escueta y, como comprobó después, muy clara. Databa de cuatro semanas atrás. «¿Dónde te has metido desde entonces, pequeño?», se preguntó preocupada mientras se dedicaba a examinar minuciosamente al cárabo por si sus preciosas plumas escondían una herida que le hubiera pasado inadvertida a primera vista. Por fortuna no encontró ninguna, así que la dublinesa volvió a centrarse en la carta de su tutora: en ella le exigía que de ninguna manera siguiera «el descabellado plan» de casarse con Declan O'Connor, que debía buscar una alternativa mejor. «Porque, querida, si en un letal descuido te enamoras del caballero», le advertía, «nunca podrás superar tu prueba final como aprendiz de *banshee*, que, como bien sabes, porque no me he cansado de repetírtelo, consiste en ser capaz de prescindir de los sentimientos humanos. El amor te condenará: fracasarás en tu misión y nuestra Señora vendrá en tu busca. Erin, ni siquiera yo podré eximirte de acompañarla hasta el Confín, y ese será un camino de ida, pero sin retorno al mundo de los vivos».

* * *

Hubo quien se extrañó del cambio de actitud de la novia según había ido avanzando el día, pero la mayoría lo achacó a los nervios propios de una doncella ante su noche de bodas y no le dio mayor importancia.

Declan buscó a Erin para bailar su primera pieza como marido y mujer y enseguida todos los invitados formaron un amplio círculo en torno a la pareja. Él aprovechó el vals para confesarle en voz baja que había pasado algunos nervios mientras aguardaba en la capilla su llegada. Se atrevió a reconocer tal cosa tras percatarse de la expresión alicaída de la joven; deseaba animarla y, a ser posible, hacerla sonreír de nuevo. Al no conseguirlo, una sospecha incómoda empezó a rondarle la cabeza:

—Dime, ¿crees que hemos cometido un error? —le preguntó a bocajarro mientras la hacía girar a su alrededor—. Tal vez temes que el acuerdo firmado no será una base lo bastante sólida para nuestro matrimonio y ahora te estás arrepintiendo.

La nueva señora O'Connor alzó la vista para contemplar extrañada la tristeza en la mirada de Declan.

—En absoluto... —Se quedó pensando por un breve instante—. No, no me arrepiento —le aseguró, y ella misma se dio cuenta de que no había mentira en su declaración. Y reconocer esa verdad la alivió en parte—. El camino que el destino ha construido para cada uno de nosotros a veces resulta sinuoso, incluso retorcido, pero ya que hay que recorrerlo igualmente, mejor tratar de aceptarlo con el mejor talante posible, ¿verdad? —Se encogió de hombros.

—¿Hablas de resignación? —Declan frunció el ceño.

—No, de ningún modo —respondió ella, y el novio disimuló su alivio—. En ese camino hay mucha lucha, momentos felices y otros aciagos, pero lo más importante es que al llegar al final uno sea consciente de que lo importante era el viaje y no el destino, que, en definitiva, es igual para todos —añadió ella con una sonrisa triste en los labios.

—¿No es un poco pronto para pensar en la muerte? —intentó reconfortarla el *highlander* con una sonrisa contagiosa mientras todos aplaudían a su alrededor porque aquel primer vals había llegado a su fin—. Entiendo que no soy el esposo con el que un día soñaste, pero acabas de casarte y aún te queda mucho por vivir. Además, está tu carrera como historiadora. Apuesto a que conseguirás grandes cosas —le aseguró mientras rozaba su mejilla con una caricia cálida como los rayos de sol que iluminaban aquel radiante día de finales de agosto.

Justo en ese instante apareció el *laird* para engancharlo del brazo con una brusquedad poco habitual en él.

—¿Nos permites, querida? —preguntó impaciente a su nuera.

Esta asintió cohibida y terriblemente asustada por el trato afectuoso que incluso en público había consentido en dispensarle su huraño marido. La mente y el corazón de la dama le advertían a gritos que, si la historia de su matrimonio discurría por ese camino de ternura y entendimiento, en un plazo de cuatro meses y medio sin duda sería mujer muerta.

Por la conversación que a continuación tuvo lugar, el gesto de Declan tampoco había sido del agrado de Waylon, que se lo llevó a un lugar apartado de oídos curiosos.

—¿Has perdido el juicio, hijo? ¿Qué te crees que haces? —lo increpó muy nervioso mientras plantaba furioso una mano en el hombro del novio.

—¿A qué demonios se refiere?

—¿Qué eran esos ojitos de cordero degollado de hace un momento? ¿Acaso contemplabas extasiado a tu esposa? ¡Por Dios bendito, no me digas que te has enamorado de la joven! —El *laird* negó con la cabeza varias veces; al parecer las preguntas eran retóricas—. ¿Cómo he podido estar tan ciego?

—¿De qué habla? ¡No estoy enamorado! ¡Por supuesto que no lo estoy! —replicó Declan consternado ante las graves acusaciones de su progenitor.

—Anulemos el matrimonio. Ahora mismo. Es la única solución —sentenció como si no hubiera escuchado lo que su hijo acababa de gritarle—. El reverendo Pershing sabrá cómo hemos de proceder —señaló mientras lo invitaba a acompañarlo en busca del párroco.

—No pienso anular nada —se revolvió con terquedad el novio.

—¿Quieres tener a tu propia Eirwen? ¿Es eso? Pues, bien, adelante con todo —lo incitó con un elocuente movimiento de manos—. Adelante con tu noche de bodas. Apuesto a que será inolvidable, y conserva todos los recuerdos como si fueran un tesoro, hijo, porque mañana será lo único que te quede de tu preciosa esposa.

—Padre, no sabe lo que dice. No la amo. ¿Cómo quiere que se lo explique? ¿En latín? ¿Tal vez en alemán? —La broma no podía ser más seria—. Venga, siéntese e intente tranquilizarse —dijo escoltándolo hasta uno de los bancos de piedra que proliferaban por el jardín.

Una vez instalado, el *laird* deshizo el nudo de la *cravat* que llevaba liada al cuello, y lo hizo con una doble intención: abrirse el cuello de la camisa para respirar mejor y emplear el trozo de tela para presionarlo contra su frente, arrugada y humedecida por la preocupación. Por debajo del pañuelo atisbó el rostro de su hijo, que parecía mantener la templanza de costumbre.

—¿Seguro que no la amas?

—Completamente seguro —sentenció el novio—. Creo que en mi mirada confundió deseo con amor.

—¡¿Así que la deseas?! —le echó en cara.

—¡Por todos los cielos, padre, los atractivos de la muchacha son innegables! ¡Incluso un ciego hallaría motivos para admirarla! —explotó Declan, aunque al constatar que su progenitor volvía a sumergirse en un estado de agitación, optó por respirar hondo e intentar apaciguar una vez más los temores del *laird*—. Solo le pido que confíe en mí, como siempre ha hecho. El contrato nupcial que hemos firmado no puede ser más práctico y menos sentimental. Yo la necesito para conseguir un heredero y ella a un hombre distante que le asegure su independencia. Para Erin, lo más importante es su carrera como historiadora.

Waylon se quedó mirando a su hijo con gesto cauteloso. Él mismo había leído los términos del pacto y se había mostrado de acuerdo con cada uno de los puntos, porque el enlace, concebido como un matrimonio de conveniencia, era el seguro de vida para la novia en su noche de bodas.

—De verdad, padre. Quede usted tranquilo. Hoy por hoy no puede haber pareja peor avenida que la que formamos mi flamante esposa y yo.

—Si en ningún caso te planteas la anulación… —sugirió de nuevo Waylon, y Declan negó impaciente con la cabeza—, ¿al menos tendrías la conmiseración de hacer un favor a este aprensivo vejestorio? En interés de mi sosiego personal.

—Dígame. Estoy más que dispuesto a complacerlo si promete olvidar pensamientos tan funestos.

—Mi solicitud es sencilla de contentar: permanece lejos de la dama durante lo que resta del día. Dedícate a conversar con los hombres, a distraerte con cualquier cosa que no sea ella, por favor —le rogó, consciente de que difícilmente soportaría volver a verse sometido a la tensión de ver a los recién casados prodigándose miraditas tiernas.

Con un poco de suerte, pensaba él, la separación crearía entre Declan y Erin la suficiente tensión como para que llegaran a la noche de bodas con la seca disposición de limitarse a cumplir con la consumación y pasar a asuntos más seguros como dormir. Su hijo se empeñaba en no querer verlo, pero el *laird* estaba convencido de que aquellos dos insensatos estaban a punto de caer rendidos el uno en brazos del otro, completamente enamorados. «Me parece bien, pero a partir de mañana. Hoy no es día para prodigarse amor», se dijo a sí mismo. Qué estúpido se sentía al no haberse percatado antes del peligro. Nunca supuso que su imperturbable hijo pudiera enamorarse con aquella presteza. Declan siempre había sido hombre de mucho meditar y poco sentir.

—Solo para que se quede tranquilo, así lo haré —capituló este.

—Bien. Ahora ve y diviértete —lo despidió con un gesto presuroso de la mano.

—Primero iré en busca de una copa. Necesita refrescarse.

—¡Espera, hijo! —gritó Waylon cuando su heredero se encontraba ya a unas yardas de distancia.

El joven caballero se volvió buscando la mirada del padre. ¿Qué bicho le había picado ahora?

—Hay algo que… —empezó a preguntar, aunque se interrumpió acuciado por las dudas. Nunca había hablado de cuestiones tan íntimas con sus hijos.

—Adelante, concluya la frase. —Declan alzó las manos exasperado—. A estas alturas, me temo que no voy a escandalizarme por ninguna de sus conjeturas.

—¿Crees que…? ¿Te has enamorado alguna vez en tu vida, hijo?

—Por todos los santos… —Su padre nunca había entrado en materias sentimentales como aquella. Se preguntó si la edad lo estaría afectando. Sonrió pacientemente antes de responder—. Quédese tranquilo. Una vez creí estarlo, pero al cabo del tiempo entendí que aquello no era amor. Así que estoy en condiciones de asegurarle que no: nunca he estado enamorado.

El señor de Stormfield asintió y se despidió de nuevo de su hijo. Lo vio alejarse, por suerte, en dirección contraria adonde se encontraba su recién estrenada nuera.

—Condenado insensato… —musitó el experimentado caballero para sus adentros—. Si nunca te has enamorado, ¿cómo has de estar tan seguro de poder reconocer el sentimiento ni aunque Cupido lo situase justo frente a tus narices? Rezaré por que tengas razón, hijo. Rezaré lo que queda de día y también de noche… —se prometió mientras, a pesar de no ser un hombre en exceso temeroso de Dios, comenzaba por un padrenuestro y media docena de avemarías.

Capítulo 20

Cuando llegó la noche, Erin O'Connor aguardaba inquieta en la antesala de su nueva alcoba, la que su familia política había reservado a la pareja de recién casados. En esta primera estancia destacaban un amplio sofá, una mesita con dos sillas a juego junto a la chimenea y un fabuloso escritorio–tocador. La aprendiz de historiadora se aproximó a este y paseó las yemas de los dedos por la madera barnizada en tonos caoba. Sobre el tablero rectangular reposaban varios enseres destinados al aseo y el peinado; entre ellos, unas tenacillas para modelar rizos que pensaba utilizar poco, dado lo nocivo que resultaba el calor para la salud de sus cabellos y porque, además, Erin tenía la suerte de poder obtener unos bucles perfectamente definidos con el único auxilio de unas gotas de agua tibia y su dedo índice.

—Confío en que sea de tu agrado. —Aunque había estado esperando su llegada, Erin se estremeció al oír aquella voz autosuficiente. Cuando se volvió, O'Connor ya había cerrado la puerta que daba al pasillo y se dirigía a su encuentro—. Es mi regalo de bodas. Supuse que te gustaría disponer de un lugar en el que trabajar en tus leyendas sin tener que soportar las continuas interrupciones de mi familia.

—Muchas gracias, Declan. Es precioso, además de muy desahogado.

A él se le encogió el corazón al notarla ligeramente alborozada: se convenció de que la irlandesa adquiría una belleza muy poco común cada vez que sonreía. «¿Y si mi padre está en lo cierto y, sin saberlo, ya la amo?», caviló preocupado. Intentó deshacerse de sus aciagas sospechas centrándose en la conversación con Erin.

—Por descontado, siempre que lo desees, podrás disponer de la biblioteca a tu antojo, aunque es fácil que allí coincidas conmigo, y no sé si en las horas de trabajo mi compañía ha de resultarte tan grata como la soledad. Según relata Schopenhauer, un filósofo alemán a quien recientemente conocí en un viaje a Berlín, «la soledad es la suerte de todos los espíritus excelentes» —comentó, y aguardó una reacción por parte de la dama para confirmar o desmentir su argumentación.

—¡¿Ha estado en Berlín?! —exclamó maravillada de que Declan hubiera visitado el continente. Él asintió divertido ante la efusiva reacción de la muchacha, y fue en ese instante cuando Erin, para evitar quedar como una mujer de escaso mundo, se tragó las ganas de preguntarle a qué otras ciudades europeas había tenido la fortuna de viajar—. La soledad —prosiguió en cambio— es una amiga muy exigente que requiere una gran concentración y constantemente nos incita a iniciar conversaciones animadas con nosotros mismos. No obstante…

—¿Debo inferir de tus palabras que no encuentras animadas mis conversaciones?

—No me interrumpas. Aún no había concluido —lo recriminó ella poniéndolo todo de su parte para que no aflorara la sonrisilla que le cosquilleaba los labios—. No obstante… Como asegura lord Byron, de vez en cuando es preciso salir para renovar nuestra necesidad de estar solos. Así pues, no me negaré a compartir lugar de trabajo contigo de vez en cuando.

Erin no se percató, pero había pasado del tratamiento de usted al tuteo con la facilidad con que se pestañea teniendo el sol de cara.

—Eso… ¿eso era un insulto? —preguntó él sin saber si decidirse por el ultraje o la carcajada—. Es lo que acabas de decir: estás dispuesta a requerir mi compañía de vez en cuando solo para renovar la certidumbre de que estás mucho mejor sola.

—Yo no he dicho eso —se quejó. Pero cuando procedió a analizar sus propias palabras, cayó en la cuenta de que la interpretación de Declan era a todas luces acertada. El *highlander* la oyó reír—. O no es lo que quise dar a entender —admitió—.

Por norma, disfruto mucho en compañía de otras personas. No te convertirás en excepción a esa regla si eres capaz de guardar silencio mientras trabajas —sentenció en tono burlón.

—¿Qué te hace pensar que no seré una tumba?

—Bueno, ni siquiera eres capaz de callar mientras duermes.

—¿Acaso me has escuchado hablar en sueños? —preguntó él alzando una ceja.

En ese mismo instante, Erin hubiera querido propinarse un buen puntapié en la espinilla, porque recordó dos cosas, ambas inoportunas por igual: que había besado a O'Connor estando dormido y que en sueños él había pronunciado el nombre de su amante, la marquesa de Lothian.

—La verdad es que no —mintió la irlandesa, y él, conocedor de que lo hacía, disimuló una sonrisa. Le pareció una buena señal que su esposa prefiriera no sacar a relucir el peliagudo asunto de Catriona.

Se fijó en que la muchacha, nerviosa, acariciaba la bocallave de metal de uno de los cajones del escritorio, ya que el mueble no disponía de tiradores.

—Se me olvidaba: aquí tienes. —Declan le ofreció una llave tras sacarla de su *sporran*—. Así podrás guardar a buen recaudo tus trabajos, y todos tus secretos, que con tu marido habrán de ser los menos posibles —intentó provocarla—. Por cierto, ¿harías los honores? —preguntó inclinándose ligeramente y mostrándole el camino hacia la puerta que conectaba con la alcoba—. Aún no conozco nuestro dormitorio. En estas semanas Nora no me ha permitido ni echar un vistazo a su obra maestra. Estaba empeñada en que debía ser una sorpresa tanto para ti como para mí.

—¿De veras? Creí que tú tendrías bula para hacer y deshacer la decoración a tu antojo. —Él negó con la cabeza, visiblemente complacido por la actitud desenfadada que vislumbraba en su esposa—. Pues el espacio es realmente encantador —continuó ella mientras echaba a andar con seguridad en dirección a la habitación contigua—, decorado con un gusto extraordinario. Tiene de todo, y todo es enorme: en la chimenea casi podría resguardarse un caballo, el biombo recuerda a la Muralla China y la cama…

La irlandesa se detuvo al percatarse de que aquella no era una charla distendida con alguna de sus amigas de la infancia. Aquel hombre era su marido. Y hablar con O'Connor de algo tan íntimo como el tálamo nupcial le pareció una idea desafortunada. Muy al contrario, él encontró la conversación de lo más pertinente.

—¿Qué le sucede a nuestro lecho? —inquirió con un brillo travieso en los ojos.

—El lecho es... Es... también muy amplio —musitó en un susurro y desvió la mirada hacia la puerta que en breve habrían de atravesar los dos juntos.

—Fascinante noticia. Estoy deseando verlo con mis propios ojos. Vamos —dijo mientras la adelantaba y recogía a su paso la muñeca de la irlandesa.

Ella parpadeó algo desconcertada por las repentinas prisas de Declan.

La estancia, tapizada con telas en color jade, era muy espaciosa y, efectivamente, la cama parecía hecha a medida para dormir a cuerpo de rey. «*Never back down*», leyó para sí Erin el lema familiar, grabado en el travesaño del tálamo. Tenía gracia, porque, aunque se suponía que ella ya era una O'Connor, desde el momento en que había leído el mensaje de *lady* Máda no había dejado de plantearse «dar marcha atrás» en aquel dislate. Se dijo que aún estaba a tiempo: todavía podía hablar con Declan y convencerle de que lo más juicioso era no consumar aquel matrimonio, porque de esa manera la anulación legal y religiosa del enlace no resultaría una cuestión excesivamente complicada.

—Tenías razón: Nora ha hecho un buen trabajo. Lo más bonito, el color de las paredes —admitió Declan antes de volcar la mirada en Erin para poder disfrutar una vez más de la incomparable visión de sus ojos verdes. El mar de agitadas dudas que observó en el rostro de la joven lo despistó de su intención inicial. Incapaz de discernir cuáles habían de ser los pensamientos de su esposa, confundió ese miedo con el de una doncella en su noche de bodas. «Sigo sin creérmelo. ¿Será que no quiero aceptar que haya sido antes de otro?», se preguntó furioso consigo mismo.

En cualquier caso, decidió ponerla a prueba por última vez.

—Soy un hombre afortunado —dijo tomándole la mano de la alianza—. Tiene sus ventajas casarse con una mujer tan bella… y además experimentada. —La miró con fijeza por encima de los nudillos que acababa de besar galantemente.

La joven se encogió de hombros, porque no tenía nada que decir y su mente andaba ocupada en otros asuntos; así que a él no le quedó más remedio que interpretar el gesto indolente de su esposa como una confirmación de lo que en su día le había confesado.

—De acuerdo, pues. Al parecer, nos podemos ahorrar explicaciones superfluas de lo que va a ocurrir entre los dos esta noche —susurró él antes de aprehenderla por la cintura. Acunó las mejillas de su esposa entre sus manos, la miró con ternura y se acercó muy lentamente. Cuando presionó los labios de Erin se sintió un adicto a la dulzura que desprendía aquella boca. Los besos se fueron volviendo más intensos y exigentes y fue incapaz de detenerse hasta que notó que a ella le faltaba el aire. Entonces se separó apenas unos centímetros para, literalmente, darle un respiro.

La joven irlandesa nunca había experimentado nada semejante. «Aún estoy a tiempo… Da un paso atrás, Erin. Te expones demasiado con este matrimonio. Tu vida es lo más valioso que tienes. Piensa en todas las maravillas que podrías ver a lo largo de una existencia de nueve siglos», intentó convencerse con la fuerza de la razón.

Pero en ese momento el corazón no parecía dispuesto a escuchar a nadie en un radio de cien leguas a la redonda, ya que la mayor de las maravillas era poder ser besada por su marido, Declan O'Connor. Por un momento se permitió el lujo de dejar la mente en blanco y limitarse a disfrutar del instante, a dejarse acariciar por aquel mentón recién rasurado del que emanaba el rastro etéreo de la esencia de jabón.

El *highlander*, fascinado, se estremeció de placer al notar cómo Erin se le entregaba poco a poco. Porque si al principio era Declan quien había llevado la iniciativa, ahora era ella quien le estaba dejando un abrasador reguero de besos en el cauce de sus labios. Le divirtió percatarse de la impaciencia que revelaba la respiración agitada de la joven. Sin embargo, esta dejó de mostrarse tan audaz en cuanto notó que su esposo, que de repente se había colocado a su espalda, la despojaba del alfiler de plata y el tartán de los O'Connor para de inmediato centrar sus maniobras de aproximación en el vestido que llevaba. Los lazos que mantenían ceñida la prenda empezaron a resbalar por los ojales como un patinador se deslizaría por una pista de hielo: de un lado a otro y con eficacia. La muchacha tembló cuando sintió la tela del vestido, el corsé y finalmente las enaguas caer al suelo gracias a la pericia de Declan. Al instante, la aprendiz de esposa se cubrió con ambas manos el pecho, que permanecía tapado por una camisola que a su sentido del recato se le antojó excesivamente fina.

—No te cubras —le susurró él al oído mientras la abrazaba castamente por detrás—. Deja que te mire, Erin —le rogó.

—Yo... no sé si deberíamos... —La voz sonó vacilante—. Esto no está bien —sentenció sin meditar lo que decía y pensando en que la consumación de aquel enlace sería un paso más hacia su sentencia de muerte.

—¿A qué te refieres? —preguntó él, frustrado, mientras la hacía volverse lentamente para tenerla de frente. Erin permanecía con los brazos cruzados por delante del pecho.

La irlandesa respiró hondo.

—Declan, ¿tú estás seguro de desear este matrimonio? —se atrevió a preguntar—. Si no lo consumamos, mañana mismo podríamos iniciar los trámites de la anulación. —El heredero de Stormfield frunció el ceño cuando ella intentó explicarse—: No creo ser la persona apropiada para ti.

El gesto del escocés se transformó ante el evidente rechazo de su esposa.

—¿Quizá se cree superior a mí, señorita Galbraith?

—No seas ridículo, por supuesto que no. —Erin, esperanzada, se planteó como algo positivo que él acabara de emplear su apellido de soltera y que hubiese prescindido del tuteo—. Es solo que...

—¿Qué? Dígame —le exigió con las manos, que, ancladas en la cintura del *kilt*, de repente habían perdido toda su calidez.

«Que, si sigo a tu lado, terminaré enamorándome, y no quiero morir hallándome en la plenitud de la vida. Ni por ti ni por nadie». No. Aquella explicación no podía salir de su boca. Había que buscar alguna otra excusa, pero no se le ocurría ninguna que resultara creíble, así que guardó silencio unos interminables segundos antes de darse por vencida. Los nervios no le permitían pensar con claridad y aún menos con rapidez.

—Nada. No tiene importancia —dijo con la boca pequeña.

—Pues no se hable más. —Declan la tomó del codo y tiró de ella en dirección al lecho—. Visto que ninguno de los dos mostramos un excesivo entusiasmo, terminemos cuanto antes con el último trámite.

O'Connor retiró la colcha, alzó en brazos a Erin y, sin brusquedad ni la más mínima ternura, terminó depositándola sobre las sábanas de lino.

Mientras Declan se despojaba de casi todas sus prendas, a excepción de la camisa de mangas abullonadas y corte largo, la irlandesa, incapaz de reaccionar ante lo que se le avecinaba, tan solo podía pensar: «Va a pasar, va a pasar...». Su marido se había echado junto a ella, de lado, con un codo hincado en la almohada y la cabeza apoyada en la palma de una mano. A la luz del fuego que ardía en la chimenea de mármol negro y que caldeaba el ambiente frío que se había instalado entre la pareja de recién casados, O'Connor perdió parte del ímpetu inicial con el que se había introducido en la cama y se quedó un momento contemplando preocupado el rostro de Erin, de costumbre risueño —al menos cuando acompañaba a otros que no fueran él— y en ese instante angustiado por la tensión. No se vio capaz de soportar por más tiempo aquella visión y, apiadándose de la joven, preguntó:

—¿De verdad deseas anular el matrimonio? —La voz sonó entre suave y exasperada porque la irlandesa hubiera compartido la desafortunada idea de su padre.

Y fue justo esa circunstancia, la de recordar al *laird* de Stormfield, la que le trajo a la memoria la fatídica maldición que pesaba sobre los O'Connor. «Maldita sea, aquí estoy yo, deseando hacerla mía con delicadeza y pasión, cuando lo nuestro no debería ser más que una relación carnal, sin sentimientos de por medio».

—¿Pasarás mucho tiempo lejos de Skye? —quiso saber ella. «Si no nos vamos a ver demasiado, todo resultará mucho más sencillo para mí. Cuatro meses pasan rápido. Yo me marcharé y él podrá casarse con Marianne».

La pregunta lo incomodó casi tanto como la expresión de agobio que vislumbró en Erin, porque de inmediato asimiló el sentido que cobraba en labios de su esposa.

—Qué poco halagador resulta que la mujer con la que acabas de desposarte pretenda mantenerte alejado de la casa el máximo tiempo posible —la recriminó amargamente, recubriendo de falso dulzor sus palabras.

—Bueno, hemos firmado un acuerdo por el que...

—Sí, querida, soy plenamente consciente del contenido de cada documento que me decido a rubricar —repuso mientras, derrotado, se dejaba caer de espaldas sobre el colchón—. Y puesto que soy bien consciente de ello, no es necesario que me recuerdes una vez más que este es un matrimonio de conveniencia.

Guardaron silencio unos minutos, hasta que él volvió a comentar en voz alta el devenir de sus pensamientos.

—En respuesta a tu pregunta, si es lo que deseas, así se hará: permaneceré lejos de ti todo el tiempo que me sea posible —declaró pasándose una mano por la cinta que le había mantenido atada su larga cabellera en una coleta baja. Dejó el trozo de tela negra sobre la mesilla—. De hecho, en breve emprenderé un viaje de negocios a Londres. Quién sabe: si lord Byron tiene razón, tal vez te dé tiempo a echarme un poco de menos —soltó en tono irónico, como si en realidad le resultaran indiferentes los sentimientos de ella.

Volvió la cabeza hacia su esposa para observarla con sonrisa burlona y mirada fatigada y, aunque se creía preparado para aceptar la reacción de Erin a sus palabras, fuera cual fuese, la cara se le contrajo en gesto de disgusto al percatarse del alivio que mostraba la joven ante su inminente separación.

—¿Algo más que preguntar o añadir? —quiso saber él.

Ella esgrimió una tímida sonrisa y negó dos veces con la cabeza.

—¿Entonces podemos ir al grano y terminar de una vez con toda esta parafernalia? —le preguntó con voz áspera al tiempo que se incorporaba de nuevo sobre el codo y señalaba el lecho donde yacían.

—Podemos —respondió ella. Se esforzaba en disimular la tensión que sentía en cada poro de su piel. Le resultaba difícil lidiar con el temor, con la curiosidad... y también con la expectación.

—Por fin estamos de acuerdo en algo —susurró él en un intento por mantener bajo control su frustración y, por primera vez, sin saber muy bien cómo actuar con una mujer. Precisamente su mujer. «Esto es de locos», pensó antes de volver a recordarse que ella nunca había buscado en él más que un acuerdo de negocios.

Todo fue relativamente bien al principio —o eso pensaba el escocés—, hasta que llegó el momento decisivo y de mayor intimidad: el grito de la joven lo alarmó y lo hizo retroceder de inmediato.

—¡¿Pero qué diablos...?! —exclamó mientras se echaba a un lado como si el cuerpo de su esposa le quemara. Apartó furioso la cubierta que los tapaba y enseguida vio la diminuta mancha de sangre en la camisola de Erin.

Capítulo 21

—Dios bendito, ¿por qué me has mentido?! —preguntó Declan en un tono más exaltado de lo que hubiera pretendido—. Dijiste que habías mantenido relaciones íntimas con dos hombres... ¡Eso me aseguraste! ¡Desde luego, no lo soñé!

La estaba asustando más de lo que ya estaba. Erin, que nunca había imaginado que fuera a ser tan doloroso perder la doncellez ni mucho menos que él pudiera detectar con semejante facilidad que en realidad no había yacido con caballero alguno, se sentó con la espalda apoyada en el cabecero de la cama, y, recogiendo todo su cuerpo bajo la camisola que aún llevaba puesta, se abrazó las piernas, replegada sobre sí misma. Solo dejó a la vista los pies, todavía forrados con las medias de seda que formaban parte del atuendo nupcial. Recordó el momento que acababa de vivir. Había intentado ser valiente poniendo su mente en blanco y apretando los dientes, pero el grito lastimoso se le había escapado sin posibilidad de retenerlo.

—Santo cielo... ¿Dos hombres? ¿A qué clase de experiencia te referías? —El entumecido cerebro de O'Connor estaba a la caza de una respuesta que resultara razonable; y por fuerza debía dar con ella, ya que la irlandesa siempre le había parecido una joven extremadamente sensata—. Porque a la vista está que, a compartir el lecho, no —dijo señalando la fina camisola de su esposa—. Por favor, ¡no te quedes callada y habla!

—¡Deja de gritarme y tal vez acceda a responder a tus preguntas! —se revolvió ella intentando contener las lágrimas que se le acumulaban entre los párpados. Él obedeció y guardó silencio—. Los dos caballeros de los que te hablé aquella noche... Ellos... —se resistía a continuar con la explicación porque sabía que a él le iba a sonar ridícula— me dieron un beso bajo el muérdago, en una fiesta de Navidad. O al menos lo intentaron, pero no creo que lo consiguieran, dado lo que entiendo ahora por un beso —musitó en voz cada vez más baja mientras ocultaba su cara entre las rodillas.

Más desconcertado si cabe por esa revelación, Declan saltó de la cama y se alejó de ella como si fuera la viva imagen de la peste, aunque en realidad de quien hubiera deseado huir era de sí mismo.

—¿Dos besos? ¿Dos besos que ni siquiera fueron tales? —Trató de contener su incredulidad en un tono de voz que no la asustara más—. Erin, te estuve persiguiendo sin piedad para convertirte en mi amante. Me porté como un cretino cuando topaste con mis hombres en la playa y cuando entraste aquella noche en mi habitación y fingí dormir. —Erin empezó a ponerse de todos los colores. «Oh, no. Estaba despierto...». ¿Qué debió de pensar cuando lo besó mientras descansaba en su lecho? Al *highlander* el asunto en cuestión parecía preocuparle más bien poco en ese instante—. Me hiciste creer que habías yacido con otros hombres... ¡Y ahora resulta que eras virgen! Por Dios santo, ¡aquel beso en la playa! ¡Aquel fue tu primer beso de verdad! —entendió mientras se atusaba el pelo desesperado por lo ciego que había estado.

Erin levantó la vista y lo miró con gesto desafiante antes de intentar bajarse también de la cama, ya que no deseaba seguir compartiendo habitación con él; pero desistió en cuanto notó que definitivamente se encontraba mejor acurrucada en el lecho. Él se dio cuenta de las molestias que acuciaban a su joven esposa.

—Aguarda un instante. No te muevas de ahí —le pidió antes de colocarse un tartán por encima para salir a la salita, y de ahí al pasillo.

Encontró a Erin en la misma postura cuando regresó a los diez minutos.

—He pedido que nos suban una jarra de agua caliente y unos paños. Eso te calmará —le explicó preocupado por su bienestar.

—No necesito nada de ti. Por esta noche ya has hecho bastante —replicó ella con voz suave, pero firme, intentando no perder los nervios.

—No te atrevas a hacerme responsable de todos los males cuando tú también has tomado parte en este enredo. Si no me hubieras mentido aquel día, en la fiesta, probablemente hoy no estarías aquí —dijo súbitamente. Y ante la mirada interrogante de Erin, especificó—: En este cuarto.

—¿Por qué dices eso?

—Porque jamás me habría casado contigo. —Echó una mirada reflexiva al biombo que había en el dormitorio. «Maldita sea. John. Pensé que no era el tipo de mujer que él querría como esposa y resulta que sí lo era», se dijo el heredero de Stormfield, que nunca hubiera osado interponerse entre su amigo y la muchacha de haber sabido antes del embuste de la irlandesa.

Sin embargo, Erin creyó que de alguna manera Declan O'Connor pretendía menospreciarla y se sintió herida en su orgullo porque él expusiera tan a las claras que había hecho mal en desposarla.

—Ojalá así hubiera sido —dijo con toda la dignidad que fue capaz de reunir—. Al engañarte, cometí una equivocación; al parecer, muy grave.

Declan intuyó que la joven había malinterpretado sus palabras y deseó sacarla de su error, pero en ese instante alguien tocó con discreción a la puerta de la salita. Era una sirvienta. El escocés tomó allí mismo la jofaina y los paños y ordenó a la muchacha del servicio que se retirase. Regresó a la alcoba con el agua y un frasquito que había tomado prestado del escritorio-tocador.

—Déjame aquí al lado el agua —le pidió su esposa señalando una porción de colchón que le quedaba a mano— y vete.

—No. Permíteme ayudarte —exigió él, y ante la expresión enfurruñada de ella, le explicó mientras empapaba uno de los paños en el agua tibia de la palangana—: Prometo ir con sumo cuidado.

Ella intentó apartarlo de un manotazo, pero Declan la tomó de las muñecas con una sola mano, ya que en la otra sostenía la tela bañada.

—¿En serio habré de obligarte?

Erin, sabiéndose derrotada en aquella batalla, relajó las manos y cerró los párpados. No deseaba ver cómo él la limpiaba; sentía vergüenza y enojo a un tiempo.

Con mucha delicadeza, el escocés le hizo estirar las piernas.

—Condenada muchacha… —musitó con gesto ceñudo mientras, ayudado del paño humedecido, se entregaba a la tarea de reconfortarla. Pero ni siquiera sus primorosos cuidados iban a conseguir domar el vivo genio de la irlandesa:

—Te estoy oyendo —le advirtió abriendo de nuevo los ojos—. Al contrario de otras zonas de mi anatomía, mis oídos se encuentran perfectamente.

—Me tranquiliza constatar que también tu lengua se halla en plena forma.

«¿Cómo me he podido equivocar tanto con ella? Algo me decía que me había mentido, pero no quise creerlo y seguí importunándola», meditó Declan, que ahora pudo contemplar a Erin sin miedo a topar con su mirada reprobatoria, ya que la joven, con una mezcla de malestar y relajación dibujándole dunas en la frente, había vuelto a cerrar los párpados y por fin le dejaba hacer. «Es la mujer más fascinante que he conocido en mi vida». De golpe, y fue un golpe certero dirigido al corazón, el heredero del castillo de Stormfield fue consciente de que una sonrisa enternecida y completamente entregada le rondaba los labios desde hacía unos minutos.

—Por todos los cielos, ¿qué diablos he hecho? —masculló sin que Erin, que lo oyó, llegara a entender lo que decía.

Aterrorizado, dejó lo que estaba haciendo y se levantó de la cama para instalarse en una de las butacas que Nora había hecho emplazar junto a la chimenea. Allí se quedó inmóvil, todavía con el trozo de tela mojada entre las manos, y mirando sin mirar las llamas que consumían la madera igual que los pensamientos lo estaban consumiendo a él.

La dublinesa reabrió los ojos para mirarlo enfurruñada, en esta ocasión por haber desistido de su tarea de calmarle el dolor, pero no se permitió lanzar ni una queja. Hizo el esfuerzo de incorporarse y, tras conseguirlo, se dirigió al biombo que cubría un rincón de la alcoba. Resguardada tras él, se deshizo de la camisola manchada y escogió el camisón más viejo y de tela más gruesa que había traído de Irlanda. Era de un recato tan estricto que ni los tobillos se le adivinaban. Salió a la salita, donde se soltó el peinado y se cepilló los cabellos para desenredarlos. Cuando regresó a la habitación, Declan seguía con la mirada perdida en el hogar de la chimenea, como si un brujo lo hubiera castigado con un hechizo de hielo. Erin habría deseado pedirle que la dejara a solas, pero optó por ignorarlo. Se encaramó de nuevo a la cama y se dio media vuelta para quedar espalda con espalda: ella tumbada sobre el colchón, él sentado a la luz de oscuras cavilaciones que le hablaban de amor y de muerte.

Porque O'Connor, quieto como una estatua y aterrado por su más reciente descubrimiento, luchaba por intentar acallar a sus pulmones, que parecían dispuestos a salírsele por la boca. Hasta ese instante no lo había querido reconocer. Ni siquiera cuando su padre tan acertadamente lo había acusado aquella misma tarde... Pero ¿y si era cierto que amaba a la irlandesa? Un extraño sentimiento lo había perseguido desde el mismo instante en que tropezó con ella aquella fatídica noche en que se conocieron. Él más tarde lo había confundido con deseo. Y ahora... ahora entendía que sin duda se había transformado en amor y que Erin corría el riesgo de morir a causa de la maldición de los O'Connor. Esa misma noche, sobre su propio tálamo.

La aprendiz de historiadora, con los oídos prestos a escuchar cualquier sonido proveniente del *highlander* e impaciente por detectar una reacción en él que no terminaba de llegar, pensaba con extrema claridad: «Tal vez esto es lo mejor que nos podía pasar. Ahora tengo una excusa para mantenerme alejada de él. Dentro de unos meses, cada uno podrá seguir su camino». Y habló decidida a evitar por todos los medios que una hipotética reconciliación entre ellos pudiera tener cabida:

—O'Connor, preferiría que a partir de mañana durmiéramos en habitaciones separadas —le reclamó sin siquiera darse la vuelta.

El comentario fue lo suficientemente afilado como para pinchar la burbuja en la que Declan se había encerrado. Tras volverse en dirección a su esposa, solo atisbó una larga cabellera castaña invadiendo la almohada del lecho. Abandonó la butaca en la que había estado sentado, en actitud taciturna, para tomar asiento sobre el colchón de la cama. Observó la espalda de Erin y sintió el impulso de posar una mano sobre su melena para acariciarla, pero evitó hacerlo para no asustarla de nuevo. «No. Esto no es amor. Es solo pasión. Tal vez admiración. Así que esta noche no ha de ser la última para ella», se dijo a sí mismo como si en realidad las fuerzas que regían la maldición de los O'Connor pudieran escucharlo y pretendiera convencerlas de que acabar con la vida de Erin constituiría un grave error.

Declan intentó aquietar con palabras las tribulaciones de la joven:

—No temas, no se me ocurriría volver a tu cama esta noche. Pero…

—He sido una ilusa —lo interrumpió ella, prosiguiendo así con su estrategia de alejarse y alejarlo—. Tú tenías razón: esta boda no es con la que desde niña había soñado. —Lágrimas de impotencia le corrían por las mejillas. No quería hacerle daño, pero consideraba necesario cortar de raíz la relación.

La irlandesa se había percatado de que ya sentía algo muy profundo por el hombre al que en ese momento daba la espalda, así que, a como diera lugar, sin importar qué palabras hirientes o mentiras debiera inventar, tendría que esforzarse en mantenerlo apartado de ella. Por el bien de ambos.

—Erin, por favor, pensé que eras una mujer versada en estas lides. Te aseguro que la próxima vez seré infinitamente más cuidadoso. Volveremos a intentarlo en cuanto te recuperes y verás que todo será muy diferente —le prometió Declan con la voz cargada de remordimiento y enojo consigo mismo, pero demasiado orgulloso ante la reacción de Erin como para procurar que por su boca saliera una petición de disculpa.

Ella se volteó solo para reírse en su cara, y era una carcajada exenta de humor.

—¿De verdad, milord, cree que habrá una próxima vez? —le advirtió intentando imprimir a sus palabras una rabia contenida que no sentía.

* * *

Erin despertó a primera hora de la mañana y se sorprendió al descubrir a Declan en una de las butacas, pero con los brazos y la cabeza reclinados sobre el colchón, muy cerca de donde había permanecido tumbada ella. Nunca lo había visto con semejante aspecto: desaliñado, exhausto y con una sombra ligeramente amoratada en la base del párpado inferior, como si apenas hubiera podido pegar ojo en toda la noche.

—O'Connor, despierta… —susurró zarandeándolo con cuidado por los hombros.

Fue oír la voz de la irlandesa y alzar la cabeza como si sirviera en un ejército y el corneta de turno le hubiera tocado diana al pie del pabellón auditivo. Erin detectó un extraño brillo en los ojos zarcos de su marido, pero no supo determinar que lo que expresaban era un sincero alivio.

—¿Estás aquí? —preguntó todavía algo aturdido.

—¿Por qué no iba a estarlo? ¿O acaso pensabas que los esponsales de ayer no habían sido más que una pesadilla? —interpretó Erin con ademán áspero.

«Dios del cielo. Ha sobrevivido a la noche de bodas. Al parecer, lo que siento por ella no es amor…», se congratuló Declan por la noticia, y sobre todo por ver a su esposa vivita y, desde tan temprana hora, ya coleando.

—No te quiero… —dijo O'Connor, aún incrédulo por la nueva revelación.

Erin, que no sospechaba nada de los temores que habían mantenido en vela a Declan toda la noche a raíz de su supuesto amor por ella y la maldición de los O'Connor, se tomó aquella confesión como una puñalada en el corazón. No obstante, aguantó la punzada con mucha dignidad.

—Creo que podemos abstenernos de recordar eso cada nuevo amanecer que veamos juntos, que espero sean los menos. —Erin, que sufría de intolerancia al rechazo, no consideraba tan grave el pecado de no ser amada como el de que Declan tuviera tan poca consideración con ella como para renegar de su unión incluso tras haber compartido el lecho—. Los dos somos conscientes de las bases que sustentan este matrimonio, y ninguna de ellas es el amor —sentenció al tiempo que abandonaba la cama.

«Eso está por ver, querida. Puede que aún no te ame, pero estoy convencido de que lo haré», se dijo fatigado por el duermevela, pero feliz tras verla abandonar la alcoba por su propio pie y no con ellos por delante como había temido la noche anterior.

—En cuanto a ti… —susurró el *highlander*, ya solo—, sé que no será fácil y que deberé jugar bien mis cartas, pero a partir de hoy las reglas del juego cambian y, cueste lo que cueste, terminarás por ser mía, irlandesa.

Capítulo 22

O eclan decidió concederle algo de espacio a su esposa durante al menos unos días. Consintió en dejarle el dormitorio solo a ella, aunque en lugar de regresar a su habitación de soltero hizo instalar un catre, no mucho más ancho que un sofá, en la salita de las dependencias conyugales. La irlandesa hubiera preferido tenerlo más lejos; no obstante, se conformó.

Aquella noche en concreto, el escocés ya se había embutido en su angosto lecho y sujetaba un libro entre las manos. No hacía más que eso: sujetarlo, ya que, por más que lo intentaba, no lograba concentrarse en sus páginas; le resultaba imposible mantener bajo control su escurridiza mirada, que, como lo haría una anguila curiosa, de continuo se le escapaba en busca de Erin. A esas horas, seguía sentada ante el escritorio–tocador, trabajando en su manuscrito de leyendas.

—¿Cuándo partes hacia Londres? —preguntó la dublinesa.

—¿Tanta prisa tienes por perderme de vista? —respondió O'Connor, y el gesto se le tiznó de una negra ironía. Los ojos de Erin se cruzaron con los del *highlander* a través del espejo, pero se mantuvo en silencio, así que él le ofreció la respuesta que ella andaba buscando—: Cuarenta y ocho horas y serás libre.

Semanas antes había planeado una escapada a París con su futura consorte, en viaje de luna de miel, pero, según se habían desarrollado los acontecimientos, había preferido echarse a la mar con sus hombres. Su misión no sería otra que la de proveer a la capital del Imperio con una importante carga de *whisky* escocés de contrabando. Se estaban ultimando los preparativos para el viaje a bordo del *Scottish Flying*.

—¿Seré libre? —se extrañó ella por la expresión elegida.

—Entiéndeme: tan libre como lo puede ser una esposa devota y fiel —sonrió con sorna y con cierto alivio al recordar que aquella inminente incursión con su tripulación le vendría bien para despejar cuerpo y mente.

—Supongo que en Londres encontrarás a buen seguro mucho entretenimiento.

—Supones bien —dijo en tono seco y cortante, hasta que reparó en que Erin le había hecho la pregunta dejándose llevar por un sospechoso resquemor. «¿Celos, señora O'Connor?»—. Es una pena, porque deseaba que este hubiera sido nuestro primer viaje juntos.

—¿Nuestro primer viaje? —se volvió ella sin poder disimular su entusiasmo.

Él, pasmado porque la reacción de Erin le hizo albergar la esperanza de que efectivamente llegara a echarlo de menos mientras se encontrara fuera, supo disfrazar mucho mejor que ella la sorpresa. «¿Quién sabe? Con un poco de suerte, tal vez me reciba a la vuelta con los brazos y el corazón abiertos, los mismos que hoy permanecen cerrados a cal y canto para mí».

—¿Acaso querrías acompañarme? —preguntó en tono indiferente mientras se concentraba en mirar sin leer las páginas de su libro. En realidad, aunque lo hubiera deseado, no podía llevarla con él: su actividad ilícita era peligrosa y, si algo tenía muy claro, era que nunca pondría en riesgo la vida o la reputación de su joven esposa.

—La verdad es que no —mintió ella por necesidad. No podía darse el lujo de acompañarlo en un viaje, y menos aún en una supuesta luna de miel—, prefiero quedarme aquí, con tu familia. Además, debo seguir trabajando en mi obra.

—Ya. Era de suponer —dijo él encogiéndose de hombros, como si la resolución de Erin no le importara lo más mínimo.

* * *

La situación se le terminó de complicar al *highlander* cuando a la mañana siguiente dio a conocer sus planes al *laird* en la sala de música:

—Dado que he concluido mi nueva composición musical, he decidido viajar a la City para entregársela en mano al duque de Derby —era el aristócrata que le había hecho el encargo con motivo del dieciocho cumpleaños de su única hija—, una travesía en la que no me acompañará Erin —explicó Declan, que permanecía instalado en el taburete del piano.

El señor del castillo recibió la noticia con enojo.

—Dime, hijo, ¿las cosas marchan bien entre vosotros? —le preguntó a bocajarro—. Ahora que la maldición ya no pesa sobre ti, me haría tan feliz que tu actitud hacia Erin cambiara… Porque tu esposa hace gala de una gran dulzura y entrega para con esta familia —«Afortunados vosotros. Yo me conformaría con que en mi presencia tan solo se dignara a mostrar una de esas dos cualidades», caviló el joven mientras hablaba su padre— y se ha hecho merecedora de tus atenciones.

—¿Mis atenciones? —Declan tuvo que morderse la lengua para no relatarle al *laird* sus innumerables cuitas conyugales. ¡Pero si ni siquiera podía acercarse a su mujer a menos de dos metros! ¿Qué atenciones podía prodigarle así?

—Esa joven te ama.

—¡Por Dios, padre, qué ciego está! Primero erró conmigo y ahora yerra con ella —replicó exasperado mientras se ponía de pie y se alejaba unos pasos.

—No es posible… ¿Acaso ese detalle te ha pasado inadvertido? ¡Si resulta más que obvio hasta para las piedras de estos muros! ¡Por supuesto que te ama!

Declan se volvió dolido. No quería seguir escuchando semejantes despropósitos.

—Se lo ruego, no siga por ahí —le exigió—. Ni se arrogue el derecho de pensar que conoce a mi esposa mejor que yo mismo.

Waylon leyó en la dura mirada de su hijo que no había fuerza divina o humana que pudiera hacerle cambiar de parecer; pero ni por esas el caballero se rindió:

—¡Declan, la llevarás contigo a Londres y permitirás que disfrute de tu compañía como los recién casados que sois! —ordenó en un tono autoritario que casi nunca se había visto forzado a usar con el mediano de sus hijos—. Necesitáis esa luna de miel, y no quiero escuchar un «no» como respuesta —le advirtió antes de girar sobre sus talones para abandonar con determinación la sala de música.

—Endemoniada irlandesa… —musitó Declan una vez se quedó a solas. Bajó la tapa del piano con rabia contenida—. ¿Acaso finge amarme ante todos justo cuando yo no miro? En menudo lío nos ha metido ahora…

El escocés valoró las alternativas que se le presentaban; lo último que deseaba era iniciar una nueva guerra con su padre.

—De acuerdo. No me dejáis más salida que esta.

* * *

Y de esa salida informó puntualmente a Erin mientras daban un paseo por los jardines del castillo: durante las más de tres semanas que le llevaría realizar el viaje de ida y vuelta a la capital del Imperio, la dublinesa debería ocultarse en la guarida que él y sus secuaces solían ocupar para esconder sus mercancías de contrabando.

La muchacha se inquietó ante la perspectiva de tener que instalarse en el refugio de unos delincuentes, por mucho que su marido fuera su capitán, pero Declan la tranquilizó asegurándole que dispondría de su propio dormitorio, que podría atrancar la puerta desde dentro y que en cualquier caso sus hombres nunca osarían importunarla.

Tras confirmar que ni un alma merodeaba en las inmediaciones, el *highlander* la invitó a tomar asiento en un banco de piedra tallado con intrincadas filigranas.

—Cuando regresemos, tu madre y tu hermana desearán saber de qué grandes placeres hemos disfrutado en nuestra hipotética luna de miel —objetó ella. Trataba de buscarle los puntos débiles a un plan tan insólito.

—Puedes describirles la habitación de un hotel cualquiera y explicarles que no nos permitimos salir de allí en toda la semana —insinuó con una sonrisa petulante al tiempo que cerraba los ojos para disfrutar de los cálidos rayos del sol sobre su rostro—. Si necesitas que te eche una mano a la hora de hacer el inventario de nuestro nidito de amor imaginario, no tienes más que pedírmelo. —Entreabrió un solo párpado para observar de soslayo la reacción de Erin.

—No puedes hablar en serio —se abochornó la joven, que no se había percatado del gesto socarrón de su esposo—. ¿Cómo crees que podría contarles algo así?

—Por supuesto que no hablo en serio, señora O'Connor —aclaró él tras soltar una carcajada. Se volvió hacia ella y dejó caer uno de sus antebrazos sobre el respaldo del banco para apoyar con laxitud la cabeza sobre la palma de una mano—. No te preocupes por qué contarles. Antes de regresar a Stormfield, te pondré al día sobre todas las diversiones sociales que a buen seguro habré disfrutado en Londres y, como soy generoso en extremo, podrás hacerlas tuyas como si tú misma las hubieras vivido en primera persona. Por supuesto, me guardaré las de naturaleza más delicada, aquellas que podrían no resultar de tu agrado.

—¿De naturaleza más delicada? —preguntó Erin, algo confusa en ese primer instante. Bastaron unos segundos de reflexión para que se abriera paso hasta ella el entendimiento y la abandonara, sin tan siquiera una despedida cortés, la moderación—. ¡De eso nada! ¡Firmaste un acuerdo! Y tú mismo, «en aras de nuestra igualdad» —le recordó sus palabras textuales—, decidiste introducir ese punto en el contrato aun cuando yo no te lo exigí. Pues ahora carga con tus deberes, por mucho que te pesen. Porque si yo he de guardarte fidelidad, también tú habrás de hacerlo.

—Querida mía, no tengo ningún problema en mantenerme fiel a tus muchos encantos —replicó él, complacido de que la irlandesa se hubiera mostrado tan dispuesta a reaccionar ante sus deliberadas provocaciones—. Pero podría objetar que eres tú quien insiste en incumplir ese acuerdo del que tanto pareces alardear: creo recordar, y tienes opción de desmentirme si así lo consideraras prudente, que entre las materias a las que te comprometiste en el documento que ambos rubricamos antes de celebrar nuestro sagrado enlace se hallaba el de darme un heredero…

—contratacó Declan. Era la primera vez que se atrevía a sacar el tema desde la boda. Ya habían transcurrido casi dos semanas y el *highlander* no veía el momento de resarcir a su esposa por lo sucedido aquella malhadada noche en que la hizo suya por primera vez.

Erin se puso de todos los colores, consciente de que lo reclamado era justo. Además, a la joven no le preocupaba en absoluto la posibilidad de quedarse encinta porque, como *lady* Máda le había anunciado, estaba tocada por la Muerte, y por tanto su vientre a esas alturas era terreno yermo.

—Sabes... —vaciló la dublinesa—. Sabes que aquella primera experiencia no fue en absoluto lo que yo esperaba. Resultó casi traumática —exageró la joven, que se regocijó de haber hallado la palabra adecuada para mantener a su esposo a raya.

—Entiendo que lo fuera —repuso él, y, en el entretanto, adquirió una postura menos informal, acorde con el tema de conversación—, pero debes darme la oportunidad de enmendarme, y, corrígeme si me equivoco, no pareces muy dispuesta a hacerlo.

—Oh, pero lo estoy... —le aseguró ella intentando adivinar, como en una partida de ajedrez, cuáles podían ser los siguientes movimientos de Declan en el tablero. Sentía que estaba exponiendo la seguridad de la dama, es decir, su propia seguridad, pero debía jugársela si pretendía salir indemne de aquella batalla dialéctica.

—¿Cuándo? —se limitó a preguntar él mirándola fijamente. Era solo una palabra, y la respuesta no precisaba de muchas más: «esta noche», «mañana», «a tu regreso de Londres»... Aun así, Erin no daba con ninguna que la complaciera lo más mínimo.

—Todavía necesito hacerme a la idea... —La intimidad entre los dos le daba un miedo horroroso, ya que le aterraba la conexión emocional que había llegado a experimentar con él la noche de bodas—. Dame cuatro meses y...

—¡¿Cuatro meses?! —la interrumpió él abriendo mucho sus ojos azul mar e inclinándose ligeramente sobre ella, como si en ese momento pretendiera cubrirla bajo una aguadilla—. Por Dios santo, esto es peor de lo que yo imaginaba —protestó con impaciencia mientras se apartaba de ella igual que se retira la marea cuando necesita alejarse del rugoso tacto de la playa—. Sin duda pretendes hacerme perder la razón para que sufra un aciago accidente: el camino más corto para librarte de mí.

—Yo no deseo que te ocurra nada malo… —murmuró ella mortificada.

—Hablaremos de este asunto a mi regreso —le advirtió de buen temple—. Pero debes entender que suena excesivamente oneroso el plazo que me pides, Erin. —Como ella dio la callada por respuesta, Declan consideró concluida la charla y se levantó del banco—. ¿Te parece bien si vamos a preparar el equipaje? —dijo ofreciéndole con galantería una mano que ella aceptó solo hasta el momento en que estuvo de pie, persuadida de que debía privarse de cualquier contacto físico con el escocés. Este simuló no percatarse del detalle y se limitó a comentar—: Recuerda que, aunque necesitarás pocas cosas en la cueva, debemos resultar creíbles si deseamos aparentar que viajarás conmigo a la City.

Capítulo 23

El camino se iba iluminando al paso de Declan y su antorcha. Erin lo seguía, entre cauta e intrigada, por aquella caverna rústica. El ambiente era gélido. ¿De verdad tendría que pasar allí cerca de tres semanas? Echó un vistazo alrededor y su mirada recayó primero sobre los dos contrabandistas que cargaban con su pesado baúl —solo conocía a Frank, que ejercía como timonel en el *Scottish Flying*— y después en *Argos*, que ella misma portaba en su jaula. Los ojos del pequeño cárabo reflectaban la oscuridad del lugar.

—¿Cómo encontraré el camino de vuelta si necesito salir? —se quejó la irlandesa en voz baja, como si temiera despertar a la bestia que se ocultaba en el interior de aquella espeluznante cueva que más parecía un laberinto.

—No vas a salir de aquí —le aseguró O'Connor, y sonó a reto.

—Por supuesto que lo haré, y tantas veces como quiera. Ahí fuera hay una playa preciosa y daré todos los paseos que me plazcan por ella. De hecho, me encanta nadar.

El *highlander* resopló malhumorado por la rebeldía de su esposa.

—Pues en ese caso lo harás solo por las noches y pedirás a cualquiera de los dos hombres que dejaré aquí contigo que te acompañen. Y me refiero en exclusiva a los paseos; ni se te ocurra zambullirte en estas aguas: son peligrosas y las corrientes pueden resultar traicioneras —le advirtió—. Erin —añadió hablando por encima del hombro que no llevaba cargado; en el otro llevaba su propio petate—, debes entender que el capitán Dram —días atrás le había revelado que así lo llamaban, porque nadie, salvo su tripulación, compuesta por apenas una veintena de hombres, conocía su verdadera identidad— es un prófugo de la justicia.

Aunque nunca ningún intruso ha dado con nuestra guarida, no me gusta dejarte aquí sola.

—Pues no lo hagas —dijo ella encogiéndose de hombros.

Tras veinte minutos de caminata por un sinfín de galerías entrelazadas, alcanzaron su destino. O'Connor dejó la antorcha en uno de los pedestales de pared habilitados para sostenerlas —luz no escaseaba en el lugar— y Erin se sorprendió al encontrarse con unas instalaciones en las que no faltaba una especie de salón-dormitorio, rudimentario pero muy práctico, sobre cuyo suelo de arena prensada se distribuían, a la derecha, una hilera de catres y en el centro una mesa rectangular muy larga, con cubiertos y vasos usados recientemente, escoltada por un par de bancos de madera. Incluso habían hecho instalar una mesa de billar.

—Cosa del capitán —le explicó Frank al ver que los tacos y las bolas habían llamado la atención de la dama—. Nos toca pasar muchas horas esperando y es una buena manera de matar el tiempo sin agotar las existencias de *whisky*.

Resplandecía y caldeaba el ambiente una fogata que, en lugar de humareda, producía un ligero vapor de agua; la irlandesa distinguió muy cerca varios enseres para cocinar, tales como sartenes y un puchero de barro, y un buen montón de leña apilada.

—¿De verdad? ¿Tres semanas aquí? —le susurró a O'Connor, que acababa de indicar a sus hombres dónde soltar el baúl, justo al fondo de la estancia, junto a una puerta de madera incrustada en la pared que a ella le había pasado inadvertida por estar demasiado centrada en él—. ¿Sin intimidad alguna? Debes de haber perdido el juicio.

Una sonrisa irónica le invadió el semblante al escocés.

—Si en verdad he perdido la cabeza —«Y, a estas alturas, muy probablemente el corazón»—, ¿a quién crees que debo considerar culpable de una fatalidad como esa? —la acusó con la mirada.

—A mí, no. Podría jurar que tu locura viene de lejos —afirmó ella—. ¿Son numerosas las novelas de caballería en tu biblioteca?

—No hacía ni un año que había caído en manos de la dublinesa una preciosa edición en inglés de las desventuradas andanzas de un hidalgo llamado don Quijote—. Pues hay a quien «del poco dormir y el mucho leer se le secó el cerebro».

—¿Me atacas, querida, con palabras de don Miguel? —protestó él, divertido, mientras anulaba la distancia que se interponía entre los dos—. Pues barrunto que ya has de saber que «los males que no tienen fuerza para acabar la vida no han de tenerla para acabar la paciencia» —musitó el escocés mientras con una caricia le recorría la delicada curva de una mejilla.

Erin sonrió ante la evidencia de que compartían gustos literarios; y, para qué engañarse, también por la carantoña, ya que Declan no había vuelto a tocarla así desde la noche de bodas y echaba de menos el calor de su tacto. Sin embargo, cuando él hizo amago de acercar sus labios a los de ella, Erin, muy a su pesar, decidió reorganizar sus limitadas fuerzas en retirada y dar un paso atrás. Literalmente.

El escocés, que había captado el mensaje con meridiana claridad, dejó escapar un suspiro resignado.

—En lo que respecta a tu intimidad —prosiguió como si los últimos minutos nunca hubiesen existido—, no te inquietes: dispondrás de tanta como desees. Acompáñame, Dulcinea —le pidió sin atreverse a tomarle la mano.

Se dirigió a la misteriosa puerta del fondo y la abrió para su mujer. Las paredes habían sido recubiertas con cálidos tapices en tonos rojizos, una cama de buen tamaño presidía la estancia y no escaseaban los detalles, a excepción de una chimenea que caldeara el ambiente.

—Aunque no lo parezca —dijo él como si pudiera leerle la mente—, estas paredes guardan bien el calor, así que en ningún caso pasarás frío. Y por si echas en falta una buena mesa de trabajo, dentro de un par de días te traerán un escritorio para que puedas proseguir con tu obra. Encontrarás que Ralph, uno de los hombres que se quedarán a acompañarte, tiene un buen puñado de leyendas para contarte. Así te distraerás y los distraerás a ellos.

Erin se había quedado boquiabierta por lo inesperado que le había resultado encontrarse con una alcoba de semejante suntuosidad. Distinguió sobre una de las butacas algunas ropas que, por su elegancia, debían de pertenecer a Declan. También había un baúl, de estilo claramente masculino, a los pies de la cama.

—¿Vienes mucho por aquí? —le preguntó picada por el veneno de la curiosidad.

—A veces.

—Me resulta extraño verte disfrutar de semejantes lujos cuando tus hombres duermen ahí fuera en catres de mala muerte. Hubiera jurado que no eras de esos... —reflexionó en voz alta la irlandesa mientras examinaba con detenimiento el lugar.

—Y así es —confirmó él—. Tengo por costumbre dormir con ellos.

—¿Pero entonces...? ¿Esta habitación?

La necesidad de seguir preguntando se hizo innecesaria al encontrarse con los ojos entre avergonzados y desafiantes de Declan. La irlandesa entendió al instante que las comodidades de aquel lugar no estaban destinadas al escocés, sino a los momentos de intimidad que allí había compartido con su amante, la marquesa de Lothian.

—Entiendo —se limitó a decir con evidente disgusto al echar un vistazo a aquel cubrecama en tonos púrpuras que tanto le había gustado un instante antes y que ahora odió al temer que hubiera sido elección de *lady* Catriona.

—Instálate a tu gusto —la invitó mientras introducía el equipaje de su esposa en el dormitorio e intentaba desviar la conversación hacia derroteros más de su conveniencia—. Yo debo salir. Drostan me ha informado de que ya han embarcado el cargamento en la goleta, pero aún hay ciertos pormenores que debo revisar antes de emprender viaje con los muchachos al caer la tarde. Volveré para despedirme.

—Eso no será necesario —repuso ella, con la intención de evitarle una molestia más que de mostrarse arisca, aunque cierto resentimiento se le había notado en la voz. La puerta que Declan cerró tras de sí, con más energía de la necesaria, habló por él.

Tras quedarse a solas, la aprendiz de *banshee* liberó a *Argos* —que enseguida se apropió del cabecero de la cama para posar las garras— y, llevada más por la fuerza de la costumbre que por la de la razón, se dedicó a organizar su equipaje de manera que la ropa se le arrugara lo menos posible durante los días que estaban por venir.

Cuando terminó de acomodarse, se sentó en una de las butacas sin saber muy bien qué hacer a continuación. «¿Debería ir en busca de Declan para despedirme?». Había notado que el *highlander*, pese a su terco orgullo, hacía ímprobos esfuerzos por acercarse a ella, y le pesaba en la conciencia que pudiera sentirse de continuo rechazado. Así que, determinada a hacer esta vez lo que un marido normal podía esperar de su joven esposa, tomó su guante de cetrería, invitó al cárabo a acompañarla y salió de la alcoba para acudir al encuentro de O'Connor. Barrió el salón—cocina con la mirada y no encontró más que polvo, ni un alma a la que preguntar. Se armó de una de las antorchas que ardían en los muros de la cueva y decidió salir en busca de Declan ella sola.

Siempre se había vanagloriado de estar dotada de un magnífico sentido de la orientación y, aunque aquel era un entramado de galerías muy similares las unas a las otras y cabía la posibilidad de terminar más perdida que Napoleón frente a las tropas de Wellington, confiaba en el instinto de *Argos* para lograr encontrar la salida al mar. Tras quince minutos de marcha, ambos vislumbraron una luz en el extremo de uno de los corredores y Erin sonrió confiada al creer que habían dado por fin con la playa. Nada más lejos, pero este hecho, en lugar de decepcionarla, la abrumó, porque no todos los días se topa uno con semejante espectáculo de la naturaleza. El color turquesa de aquellas aguas titilaba al contacto con los rayos del sol que se colaban en tromba por una chimenea natural de aproximadamente cinco metros de diámetro que horadaba el techo rocoso de la cueva, a más de doscientos pies por encima de su cabeza.

—Señor, qué belleza —se dijo extasiada ante aquella visión paradisiaca.

Justo en el margen contrario de aquel lago, sobre un promontorio de suelo calcáreo, se erguían orgullosas unas orquídeas revestidas de un atrayente tono violeta. Se agachó hasta ponerse en cuclillas y extrañamente sintió calor en las yemas de los dedos cuando sumergió una mano en las aguas cristalinas. Miró a su alrededor guardando silencio, a la espera de descubrir un ruido que la hiciera desistir del irresistible impulso que la arrastraba a cruzar el lago a nado para llegar hasta las flores. Además, en apariencia el estanque era de aguas muy poco profundas. Intuyó que los secuaces de su marido se hallaban lejos de allí, echándole una mano en la goleta, así que se arriesgó a despojarse del vestido de verano, así como de las manoletinas y las medias de seda que le cubrían las piernas.

Decidida, introdujo los pies en el lago. Recorrió las tres cuartas partes de su camino sin ningún contratiempo, con el agua cubriéndole apenas por debajo de la cintura y sintiendo en la planta de los pies una arena fina, muy agradable de pisar; pero cuando por fin se estaba acercando al promontorio donde crecían las orquídeas, una pierna se le escurrió debido a la aparición imprevista de una piedra y terminó sumergida. La muchacha no se arredró. Carecía de sentido dar marcha atrás ahora que se encontraba tan cerca de su objetivo.

Ayudándose de sus manos desnudas, escaló a través de las rocas calizas hasta llegar al lugar donde le esperaban las flores y, después de tanto esfuerzo, no logró identificar ningún aroma que emanara de ellas. Eran simple y llanamente hermosas. Sintió cómo el agua le chorreaba por el fiasco de recogido que ahora llevaba por pelo y decidió quitarse las horquillas para dejarlo suelto y que se secara con más facilidad. Para no perderlas, pinzó todas, excepto una, en los bajos de su camisola y se tomó la licencia de tomar una de las orquídeas para enganchársela en el pelo.

Argos, apoyado en uno de los salientes más pronunciados de la pedregosa pared, la observaba con sus ojos dilatados siempre abiertos, siempre atentos. De repente, el cárabo giró la cabeza en dirección a la amplia apertura que conectaba el lago con los pasillos de la gruta. Conocedora de que el oído de la rapaz era diez veces superior al de un humano, Erin también se volvió, rezando porque *Argos* se hubiera interesado por la aparición de un simple ratón. Pero aquel animal con bigotes y barbas que vislumbró al otro lado de la orilla en realidad tenía poco de roedor. Era Drostan.

—¡Capitán, tenía usted razón: la señora está aquí! —gritó el contrabandista mientras se viraba con una sonrisilla de suficiencia en los labios.

Al momento, Declan apareció a la vista de Erin, que apenas había dispuesto de tiempo para esconderse tras el rebaño salvaje de orquídeas. Por los movimientos presurosos del escocés, al principio le pareció angustiado; después de localizarla a lo lejos, el gesto del *highlander* pasó a ser más bien el de un hombre estupefacto.

Tras él habían llegado otros cuatro individuos, incluido Frank. Todos quedaron impresionados al contemplar la escena: la esposa de su capitán sobre el promontorio de las orquídeas, con los cabellos mojados. Al igual que Declan, eran incapaces de saber si estaba cubierta por algo más que un cúmulo de flores salvajes.

—¡Marchaos todos! ¡Ya! —les ordenó su líder. Todos recularon, salvo el timonel del *Scottish Flying*—. Frank, ¿estás sordo, hombre? —insistió malhumorado.

Cuando por fin se quedaron a solas, Declan, que ya había distinguido el vestido de Erin sobre la roca donde ella misma lo había dejado, se llevó las manos a la espalda.

—Qué poco has tardado en dar con mi rincón favorito en estas grutas —le informó—. No sé de qué me sorprendo, dado que siempre has demostrado una especial habilidad para desentrañar todos y cada uno de mis secretos —protestó—. Y bien, querida, ¿me vas a tener esperando todo el día?

Erin por fin se alzó, y, pese a la distancia que los separaba, el escocés se quedó sin habla al contemplarla, entre aquellas flores purpúreas, apenas cubierta por una camisola y los calzones. Parecía una ninfa de las aguas. Sin embargo, cansado de los reiterados rechazos a los que se había visto sometido últimamente, decidió que esta vez se iba a ahorrar el bochorno de dejar al descubierto la admiración que sentía por ella y prefirió echar mano de su fina ironía para incomodarla.

—¿Así que a tus defectos ahora he de sumar el de la vanidad? —inquirió señalándose la oreja, donde Erin se había colocado la orquídea.

A punto estuvo de, rabiosa, quitarse la flor y arrojarla contra el suelo, pero, ya que la había cortado, estaba decidida a dejarla donde estaba y llevarla consigo a su nueva alcoba. La muchacha guardó silencio y se contentó con regresar al lago y empezar a recorrer el camino de vuelta hasta la otra orilla.

—No me parece el lugar apropiado para que una esposa decente tome un baño —bromeó Declan, y esta vez sí encontró réplica, que era lo que había buscado desde el primer minuto.

—¿Y tú me hablas de decencia? —gruñó mientras se aproximaba a él volcando su furia en la lucha que mantenía contra la resistencia de la masa de agua. Se encontraba a medio camino de la orilla—. Precisamente tú, que eres un contrabandista buscado por las autoridades, un fuera de la ley... —Erin interrumpió su vehemente acusación.

—Prosigue, por favor. Tus insultos son música para mis oídos. Como comprenderás, no es que me importe demasiado defraudar al príncipe regente, en ninguno de los sentidos. Bastante han tomado él y sus antecesores de Escocia. No han dejado de exprimir al pueblo mediante sus impuestos, destinados a sufragar las guerras de la corona en Europa. Si los ingleses quieren el mejor *whisky*, que lo paguen, pero a un precio justo; no lo venderé a costa de hacer rico al rey y aún más pobres a mis compatriotas.

El discurso de O'Connor causó una gran impresión en la irlandesa, porque su marido no hablaba solo de economía, sino que esgrimía también una proclama política y rayana en lo moral. El silencio que se abrió entre los dos se hizo aún más incómodo cuando Erin, que se encontraba a unos diez metros de Declan, se percató de que este había perdido de pronto su interés inicial en aquella disputa.

Para seguir la mirada atenta de su esposo, se obligó a bajar la cabeza. Al hacerlo, pudo percatarse de que su ropa interior, empapada, revelaba de su figura mucho más de lo que a ella le habría interesado mostrar. Aquellas aguas, antes consideradas meramente cristalinas, ahora se le antojaban además traicioneras.

Se detuvo de inmediato.

—Por san Patricio... —susurró mientras trataba de taparse con ambos brazos.

Ante el evidente apuro de la joven, el primer impulso de Declan fue apartar la vista de ella, pero entonces, recriminándose a sí mismo la actitud mojigata, se recordó que aquella era su mujer y que no le debía tanta caballerosidad.

Erin echó un vistazo a sus ropas, las secas, que aún estaban sobre la piedra donde las había dejado. Qué lejos le quedaban. Dubitativa, retrocedió medio paso y entonces decidió sumergirse más. El agua le llegaba al cuello, en más de un sentido.

—Supongo que te vendría bien algo de ayuda —conjeturó Declan mientras erguía los hombros intentando recuperar la compostura—. Un buen samaritano que te alcance el vestido —especificó a la par que miraba alrededor en busca de algo o de alguien—. Pues no, no parece que haya nadie por aquí que responda a esa descripción.

—No necesito tu ayuda. Con que te vuelvas un poco, es más que suficiente.

Declan rio entre dientes, divertido por la situación que su aventurera esposa había provocado.

—Oh, ni por un segundo me plantearía hacer tal cosa, querida —se mofó él mientras se acercaba a las prendas abandonadas en la orilla y las tomaba entre las manos, como si fueran una ofrenda a punto de ser depositada a los pies de un altar—. Los esposos no deben ocultarse nada el uno al otro. Sería un pecado a ojos de Dios, ¿no crees? —preguntó con los aires de un reverendo—. Si las quieres, ven a por ellas.

—No pienso ir a buscarlas —insistió ella con tozudez.

Declan suspiró y tomó asiento sobre una roca.

—Como gustes. Pero has de saber que no me moveré de aquí hasta que salgas del agua. Tengo que asegurarme de que llegas a la orilla sana y salva.

—Debes partir. No puedes permanecer ahí todo el día, como un pasmarote.

—Ponme a prueba. Soy el capitán, y mis hombres me esperarán el tiempo que sea necesario. De hecho, se mostrarán más que comprensivos con mi tardanza, dado que somos recién casados. —Erin gruñó con palabras que O'Connor no llegó a entender—. No sé si te hallarás tú en la misma situación —prosiguió el escocés—. Por cierto, he de admitir que me admira el buen temple que demuestras. Las criaturas que fondean el lago pueden resultar poco amistosas cuando se las disturba. —Erin, expresiva en extremo, frunció el ceño en gesto interrogativo—. No te inquietes, las serpientes no son muy grandes, así que no creo que te engullan de una sola vez. —La joven, nerviosa, gravitó sobre sí misma en busca de reptiles submarinos, pero siguió sin avanzar—. Continúas sin moverte… —observó él—. Siempre intuí que, además de tozuda, debías de ser una mujer sumamente intrépida. Pero «¿no sabes tú que no es valentía la temeridad?».

Erin reconoció la nueva cita de *El Quijote*, pero en esta ocasión se guardó mucho de sonreír.

—Apuesto a que estás mintiendo… —supuso ella, aunque, por si acaso, no dejó de escudriñar en ningún momento el agua cristalina que la rodeaba.

Y pese a sus fundadas sospechas, llegó a la conclusión de que correr el riesgo de equivocarse resultaba innecesario: las serpientes la intimidaban un poco más que el hecho de que aquel al que debía llamar esposo pudiera intuir su figura a través de la ropa interior mojada. De manera que, sin dejar de refunfuñar, decidió que lo más inteligente era salir del agua de una vez. Se irguió y arrancó a caminar en dirección a Declan, que habría agradecido que aquella cautivadora visión se hubiera ralentizado lo máximo posible.

—¿Por qué te cubres ante mí, mujer? —le recriminó con una sonrisilla dibujada en los labios, escondiendo su tortura bajo una expresión irónica. Le exigía un esfuerzo titánico mantenerse tan cerca de ella y no poder tomarla entre sus brazos—. ¿También me despojas del derecho a contemplarte?

—¿Podrías examinarme con algo menos de descaro? —bufó ella mientras le arrancaba su vestido de las manos.

—No soy más que un ser humano. Deberías aprender cuanto antes a no pedir imposibles a tu esposo.

Capítulo 24

Ni un alma osó moverse un milímetro u ocasionar el más leve ruido mientras Declan O'Connor, heredero de Stormfield, interpretaba al piano la pieza que había compuesto en honor de la hija del duque de Derby, Aislín FitzRoy, en su decimoctavo cumpleaños. Los hombres, por un solemne respeto; las mujeres, conquistadas por la belleza de la melodía y la pasión del intérprete.

El *highlander* vivía la experiencia de sentarse al piano en público con un doble sentimiento: el primero, de incomodidad, al verse escrutado por decenas de miradas, no todas ellas de su agrado; el segundo, una vez que la música afloraba de sus dedos, de libertad, porque en ese instante era capaz de sentirse solo entre mucha gente, como si no existieran más que él mismo, la partitura y el viaje que habían de realizar juntos… Hasta que terminaba de ejecutar la pieza y su público se le echaba encima para felicitarlo, algunos con una efusividad innecesaria.

Declan se desenvolvía con una cordialidad estudiada en los ambientes sociales, pero en realidad era poco amigo de aglomeraciones y adulaciones fútiles. Siempre había preferido la compañía de las gentes humildes de la isla de Skye antes que la de sus iguales. Por esa razón no le había costado montar su propio consorcio de contrabando en colaboración con el pueblo llano. La tripulación del *Scottish Flying* y los hombres que proveían a Declan de *whisky* ilegal eran, en su mayoría, varones que habían regresado a sus hogares tras servir en el conflicto bélico contra Napoleón, y lo habían hecho sin siquiera un agradecimiento del Imperio británico que llevarse a la boca. Esos excombatientes no tenían nada que perder más que la vida, para ellos menos valiosa que asegurarse para sí y los suyos un plato de comida todos los días, y el contrabando complementaba los escasos ingresos que sacaban de la inconstante tierra o de sus exhaustos ganados. Declan estaba especialmente satisfecho con este último viaje, que había generado unas sustanciosas ganancias a repartir entre todos.

A su interpretación musical le siguieron los ineludibles halagos de entendidos y entendidillos, y en cuanto se presentó la ocasión abandonó el salón de baile y sus efluvios recargados de almizcle, vainilla y ámbar para dirigirse a uno de los holgados balcones del palacio: allí la noche se encargaría de darle un respiro. No se sintió defraudado. Inspiró profundo y, por un momento, le pareció captar en el aire la fragancia a lilas de su esposa, cuando entre todas las plantas reunidas frente a aquellos tres muros bajos ni una parecía prima lejana de las *Syringa*. «Esto no puede ser normal». Sonrió y, por séptimo día consecutivo, evocó el recuerdo de Erin que lo había acompañado durante su larga travesía: la indómita irlandesa emergiendo de las aguas del lago en paños menores y arrancándole su vestido de las manos, sin ninguna compasión, para cubrirse de inmediato.

Una sombra repentina surcó los cielos, captando la atención de O'Connor. Vio planear al ave durante unos segundos antes de apostarse sobre la barandilla en la que el *highlander* se había apoyado minutos antes.

—¿Qué haces tú aquí? —preguntó al cárabo, como si esperara que pudiera responderle en lugar de limitarse a mirarlo con sus insondables ojos negros—. Porque eres tú, ¿verdad? —dijo mientras se aproximaba muy lentamente para evitar que la rapaz saliera huyendo.

Argos se limitó a parpadear, aunque fue solamente un movimiento instintivo, y no una respuesta a la pregunta retórica que acababan de plantearle. En ese instante, Declan se percató de que el autillo traía un mensaje atado a la pata derecha. Acercó una mano, y después la otra, y al comprobar que la mascota de Erin no hacía amago de reemprender el vuelo, desató el cordel que aseguraba el mensaje y tomó la nota para leerla en voz baja:

Estimado Declan:

Te envío estas líneas urgentes por medio de *Argos* para ponerte al corriente de las nuevas que nos han llegado a esta cueva en la que decidiste recluirme en tu ausencia: si la información resulta acertada, y nada me hace pensar que no lo sea (puesto que fue un pariente cercano de Drostan quien oyó la conversación), en las costas de Sunderland os aguarda una embarcación con el objetivo de tenderos una emboscada a vuestro regreso de Londres. Al parecer, un consorcio rival quiere deshacerse de la competencia del *Scottish Flying* en aguas escocesas.

Te ruego encarecidamente extremes las precauciones.

Con ~~cariño~~ afecto,

Erin O'Connor

Declan dobló con cuidado la nota antes de, algo incrédulo, volver a desdoblarla para leerla de nuevo. No era el contenido lo que lo había turbado, ya que en realidad temía que un ataque de sus enemigos pudiera producirse en cualquier momento; lo que le había alterado la respiración era que fuera su mujer, precisamente ella y no sus hombres, quien lo pusiera al tanto del peligro. Releyó las líneas, intentando imaginar el estado de agitación en el que se encontraría Erin cuando las había escrito: conocía su caligrafía demasiado bien —la había estudiado en los apuntes que ella tomaba para su libro de leyendas— como para deducir que aquella nota se había redactado con gran apremio, sin excesivas florituras. Pasó un dedo por las líneas de tinta negra, imaginando que era la mejilla de su esposa lo que acariciaba, y se detuvo, con una suspicaz sonrisa, sobre el tachado de la palabra «cariño». «No todo está perdido», se dijo.

—«Con afecto», escribió inmediatamente después. ¿Cuántas veces releíste la nota antes de cambiar el final, Erin?

Él nunca sabría la respuesta, se había prometido a sí misma la irlandesa mientras lo contemplaba y escuchaba a través de *Argos*. Fueron cinco veces en total, y eso a pesar del estado de nerviosismo en que había redactado el mensaje, acuciada por el temor de que pudiera sucederles una desgracia a Declan y su tripulación en el viaje de vuelta. Ahora, al contemplar la expresión burlona del *highlander*, la joven lamentaba su error de inicio. «¿Cómo diablos se me ocurrió escribirle "con cariño"?», se reprochó.

—Señora O'Connor…, sé que aún puedo conquistar tu obstinado corazón —se dijo él mientras, reclinado sobre la balaustrada de mármol blanco, observaba las calles allá abajo, iluminadas por farolas de gas.

—No. No lo harás —dijo ella a las paredes de su alcoba de piedra. Pese a la seguridad que irradiaban sus palabras, el corazón se le estremeció cuando vio al escocés inhalar el aroma de su carta.

—No veo el momento de volver a estar frente a ti para intentarlo, Erin. Por favor, la próxima vez déjame intentarlo. —La voz masculina le sonó tan sincera que consiguió arrancarle una lágrima de resignación.

—Oh, Dios mío. No nos hagas esto, Declan. No me lo hagas —susurró en una suerte de plegaria que el heredero de Stormfield no podía oír. Se llevó una mano a la base del cuello, angustiada al constatar que, entre su esposo y ella, por mucho que hubiera pretendido negarlo, existían sentimientos, y los de la irlandesa eran tan profundos que temió pudieran llegar a ahogarla. «¿Es posible que de verdad me ames?».

No tenía escapatoria. La Muerte bien podía pasarse esa misma noche por la guarida en la que permanecía confinada para recogerla a ella y a su traicionero corazón sin necesidad de aguardar los tres meses y medio que quedaban antes de su inexorable viaje sin retorno al Confín. Porque, si Declan la amaba, ay, si la amaba, Erin se veía incapaz de luchar contra sus propios sentimientos, de superar la prueba que debía afrontar como aprendiz de *banshee*.

—Tengo que responder —susurró Declan mientras se incorporaba, contrariado por no disponer a mano de utensilios de escritura con los que redactar una nota para su esposa. Deseaba tranquilizarla, reprenderla dulcemente por haber tratado de ocultarle sus sentimientos y advertirle que muy pronto volvería a tenerlo a su lado y no habrían de separarse en una buena temporada. Observó al cárabo.

—Amigo, ¿esperarías aquí mientras busco pluma y papel? —*Argos* se limitó a parpadear, como hacía siempre, le preguntaran o no.

O'Connor empezó a retroceder muy lentamente, esperanzado en que el animal no alzara el vuelo tras su siguiente zancada, cuando oyó una voz cantarina y extremadamente joven a su espalda.

—¿Declan?

Erin sintió una leve punzada en un costado al escuchar la familiaridad con la que aquella preciosa joven de bucles dorados se dirigía a su esposo. A este también le tomó por sorpresa la aparición de la duquesita.

—*Lady* Aislín… —respondió mientras se volvía y la apartaba ligeramente del cárabo para evitar que se acercara y pudiera espantarlo. Por suerte, la joven solo tenía ojos para el caballero y no había reparado en la presencia de la rapaz—. Debería estar disfrutando de su fiesta.

—En realidad, ya he disfrutado de lo mejor de la celebración —dijo ella con voz zalamera—. Su interpretación, milord, ha sido… ha sido excepcional —lo elogió mientras, sin el menor recato, procedía a invadir el espacio privado del escocés. Este dio un paso atrás para recuperar el terreno perdido.

—Me satisface que le haya gustado —afirmó O'Connor escogiendo el tono más formal que pudo fingir.

Pero Aislín FitzRoy no estaba para sutilezas y volvió a pegarse a él a una distancia que le permitiera pasear por las solapas del frac sus juguetones dedos. Él impidió que siguiera haciéndolo tomándola de las muñecas con delicadeza.

—Por cierto —prosiguió O'Connor mientras la soltaba—, no he tenido oportunidad de desearle un feliz cumpleaños. Dieciocho primaveras. Ya es usted toda una dama —le dijo, y armándose solo de la entonación intentó hacerle ver que si era una dama no debía enredarse en juegos de chiquilla como aquel.

Pero la aludida no supo o no quiso leer entre líneas.

—¿Me permite que le haga partícipe del mayor de mis secretos, ese que ni siquiera he llegado a confesar a mi madre?

—No creo merecer tal honor —respondió Declan. Trataba de afianzarse sobre una actitud distante que a la postre no le iba a servir de nada.

—Se equivoca. Nadie lo merece más que usted —replicó ella coqueta, intentando captar la atención del caballero, que empezaba a impacientarse—. Desde que tengo uso de razón he soñado con que algún día usted me tomaría como esposa...

—Oh, *milady* —sonrió él intentando restarle importancia a la revelación—. Eso no es ningún secreto —contratacó. Necesitaba quitarse de encima a la duquesita lo antes posible para ir en busca de papel y pluma, así que se congratuló de que su explicación enturbiara la expresión risueña de la doncella—. Aún recuerdo cuando me confesó su amor a la tierna edad de once años.

—¡Pero ahora no es lo mismo! —se quejó ella contrariada, al tiempo que golpeaba el suelo con la punta de su manoletina—. Como usted mismo ha dicho, ahora soy toda una mujer.

—Por eso mismo, debería vigilar las confidencias que le hace a un caballero —explicó a la señorita FitzRoy en un susurro que Erin no alcanzó a captar. Lo único que la irlandesa entendió fue que su marido acababa de tomar de la barbilla a aquella joven de gran belleza que no había dejado de insinuársele—. Y más si ese caballero es un hombre felizmente casado —le murmuró él en tono paternalista, deseoso de que su cambio de táctica desquiciara y alejara a la muchacha de una vez para siempre.

—¿Es consciente de lo que me ha dolido saber que se ha desposado? —preguntó ella alzando de más su compungida voz—. Y así, tan de repente. En Londres ni siquiera habíamos oído hablar de su compromiso con esa mujer... irlandesa. —El chovinismo inglés la incitó a pronunciar la nacionalidad de Erin como si se tratase de un insulto.

—Son cosas que pasan —alegó O'Connor. «¿Así es como me considera? ¿Como algo que simplemente pasa?», se indignó Erin, que empezaba a sentir verdadero fastidio por la escena de la tal Aislín con el *highlander*—. Y, mi dulce niña —continuó él—, no debería sentirse herida, sino más bien afortunada por no haber caído en las garras de un tipo como yo. Usted no me conoce en absoluto —explicó mientras se volvía con disimulo para confirmar que *Argos* seguía allí.

—Por supuesto que lo conozco, Declan. —Aprovechando el descuido del escocés, Aislín lo retuvo de un brazo para asegurarse de que no volvía a alejarse de ella—. Y quisiera conocerlo mejor.

El caballero suspiró ante la insistencia de la jovenzuela.

—Veo que sigue sin entenderlo. Quizá porque es usted demasiado joven —dijo mientras asestaba unas palmaditas pretendidamente impersonales sobre la mano de la aristócrata, forrada de hilo blanco.

—Oh, no se moleste siquiera en intentarlo, no me hará cambiar de parecer… —le advirtió la señorita FitzRoy. Por su doncella, Mary, sabía de buena tinta que, si se persistía lo necesario, ningún hombre era capaz de resistirse a los encantos femeninos. «Así de débil resulta ser el pretendido sexo fuerte», le había garantizado la criada, que con la soltura que confiere la necedad presumía de ser sabia sin serlo.

Declan negó con la cabeza. No sabía cómo diablos iba a zafarse de Aislín sin provocar algún tipo de malentendido que lo llevara a batirse en duelo con su eminencia, el duque, a la llegada del alba. Ya tenía suficientes problemas como para sumar una nueva contienda.

—¿Y goza su esposa de buena salud? —se interesó la muchacha, que continuó con la cháchara antes de que él pudiera responder a la pregunta—: Me gustaría pensar que puedo esperarle a usted un tiempo prudencial. Le prometo que estoy dispuesta a hacerlo.

Declan rompió en carcajadas ante las ocurrencias de la joven.

—Pequeña, con lo testaruda que es mi esposa, apuesto a que se empeñará en torturarme el resto de mis días. No cuente con que fallezca pronto; yo no lo hago.

Erin se sentía lo suficientemente insegura como para tomar en serio las palabras de O'Connor. «Pues si mi desaparición definitiva es lo que deseas, la tendrás. Y antes de lo que puedes imaginar, querido».

—Ahora deberíamos regresar junto al resto de sus invitados. Seguro que llevan un rato echando en falta su compañía —dijo Declan mientras le mostraba a la señorita FitzRoy las puertas que conectaban con el interior del palacio.

Tras la decepción inicial, esta alzó la cabeza con decisión para mirar a su amor platónico a los ojos:

—Si su esposa no va a mostrarme la cortesía de morirse pronto, entonces no me deja alternativa: usted tomará lo que es suyo ya, hoy mismo, Declan. Pasada la franja de la medianoche, cuando la fiesta aún luzca en todo su apogeo, fingiré una jaqueca y me retiraré a mis aposentos. Lo espero allí.

Aquella declaración de intenciones sí preocupó a Declan, que veía cómo la situación se le escapaba sin remedio de las manos.

—No está hablando en serio —murmuró ahora con gesto grave—. Eso no ocurrirá. Jamás —le dijo en un cálido susurro, intentando ser lo menos brusco posible.

«¿Qué diablos le está diciendo? ¿Por qué no habla más alto?», se preguntó Erin. *Argos*, siguiendo las estrictas instrucciones de la aprendiz de *banshee*, se desplazó con cuidado a lo largo de la balaustrada —una pata tras la otra, en un torpe equilibrio— con intención de aproximarse a la pareja para poder poner la oreja y fisgonear a placer. El animalillo se detuvo en seco en cuanto la irlandesa se percató de que Declan estaba a punto de volverse.

O'Connor había notado movimiento a su espalda y temía que el ave de su esposa se estuviera preparando para abandonar la terraza. Sin embargo, en cuanto se cercioró de que no era así, y ante el temor de que la primogénita del duque terminara descubriendo al cárabo, la tomó de un brazo y se la llevó al otro extremo del balcón.

—Vamos, por favor, no llore, Aislín —le susurró a la homenajeada de la noche mientras le acunaba las mejillas entre las manos, en un intento de reconfortarla. Al fin y al cabo, lo único malo que había hecho la joven era encapricharse de la persona equivocada—. ¿No entiende que pronto encontrará a algún apuesto caballero que le ofrezca todo el amor que yo no puedo darle?

—Pero yo no quiero a ningún otro… —gimoteó ella, muy a su pesar, como una niña de once años—. Solo a usted, milord. Siempre soñé con que me daría mi primer beso de amor y seríamos felices por toda la eternidad… Mi primer beso… —se repitió mientras las lágrimas se deslizaban por sus mejillas lastimosamente.

Declan la miró con ternura, se lo pensó dos veces —no las suficientes— y la besó en los labios. Apenas fue un leve roce, como el aleteo de una mariposa. Pero desde la perspectiva de Erin, que hacía unos minutos que no podía oír nada de lo que se decía la pareja, bien podría haber sido un beso cargado de pasión. Ordenó al cárabo que partiera de inmediato y deseó que, con un poco de suerte, su propio corazón quedara para siempre petrificado y adherido como una gárgola a aquella barandilla palaciega. Se secó las lágrimas y se mintió una vez más al pensar que tal vez su suerte no estaba echada, que con un poco de voluntad sería capaz de mantener alejado de ella a aquel encantador de serpientes llamado Declan O'Connor.

El *highlander* se maldijo por su mala fortuna cuando vio al ave emprender viaje sin llevar la nota que deseaba haberle escrito a su esposa. «Una oportunidad de acercamiento malograda», se lamentó mientras, con suavidad, agarraba a Aislín por los hombros para separarla de él.

—Ya tiene lo que deseaba: su primer beso. Probablemente no entienda aún la tentación que usted supone para cualquier hombre, pero juré ante Dios mantener mis votos matrimoniales y me niego a quebrantar la fe jurada. No creo que usted desee verme arder en los infiernos, ¿verdad? Ni que su padre y yo concluyamos la reunión festiva de hoy sobre un campo de duelo en el que uno de los dos caerá al suelo irremediablemente sin vida; puede que incluso los dos —le preguntó con delicadeza, ya que no pretendía herir el amor propio de la joven ni socavar su confianza en sí misma.

—No, por supuesto que no —respondió ella azorada, y con la sonrisa aún en los labios por haber podido besar al caballero con el que llevaba soñando desde su más tierna infancia. En realidad, no era la mujer desinhibida que había intentado hacer creer al señor O'Connor; se había limitado a seguir los consejos de su doncella con más habilidad de la que hubiera resultado deseable.

—Y ahora, si acepta el consejo de un buen amigo, guarde sus besos para quien los merezca, *milady* —le recomendó antes de invitarla a regresar al salón de baile, donde O'Connor se despidió del duque para ir en busca de sus hombres. Por lo regular, solían permanecer en Londres durante una semana que él aprovechaba para acudir principalmente a veladas musicales de otros compositores, pero se vio incapaz de postergar su reencuentro con la dublinesa ni un segundo más.

Capítulo 25

El regreso de la tripulación del capitán Dram a tierras escocesas se produjo sin el menor contratiempo. Advertido de la emboscada que pretendían tenderle sus enemigos en aguas de Sunderland, el *highlander* abandonó en esta ocasión la navegación de cabotaje y se internó mar adentro, eludiendo así a sus adversarios.El enfrentamiento, no obstante, lo esperaba nada más arribar a tierras escocesas:

—Señora O'Connor, ¿no te eleva el ánimo verme comparecer ante ti todavía de una pieza? —preguntó con una sonrisa sincera mientras se abría de brazos para mostrarle que estaba libre del más leve rasguño.

—Sabes que no te deseo ningún mal —se limitó a responder Erin sin levantar la cabeza y mientras fingía que seguía trabajando en sus leyendas. En cuanto había escuchado barullo en el comedor–dormitorio de fuera, anticipando que su esposo había vuelto, se había precipitado a la silla y el escritorio que los hombres de Declan le habían llevado al segundo día de su encierro en la cueva.

Que ni tan siquiera alzara la vista para dirigirle una mirada de bienvenida provocó cierta perplejidad en el heredero de Stormfield. No era tan iluso como para confiar en que Erin se le fuese a echar al cuello presa de amor, pero tampoco anticipaba semejante frialdad en el recibimiento; al fin y al cabo, la nota que le había hecho llegar por medio de *Argos* denotaba cierta preocupación por su bienestar y el de la tripulación.

—Soy consciente de ello —dijo él sin perder la sonrisa. «No voy a rendirme tan fácil, irlandesa»—. Tu aviso nos permitió burlar la emboscada sin mayor dificultad. Quise enviarte una nota de agradecimiento, pero tu cárabo levantó el vuelo antes de que pudiera escribirla.

—Extraño me parece, ya que *Argos* acostumbra a aguardar por si hubiera una respuesta. Tal vez algo te entretuvo más de la cuenta. —Erin por fin lo miró a los ojos, y en esa breve inspección femenina Declan vio cómo destellaba algo parecido al rencor.

La irlandesa no podía olvidar la imagen de O'Connor inclinándose sobre aquella jovencita de rizos dorados para darle un beso. Es más, hacía todo lo posible para que la imagen de la infidelidad permaneciera muy viva en su mente, ya que le suministraba la argamasa que necesitaba para levantar un muro frente a aquel hombre.

Declan echó un vistazo al cárabo, que aposentado sobre una de las vigas de la cama presenciaba el reencuentro de los esposos con la impasibilidad de siempre. El escocés, escamado por el comentario de Erin, entornó la mirada incrédulo: «Maldita bestia. Si no fuera porque la razón me dice que no puedes hablar, juraría que has hecho partícipe a Erin de mi inocente beso a la señorita FitzRoy». Sonrió cansado, cabeceó un par de veces, intentando apartar de la mente unas ideas tan imposibles como insensatas, y se propuso pasar por alto la respuesta de la dublinesa.

—Bien. Veo que en poco te pareces a mi madre y a mi hermana —observó jovialmente para ganarse de nuevo su atención—. Definitivamente, eres una mujer prudente; y, como no das muestra de querer preguntar, te diré que te he traído algunos presentes de Londres —dijo mientras salía del dormitorio y regresaba de inmediato cargando con un arcón de roble francés. Lo ayudaba uno de sus hombres.

—El vestido de terciopelo negro es para Nora; el broche de plata, para mi madre; y el fular de seda se lo he traído a la señorita Morgan. Pero todo lo demás es tuyo —explicó Declan cuando volvieron a quedarse a solas.

Incluso le abrió ilusionado la tapa del arca, confiado en que la cortesía hiciera efecto en su esposa, pero Erin no era mujer que se dejara impresionar con agasajos, y menos en aquellas circunstancias, en las que veía a Declan como un traidor, así que se limitó a agradecerle «el detalle» y tomó de nuevo la pluma, dando por zanjada la conversación.

Al principio, el *highlander* se quedó clavado en el sitio, sin saber cómo reaccionar. Pese a su aplomado orgullo, había hecho alarde de una gran paciencia hacia aquella endemoniada mujer. ¿Por qué le tenía que poner las cosas tan difíciles?

—De acuerdo. Veo que nada ha cambiado desde mi marcha —comentó contrariado—. Cuando lo estimes oportuno, puedes ir preparando tus cosas, porque esta misma noche regresaremos a Stormfield. Después de un viaje agotador y lleno de peligros como este, tengo ganas de reencontrarme con gente que en verdad sienta algún aprecio por mi persona.

Erin notó que de repente cargaba con el pesar que sugerían las palabras del escocés, pero la aprendiz de *banshee* se negó a sucumbir bajo el lastre de sus propios sentimientos. «Sé fuerte, Erin», se dijo. Cerró los ojos con la esperanza de que al reabrirlos no sintiera aquel dolor que le aplastaba el pecho. Fue en vano.

Declan ya le había dado la espalda para marchar en busca de sus hombres, a los que aún debía pagar por los servicios prestados, cuando la voz de la joven lo detuvo:

—O'Connor. —El *highlander* ni siquiera se volvió. Ella lo había llamado por su apellido, así que aquello no presagiaba nada bueno—. Aún debes explicarme con quiénes hemos alternado y cuáles han sido nuestros principales pasatiempos en Londres.

—Por fortuna para ti, solo fueron un par de días —dijo como si en realidad lamentara haber acortado su estancia en la City—, así que no me costará relatarte las historias que puedes contarle a mi familia. En media hora estaré de vuelta y podremos hablar de lo único que al parecer somos capaces de compartir: nuestras mentiras.

* * *

—Deberías ir a descansar enseguida, querida —le había dicho *lady* Aneira tras recibirlos a su llegada a Stormfield—. Se te ve muy pálida. No volverás a subirla a un barco, Declan; no si la deja en este estado —le advirtió a su hijo mientras cariñosamente tomaba a su nuera de un brazo.

—En estado de buena esperanza es como pensé que regresabas al verte el rostro cuando descendiste del carruaje —susurró Nora al oído de Erin, pero lo suficientemente alto como para que su hermano la escuchara. Ante la mirada asesina que le dedicó Declan, la muchacha enrojeció, porque el gesto le bastó para entender que las cosas seguían sin marchar como debían entre los recién casados.

—Es cierto —intervino John para dar en el clavo—: se la ve tan pálida que más pareciera que hubiera pasado las últimas semanas encerrada en una cueva.

Al menos, su expresión aparentemente extenuada le sirvió a Erin como coartada para que, durante la cena, fuera Declan quien se encargara de referir casi todos los pormenores de la supuesta luna de miel en Londres.

—Oh, con la alegría de teneros de nuevo en casa, casi olvido decírtelo, hijo —reconoció *lady* Aneira en cuanto Declan terminó de describir las magníficas alfombras y lámparas del palacio del duque de Derby—. Mañana esperamos visita.

En cuanto Erin oyó el nombre de *lady* Catriona, dejó caer la cuchara del postre sobre el platito a medio comer de pudin. El *laird*, Nora y John, los únicos al tanto del *affaire* entre el heredero de Stormfield y la esposa de lord Kerr, la miraron con cierto pesar.

—¿Y a qué se ha debido tal invitación, madre? —preguntó Declan intentando fingir que no se sentía contrariado por la irrupción en el castillo de su examante. Su progenitora nunca entendería que semejante compromiso pudiera representar un revés para su intento de iniciar una vida conyugal con Erin.

—Ay, querido, por supuesto, aún no conoces la trágica noticia… —Declan aguardó paciente en silencio a que llegaran las explicaciones. Empezó a ponerse nervioso cuando se percató de que todos en la mesa, incluida Marianne, que parecía tan abatida como dos semanas atrás, lo miraban con cara de circunstancias—. El marqués de Lothian ha muerto; ocurrió poco después de vuestra marcha. Un ataque al corazón.

Y casi un infarto fue lo que le dio a Erin al escuchar aquel fatídico anuncio y ver la expresión de Declan, en quien detectó sorpresa, pero también, y aunque solo fuera por un fugaz segundo, cierto deleite ante la noticia.

—En verdad, a quien habíamos invitado para que nos acompañase durante unos días era a lord Bolton, un joven londinense de muy buena familia al que creo tienes en gran estima, según él mismo nos contó cuando nos visitó hace escasas jornadas para presentarnos sus respetos —intervino Waylon con intención de justificarse al notar el descontento de su hijo—. Tras instarlo a alojarse con nosotros cuando lo estimara oportuno, nos explicó que *lady* Catriona se encontraba en tal estado de tristeza que hallarse en compañía de caras amigas como las nuestras representaría para ella sin duda un gran alivio. Así que tu madre extendió el ofrecimiento también a la marquesa.

—¿Y qué sabéis de la herencia? —preguntó intranquilo Declan. De repente, cualquier signo de complacencia que Erin hubiera notado en su esposo minutos antes había desaparecido por completo. Pese a que la última vez que Catriona y el escocés se habían visto el encuentro se había saldado con una desagradable discusión acerca de su próxima boda, ahora O'Connor no podía sino preocuparse del bienestar de la viuda—. ¿El marqués ha dejado a Catriona… a *lady* Catriona cómodamente situada?

Erin lo fulminó con la mirada por la sincera inquietud que manifestaba hacia aquella mujer y por no molestarse en disimularla ante ella ni ante el resto de los presentes. Pero no tardó en avergonzarse de sus sentimientos. ¿Qué más le daba a ella que Declan sintiera desazón ante la fortuna o desventura de cualquier otra dama? En cuestión de pocos meses, estaría fuera de su vida. Y, al fin y al cabo, era comprensible que él se preocupara por una mujer con la que había compartido tantas experiencias.

—De eso aún no tenemos noticias, hijo. Acudimos al funeral y le transmitimos nuestro más sentido pésame a la viuda, pero la iglesia no es el lugar más apropiado para preguntar por cuestiones tan mundanas. Solo puedo decirte que parecía compungida por el fallecimiento de su esposo —explicó su madre antes de limpiarse la comisura de los labios con una servilleta de lino—. Supongo que estábamos todos equivocados y realmente lo estimaba. —Una ceja arqueada reflejaba su profunda incredulidad.

—Es una pena que nunca llegara a darle un heredero al marqués. De ser así, su posición estaría hoy más que asegurada —reconoció el *laird*—. En cualquier caso, no te inquietes, Declan —sugirió a la par que tomaba su copa de vino blanco para refrescarse los labios—, estoy convencido de que, aunque el sobrino de lord Kerr será quien herede el título y las propiedades, el anciano no habrá dejado desvalida a su joven esposa.

—Tratándose de ese hombre, permita que lo ponga en duda, padre... —refunfuñó en voz baja Declan sin entrar en más detalles.

* * *

Erin durmió inquieta aquella noche. Su marido se había instalado, como había ocurrido antes de su viaje «de negocios» a Londres, en el pequeño lecho del recibidor. La irlandesa se sintió mal por permitir que Declan reposase en una cama tan poco confortable, pero ¿qué podía hacer? Desde luego ni le iba a permitir ni se iba a permitir a sí misma compartir el tálamo conyugal. ¿Qué otra opción le quedaba entonces? Y en ese instante recordó que ella siempre había abogado por la igualdad de género, asunto tan inabarcable en la época que le había tocado vivir. Apreciaba la galantería en un hombre, claro está; pero, en su opinión, la caballerosidad no debía ser entendida como un medio para salir beneficiada ella, en detrimento de él, por el mero hecho de haber nacido mujer. Así que a las dos de la madrugada se levantó, se puso una bata y accedió a la salita contigua, donde descansaba su esposo.

—Declan... —lo llamó a media voz—. Declan, despierta.

Finalmente, se tuvo que ayudar de una mano: le dio unos toquecitos en un hombro hasta que finalmente el escocés abrió los ojos, al principio entumecidos y después sorprendidos por ver a la irlandesa inclinada sobre él.

—¿Sucede algo? ¿Te encuentras mal? —preguntó mientras se incorporaba.

Erin dio un paso atrás para mantener las distancias.

—No, estoy perfectamente. Es solo que he pensado que no puedo condenarte a pasar todas y cada una de las noches en este lecho. Eres demasiado... corpulento —susurró mientras lo recorría con la mirada de la cabeza a los pies— para un espacio tan diminuto.

—¿Me estás diciendo que tengo tu permiso para regresar a nuestra cama? —preguntó él aturdido; la pregunta había nacido de la espontaneidad, ya que su sentido de la picardía y del sarcasmo permanecían aún adormilados.

—No era una invitación en realidad —dijo sin atreverse a comunicarle aquella noticia mirándolo a los ojos—. Yo soy más pequeña y sin duda podré descansar aquí mucho mejor que tú.

—A ver si me aclaro —reflexionó en voz alta el heredero de Stormfield, a cada segundo más despierto—. Lo que tú deseas es intercambiar lechos: yo recupero el del dormitorio y tú... tú te quedas con este. ¿Es eso? —preguntó, aún estupefacto por la generosa propuesta de la joven.

—Es lo justo; más aún teniendo en cuenta que fui yo quien te echó de la cama.

—Desde luego, tú eres la usurpadora —bromeó él mientras se sentaba en el camastro y la invitaba con una palmada a instalarse a su lado; ella accedió. O'Connor se restregó los ojos con el dorso de los dedos, en busca de incómodas legañas que no habían llegado a formarse—. ¿Por qué deseas ponernos las cosas tan difíciles, Erin? Ya lo hablamos antes del matrimonio: el amor no es necesario entre nosotros, pero la relación podría ser mucho más cordial y llevadera.

Erin se sintió algo decepcionada por las palabras de Declan. «¿Qué esperabas? Lo echas de tu lado a todas horas como a un perro y todavía una pequeña parte de ti desea tenerlo rendido a tus pies», se dolió. Los ojos le brillaban ligeramente e intentó reprimir las lágrimas.

—¿Qué sucedió en Londres, Declan? —se le encaró.

—¿A qué te refieres? —preguntó él, de nuevo escamado al discernir en las palabras de su esposa una acusación en toda regla.

—Acordamos que respetaríamos nuestro compromiso. ¿Me has sido infiel durante tu ausencia? —Erin lanzó la pregunta a bocajarro, y aprovechó que él había desviado la mirada para limpiarse la lágrima que había estado a punto de aflorar. De inmediato dejó las manos de nuevo sobre el regazo.

Declan, por su parte, se maldijo por haber sucumbido a los lloros de Aislín FitzRoy en aquel balcón.

—¿Callas?

—Tengo por costumbre hacerlo mientras pienso —refunfuñó él.

—Pues no hay mucho que pensar. Es un sí o un no…

—No es tan sencillo —dijo volviéndose hacia ella y tomándola de las manos, con los ojos clavados en los suyos—. Abstente, por favor, de poner en duda lo que te voy a contar, porque voy a hablar con la verdad. —Erin aseguró con la cabeza que estaba dispuesta a creerle—. Besé a una jovencita.

De inmediato, Erin retiró las manos de entre las suyas. Declan supuso que el enojo había regido la reacción de la irlandesa; en realidad, lo había hecho la sorpresa de que él se hubiera atrevido a confesar.

—Te lo ruego: no te vayas justo ahora. Aguarda a conocer el resto de la historia. —Como vio que ella se quedaba, se atrevió a proseguir con su explicación—: Te juro por el honor de los O'Connor que no fue un beso de amor, sino apenas un leve roce de los labios. Me aseguró con lágrimas en los ojos que mi reciente matrimonio… Bueno, se sentía decepcionada porque en sus ensoñaciones de niña siempre pensó que algún día llegaría a ser mi esposa.

—Y, claro, tú nunca hiciste nada para que una idea tan insensata tomara forma en su maleable mente —lo censuró ella.

—¡Por todos los cielos! Esa niña asegura estar enamorada de mí desde los once años, desde el momento en que empecé a frecuentar la amistad de su padre. Por supuesto que nunca hice nada por enamorarla. Aún hoy la considero una cría.

—Por supuesto. Una cría a la que te viste «forzado» a besar. —O'Connor resopló contrariado—. ¿Algo más que contar?

—Así es —respondió tajante. «Que Dios me encuentre confesado»—. En cuanto me invitó a compartir su lecho, le expliqué que, a sus dieciocho años recién cumplidos, había dejado de ser una niña y que, como tal, debía aprender a conducirse con más prudencia. Además, le aseguré que tenía la firme convicción de permanecer fiel a mi esposa.

—Sí, hasta que la muerte nos separe. Y alguien tan testaruda como yo va a procurar que esa muerte quede muy, muy lejos… —dijo Erin sin pensar.

Declan se incorporó, sorprendido por la revelación.

—¡¿Cómo demonios sabes tú eso?!

Por fortuna, Erin reaccionó con prontitud para remendar el siete que acababa de hacerse como aprendiz de *banshee*: solo *Argos* acompañaba a la duquesita y a O'Connor cuando habían hablado en tales términos.

—¿Cómo sé qué? —preguntó ella con gesto inocente.

—Que tratamos esas cuestiones.

—Ah, ¡¿en serio lo hicisteis?! Bien, me parece muy halagador que mi marido discuta con sus enamoradas acerca de lo longeva o breve que será mi vida.

La mente racional de O'Connor entendió que sus conjeturas no tenían ningún fundamento y volvió a tomar asiento junto a su esposa.

—Erin, te juro que aquel beso fue solo un acto de caridad.

—¿Ella era bonita?

Declan sabía que responder con sinceridad le traería más problemas; aun así, volvió a actuar en conciencia. «Un santo varón. Eso es lo que soy», se dijo mientras dejaba escapar un resoplido involuntario.

—No es la señorita FitzRoy una joven a la que le vayan a faltar admiradores.

—Entonces no fue ningún acto de caridad.

—¡Mujer, me exasperas! Sí lo fue, puesto que, para empezar, yo no deseaba besarla. —Declan comenzaba a enfadarse, sobre todo consigo mismo; porque su estúpida actitud de buen samaritano con la señorita FitzRoy lo había llevado a iniciar una nueva discusión con Erin. Se tomó unos segundos para intentar que su mal humor pasara de largo sin hacer mella en él—. Es más: apuesto a que la pobre, en cuanto reciba las atenciones de cualquier otro caballero y pueda comparar, comprenderá lo errada que estaba al querer convertirme en su compañero de alcoba —intentó bromear.

La irlandesa dudó. Lo cierto es que no había visto el beso; solo que Declan se había inclinado sobre la joven inglesa y que sus caras habían entrado en contacto. Y, ya que se había atrevido a confesar el propio beso, ¿por qué iba a tomarse la molestia de mentir respecto a cómo había sido? Ni siquiera había osado engañarla sobre la belleza de la señorita FitzRoy.

—Te creo, Declan —dijo por fin, y las facciones de O'Connor se relajaron visiblemente—. Pero, a partir de ahora, las buenas acciones mejor déjalas para la Iglesia y los necesitados —añadió, y, sin poder evitarlo, echó un vistazo a esos labios masculinos que tenía la potestad de besar cuando le viniera en gana y que no había vuelto a rozar desde el mismo día de la boda.

Declan quedó desarmado ante la comprensión que mostraba Erin, y también fue demasiado consciente del anhelo de su esposa como para no complacerla. Por sorpresa, la tomó del talle para sentarla en su regazo y, antes de que ella pudiera protestar —aunque la dama no tenía planeado hacerlo—, la besó. Y no se separó de su boca hasta que sintió que todo su ser reclamaba más de lo que probablemente ella estaba dispuesta a dar.

Con la perspectiva que dan unos centímetros de distancia, observó satisfecho que la irlandesa se había quedado sin aire y que el rubor le cubría incluso las sienes, pero estimó que era preferible moverse con pies de plomo para no retroceder lo avanzado aquella noche:

—¿Entiendes la diferencia? Esto es un beso de verdad —susurró mientras le acariciaba la mejilla—. Y ahora, regresa al dormitorio y descansa tranquila. Mañana ya hablaremos sobre cómo repartirnos las estancias… o incluso los lados de la cama —le advirtió con una sonrisa en la que la señora O'Connor contempló, resignada, su propia sentencia de muerte.

Capítulo 26

El reloj de pie aún no había anunciado el mediodía cuando el carruaje en que solía viajar *lady* Catriona se detuvo sobre las piedras de color grisáceo que cubrían el patio de armas del castillo de Stormfield. De él descendió la dama, vestida de solemne negro desde los escarpines hasta el velo que le cubría el rostro.

La familia O'Connor aguardaba en lo alto de la escalinata, lista para recibir a los recién llegados con la ceremonia requerida en estos casos. «¿Por qué diablos de repente esta casa se ha convertido en una maldita posada?», se lamentó Declan en cuanto vio la facha altiva, grácil y sumamente distinguida de Ryan Bolton. No se le olvidaba que el crápula inglés había prodigado a Erin más atenciones de las necesarias durante la fiesta de los MacNicol.

La dublinesa, por su parte, no le quitaba los ojos de encima a la marquesa y cambiaba el peso del cuerpo de un pie a otro con la facilidad con que un salmón nada a contracorriente en aguas fluviales; Declan se percató de ello y, con determinación, la tomó cálidamente de una mano para darle su lugar ante quien había sido su amante.

Y vaya si se lo dio, a tenor de la mirada feroz que, cubierta bajo la discreción de su velo, *lady* Catriona lanzó a aquellos diez dedos entrelazados por el apego. La marquesa viuda había confiado en que las relaciones entre los recién casados no progresaran en absoluto, y percibir el gesto afectuoso de Declan hacia su señora la desestabilizó por un breve instante; al fin y al cabo, el escocés nunca había sido especialmente pródigo en sus muestras de cariño. La dama tragó saliva para aclararse la garganta, que repentinamente había sentido tabicada por un muro de puntiagudos cristales, y agradeció a sus anfitriones, en tono falsamente abatido, el afecto que le demostraban con su invitación.

—*Lady* Aneira —dijo mientras inclinaba la cabeza ante la señora de Stormfield—, qué duro e injusto es el trance de quedarse viuda a tan temprana edad.

Lord Bolton también saludó a todos con gran cordialidad, como si se hallara entre amigos de toda la vida. Nora encontró al caballero, al que hasta el momento no había conocido en persona, especialmente apuesto, aunque se reconoció, no sin dejarse invadir por un sentimiento de contrariedad, que el futuro duque salía perdiendo ante John Sullivan en una comparación donde la imparcialidad dominara por completo el juicio. De nuevo, la benjamina de los O'Connor se reprochó tales pensamientos. Durante las últimas semanas había entendido que la gran admiración que le profesaba al buen doctor era una fascinación no correspondida. No solo porque el amigo de su hermano resaltaba, más a menudo de lo que hubiera resultado prudente, las numerosas cualidades de Erin, sino por un episodio en extremo delicado acontecido días atrás en los aposentos del inglés. Por suerte o por desgracia, Nora tenía el sentido del orgullo especialmente desarrollado y, siendo así, era de todo punto imposible imaginar que las inclinaciones románticas de la joven pudieran permanecer intactas tras el desaire del caballero. Miró de reojo al matasanos y se sonrojó de rabia, porque, pese a la embarazosa escena que había protagonizado con él, no podía negarse que seguía encontrando muy atractiva su apostura, su conversación desafectada y su… Oh, Dios, el enamoramiento de Nora había vivido sus horas más álgidas tras verlo atender a la zagala de la cocinera —Catherine— con tal habilidad que solo era equiparable a la dulzura que había empeñado en sus cuidados. La jovenzuela, de nueve años, se había propinado un buen tajo en el dedo índice de la mano izquierda mientras cortaba para su madre las verduras destinadas al guiso de aquel día.

La hija del *laird* se obligó a sustituir ese recuerdo por otro mucho más lastimoso que curiosamente había tenido lugar en la misma fecha que el primero. En el dormitorio del inglés había descubierto a un hombre por completo diferente al que se había acostumbrado a tratar. «Sí, definitivamente todo ha cambiado entre nosotros, y ha llegado el momento de que mi versión más soñadora se tome un respiro. Él no es el caballero que un día imaginé y, dado que yo no merezco menos, he de deducir que no estamos hechos el uno para el otro», trató de infundirse ánimos.

Así las cosas, como tras su decepción amorosa no sentía la menor inclinación a tomar decisiones tan extremas como la de Marianne de ingresar en un convento religioso, consideró que se hallaba en su perfecto derecho de admirar a distancia al nuevo ejemplar masculino que acababa de arribar al castillo. No obstante, Nora, que había sido bendecida con la malicia de una mente brillante, se preguntó si sería muy íntima la relación que mantenían el tal Ryan Bolton y *lady* Catriona, dado que el aristócrata londinense, según se había encargado de advertirle su hermano, era un coleccionista de amantes. Y pensando en esas cuitas se adentró en el castillo persiguiendo al resto de su familia, a excepción de Declan y Erin, que fueron los últimos en dar la bienvenida a los invitados.

—Permítanos a mi esposa y a mí expresarle cuán profundamente lamentamos su pérdida, *lady* Catriona —dijo el heredero de los O'Connor.

El *highlander* inclinó en un gesto galante la cabeza, a la que acompañó su ceño ligeramente fruncido. Intentaba hacer compatibles los sentimientos encontrados que le embargaban respecto a la marquesa: por un lado, le resultaba molesta su inesperada aparición en el castillo por si su presencia pudiera incomodar a Erin en un momento en que las cosas empezaban a mejorar entre ellos; y por otra, continuaba preocupado por el futuro de aquella a la que seguía considerando una amiga.

—Oh, querido —gimoteó la viuda de lord Kerr abalanzándose sobre él para forzarlo primero a soltar la mano de su mujer y, después, a envolverla a ella en un abrazo. Fue su perversa manera de conseguir que Erin se sintiera desplazada, momento que Ryan Bolton aprovechó para, con una sencilla frase, y tomando del codo a la irlandesa, obligarla a acompañarlo al interior del castillo:

—Será usted tan generosa como para permitir que los viejos amigos se pongan al día de sus asuntos, ¿verdad, señora O'Connor? *Lady* Catriona está desolada y necesita el apoyo de su marido en estos momentos.

«Mientras solo sea apoyo moral…», se dijo la dublinesa sin apartar la mirada de *lady* Catriona. En cualquier caso, no se atrevió a replicar; simplemente, redirigió su atención a Declan. El *highlander* también la observaba a ella —mucho más serio que de costumbre— mientras mantenía entre sus brazos a la marquesa. La joven inspiró profundamente y soltó el aire despacito.

—Supongo que soy lo bastante generosa —musitó.

Tras la noche anterior, en la que Declan la había besado con la entrega de un amante esposo, Erin, consciente de sus propias fuerzas y por consecuencia de la falta de ellas, se había hecho a la idea de que terminaría rindiendo su alma al heredero de los O'Connor, si es que no la había rendido ya. Le resultaba difícil saberlo con seguridad, ya que nunca antes había estado enamorada. «¿Merece la pena morir por amor? No». Es algo que tenía muy claro. «¿Pero merece la pena morir por este amor?». La respuesta había dejado de ser tan obvia en las últimas horas. Porque, en ese preciso instante, se sentía dispuesta a sacrificar los nueve siglos de vida que tenía por delante como *banshee* a cambio de los meses que le restaban por disfrutar al lado de su esposo.

Sin embargo, cambiar de parecer es un derecho inalienable en el ser humano, por naturaleza inconstante.

* * *

Una hora más tarde, encontrándose reunidos «casi» todos los O'Connor y «casi» todos los invitados de la casa, el mayordomo, Philip, irrumpió en el salón comedor para anunciar que la marquesa viuda y Declan no acudirían al almuerzo que estaba a punto de servirse, ya que la dama se sentía algo indispuesta y había considerado que el aire libre lograría aliviarla; el hijo del *laird* se había ofrecido a acompañarla.

Ni que decir tiene que Erin se inquietó y que durante la comida su estado de ánimo se volvió taciturno. Y eso que lord Bolton, que se había asegurado un puesto a su lado, trató por todos los medios de motivarla con una charla amena. La dublinesa se revolvía en su inseguridad y en un sentimiento que le desagradaba profundamente: los celos. Y lo que peor llevaba era la insensatez de esos achares, porque habían echado raíces no ya en lo que había visto con sus propios ojos, sino en lo que podía llegar a imaginar, que era mucho.

En esos momentos solo ansiaba una cosa: que se le presentara la excusa perfecta para atreverse a salir en busca de los dos «amigos» allá donde estuvieran —en caso de sorprenderlos en una actitud inconvenientemente íntima, no planeaba montar una escena, sino alentar a su corazón a enterrar, en sus cavidades más profundas, cualquier sentimiento humano que hubiera albergado jamás, tal como *lady* Máda siempre la había instado a hacer—. Ningún pretexto, sin embargo, se le antojaba lo bastante prudente para abandonar a los demás, así que a la hora del té aún permanecía calentando el sofá en el que se había sentado junto a su cuñada Nora y Marianne.

Con escaso éxito, intentaba seguirle la conversación a la señorita Morgan, algo afligida porque al día siguiente su padre acudiría al castillo en su busca para llevarla de nuevo a Edimburgo; ni sus amenazas de ingresar en un convento si no le permitía quedarse con los O'Connor habían surtido el efecto deseado en su progenitor.

—No podemos permitirlo, ¿verdad, Erin? Marianne ya es de la familia —intentó reclamar su atención Nora, consciente de las tribulaciones de la irlandesa. «Tranquila, querida. Mi hermano no va a ser tan estúpido como para dar ni un solo paso en falso con *lady* Catriona», le hubiera gustado asegurarle, pero Marianne no tenía conocimiento de la relación que Declan y la marquesa viuda habían mantenido en el pasado, y Nora consideraba que no era esa una noticia que le correspondiera hacer pública a ella.

—¿Qué? —respondió distraída la dublinesa, y por fortuna su memoria, como un perro al que lanzas un hueso, le trajo de vuelta las quejas que la señorita Morgan y Nora acababan de formular un instante antes—. Por supuesto que no, Marianne. Stormfield es ahora su hogar. Debe convencer a su padre de que al menos le conceda —la idea destelló en su mente como un relámpago— unos meses de prórroga...

Concretamente, hasta mediados de enero. Para entonces, pensó Erin, ella ya habría abandonado Stormfield: con los pies por delante, como cadáver; o uno delante del otro, como *banshee*. Y de pronto, fue consciente de lo mucho que iba a dolerle tener que abandonar aquel lugar, a aquellas gentes, a aquel hombre que, de la manera más inesperada, se había convertido en su esposo.

—Oh, no se entristezca, por favor, Erin —le rogó Marianne cuando vio que en las mejillas de la dublinesa se abría camino un estrecho reguero de lágrimas—. Me vendrá muy bien ingresar en un convento. Necesito encontrar en Dios el estímulo y las fuerzas que preciso para seguir viviendo, y si no puedo permanecer aquí, no hallaré mejor lugar en el que recluirme con el recuerdo de mi amado Killian.

Ryan Bolton, que conversaba animadamente con el señor del castillo, pero seguía muy de cerca las evoluciones de Erin sin que ella se hubiera percatado, consideró que aquel era el momento propicio para proseguir con el plan que *lady* Catriona y él habían urdido unos días antes, cuando establecieron el pacto de entrometerse en el joven matrimonio O'Connor: la marquesa deseaba recuperar a su amante, máxime ahora que, con ella viuda, eran más libres para verse; y él, un vividor acostumbrado a conseguir todo lo que deseaba, se había quedado prendado de la encantadora criatura que el heredero de Stormfield había tomado por esposa.

—Sabes que no será tuya, Ryan. Es demasiado puritana, demasiado simple, como para darse el capricho de aceptar a un amante —se había reído en su cara Catriona—. Por otra parte, no veo qué puede interesarte de esa irlandesa... Ah, por supuesto —continuó como si hubiera dado con la respuesta—: es propio de mentes constantemente insatisfechas desear aquello que creen no poder conseguir.

—Tú has de saberlo bien, querida —le había respondido sin perder la sonrisa.

Lo que lord Bolton veía en Erin O'Connor no era una mujer «simple», como la había descrito con tanto rencor como parcialidad la marquesa viuda, sino un corazón audaz; de hecho, su conquista era el tipo de lucha que más podía estimularlo. Nunca le habían gustado los retos fáciles y adivinaba que el proceso de cortejo de la irlandesa lo colmaría al principio de dulces rechazos y que estos lo alentarían aún más a dar caza a tan preciada presa.

—Señora O'Connor —dijo el londinense mientras se plantaba frente a las tres jóvenes—, ¿me haría el honor de acompañarme en un paseo por los jardines? No me atrevería a pedírselo a estas dos preciosas damiselas, dado que son jóvenes solteras; pero sin duda no habrá objeciones a que me haga compañía una mujer casada como usted.

Erin se felicitó de su buena suerte. Por fin se le presentaba la excusa que con tanta ansia había estado buscando.

—¿Me disculpáis? —susurró a Nora y a Marianne—. Lo cierto es que me vendría bien tomar algo de aire fresco. Creo que aún sigo afectada por el viaje a Londres. Ya sabéis, el mareo en el barco. —Se sintió un poco culpable por la mentira.

—Por supuesto, querida —le concedió su cuñada mientras posaba una de sus manos sobre el antebrazo de Erin y observaba con cierta desconfianza a Ryan Bolton.

* * *

—Espero que perdone mi atrevimiento, pero me dio la sensación de que no se encontraba usted muy bien y que le convenía abandonar la sala unos instantes —se justificó el aristócrata inglés cuando salieron al patio de armas del castillo.

—Sí, tiene usted razón, y se lo agradezco.

—Oh, esas son las caballerizas, ¿verdad? —se fingió especialmente animado—. Soy un gran entusiasta de los caballos. ¿Le importaría si antes de acudir a los jardines echáramos un vistazo a los animales? Tal vez su marido esté dispuesto a permitirme montar una de sus cabalgaduras. El ejercicio matutino me sienta bien y no soy hombre que guste de pasar largo tiempo sin actividad física alguna. —Si pretendió que Erin entendiese el mensaje que escondía su seductora voz, fracasó estrepitosamente.

La irlandesa se limitó a asentir, y ya se encaminaban en aquella dirección cuando lord Bolton se detuvo de golpe.

—Qué cabeza la mía... —explicó tras pegarse una pequeña palmada en la frente—. ¿Me disculpa si la dejo a solas un momento? Me gustaría ir en busca de mi bloc de dibujo. Tengo por costumbre llevarlo encima por si encuentro algo de mi gusto que retratar. Y apuesto a que en este caso lo hallaré —afirmó mientras la observaba con una galantería amable, pero esta vez lejos de sonar provocativa, ya que había entendido que con aquella dama debía ir más lento de lo acostumbrado.

—Vaya tranquilo. Le espero aquí —dijo Erin, quien no dejaba de mirar las puertas de la muralla que conducían a los jardines donde esperaba encontrar a su esposo.

Sin embargo, en cuanto desapareció el caballero y el patio de armas se quedó en absoluto silencio, no le costó a Erin desviar su atención hacia lo que identificó como los sollozos de una mujer; provenían precisamente de los establos. Preocupada por si alguna de las sirvientas se había lastimado mientras faenaba entre los animales, se encaminó con paso decidido hacia el doble portón de madera.

Nada más atravesarlo, la pregunta «¿necesitas ayuda?» estuvo a punto de salir por su boca. Pudo ahorrársela tras descubrir a *lady* Catriona sentada al fondo de los establos. Erin se sirvió de un descomunal tablón para poder ver sin ser vista y, pese a la distancia que las separaba, distinguió que la viuda tenía los ojos anegados en lágrimas. Por su parte, Declan se encontraba de espaldas al madero donde su esposa se parapetaba; y esta solo veía de él que una de sus manos se encontraba entre las de su antigua amante, quien acababa de besarle los nudillos con inusual devoción. «¿Antigua? ¡Y un cuerno!», se dijo furiosa al tiempo que se sentía culpable y víctima de su maldito candor.

—Nunca debiste elegirlo como esposo —dijo el *highlander* con voz afable y no muy alta mientras recuperaba su mano de manera discreta para alejarla de las afectuosas muestras de cariño de Catriona. Le hacía sentir incómodo.

—Por desgracia, los dos sabemos bastante acerca de matrimonios de conveniencia, ¿no es cierto, querido? —le reprochó ella sin abandonar su tono meloso.

Capítulo 27

Para Erin, aquella escena resultaba toda una revelación: al parecer, la relación entre los amantes, su complicidad, seguía intacta. Le dolió entender que, en algún momento, O'Connor le había confesado a la marquesa que su boda, celebrada apenas un mes atrás, no había sido por amor, sino por una cuestión de mero interés.

El revoltijo de sensaciones que le aterían el alma provocó que, al ir a retirarse por temor a que lord Bolton acudiera en cualquier momento y la sorprendiera en una posición tan poco distinguida —espiando—, sus piernas trastabillaran con el vuelo de su vestido de seda. No llegó a caerse, pero el frufrú del traspié sobre la paja del establo llamó la atención de la viuda. Esta, al descubrirla, por fin encontró un motivo para sonreír aquel día, ya que no había hecho grandes progresos con su examante a pesar de que se había esforzado en buscar el consuelo del escocés mientras le relataba las circunstancias en que su esposo había hallado la muerte: de un ataque al corazón, yaciendo, en la habitación contigua a la suya, con su nueva amante, a la que había osado dar alojo en su castillo fingiendo que era la hija de un primo lejano, sin importarle en absoluto insultar la inteligencia de su esposa ni su dignidad. Para la sociedad, formaban un matrimonio perfecto, pero de puertas adentro el marqués enseguida había dado muestras de que para él no era tan importante respetar el honor de su cónyuge como entregarse a sus propios placeres, cualesquiera que fueran. No era un sádico al que le aportara deleite alguno humillar a su esposa; simplemente consideraba que los años y su posición social le otorgaban la potestad de hacer lo que le viniera en gana. De lo que no era consciente, porque su ingenio no daba para más, era de que *lady* Catriona no iba a ser la mujer abnegada que él había imaginado.

Declan fue el primero en su larga lista de amantes, porque a él recurrió como amigo para hacerle partícipe de la humillación que suponía para ella cruzarse a diario por los pasillos del castillo con las favoritas de su marido e incluso, en ocasiones, tener que compartir mesa con ellas en desayunos, almuerzos y cenas. En aquellos primeros meses de matrimonio, Catriona había estado muy necesitada de alguien que atenuara el escozor que sentía en su rasguñado orgullo, de manera que O'Connor se fue metiendo más y más en una relación que pasó del cariño, de las palabras de ánimo y comprensión, a las caricias, los besos…

Se sentía incómodo en aquella aventura amorosa, porque él siempre había preferido a mujeres libres, en concreto viudas independientes y sin pretensiones maritales. Pero Catriona se había asido a él como un náufrago al madero de un barco hundido y no podía negarse a socorrerla. Por fortuna para el *highlander*, poco a poco, la dama fue convirtiendo su debilidad en fuerza, y cuando adivinó que el escocés no se le entregaba con la devoción que ella deseaba, ya había aprendido a nadar y se lanzó en busca de otros tablones a los que agarrarse. En un primer momento, solo pretendía poner celoso a Declan, pero, como vio que sus intentos eran vanos y que él se mostraba más que dispuesto a compartirla con otros, buscó otros amantes con dos únicas ambiciones: asegurarse su propio placer y ver resarcido su orgullo frente al marido infiel.

A esas alturas, los años y el rencor habían transformado a una mujer que antes había sido aceptablemente egoísta en una obsesa de la manipulación. Y eso no hubiera resultado tan grave si no fuera porque, guiada por un retorcido sentido de la justicia universal, se esforzaba en sembrar semillas de desgracia entre aquellos que se las prometían muy felices; si ella no podía serlo, se encargaría de velar por que nadie de su entorno lo fuera tampoco. Ni siquiera Declan. ¿Cómo se había atrevido a contraer nupcias con aquella maldita irlandesa, y más ahora, que se había convertido en el heredero de Stormfield? Debería de haberla esperado. Por desgracia, el fallo cardiaco del marqués había llegado demasiado tarde. Así que su único consuelo ahora era recuperar a O'Connor aunque solo fuera como amante.

Nada le había salido como había planeado, ni siquiera la muerte de su esposo, de quien había esperado heredar una sucinta fortuna cuando no fuera más que un difunto. Meses atrás, el marqués, a saber por qué razón, había accedido a añadir en su testamento una cláusula por la que ella salía notablemente beneficiada. Pero hasta de cuerpo presente el marqués consiguió humillarla una vez más: tras la lectura del testamento, Catriona se enteró de que, unos días antes de su muerte, su marido había ordenado la supresión de dicha cláusula para destinar la suma inicialmente asignada a ella a aquella desarrapada que lo había visto morir en su cama. Por lo que ahora la dama se encontraba a expensas de las decisiones de su sobrino Stephen Kerr, heredero del marquesado y de todas las propiedades adscritas al título, quien podía desde echarla del castillo con una mano delante y otra detrás, en el peor de los casos, a terminar contrayendo nupcias con ella, en el mejor. Aún era joven y hermosa, y el sobrino, soltero pese a haber entrado ya en la cuarentena, nunca le había parecido un dechado de perspicacia: seguramente podría seducirlo y obligarlo a casarse con ella. Al fin y al cabo, necesitaría un heredero, el que nunca llegó a engendrar para el anciano marqués.

A la espera de que el sobrinísimo hiciera acto de presencia en la isla de Skye —se encontraba de viaje por Europa y no había podido acudir siquiera al sepelio de su benefactor—, ella se dedicaría de lleno a recuperar a Declan como amante.

—Creo que acabo de ver a tu esposa —le reveló por fin a O'Connor, intentando ocultar la satisfacción que sentía por dentro. Quería asegurarse de un encontronazo entre la joven pareja, y no conocía a la irlandesa lo suficiente como para saber si tal vez estaría dispuesta a hacer la vista gorda con las infidelidades de su marido; le extrañaba que no se hubiera atrevido a interrumpirlos con una escenita de celos, porque aquel mismo día había notado en los ojos de la irlandesa el amor que sentía por su esposo. Circunstancia que no la preocupaba en absoluto: aquella jovencita inexperimentada, que aún se ruborizaba por el mero hecho de que su esposo la tomara de la mano, no era rival para ella. Catriona tenía prisa por recuperar a su amante. Y si ocurría esa misma noche como consecuencia de una disputa entre los O'Connor, mejor que mejor.

—¿Mi esposa? ¿Ha estado aquí? —se volvió de inmediato Declan para buscarla con la mirada—. ¿Qué diablos hacía ella aquí? —se preguntó en voz alta, de repente nervioso por si Erin se había hecho una idea equivocada de lo que estaba ocurriendo entre Catriona y él en aquellos establos.

—Me sorprendes... Supongo que salió a buscar a su... —iba a decir «maridito», pero consideró más oportuno mostrarse consternada ante la posibilidad de estar provocando un incidente entre la pareja— esposo. Por cierto, ¿compartís vida marital, querido? —preguntó en tono inocente antes de dejarse llevar por su lado más arrogante—: No me parece en absoluto hermosa y apuesto a que en la cama ha de ser fría como un témpano.

—Te agradecería que no hablaras en esos términos de ella. Es mi esposa y merece tu respeto. De hecho, se ha ganado el respeto de todos —dijo mientras, impaciente, se ponía de pie y miraba la puerta que daba al patio de armas, como si en cualquier momento fuera a abrirse para dejar entrar de nuevo a Erin.

Supuso que habría escuchado toda la charla con Catriona, que entendía las tribulaciones de la marquesa a causa de las ofensas de su desleal marido y por esa razón no se le había echado encima para reprocharle la intimidad de aquel encuentro. El *highlander* se mordió el labio inferior, vacilante: «¿O será que le soy por completo indiferente?».

—Perdóname, no sé lo que digo, Declan —rectificó enseguida la dama mientras se levantaba y lo abrazaba por detrás, gesto que él rechazó echándose ligeramente hacia adelante—. No, por favor, ahora te necesito, y no puedo evitar ponerme celosa al pensar que ahora le perteneces a ella.

—Yo no le pertenezco a nadie —se revolvió Declan, que, al ver la sonrisa en los labios de su antigua amante, añadió—: Tampoco a ti te pertenecí nunca, Catriona. Sabes que te aprecio y que voy a darte todo mi apoyo en estos momentos difíciles; más aún teniendo en cuenta que dependerás en exclusiva de los designios que marque el sobrino de tu esposo. Pero te conozco, y he de rogarte que te abstengas de entrometerte en mi relación con Erin o pondré fin a nuestra amistad sin pensármelo dos veces.

—Pero... —empezó a decir ella con expresión compungida.

—Discúlpame, pero ahora debo ir en busca de mi esposa.

Catriona se atrevió a abrir la boca una vez que Declan había desaparecido y solo quedaban los animales para oírla:

—Maldito seas tú y maldita sea ella. ¿Que no le perteneces, dices? —masculló mientras, completamente repuesta de la aflicción exhibida ante Declan, daba un manotazo a las lágrimas malgastadas—. Te equivocas. En este momento le perteneces en cuerpo y alma, pero eso cambiará muy pronto. Puedes apostar por ello, amor mío.

* * *

Declan halló a Erin en sus aposentos. La irlandesa se había disculpado con lord Bolton en cuanto se lo encontró donde se habían separado minutos antes; el londinense, al constatar el aspecto agitado que presentaba la joven, a la que había visto salir presurosa de los establos, comprendió al instante que el plan de Catriona había funcionado a las mil maravillas: sin duda la dama había sorprendido en actitud comprometida a su esposo. La señora O'Connor había alegado encontrarse aún peor que a la hora del té y estar necesitada de unas horas de reposo en la cama.

Erin había oído abrirse la puerta exterior de las dependencias conyugales, la que conectaba con el pasillo, y aquellos pasos masculinos, que eran ya inconfundibles para ella, acercándose. Así que, hecha un ovillo sobre la colcha de la cama, todavía con el vestido puesto, decidió fingir que dormía. Declan la llamó a media voz, pero la dublinesa no consintió en abrir los ojos ni cuando notó una caricia en la mejilla.

Se las apañó para evitar a su marido el resto de la tarde; con ese objetivo, se alejó del castillo para dar un largo paseo por la playa. Con el transcurso de las horas, el disgusto mutó en aceptación.

¿Qué podía reprocharle a Declan? ¿Que siguiera enamorado de Catriona? No era culpa suya. «Y, menos aún, mía», se dijo mientras, imaginándose que tenía a su esposo en la palma de la mano, se esforzaba en lanzar una rama seca lo más lejos posible; para su frustración, las olas del mar se encargaron de volver a depositarla a sus pies. Recogió de nuevo el palo y, al observarlo con mayor detenimiento, cayó en la cuenta de que tenía forma de C, una letra que compartían Catriona y O'Connor. Se rio de sí misma con evidente sorna al entender que la futura señora de Stormfield finalmente sería la marquesa y no Marianne, por quien ella había decidido «sacrificarse» un mes atrás. «Oh, vamos, tú que tanto censuras la falsedad en los demás, déjate de hipocresías. Tu gesto no fue tan abnegado como ahora sugieres», la acusó una molesta vocecilla que procedía de su conciencia interior. Pero Erin resistió en su convicción de que, aun cuando realmente Declan la hubiera atraído desde el principio, no era menos cierto que con su matrimonio había buscado la futura felicidad de Marianne y de los O'Connor, así como la perpetuidad del linaje.

«Menuda aprendiz de *banshee* estoy hecha», se lamentó, avergonzada ante los reproches que su tutora le habría dirigido en caso de verla en semejante situación. «He de reaccionar…, ¿pero qué puedo hacer? ¿Está todavía en mis manos dar marcha atrás?», se preguntó con una mano sobre el corazón. Tal vez sí, pero para recuperarse de aquella dolorosa «enfermedad», debía primero empeñarse en mantener tan alejado de ella como le fuera posible el virus que le causaba las fiebres, los temblores, los delirios y las falsas esperanzas: Declan.

Echó un vistazo a su reloj y, al comprender lo tarde que se le había hecho, emprendió de inmediato el regreso al castillo. Debía darse prisa, porque esa noche, apenas una hora después, iba a celebrarse una cena a la que acudirían invitados ilustres de los alrededores; una reunión sobria debido al luto que aún pesaba sobre los O'Connor.

Nora, que ya estaba lista, se ofreció a ayudarla a vestirse.

—Adivino por tu cara que las cosas no marchan bien con mi hermano —tanteó la benjamina de la casa mientras se encargaba de ajustarle el corpiño—, y ya supongo que la presencia de cierta viuda en Stormfield no os ayudará en absoluto a limar asperezas, pero confía en él, Erin. Te ruego que lo hagas. Sé que te ama incluso más de lo que tú puedas amarlo a él. Lo veo en sus ojos cada vez que te mira a hurtadillas.

La dublinesa resopló, pero fue incapaz de poner al descubierto los motivos de su enfado. Estaba decidido: la escena de la que había sido testigo en las caballerizas no saldría a la luz. No había necesidad de poner a Nora en contra de su idolatrado hermano. Era cuestión de meses que Erin pudiera desaparecer de sus vidas, así que mejor dejarlas lo más estabilizadas posible antes de partir.

—Sé que es un buen hombre. Se me pasará —mintió.

—No me gusta verte disgustada con él… —reconoció Nora mientras admiraba cómo le quedaba a su cuñada aquel precioso vestido en tafetán de seda. De repente, alegre como si se le hubiera ocurrido la mejor idea del mundo, le dedicó a Erin su mirada más picarona—. Y esto será un aliciente para la reconciliación —dijo al tiempo que arrancaba de cuajo el encaje de su escote—. ¡Mucho mejor! —Admiró su obra maestra.

—¡¿Estás loca, Nora?! —se quejó Erin llevándose una mano al pecho—. Este escote es… ¡está en los límites de la decencia! —concluyó mientras se miraba en el espejo de pie, manufacturado en madera tallada y con apliques de bronce—. Ahora tendré que cambiarme de vestido, y este me encantaba.

—Sí, el color púrpura te sienta estupendamente; mejor de lo que me sentaba a mí —admitió mientras se observaba el precioso pero taciturno vestido de raso negro que su hermano y, según creía, su cuñada le habían traído de Londres.

Erin la contempló con tristeza. Los tonos oscuros no resultaban favorecedores para una joven vivaz como Nora, pero la muchacha se había empeñado en respetar el luto por su hermano Killian durante un periodo de al menos seis meses y un día.

—Ni se te ocurra perder un minuto en compadecerme. Este color resalta mis estilizados bucles rubios, ¿no crees? —bromeó Nora con un simulacro de sonrisa en los labios—. Y además, apuesto a que lo elegiste tú; mi hermano no puede tener tan buen gusto en ropajes femeninos… La tela es fantástica.

Erin desvió la mirada, avergonzada por tener que mantener aquella mentira de Londres con una persona tan sincera como Nora. Apretó los dientes. «Un motivo más para intentar odiar a Declan», se congratuló al menos.

—Ahora debo dejarte —le explicó la señorita O'Connor—. Te dije que estaba lista, pero no era del todo cierto. Mary tiene que dar los últimos retoques a mi peinado. Nos vemos abajo dentro de media hora —fue la despedida de la muchacha.

Erin se quedó sola, de nuevo frente al espejo, y contempló primero el reflejo de la habitación, de aquella cama en la que se había propuesto no dormir aquella noche solo para que Declan pudiera hacerlo, y después se fijó en sí misma. Aquel vestido era tan deslumbrante como los que había acostumbrado a vestir en Dublín, en las alegres fiestas que solían organizar sus padres en Deepwell House. Qué lejos le quedaba ya aquella vida… Deseó con todas sus fuerzas que todos se encontraran bien.

Se recorrió de los pies a la cabeza, buscando algo fuera de lugar, y lo encontró en cuanto alcanzó la porción de piel nívea que dejaba al descubierto aquel audaz escote. Se preguntó si habría tiempo para volver a coser el encaje que Nora se había encargado de arrancar o, en caso contrario, para mudar de vestido… Hasta que notó su mirada a través del cristal azogado.

Declan la contemplaba embelesado y algo incrédulo.

Capítulo 28

¿—Qué demonios llevas puesto? O quizá sería mejor preguntar qué «no» llevas puesto —consiguió balbucear por fin el *highlander*, aún molesto porque su esposa le hubiera estado eludiendo toda la tarde—. ¿Se te ha caído esto? —preguntó mientras recogía el encaje que su hermana no se había molestado en rescatar del suelo—. ¿Hago llamar a Mary para que suba a cosértelo?

—No te molestes. El vestido queda mucho mejor así —lo retó la irlandesa, de repente mucho más cómoda entre aquellas telas al ver que él no parecía aprobarlas. A Erin siempre le había fastidiado que algunos maridos pretendieran decidir por sus mujeres como si estas fueran infantes y precisaran de su constante tutela. Nunca hasta ahora le había parecido el caso de O'Connor; pero si lo era, más le valía al escocés avenirse, porque ella jamás permitiría que él dictase qué debía ponerse y qué no.

—Creo que prefería los tiempos en que optabas por cubrirte con vestidos mucho más feos y recatados. Algunos de ellos incluso me recordaban al hábito de una monja. —Declan sonó ligeramente brusco y, aunque lo intentaba, no pudo desviar la mirada del escote de su esposa—. Por Dios, ¿de verdad no tenías en el armario algo más discreto?

Nervioso, reclinó la espalda sobre los pies de la cama y enganchó ahí sus encrespadas manos, como si anhelara encadenarse a aquellas maderas. Al contrario de lo que pudiera pensar Erin, no le preocupaban las habladurías de la gente, ni que otros hombres pudieran admirar la sublime figura de su esposa; lo que en realidad le irritaba era saber que habría de permanecer al lado de aquella mujer durante toda la velada sin disfrutar de la posibilidad que habría tenido cualquier otro marido en su lugar: la de, en cualquier instante, tomarla de la mano, arrancarla de aquella insulsa reunión social y llevársela arriba, a sus aposentos, para compartir unos momentos de feliz intimidad.

—¿Y de dónde lo has sacado? —prosiguió Declan, irritado porque la única dama con la que no funcionaban sus encantos masculinos fuera precisamente su esposa—. Que yo sepa, no has mandado coser nuevos vestidos, y puedo jurar por todos los demonios del infierno que este no te lo había visto de soltera ni pertenece a la amplia colección que yo mismo adquirí para ti en Londres.

—Pues no. Es un regalo de tu hermana, ya que ella no iba a poder lucirlo en un tiempo debido al luto. —Aquella noche no había osado tocar los vestidos de Londres por no darle el gusto a él; y Nora prácticamente le había rogado que estrenara el último modelo que había mandado confeccionar para sí misma antes de la muerte de Killian—. Pero nunca habría imaginado que la escasez de tela fuera un asunto que pudiera inquietarte lo más mínimo —argumentó la joven—. No después de ver los que gasta tu estimada «amiga» *lady* Catriona. Lo que llevo encima bien podría pasar por la túnica de una santurrona en comparación con los modelitos que ella acostumbra a exhibir —exageró a sabiendas de que no estaba siendo razonable.

—Poco me importan los trapos que *lady* Catriona vista: ella no es mi esposa —replicó sin molestarse en ocultar su irritación. «¿Así que de eso se trata? ¿De Catriona?», se dijo Declan. «Maldita sea, cómo no va a ser por ella después de lo de esta tarde. Pero si nos espiaste, deberías saber que solo le estaba ofreciendo mi consuelo…», dudó.

—Desde luego, querido. Ella solo es tu amante.

La puñalada dio en el blanco y Declan la miró exasperado por haber vuelto de nuevo al punto de desconfianza que habían dejado atrás la noche anterior.

—No, no lo es —dijo él tajante. «¿Es posible que alguien pueda mentir con semejante maestría?», se preguntó Erin—. Y me estoy cansando de tus dudas. No las merezco —se quejó mientras se mesaba los cabellos en el peor momento, porque la dublinesa recordó haber visto esos mismos dedos siendo acariciados por los labios de Catriona tan solo unas horas antes—. ¿Te parece bien si ponemos fin a esta discusión? Y, por supuesto, eres libre de lucir el vestido que gustes. En realidad, he de reconocer que ese color te sienta de maravilla —se obligó a admitir en un intento de limar asperezas.

—Oh, ¿puedo ponerme el vestido que quiera? Qué amable es al otorgarme su consentimiento, señor O'Connor. Pero no lo necesito, gracias. —Tal vez estaba llevando demasiado lejos aquel enfrentamiento, pero si le servía para ayudarla a enfurecerlo y a mantener las distancias con él, habría merecido la pena.

—¿Ahora me tratas de usted y vuelvo a ser el «señor O'Connor»? —resopló Declan como si acabara de insultarlo.

—En realidad no me gustan las desavenencias —dijo ella con cierto cargo de conciencia por el sarcasmo, que él recibió con un suspicaz bufido—. Es la hora de la cena y no deberíamos hacer esperar a los invitados de tu familia —continuó con toda la serenidad que fue capaz de acumular. «Indiferencia»: esa sería una excelente arma para combatir la actitud desleal de su esposo.

La táctica le resultó bastante útil para iniciar la velada con una sonrisa cordial destinada a cada una de las visitas que habían acudido aquella noche a Stormfield. Ryan Bolton, que por supuesto aduló con sinceridad la belleza de la joven con aquel espectacular vestido, no tardó en pegarse a ella como una sanguijuela y se fijó con discreción en los detalles que revelaban el rostro contrariado de Erin al ver a Declan y *lady* Catriona cantar a dúo una triste canción que la marquesa se permitió dedicar a su difunto esposo.

La melodía de la canción, *Loch Lomond*, era preciosa, y el escocés la interpretaba con mucha pasión al piano. También su voz destacaba, y, para mayor ira de Erin, empastaba a la perfección con la de su amante; estaba claro que no era la primera vez que actuaban juntos. Para terminar de enredar las cosas, la irlandesa, que nunca había visto tocar a Declan, confundió el objeto de su fervor, que no era otro que la propia música: «Debería ocultar mejor su entusiasmo por la dama. Pero claro, ya no hay cornudo que pueda sospechar del adulterio. Solo queda una cornuda, y esa soy yo». Los pómulos le ardían por la humillación.

Aprovechando la confusión que se originó en torno a las felicitaciones que los presentes quisieron dedicar a la pareja de intérpretes, Bolton convenció a Erin para acompañarlo a dar un breve paseo por los jardines del castillo.

—Me lo debe, ya que esta tarde se recluyó en su alcoba para descansar —le había recordado con un candor impostado que ella ni creyó ni dejó de creer; simplemente, se sintió obligada a mostrarse cortés con el invitado del *laird*. Y si se había marcado el objetivo de distanciar a su esposo, sabía que pocas cosas podían contrariarlo más que un paseo inocente con lord Bolton. No es que a Declan le fuera a importar lo más mínimo en lo personal, pero siempre se había mostrado muy celoso de velar por el honor de los O'Connor.

—Su marido es todo un virtuoso. Por supuesto, ya conocía su reputación como compositor y pianista…, pero no estaba al corriente de su indudable talento como cantante —reconoció él mientras la miraba de soslayo, buscando en las cejas de la joven alguna señal de reprobación. Se congratuló al encontrarla—. Claro que si yo tuviera a mi lado a una esposa como la suya, jamás buscaría a ninguna otra pareja para interpretar mis canciones.

Y aunque Bolton pretendía adularla, Erin se sintió disgustada por lo que el caballero decía y el tono empleado para hacerlo, casi como si ella fuera digna de su lástima. Odió más si cabe a Declan. Apretó los dientes para no compartir sus pensamientos, ya que no estaba en su naturaleza hablar de los intríngulis de su matrimonio con conocidos, y menos con desconocidos, aun cuando bien sabía Dios lo que necesitaba desahogarse ante unos oídos prestos a escuchar. Y, al fin y al cabo, estaba convencida de que O'Connor ya había revelado las intimidades de su matrimonio a Catriona.

—Lord Bolton… —empezó por fin Erin, que seguía presa de la confusión.

—Por favor, llámeme Ryan.

Ella prefirió no tomarse esa libertad.

—Milord, no puedo negarle que mi esposo es efectivamente un virtuoso del piano y de otras muchas materias. —«Del engaño, por ejemplo».

El inglés había notado el resquemor en las palabras de Erin y, seguro en exceso de sí mismo y fascinado por la atracción que sentía por aquella joven, terminó por meter la pata en un hoyo tan profundo que ya no hubo manera de sacarla:

—No resulta elegante por mi parte decirlo —dijo sin poder ocultar su anhelo—, pero también yo tengo mis talentos, querida mía. Y me sentiría muy halagado si usted me permitiera instruirla en ellos…

Aquel comentario y la mano que Ryan acababa de depositar bajo su barbilla dejaron sin habla a la irlandesa. «¿Pero qué demonios…?», pensó mientras furiosa retrocedía unos pasos y se lamentaba de su penosa tendencia a pensar bien de las personas. Se había preocupado tanto de mantener las murallas levantadas con su propio marido que había olvidado que Declan no era el único crápula sobre la faz de la Tierra.

—Me veo en la obligación de informarle de que como instructores solo acepto los libros de la biblioteca de Stormfield en los temas teóricos… y a mi propio marido en los prácticos.

—Pero ahora que el marqués se ha quitado de en medio, la relación de su esposo con *lady* Catriona va a estar en boca de todos muy pronto… —Por un momento, Ryan vaciló—. Ella misma tuvo la descortesía de revelarme que usted los había sorprendido esta tarde en una actitud algo… impropia —se aventuró a decir y, cuando confundió en los ojos de Erin la incredulidad y la ira con mera tristeza, se atrevió a meter la puntilla—: La ley del Talión me parece de las más ecuánimes. Querida, la pasión no ha de ser exclusiva de ellos dos. Y, a fin de cuentas, ustedes se han embarcado en un matrimonio que es una mera formalidad.

La dublinesa se mordió la lengua para no preguntar a voz en grito si en todo el territorio de las Tierras Altas quedaba algún habitante que ignorara el asunto.

—Yo de momento no puedo prometerle amor, pero sí mi admiración y lealtad —prosiguió lord Bolton, que se sorprendió a sí mismo con su apabullante exceso de franqueza. Nunca antes le había prometido fidelidad a una mujer—. No le debe nada a su marido, ya que ni siquiera su venturosa unión con usted lo ha empujado a conducirse de un modo más caballeroso.

La reacción de Erin no pudo ser más contraria a la esperada por el londinense.

—Le agradezco enormemente la inmerecida preocupación que demuestra sentir por mi bienestar, milord —inició su discurso Erin, con las mejillas encendidas—, pero que usted hable de lealtad, de caballerosidad, cuando obviamente está intentando seducir a la nuera del hombre que tan cortésmente lo ha recibido en su hogar, me parece una actitud un tanto hipócrita, ¿no lo cree así?

—¿Acaso la he incomodado? —preguntó perplejo Ryan Bolton.

En cualquier caso, el inglés no se arredró y recogió en un solo instante los pedazos de confianza que se le habían caído al suelo. Desde luego, no iba a aburrirse con la irlandesa: tenía la lengua afilada como una navaja.

—Me parece usted una dama de lo más original: normalmente, las mujeres aseguran amar mucho a sus maridos y eso no es impedimento para que disfrutemos juntos de agradables momentos de intimidad. En su caso, parece justo al contrario… Su actitud, sus palabras, me dicen que no lo ama y, sin embargo, es a usted a la que encuentro más inaccesible de entre todas las féminas del Imperio británico. ¿Podría explicarme eso?

—Esta conversación acaba de llegar a su fin, lord Bolton —dijo ella mientras se volvía para emprender el camino de regreso al castillo.

La mano del inglés logró retenerla.

—A no ser que… —apuntó él con sorna mientras enarcaba una ceja—. ¿No me dirá que el problema es que realmente ama a su esposo?

—Con todo mi corazón, milord —aseguró con un tono que sugería frialdad y desapego pero también la firmeza de una columna, la misma que empleó para deshacerse de la mano confiscadora del aristócrata.

—Me alegra saberlo, querida —retumbó una voz grave mientras surgía de entre las sombras de unos frutales que habían permitido a su dueño pasar desapercibido.

Erin sintió temblar el suelo a sus pies cuando lo reconoció a la luz de las antorchas que bordeaban los senderos de los jardines. Era Declan. «Dios mío, ¿cuánto tiempo llevará oculto ahí, escuchando?».

—Y ahora, si nos disculpa —se dirigió a su invitado—, mi perspicaz esposa y yo querríamos tratar en privado algunas cuestiones que puede que le incumban a usted: como, por ejemplo, que tal vez sea una pésima idea esa de salir a pasear a la romántica luz de la luna en compañía de cualquier caballero que no sea su propio marido —comentó disgustado mientras delicadamente enlazaba su brazo con el de Erin—. Por cierto, Bolton, ¿sería tan amable de reunirse conmigo dentro de una hora? En mi despacho. Me interesaría mantener con usted una distendida charla. Ya sabe: para conocernos un poco mejor. —Su tono de voz sonó engañosamente suave, como una amenaza velada.

Declan en verdad necesitaba hablar con Erin a solas, pero, en cuanto cruzaron la puerta principal de Stormfield, Nora acudió al encuentro de su cuñada, preocupada porque no lograba dar con ella. La señora MacTavish, por lo común bastante severa en sus valoraciones sociales, había pedido «inspeccionar», según sus propias palabras, «a la astuta jovenzuela irlandesa que había echado el lazo al muchacho de Waylon O'Connor».

—Nora, apuesto a que la señora MacTavish puede esperar cinco minutos más. Déjame a solas con mi esposa, por favor.

La muchacha no se atrevió a contrariarlo, dada la seriedad de la expresión de su hermano y el apremio con el que había pronunciado aquellas palabras. Echó un vistazo a la dublinesa para asegurarse de que parecía encontrarse perfectamente y regresó al salón principal.

—¿Estás bien? —le preguntó el *highlander* a Erin mientras, a salvo de oídos indiscretos, la conducía hasta el salón de invierno. Al entrar, lo encontraron como Declan esperaba: vacío como las ramas de los árboles en la estación del hielo.

—¿Por qué no iba a estarlo? —preguntó ella con dureza en cuanto el escocés cerró la puerta del salón. Aunque le había venido muy bien la irrupción de O'Connor en los jardines, lo cierto es que sentía bullir la furia en su interior tan intensamente que hubiera estado más dispuesta a sufrir a la demoledora señora MacTavish que a encontrarse a solas con el *highlander*—. ¿Quizá por tener que presenciar el superbo espectáculo de verte cantar con ella? Por cierto, mis felicitaciones por la compenetración: se nota que estáis acostumbrados a hacer muchas cosas juntos.

—No he tenido más remedio. Me lo ha pedido delante de un buen número de nuestras amistades. ¿De verdad piensas que podía negarme? —dijo abriéndose de brazos, pero intentando no alzar la voz más de la cuenta.

—Declan, ¿qué soy para ti? —Erin se atrevió a formular aquella pregunta en un momento de debilidad del que se repuso enseguida con una sonrisa sardónica—. ¿Quieres oír algo divertido? —preguntó mientras le daba la espalda y se dirigía a la chimenea, que, con el otoño apenas estrenado, hibernaba en el centro de la estancia—. Viéndote tocar esta tarde, me he imaginado como una nota discordante en tus partituras —reconoció con tristeza.

La joven se sorprendió al toparse con el reflejo de Declan, a solo dos pasos de ella, en el espejo de estilo romántico que descansaba recostado sobre la repisa del hogar. Se volvió y observó inquieta que a él se le tensaba la mandíbula de pura frustración.

—No te atrevas —le advirtió tras notar que se aprestaba a tomarla por la cintura.

Consiguió su objetivo, porque el escocés al instante se quedó clavado en el sitio.

—Estoy algo cansado de no atreverme. ¿Tú no? —preguntó con voz atormentada, antes de alejarse un par de pasos de ella. Sonrió sin ganas—. En una cosa tenía razón lord Bolton, y es que sin duda eres la mujer más inaccesible… no sé si del Imperio británico, pero sí de cuantas he conocido en mi vida —reconoció mientras se daba un paseo hasta el enorme ventanal que daba a la parte occidental del castillo.

Apoyó la sien en el frío cristal mientras contemplaba a través de la ventana el trasiego de la servidumbre en el patio de armas. Se volvió ligeramente para observar de reojo a su esposa, que permanecía callada, con la cabeza gacha, resistiéndose, sin que él lo supiera, al impulso de correr a su encuentro para abrazarlo y reconfortarlo. Solo la imagen de Declan y *lady* Catriona juntos en los establos la salvó de cometer la imprudencia de seguir sus instintos.

—Maldita sea, Erin, eres mi esposa —dijo elevando la vista a los cielos estrellados que se vislumbraban a través del ventanal—. ¿Cuánto tiempo ha de pasar para que te hagas a la idea de que así es y nadie, ni el mismísimo papa de Roma, puede ya impedirlo? —musitó frustrado.

—Soy tu esposa solo sobre el papel. No te pertenezco —lo desafió ella. Le costaba decir aquellas palabras, pero debía obligarse a mantener las distancias, a protegerse de lo que sentía por él—. Ni a ti ni a nadie. Ya te lo dije una vez. Y es más que evidente que tú no me perteneces tampoco. Lo único que nos une es un contrato.

—Pues ese contrato es bastante explícito en referencia a tus obligaciones conyugales —replicó en tono autoritario a la par que se volvía hacia ella.

—También con las tuyas, y dado que no te faltan voluntarias para ocupar mi lugar en el lecho, no veo dónde reside el problema. A Catriona se la ve más que dispuesta.

—Eres mi esposa, y si no querías serlo, debiste pensarlo mejor antes de pronunciar tus votos frente al padre Pershing —dijo él elevando la voz a la altura en que Erin había dejado el listón.

—Pues si recuerdas con claridad esos votos, también recordarás que no prometí obedecerte.

Declan, cada vez más enojado, estaba a punto de replicar que recordaba perfectamente la impunidad con la que se había saltado el protocolo ceremonial cuando alguien tocó a la puerta con delicadeza, como si temiera despertar a una bestia. Al momento, la rubia cabeza de Nora asomó con una sonrisa dubitativa en los labios.

—¿Interrumpo algo? ¿Me la puedo llevar ya? —Su hermano resopló airado, como un dragón a punto de escupir fuego por la boca—. La señora MacTavish está que trina y ya la conoces, no quiero que tu esposa tenga tan catastrófico inicio de relación con ella. Ya sabes lo influyente que es entre los nobles de la isla…

—Ya va, ya va —claudicó Declan, que en cuanto vio desaparecer a Nora, salvó el espacio que lo separaba de Erin para retenerla un momento del brazo y advertirle—: Por cierto, esta noche serás tú quien comparta mi lecho, y no ninguna otra.

—¿Es una orden, señor? —le preguntó ella desafiante.

—Sí, lo es.

—Pues, querido, será mejor que esperes sentado. O mejor aún, dormido.

* * *

Como lo último que le apetecía era vestirse con una sonrisa falsa para regresar a la velada social, O'Connor ascendió las escalinatas hasta la planta donde se encontraba su despacho para esperar la llegada de Ryan Bolton. A la hora acordada, este entró en la estancia con paso seguro.

—En todo el día no he tenido oportunidad de hablar con usted —inició la charla Declan—. Y me pesa, porque, según me explicó mi padre, se le ha invitado a instalarse entre nosotros durante estos días porque en realidad nos une una estrecha amistad… —se burló mientras se acomodaba sobre el borde de la mesa y con un gesto invitaba al inglés a tomar asiento en una de las sillas del despacho—. Como mi padre no acostumbra a mentir, me veo en la obligación de trabajar en favor de nuestra afinidad personal, para que algún día su gran falacia, señor, pueda convertirse en una gran verdad.

—Vamos, O'Connor, ¿por qué habríamos de comportarnos de manera tan incivilizada el uno con el otro? Hemos charlado en alguna ocasión y con mayor urbanidad que en estos momentos. ¿Qué puede haber cambiado?

—Discúlpeme si no me entusiasma ver cómo le hacen la corte a mi esposa delante de mis narices y en mi propia casa.

—¿La corte? ¿En serio cree que es eso? —La voz de fingida inocencia era tan evidente que la mirada del *highlander* podría haberlo pulverizado en aquel momento—. De acuerdo, de acuerdo —alegó con las palmas de las manos por delante en un intento de tranquilizar a O'Connor. Aunque le divertía el reto de desafiarlo de frente, tampoco tenía prisa por morir en un duelo, y menos a la tierna edad de veintiséis años—, me gusta la gente directa, aunque yo no acostumbro a serlo tanto; el exceso de sinceridad es un veneno para aquellos que gustamos de cultivar las relaciones sociales.

—Basta de palabrería —gruñó el heredero de Stormfield, que no estaba precisamente para bromas— y dígame cuáles son sus intenciones.

—Sea —capituló el inglés acompañándose de un profundo suspiro—. Dado lo exigente que se muestra en este punto, por una vez seré totalmente sincero. En efecto, su esposa me tiene fascinado y, si no le parece mal, me he propuesto hacerla mía.

—¿¡Suya!? Maldito petimetre, creo que aún no sabe con quién está tratando —bramó Declan mientras se lanzaba sobre Ryan para tomarlo bruscamente de la pechera.

—Venga, amigo. Tranquilícese —le instó este mientras intentaba zafarse del puño cerrado de su anfitrión—. Usted y yo no somos tan diferentes —le advirtió al tiempo que O'Connor decidía empujarlo hacia atrás; el inglés a punto estuvo de terminar con sus huesos en el suelo.

—Usted y yo no nos parecemos en nada —discrepó Declan con gesto de disgusto mientras intentaba mantener bajo control sus emociones. Sabía que la respuesta no estaba en la violencia.

—No es eso lo que tengo entendido: creo que ambos nos hemos decantado siempre por mujeres con compromisos previos —respondió el futuro duque al tiempo que se recolocaba la corbata de lazo y se ajustaba el frac—. ¿O me va a negar ahora que *lady* Catriona ha sido su amante durante todos estos años?

O'Connor maldijo la indiscreción de su amiga al revelar tales detalles ante un semidesconocido.

—Por favor, no se lo tome a mal. Creo que los dos compartimos la inclinación de no seducir a jóvenes inocentes —afirmó el inglés—. Entre otras razones, porque dan muchos más problemas. Ellas y sus padres: le exigen a uno cuestiones tan imposibles como el matrimonio.

—Usted no me conoce a mí ni mis inclinaciones —replicó Declan.

A Bolton no le importó demasiado jugar sucio con la marquesa:

—Lo lamento si le he ofendido, pero *lady* Catriona me aseguró que era usted de mentalidad muy abierta y que el suyo era un matrimonio de conveniencia. Por ello nunca pensé que pudiera molestarle que su esposa entrara en el mismo juego que usted —prosiguió el futuro duque—. Desconozco si será de mi misma opinión, pero hombres y mujeres tienen derecho a batirse en igualdad de condiciones.

—Así lo creo yo, lord Bolton, y por eso confío en que mi esposa me será fiel como yo lo he sido con ella desde el instante en que nos comprometimos.

—¿Así que se casó usted por amor? —preguntó vacilante el inglés.

—Los motivos que me llevaron al altar no son un asunto de su incumbencia.

De repente, Ryan lo vio claro: el heredero de Stormfield estaba locamente enamorado de su esposa. ¿Sería consciente la señora O'Connor del cariño de su marido? Desde luego, no aparentaba serlo.

—Le presento mis excusas, entonces —se disculpó muy en serio—. Yo pensé que entre ustedes había poco más que una transacción comercial.

—Pues pensó mal. Ni usted ni *lady* Catriona —le puso el título para tomar distancias respecto a ella— saben en absoluto de la relación que mi esposa y yo mantenemos. Ya le advertí a la marquesa que se mantuviera lejos de Erin; ahora se lo exijo a usted. Y eso incluye sus manos, lord Bolton; le agradecería que, a no ser que la petición salga algún día de labios de la propia señora O'Connor, se abstenga de volver a tocarla nunca más —lo amenazó—. Jamás. ¿Me ha entendido? O no me mostraré tan comprensivo como esta noche.

El londinense obvió responder a la pregunta de su anfitrión.

—¿Y en su caso? ¿Se mantendrá lejos de Catriona? —Ya suponía cuál iba a ser la respuesta de O'Connor, pero quiso escucharla para que el tono empleado, más que las palabras, pudieran confirmar sus sospechas.

—Toda suya si la quiere.

Capítulo 29

Erin llegó a las dependencias conyugales consciente de que O'Connor se encontraba aún en la planta baja, despidiendo a los últimos invitados. Entró en la habitación para desvestirse a toda prisa y ponerse el camisón. Había decidido que aquella noche dormiría por primera vez en el diminuto lecho de la salita y, a pesar de que la relación con Declan no atravesaba su mejor momento, cumpliría con lo que ella misma había dispuesto. Se deshizo el recogido, se cepilló con cuidado el cabello y, en un tiempo récord, estuvo metida entre las sábanas del camastro.

Un aroma entre tranquilizador y perturbador penetró a traición en sus fosas nasales. Aun cuando se sentía estúpida por hacerlo, cerró los ojos y hundió la nariz en las sábanas. Sí: era el embriagador aroma que emanaba de su marido, impregnado en aquellos trozos de tela como si la piel de Declan templara todavía el lugar.

Echó mano de todos los recursos a su alcance para intentar dormir, pero los sueños, sueños son, y en ese momento no logró desprenderse de la realidad que la rodeaba, tan viva, tan presente, por el recuerdo de O'Connor. Tomó su reloj de bolsillo para comprobar la hora y constató que eran las dos de la madrugada. Sin duda, todos los invitados se habrían marchado ya. Pero ¿dónde se había metido Declan? De repente, Erin fue dolorosamente consciente de que tal vez había aceptado su estúpido consejo y en ese momento se hallaba compartiendo el dormitorio de *lady* Catriona.

—¡Oh, no! —Se incorporó sobresaltada por un pensamiento alternativo. «Me dijo que esta noche yo lo acompañaría en el lecho. ¿Y si entra y piensa que he aceptado hacerlo? ¿Cómo voy a rechazarlo entonces si yo misma me he metido en su cama?».

La irlandesa se apresuró a salir de entre las sábanas como si hubiera chinches y meditó sobre cuál había de ser su proceder mientras estiraba la colcha para que diera la impresión de que no se había acostado en aquel catre. «Si supiera con certeza que él pasará la noche con la marquesa, podría echarme en la cama del dormitorio sin sentir que falto a mi promesa de alternar nuestros lechos». Pero solo había una forma de confirmar sus sospechas, y consistía en darse un paseo hasta la alcoba de la viuda y plantar la oreja en la puerta como una esposa enferma de celos.

—Debo de estar perdiendo la razón... ¿Cómo diablos he llegado a esto? —meditó—. Y lo peor, lo más terrorífico de todo, es: ¿y si me sorprenden espiando?

Erin se imaginó a los dos amantes, desprovistos de la mayor parte de sus ropajes, abriendo de repente la puerta y haciéndola caer de bruces frente a ellos. La humillación era insoportable incluso en su imaginación.

Estaba el hechizo del *féth fiada*, que las *banshees* usan para camuflarse de miradas indiscretas, pero enseguida rechazó la idea; valerse de aquella ventaja para algo tan mundanal como descubrir la infidelidad de un esposo suponía caer demasiado bajo. Tal vez nunca llegaría a ser una *banshee* de verdad —a cada día que pasaba, más convencida estaba de que su periodo de prueba terminaría en fracaso—, pero a fe suya que siempre se mostraría respetuosa con las leyes de su nuevo mundo.

No le quedaba otra: lo haría a la antigua usanza.

Decidió cambiar de atuendo una vez más. Se puso el camisón y la bata que resaltaban con más gracia su figura, ambas prendas elegidas para ella por el propio Declan en Londres, y salió al pasillo; si su esposo y *lady* Catriona terminaban descubriéndola, al menos que fuera vestida con sus mejores galas y no como una cenicienta cualquiera. De hecho, tenía preparado un discurso por si se daba el caso:

«Oh, espero no haberos interrumpido —se disculparía Erin con aire inocente, fingiéndose consternada—. Estaba buscando la habitación de lord Bolton y creo que me he perdido. Me pareció entender a la señora Campbell que este iba a ser el cuarto del caballero. Declan, ¿sabrías indicarme qué aposentos se le han asignado a nuestro invitado?».

La dublinesa sonrió al imaginar la mueca contrariada de O'Connor ante semejante despropósito de pregunta. Tal vez el escocés no la amaba ni le era fiel, pero el muy hipócrita siempre había dado muestras de preocuparse con celo de la reputación de los O'Connor.

El ala de los invitados se encontraba justo en el área opuesta del castillo, y para llegar hasta allí debía alcanzar el descansillo de la escalinata, atravesarlo y continuar por un largo corredor cuyo suelo habían tapizado con una alfombra verde aguamarina. En él desembocaban multitud de puertas. Entre ellas, la de la viuda escocesa. No hizo falta llegar tan lejos, porque en cuanto la dublinesa alcanzó el rellano de las escaleras, una melodía, apenas perceptible en el silencio atronador del castillo, llegó a sus oídos: un piano. Embaucada, persiguió aquellas notas, que llegaban a ella dejando a sus pies un hermoso camino a cada paso más brillante, porque escuchaba la canción con mayor nitidez. Ese sendero musical finalizaba en la planta baja, frente a la puerta doble de la sala de música; temblorosa y expectante, tomó el pomo frío y, sigilosa, lo hizo girar...

La mágica visión que se encontró al traspasar el umbral fue de cuento. Sí, había visto tocar a Declan aquella misma tarde, pero, aun cuando la música tuviera el don de amansar a las fieras, verlo sentado junto a Catriona le había causado el mismo efecto que un tapón de cera en los oídos, similares a los que Isobel se había colocado para escuchar al diablo y su violín. Ahora que el *highlander* se encontraba a solas, se sintió más que dispuesta a prestar atención a las historias que él deseara contarle a través de sus partituras. Se sonrojó al comprender lo infundadas que habían resultado sus recientes sospechas. «Y yo creyendo que te entretenías en su lecho…».

Con la discreción de una *banshee* graduada, cerró la puerta y, de puntillas, se dirigió hacia el rincón oscuro más cercano. Allí se acurrucó para disfrutar de la interpretación de O'Connor. Ninguna de las canciones le resultaba familiar; intuyó que muchas, si no todas, eran composiciones suyas, y, muy a su pesar, dejó que la emoción de aquellas melodías le derritiera el corazón que ella había pretendido refundir en frío acero. Acunada por la pasión interpretativa de Declan, se arrebujó al abrigo de una toquilla que había localizado en una silla próxima —sabía que era de Nora porque el domingo se la había visto puesta en la iglesia—, cerró los ojos y se dejó llevar.

* * *

Nada más despertar, fue consciente de que se había quedado dormida escuchando a Declan; un segundo después, cayó en la cuenta de que ya no yacía sobre el duro suelo de la sala de música, sino sobre una superficie mullida; luego se percató de que aquella noche había vuelto a dormir en el tálamo conyugal; y, por último, se fijó en unos ojos azules que no dejaban de contemplarla y que se hallaban, como los suyos, descansando sobre la ahuecada almohada. Las pupilas se le dilataron como si acabara de ver a un fantasma y se incorporó de inmediato.

—Oh, no… —dijo mirando las semitransparencias de su camisón en organdí. La bata estaba cuidadosamente colocada sobre el respaldo de un butacón.

—Oh, sí. Desde luego que sí. Es mucho más atractivo que el camisón que hasta ahora habías usado en mi presencia. En cuanto lo vi en aquella tienda de la calle Oxford, supe que sería una excelente compra —replicó Declan incorporándose también.

Erin tiró hacia arriba de la ropa de cama para taparse hasta el cuello.

—¿Qué ocurrió anoche? —preguntó asustada.

—Te encontré en un rincón de la sala de música —respondió con una sonrisa de suficiencia en los labios, como si la hubiera soprendido *in fraganti* haciendo una travesura—. Estabas tan profundamente dormida que ni siquiera despertaste cuando te tomé en brazos y te traje a la habitación —le explicó y, al recordar la escena, reconoció para sus adentros que nunca antes había pensado que una experiencia en apariencia sencilla como llevar a una mujer en brazos pudiera resultarle tan gratificante.

—Por san Patricio… —musitó ella—. No me refería a eso.

—¿Podrías entonces ser más explícita, querida? Porque no logro entender cuál es esa duda que al parecer te acelera el corazón —continuó jugando él mientras observaba cómo el pecho de Erin subía y bajaba como si hubiera estado corriendo.

Para Declan ya suponía un triunfo que su esposa permaneciera en el lecho: había esperado que, nada más despertar y verse a su lado, pegara un brinco para alejarse un mínimo de cinco metros de las sábanas y de él; claro que probablemente no lo había hecho, sospechó el escocés, con el evidente objetivo de impedirle deleitarse con su imagen en salto de cama.

—¿Qué ocurrió anoche? —insistió ella sin querer mirarlo a los ojos.

—¿Qué crees que sucedió? —le devolvió la pregunta mientras de un impulso era él quien decidía abandonar la cama. Con Erin tan cerca y el recuerdo de su cuerpo apenas cubierto revoloteando en los confines de su memoria, le resultaba difícil calibrar en qué estado se hallaba su fuerza de voluntad; después de ponerla a prueba toda una noche, no deseaba verla derrotada del todo a falta de tan pocos minutos para el amanecer. Porque se negaba a suplicarle a su esposa, a humillarse de nuevo ante ella.

—Yo pregunté primero.

—Simplemente, soy un hombre de palabra —explicó mientras se cubría con los pantalones—. Ayer te advertí que acabaría contigo en el lecho, y así ha sido.

—Pero… ¿Pero pasó algo entre…? —Erin evitaba ser explícita, y, para su disgusto, aquella engorrosa situación le resultaba extrañamente divertida a su esposo—. No recuerdo nada —lamentó azorada.

Ya vestido de pies a cabeza, Declan rodeó la cama y se sentó en el borde más cercano a Erin; milagrosamente, esta no se apartó de él.

—Reconozco que la tentación era grande. —De hecho, le robó un beso de buenas noches, pero tan ligero como la bruma del mar, para no despertarla—. Pero yo soy un caballero y me parece absolutamente indispensable que la dama colabore en las prácticas amatorias; además, así resulta mucho más entretenido para los dos —bromeó y, al ver las pupilas dilatadas en el centro de aquellos iris de jade, se forzó a desviar su atención hacia lo que acontecía al otro lado de la ventana. A veces su esposa lo dejaba sin respiración. Erin se percató del cambio.

—¿Qué sucede? —inquirió para ganarse de nuevo la mirada de O'Connor.

—Al final conseguirás que enloquezca de amor por ti —reconoció muy serio.

Ella lo observó boquiabierta por aquella revelación.

Ante el inminente rechazo, Declan se puso de pie y añadió, como si la conversación le resultara indiferente:

—Y ahora, si me disculpas, tengo mucho trabajo pendiente.

—¿Te vas? ¿Así, sin más? —lo detuvo con la voz justo cuando Declan se disponía a atravesar el umbral de la puerta.

—Sí. ¿Deseas algo de mí? —El *highlander* rezó por que no fuera una discusión.

—Deseo la verdad. No más mentiras —exigió ella mientras, sin soltar las sábanas que la cubrían, se incorporaba para apoyarse en el cabecero de roble esculpido.

—No te he mentido en todo este tiempo, Erin —se quejó el escocés, que se derrumbó sobre una de las butacas del dormitorio, la más cercana a la puerta.

—Comprendo que el nuestro no es un matrimonio convencional —admitió ella frunciendo el ceño. «Sin duda, su declaración de amor debe de haber sido solo una broma de mal gusto»—, pero me gustaría que te sinceraras conmigo, porque tan pronto me haces creer que ya no hay nada entre tú y *lady* Catriona como te sorprendo con ella en una actitud que solo se entendería entre dos amantes. Además, dos amantes descarados que ni siquiera se toman la molestia de ocultarse. —Al recordar la escena, los celos tiraron de la cuerda de la indolencia para construir su discurso—: Te agradecería que procuraras ser más discreto con tus aventuras, querido. No quisiera que los criados hablaran y tus conquistas extramaritales llegaran a oídos de tus conocidos y amigos, que ahora también son los míos.

—¿Así que se trata de eso? Lo que te molesta es que los chismosos que nos rodean puedan burlarse de la esposa ultrajada —replicó él, molesto al creer que no eran los celos, sino más bien el orgullo, lo que tanto afectaba a su esposa—. No sabes cómo lo lamento. Tienes toda la razón. A partir de ahora, seré todo discreción con mis aventuras. ¿Satisfecha? —Se puso de pie, dispuesto a abandonar la estancia. No se había equivocado al presentir que lo que su esposa buscaba era una nueva discusión.

Ante aquella respuesta, Erin no supo si debía sentirse por fin satisfecha o una desgraciada, y esa confrontación de sentimientos provocó que, sin poder remediarlo, se le saltaran las lágrimas. Unas lágrimas sigilosas, sin histerismos ni reproches.

—¿Por qué lloras, Erin? —Alarmado, regresó de inmediato a ella, intentando comprender la compleja mente femenina que tenía delante.

Su esposa, frustrada por el amor que bullía en su interior, prefirió guardar silencio. Le temblaba el cuerpo como si fuera un volcán a punto de entrar en erupción y, si deseaba conservar la calma, mantener la boca cerrada era el único método que podía resultarle efectivo. Porque, en cuanto intentara explicarse, el caudal de lava que la quemaba por dentro estallaría con violencia ante Declan.

—De acuerdo —le dijo O'Connor secándole las mejillas con la punta de la sábana—, ya que no podemos dejar el pasado atrás, tendremos que asimilarlo juntos. Pero, a partir de aquí, permitirás que construyamos unidos nuestro futuro. Prométemelo.

La irlandesa no sabía si estaba en condiciones de prometer tal cosa. Porque el futuro de ella en Stormfield, de tan solo tres meses y medio, por fuerza no podía corresponderse con el futuro del que él hablaba: toda una vida. Aun así, dijo las palabras que él anhelaba escuchar:

—Está bien. Te lo prometo.

Y entonces Declan le confesó todo lo que se había resistido a contarle hasta ese momento sobre Catriona: acerca del aciago matrimonio en el que, con diecinueve años, se había embarcado; de las manifiestas infidelidades de su esposo en su propio castillo, a una puerta de su alcoba; y de cómo la dama había buscado consuelo para su orgullo herido primero en él y después en otros amantes.

—¿Cuando se casó con lord Kerr no conocía sus inclinaciones?

—Su reputación con las mujeres lo precedía, pero me temo que Catriona siempre se ha dejado impresionar por la posición y el dinero —recordó con cierto pesar— y, para ser sinceros, no creo que ella sospechara que el eminente marqués iba a meter a sus amantes en casa, en su misma cama.

—¿Te sorprendió el compromiso?

—Mucho, porque entre nosotros había algo especial —le resultaba duro sincerarse, pero lo hizo—: Yo creía estar enamorado.

—¿Y por qué no luchaste por ella?

—Porque pese a tener obnubilados los sentidos, la conocía bastante bien: nunca habría renunciado a un título de marquesa por un segundo hijo como yo.

—Pero ahora ella es viuda y tú el heredero de Stormfield... —La irlandesa bajó la mirada.

—Erin, mírame —le rogó al observar la expresión contrariada de la joven, a quien tomó cariñosamente de la barbilla antes de añadir—: Ella puede ser libre, tan libre como el viento que agita las velas del *Scottish Flying*, pero yo no lo soy. Se lo anticipé antes de nuestra boda y se lo he repetido hoy mismo: soy un hombre casado y tengo la firme intención de mantenerme fiel a mi hermosa y arisca mujer. Hasta que la muerte nos separe, ¿recuerdas?

Cuando Erin alzó la vista y se topó con los ojos sinceros de Declan entendió lo estúpida que había sido y deseó recuperar el tiempo que había perdido por culpa de sus inseguridades; y, aunque aquello era imposible, no dejó de intentarlo: la irlandesa sorprendió a Declan al dejar caer la sábana que había mantenido sujeta, con decisión inflexible, a la altura del cuello. Después se colocó de rodillas sobre el colchón de plumas y con una mano acarició la mejilla ligeramente rasposa de su marido. El *highlander* apenas si se atrevía a respirar, mucho menos a moverse. Hasta que Erin, ayudándose de sus dedos, lo enganchó del mentón y lo atrajo hacia ella. Declan se sintió encandilado al notar cómo su esposa, a pesar de la inexperiencia, se deslizaba por sus labios intentando emular aquellos vehementes besos en los que él siempre había llevado la iniciativa. Le permitió hacer. ¿Cómo no hacerlo, si se las apañaba tan bien, con una dulzura que él nunca había saboreado en otros labios de mujer? Declan respiraba entrecortadamente, tratando de controlar y reducir a un ritmo pausado el deseo abrasador que a cada segundo lo enardecía aún más.

Cuando ella, con una impaciencia que a él le resultaba embriagadora, lo despojó del chaleco y de la fina camisa de batista, se sintió temblar como un adolescente ante su primera experiencia, y sonrió burlón ante la reacción de su propio cuerpo mientras ella le recorría el torso del pecho con una caricia, descubriendo cada centímetro de su piel.

Por un momento, el *highlander* recordó su aciaga noche de bodas, aquella en la que pensó que la perdería para siempre debido a la maldición de los O'Connor. «Que mal rayo me parta si en ese momento no estaba ya enamorado de ti… ¿Cómo lograste sobrevivir?».

* * *

Todos en Stormfield, habitantes y huéspedes, se preguntaron por el paradero del joven matrimonio durante aquella mañana, hasta que una de las sirvientas informó a la familia de que la pareja permanecía en su dormitorio, donde habían desayunado y tomado el almuerzo.

—¿Y parecían felices? ¿O es que están enfermos? —la interrogó Waylon.

La doncella, que era joven pero ya sabía de amores, se ruborizó. Se tapó la boca con una mano antes de asentir efusivamente y de aclararle al *laird*, con la voz saliéndole apenas entre las rendijas que los dedos dejaban libres:

—Oh, señor. Puedo asegurarle que enfermos no están. Gozan de un extraordinario apetito: han dado buena cuenta de todos los víveres que les hemos subido. A la señora Erin no he llegado a verla. Pero nunca había visto a su hijo tan... —el cuerpo de la sirvienta se agitó involuntariamente, dejando escapar una risita— sonriente y feliz.

—¿Declan sonriente y feliz? —se extrañó Nora mientras miraba a su madre como si acabaran de revelarle que los almendros habían florecido en mitad del invierno. No es que su hermano no acostumbrara a sonreír, era solo que la suya solía ser una sonrisa irónica, escéptica y burlona, no precisamente de felicidad.

—Lo sabía —murmuró para sí el patriarca de la familia—. Yo se lo advertí al muchacho y él no quiso creerme.

La pareja solo abandonó la habitación aquella tarde para despedirse de Marianne, que debía emprender el viaje de vuelta a Edimburgo con su padre. Erin no se permitió cavilar durante más de cinco segundos acerca de si su amiga le tomaría el relevo en el uso del apellido O'Connor; en ese momento prefería no pensar en el futuro.

No volvieron a hacer acto de presencia hasta el amanecer del tercer día, y principalmente porque el escocés no podía dejar desatendidos por más tiempo a sus arrendatarios ni sus partituras.

Aunque nadie había osado disturbar al joven matrimonio durante esas jornadas de absoluta intimidad —la mayoría exultante ante la buena nueva del amor que aquella pareja se prodigaba—, dos personas habían discutido obstinadamente sobre si era posible o no ponerle fin a aquella relación para siempre.

Capítulo 30

En el mismo instante en que lord Bolton vio aquella mañana los rostros de Erin y Declan, confirmó que ni un millón de ardides de la maquiavélica Catriona alcanzarían para separar a la pareja de enamorados. Y la ternura que se prodigaban los O'Connor le trajo a la mente un infausto recuerdo: el de su hermano menor y su joven esposa, cuya felicidad se había visto truncada cuando acababan de convertirse en marido y mujer. El dolor que Ryan veía reflejado en el rostro de Jason cada vez que se animaba a visitarlo en Westminster le hacía entender lo necesario que era para su propia estabilidad mental y emocional mantenerse lejos del alcance de un amor verdadero, y por esa razón se decantaba por relaciones esporádicas que nada tuvieran que ver con una conexión real entre dos seres humanos.

Lord Bolton intentó persuadir a la marquesa viuda de que haría el ridículo si insistía en buscar las atenciones del heredero de Stormfield.

—Eso está por ver —le dijo ella en tono desafiante y frustrada ante la evidente rendición de su mayor aliado en aquella empresa.

Ryan se encogió de hombros.

—Yo en tu lugar destinaría todos mis esfuerzos a conquistar a ese sobrino tuyo cuarentón. Olvídate de O'Connor, solo conseguirás obsesionarte con un imposible.

—Me infravaloras, amigo mío.

—En absoluto. Y por esa razón me cuesta tanto despedirme de este lugar —suspiró mientras echaba un vistazo a través de la ventana que presidía la alcoba de la marquesa. Las vistas del mar eran magníficas—. Pero, dado que mis distracciones aquí han llegado a su fin y que nuestra amiga común me espera en París

—dijo volviéndose de nuevo—, creo que ha llegado el momento de cambiar de aires y buscar sangre fresca, tal vez renacer en una nueva sociedad.

—Así que definitivamente me dejas todo el trabajo a mí... Contaba con tus dotes de persuasión para seducir a la señora O'Connor; habrían sido de una ayuda inestimable. —*Lady* Catriona cesó en sus lamentaciones para observar a su acompañante con gesto pensativo, como si estuviera rebobinando en su cabeza las palabras que el futuro duque acababa de pronunciar—. ¿Has dicho «renacer»? Ay, querido —dijo como si de repente se le hubiera ocurrido una genialidad—, gracias a ti acabo de darme cuenta de que mis esfuerzos deberían dirigirse más a la escuálida irlandesa que a mi amado Declan; solo es cuestión de encontrar el momento adecuado.

* * *

Para qué negar que Declan se quedó mucho más tranquilo en cuanto le llegó la noticia de que Bolton había decidido partir rumbo a París, donde le aguardaban «nuevos corazones por conquistar», según le explicó sonriente en el momento de la despedida.

—Pues suerte con ellos —le deseó el *highlander*, de repente más dispuesto a tratarlo sin la animosidad de fechas pasadas—. Solo me interesaba mantener a salvo el corazón de mi esposa.

—Por si le interesa conocer un secreto a voces: el corazón de la señora O'Connor nunca estuvo en peligro. Y en eso todo el mérito es de la dama... Bueno, y supongo que también suyo —reconoció en un murmullo, mientras se estrechaban las manos.

Cuando le llegó el turno de decir adiós a Erin, tuvo el impulso de recomendarle que se cuidara de Catriona, pero con la marquesa viuda delante finalmente dejó pasar la oportunidad. Al fin y al cabo, aquella historia ya nada tenía que ver con él y le estaba profundamente agradecido a la escocesa por la última tarde que habían pasado juntos.

* * *

La noticia de que el heredero del marquesado de Lothian estaba ya en la isla llegó al día siguiente a Stormfield, por lo que *lady* Catriona se apresuró a marchar para ofrecer al aristócrata la bienvenida que su posición requería.

Y así, sin terceras personas intentando torpedear su relación, ni tan siquiera ellos mismos, aquellas dos semanas fueron días de vino y rosas para los dos enamorados, de complicidad, de risas compartidas por los malentendidos que se habían urdido en torno a ambos en sus primeros días de casados...

Solo cuando subía a visitar a *Argos* Erin tomaba conciencia de su verdadera naturaleza y de lo que estaba por venir, ya que, antes que esposa, era aprendiz de *banshee*. Allí, en lo alto de aquella torre, se batía en soledad con las penas y los temores que su mente albergaba ante un futuro forzosamente infausto. «La Muerte no perdona. Ni a débiles ni a fuertes, ni a almas solitarias ni a corazones enamorados», se recordó.

Aquel día había amanecido radiante. Pero la dicha anunciada pronto se tornó en inquietud cuando el mayordomo entró en el comedor para comunicar que un hombre de actitud y aspecto algo extraños, que se hacía llamar Angus, reclamaba la presencia del joven O'Connor a las puertas del castillo. Declan, que aún no había dado debida cuenta de su desayuno, acudió raudo a la llamada. Algo muy grave debía de haber sucedido para que su subordinado se presentara en Stormfield a cara descubierta y, aparentemente, movido por las prisas. También Erin lo supuso, y aunque se sintió obligada a permanecer en la silla para no despertar las sospechas del resto de los O'Connor ni del doctor Sullivan, vio salir a su esposo con el corazón en un puño, esperando también lo peor. Efectivamente, no eran buenas las noticias que traía Angus: los rivales del *Scottish Flying* habían atacado la embarcación cerca de Aberdeen y Drostan había resultado herido de gravedad. El galeno al que solían llamar en casos extremos como ese se hallaba de viaje en Inverness y no sabían a quién recurrir.

Declan no se lo pensó dos veces y regresó de inmediato al salón donde su familia aún tomaba el desayuno.

—Uno de los parceleros ha enfermado —les informó antes de dirigirse con gesto serio a su amigo—. John, ¿podrías echarme una mano?

El médico se puso *ipso facto* de pie y siguió a O'Connor. También Erin.

No había tiempo para medias verdades, y aún menos para mentiras, así que Declan le confesó al inglés que desde hacía un par de años, cuando las necesidades económicas de los O'Connor eran acuciantes por las deudas de juego de su hermano Killian, se dedicaba al contrabando. A consecuencia de ello, tenía a su cargo un barco y toda una tripulación. John se asombró ante aquella revelación.

—Imposible —replicó con una sonrisa sarcástica.

—Me temo que es cierto —apoyó Erin a su esposo.

Los semblantes serios del uno y la otra hicieron comprender al galeno que no se había convertido en el objetivo de ninguna broma.

—Pero yo creía que el dinero lo sacabas de la venta de tus partituras…

—Financié la compra de los primeros alambiques del consorcio con los ingresos que me reportaban las composiciones musicales, pero en aquel momento, por sí solas, no bastaban para saldar lo que se adeudaba.

—¿Contrabandista? ¡Por Dios, Declan, si nunca he conocido a nadie tan preocupado de cuidar de la reputación de su apellido! —exclamó atónito—. ¿Tu familia es consciente de…?

—No, ninguno de ellos lo es —intervino Erin—. Pero creo que deberíamos dejar esas disquisiciones sobre el honor, más filosóficas que prácticas, para otro momento.

—Bien —estuvo de acuerdo Sullivan—. ¿Qué ha sucedido?

—Mi contramaestre ha recibido un disparo. —Erin se llevó una mano a los labios y de inmediato acudió al lado de O'Connor; sabía lo mucho que para él significaban sus hombres, y en especial Drostan, su mano derecha—. Nos atacó en aguas de Durness el *Black Land*, al parecer el mismo que intentó tendernos una emboscada en nuestro último viaje a Londres. —Declan besó la frente de su esposa al recordar que ella le había mandado con *Argos* el mensaje que les había permitido eludir aquel primer envite—. Mis hombres lograron escapar sin que resultaran damnificados, a excepción de Drostan, que recibió una maldita bala en la cadera; alguien le disparó desde la cofa del *Black Land*. No saben si el proyectil ha salido o si permanece alojado en su interior, pero la herida lleva horas sangrando abundantemente y necesita atención médica inmediata.

—Perdemos el tiempo aquí parados, amigo mío. Llévame con él y veremos qué se puede hacer por ese hombre —se prestó enseguida John.

—Trajiste tu maletín de médico cuando viniste a Stormfield, ¿verdad? —preguntó Declan.

Sullivan asintió. Erin dio un fugaz beso en los labios a su esposo y se preparó para abandonar el despacho.

—¿Qué más puede necesitar? —preguntó la dublinesa al doctor de camino hacia la puerta; pretendía ir en busca de la siempre bien dispuesta señora Campbell para aprovisionar a Declan y al galeno de todo lo que pudieran precisar—. Comida, fruta, agua… ¿Paños limpios tal vez? ¿Alcohol?

—Alcohol no será necesario —le explicó su marido—. En la guarida contamos con una buena reserva.

—Me basta con el avituallamiento típico, unos paños lo más limpios posible… Y un par de mantas me vendrían muy bien. Del resto me encargo yo.

Al constatar que Sullivan entraba en acción, Declan se sintió aliviado. Volvía a ver en su amigo al hombre emprendedor que había conocido en los años compartidos en Oxford: decidido, con iniciativa y sabedor de lo que tenía que hacer en cada momento. También observó a su esposa, que ya salía por la puerta. La echaría muchísimo de menos en los próximos días. ¿Y si la llevaba con ellos? Mejor no. El dormitorio no estaría disponible, porque ordenaría instalar allí a Drostan. Además, sentía cierta inquietud por que el capitán del *Black Land* pudiera averiguar la ubicación de su refugio y decidiera atacar con sus hombres. De ninguna manera expondría a su mujer a tal peligro, ni aunque eso representara tener que separarse de ella por un tiempo. «Solo serán unos días», se dijo.

* * *

Habían transcurrido cuatro amaneceres desde la partida de Declan cuando Angus se presentó de nuevo en Stormfield, esta vez con una carta de su capitán. En ella, el *highlander* informaba a Erin de que Sullivan había logrado salvar a Drostan y de que, aun cuando este se encontraba algo falto de fuerzas, ya había empezado a quejarse de los insípidos guisos de Bill, el cocinero, señal inequívoca de que en breve volvería a sostenerse en pie. También le hacía saber que tanto él como su amigo regresarían a Stormfield dos días después y que no veía el momento de volver a tenerla entre sus brazos, que aquellos días sin ella habían resultado un verdadero calvario y que ahora entendía al señor Miller, uno de los arrendatarios más leales del clan O'Connor, cuando le hablaba de su brazo fantasma, amputado después de que la rueda de su molino se lo aplastara: porque de igual manera que Miller todavía podía sentir la mano izquierda, Declan sentía a Erin junto a él como si fuera ya parte indisoluble de su cuerpo.

La irlandesa se apresuró a pedir a Angus que la siguiera a la cocina, donde dio orden de que pusieran de almorzar a aquel hombre lo que gustara. Le exigió que no abandonara la fortaleza sin que ella le hiciera entrega de una nota para su marido. En aquel mensaje, Erin no se guardó nada.

Mi querido esposo:

Esta es una carta que no terminaré con un escueto «con afecto»; ni siquiera me atrevería a concluirla con un «con cariño», ya que es infinitamente más, mucho más, lo que siento por ti. Ahora puedo reconocerme y reconocer ante ti que te amo desde el mismo instante en que vislumbré tus enojados ojos en aquel pasillo ahogado por la penumbra. Fue entonces cuando el brillo de tu mirada sirvió para iluminar el mundo entero a mi alrededor. Si alguna vez me faltaras, me temo que quedaría sumergida en la más cruel oscuridad. Te aseguro que hoy daría mi vida por ti; puedes creerme si te digo que de alguna manera ya lo he hecho. Con todas las fuerzas de mi corazón me resistí a amarte, pero fue ese mismo corazón, desleal y traicionero, el que me condujo irremediablemente a admitir la verdad: que te he amado, te amo y te amaré siempre.

Regresa lo antes posible a mi lado, amor mío, porque, con el paso inexorable de las horas y los días, la luz que me dejaste se va volviendo más fría y apagada y necesito que vuelvas a encenderla y me reconfortes con ella.

Tuya siempre,

Erin O'Connor

La aprendiz de *banshee* sintió un ligero mareo y pensó, con un amago de sonrisa, que su estado anímico era aún más preocupante de lo que creía. Había empezado a enfermar de amor por la ausencia de Declan. Ella, que debía aprovechar el momento con un nivel de consciencia que solo los sentenciados a muerte podían comprender, deseó ver transcurrir las dos siguientes jornadas en un suspiro.

Aquella noche durmió abrazada a la almohada, que aún conservaba el cálido olor de Declan. Fue una suerte que pudiera descansar tan plácidamente, ya que por la mañana le aguardaba uno de los días más duros de toda su vida.

Capítulo 31

rin, que se había puesto de pie para recibirla, se quedó mirándola con un sentimiento contradictorio: por un lado, de evidente antipatía; y, por otro, de conmiseración, ya que tampoco la irlandesa habría aceptado soportar con resignación a un esposo infiel y, menos aún, a uno capaz de meter a sus amantes en el hogar familiar.

—Lamento comunicarle que mi marido no se encuentra en Stormfield desde hace unos días —explicó en un tono que trató sonara lo más neutro posible.

—En realidad he venido a verla a usted —replicó *lady* Catriona. La sorpresa que provocó semejante revelación resultó evidente a ojos de la viuda marquesa, que sonrió ladinamente para sus adentros—. ¿Puedo? —se autoinvitó a acomodarse frente al diván en que la señora O'Connor había permanecido sentada hasta hacía un momento junto a Nora.

* * *

Erin se había percatado de que una sombra de preocupación enturbiaba la mirada de la hermana de Declan en los últimos tiempos y la había obligado a confesarse con ella. La joven escocesa había sucumbido a la petición, aliviada de, al fin, poder compartir sus tribulaciones con un rostro amigo. El motivo de sus inquietudes no era otro que los sentimientos que su corazón albergaba —o, según sus propias palabras, más bien «había» albergado— por John Sullivan.

Nora le había revelado a su cuñada un episodio que había tenido lugar mientras Erin se encontraba de luna de miel en

Londres. Esa boda había infundido una gran confianza en ella, ya que si en el caso de su hermano había triunfado el amor, ¿por qué razón no habría de salir victorioso también en el suyo? La muerte de Killian la había hecho recapacitar acerca de la vida, del paso del tiempo y de las certidumbres. Y estaba absolutamente segura de amar al doctor Sullivan, de quererlo como compañero para el resto de sus días.

—Lo que ocurrió, ya pasó; lo que esperas, puede que nunca llegue; así que mejor aferrarse al presente. Y es lo que hice aquel día —reconoció la muchacha—. El señor Sullivan había estado atendiendo a la hija de la cocinera, la pequeña Catherine, que se había cortado mientras picaba unas verduras; y yo le había estado ayudando. Ya sabes, consiguiéndole trapos, desinfectante, infundiendo ánimos a la paciente, que no dejaba de lamentarse de su mala suerte... Él sonreía comprensivo, de una manera que...
—Nora se mordió el labio, dudando de si debía ser tan franca. Decidió que con Erin lo sería—. El corazón me suplicaba que le permitiera hablar con ese maldito matasanos.

Los recuerdos sumergieron de lleno a la escocesa en los acontecimientos de aquella fatídica fecha, y se los relató a Erin, pero, eso sí, omitiendo la parte que directamente concernía a su cuñada para respetar la intimidad del caballero.

* * *

—Ha demostrado una gran destreza en el arte de curar, señorita O'Connor — reconoció John mientras regresaba a su cuarto cargado con el abultado maletín de médico.

—Oh, no ha sido nada —se restó mérito ella—. Usted es quien tiene unos dedos hechos para sanar, doctor Sullivan —prosiguió a la par que miraba de reojo aquellas manos que hubiera deseado tener sobre las mejillas. Y se sonrojó al recordar que solía soñar despierta con el primer beso que le daría el caballero.

Él sonrió durante un efímero instante. La hermana de su amigo Declan le caía francamente bien: era una jovencita encantadora. Y, además, brillante. Había logrado derrotarlo en una partida de ajedrez las dos ocasiones en que se habían enfrentado, y eso que la experiencia de él en el juego era muy superior a la de ella. Sin duda, la escocesa lo superaba en ingenio y rapidez de mente.

—Debería haber permitido que el lacayo cargara con la vasija de agua —comentó en tono un tanto reprobatorio mientras observaba cómo la muchacha hacía francos esfuerzos para no verter ni una gota del líquido según caminaban por el corredor de la planta donde, a un lado y a otro, se alzaban las puertas de los dormitorios.

—No pesa nada —mintió ella con una sonrisa franca en los ojos—. Y para mí es un placer poder echarle una mano. Más aún después del servicio que ha prestado a esta familia.

—¿Por curar a Catherine? Eso no ha sido nada…

—¿Puedo hablarle con franqueza? —se atrevió a preguntar Nora.

—Por supuesto —contestó él, intrigado, mientras abría la puerta de su cuarto para permitir que ella pasara primero.

—Muy amable —le agradeció la dama antes de hacer una breve pausa—. Soy consciente de que está al tanto de la maldición de los O'Connor…

Sullivan, que había entrado en los aposentos tras ella y acababa de soltar el maletín sobre la cama, se quedó clavado en el sitio, de espaldas a la muchacha para no revelar con el semblante afirmación o negación alguna, y así continuó, a la espera de que ella prosiguiera con las explicaciones. Ni siquiera se percató de que Nora había cerrado la puerta, una práctica del todo inusual para una joven de su recato. De hecho, el pudor debería haberla obligado a no cruzar aquel umbral y quedarse en el pasillo.

—Y creo haber advertido que usted albergaba ciertos sentimientos por mi cuñada… —prosiguió la muchacha mientras no se atrevía más que a mirarlo de reojo—. Sin embargo, no se interpuso en el camino de mi hermano.

Fue demasiado para el teniente, que en ese momento se volvió. Su gesto contrariado le hizo desear a Nora no haber abierto la boca, pero ya era tarde y se vio en la necesidad de seguir adelante.

—Por favor, no se moleste conmigo. —Dio un solo paso en dirección al doctor Sullivan—. Todos saben que soy muy observadora. Bueno —añadió tímidamente por temor a haber sonado demasiado arrogante—, o eso dicen.

—A fe mía que lo es —confirmó él con el ceño fruncido y los brazos en jarra.

—No se preocupe —sonrió ella tratando de recuperar el clima distendido de unos minutos antes—, además de observadora soy muy discreta. Nadie en casa, salvo mi hermano, supongo, está al tanto. Ni siquiera es algo que yo haya compartido con Erin.

—¡Por Dios, señorita O'Connor! —exclamó él, por primera vez profundamente consternado ante la posibilidad de que Nora resultara ser una de esas muchachas chismosas que él tanto aborrecía—. Su cuñada no puede enterarse de nada… —La miró con expresión entre irritada y avergonzada—. No fue más que algo pasajero.

—Y, sin embargo, continúa hablando de ella como si la admirara profundamente —lo acusó la escocesa, aparentemente molesta, pero con una expresión más relajada en los labios al escuchar la confirmación de que Sullivan ya no sentía nada por Erin.

—Y así es —replicó él al instante—. Por fuerza, mi admiración ha de ser la misma, ya que lo único que ha cambiado en la joven en cuestión —tomó aire. Sabía que debía dar un giro a la conversación o terminaría poniéndose en una situación aún más delicada— es que se ha convertido en la esposa de Declan. Y, que yo sepa, ese no es un pecado que se le pueda echar en cara a la señora O'Connor.

Aleccionada por la sonrisa momentánea de John, Nora se atrevió a dar un nuevo paso hacia él. Ya apenas les separaban dos cuerpos de distancia.

—Veo que le aterra la posibilidad de que Erin se entere algún día de lo que usted sintió por ella —comentó en tono de advertencia, enarcando graciosamente una ceja. Sin embargo, maldita la gracia que le hizo a Sullivan.

—¿Me está amenazando? —preguntó incrédulo.

La joven avanzó una zancada más, con unas intenciones que él no acababa de comprender porque era incapaz de hacer encajar en su cabeza la idea que siempre había tenido de Nora O'Connor —una muchacha dulce e ingenua— con las descaradas maniobras que ahora la veía ejecutar justo delante de sus narices; hasta juraría que la había visto contonearse seductoramente según avanzaba hacia él. El caballero quiso retroceder, pero se lo impedía el lecho. Si Nora hubiera sido cualquier otra chiquilla, John se habría echado a reír halagado, la habría amonestado por su atrevimiento y la habría sacado en volandas de la habitación; pero le preocupaba demasiado que aquella no era cualquier doncella, sino la hermana de su mejor amigo.

—¿Es que una amenaza surtiría efecto para conseguir lo que deseo de usted? —le preguntó mientras, coqueta, se detenía a apenas un palmo del rostro del hombre. Sin embargo, la inexperiencia de Nora y su todavía indomable timidez la obligaron a desviar la mirada al suelo en cuanto él se animó a escrutarla fijamente con sus ojos castaños, estudiándola como si buscara en ella la respuesta a todas sus preguntas. Aquella femenina bajada de pestañas fue como una bajada de pantalones —o de faldas— en toda regla; y ese fue el instante que él aprovechó para recuperar el control de la situación.

—Querida, es usted una damisela encantadora… —dijo acariciándole la cabeza como lo hubiera hecho con un fox terrier. Se sorprendió de lo suaves que eran aquellos tirabuzones rubios. La cara se le contrajo en un gesto de contrariedad ante su deseo repentino de mantener la mano en contacto con los cabellos de Nora, así que decidió retirarla de inmediato, igual que habría hecho si se hubiera quemado con oro fundido.

—Pero… —lo invitó ella a continuar mientras alzaba de nuevo la vista y notaba que la boca se le había quedado seca.

Sullivan la vio humedecerse los labios y sintió cómo se le avivaban y perturbaban los sentidos. El ambiente se había electrizado de repente. «¿Pero qué demonios me pasa?». Aquello se estaba tornando demasiado peligroso para él… y aún más para ella. «Por todos los cielos, ¡es la hermana pequeña de tu amigo!

¿Cuántos años tiene? ¿Dieciséis?». Oír a Declan hablar de Nora como suelen hacerlo los hermanos mayores, es decir, como si esta no hubiera superado la edad de comer caramelos y jugar con muñecas, no lo había ayudado precisamente a calcular con acierto la edad de la joven, que ya había cumplido los diecinueve.

El galeno sintió que debía cortar de raíz aquel trance, y, para conseguirlo, se le antojó necesario tomar medidas drásticas.

—De acuerdo, *lassie* —dijo con una sonrisa perversa en los labios, pero rezando por dentro para que su estrategia tuviera éxito—. Como gustes. Puedes empezar a desvestirte —le indicó mientras, imperturbable, se acomodaba sentándose sobre el colchón de la cama, con ambas palmas apoyadas sobre la colcha, como si estuviera a punto de contemplar un espectáculo digno de verse.

—¿Có... cómo ha dicho? —tartamudeó ella, confusa ante la reacción del inglés y su forma de dirigirse a ella: acababa de tutearla para decirle que... ¿En serio le había pedido que se quitara la ropa? Nora se mostró desconcertada: solo buscaba su primer beso de amor, un beso casto, apenas un leve roce en los labios, ya que ella no conocía que existieran de ningún otro tipo—. ¿Quiere que me desvista?

—Bueno, he de suponer que si has venido a la habitación de un caballero a insinuarte como lo has hecho, solo puede ser por un motivo, ¿no? Pero deberás guardar el secreto de lo que en la próxima hora acontecerá en esta alcoba, porque yo de momento no deseo contraer matrimonio con nadie. Y supongo que tú tampoco, ya que te has saltado con tanto ímpetu el protocolo propio del cortejo.

—Pero yo... —replicó ella pasándose los diez dedos, de repente ligeramente sudorosos, por el estómago.

—¿Haces estas cosas a menudo? —preguntó a sabiendas de la respuesta, dada su reacción—. Porque, de ser así, es una pena que no me hayas visitado mucho antes —añadió. Se sentía culpable por su rudeza, pero debía echar a la señorita O'Connor de allí lo antes posible—. Vamos, Nora —ella había pensado días atrás que cuando lo escuchara pronunciar su nombre de pila por primera vez, sería un gran placer para sus oídos; para su sorpresa, no resultó así. Se sintió indigna, abochornada, como una vulgar cortesana—, no tengo todo el día y el *laird* puede presentarse en cualquier momento: según me dijo, desea que lo acompañe en su visita de esta tarde a los Gowan... —Confiaba en el efecto que sus palabras tendrían en la muchacha.

Efectivamente, aquella fue la puntilla final y lo que la hizo reaccionar. Asustada, retrocedió varios pasos, con los puños cerrados sobre su larga falda de tafetán negro.

—Discúlpeme, todo ha sido un malentendido. No debería haberlo molestado. Yo nunca pretendí... Debo... —dijo echando un vistazo hacia la puerta—. Debo marcharme. Seguro que mi madre me estará buscando.

—¿En serio me abandonas? —preguntó John fingiéndose decepcionado. De inmediato consideró que había llegado el momento de dejar a un lado los tuteos—: Si le inquieta la inoportuna aparición de su padre, puedo cerrar con llave —dijo mientras tomaba el trozo de hierro forjado de encima de la mesa Pembroke y se lo mostraba.

Al ver aflorar las primeras lágrimas en los ojos de aquella belleza de las Tierras Altas, tuvo que aplicarse al máximo para no acercarse a ella y pedirle perdón de rodillas por su rústico comportamiento. Contó con la fortuna de que Nora, ante las sospechas de que Sullivan se atreviera a encerrarla con él en el cuarto, fue vista y no vista.

* * *

Cuando la señorita O'Connor hubo concluido su relato, Erin no fue tan hipócrita como para fingirse escandalizada por el escaso juicio que su cuñada había mostrado al visitar el dormitorio de un hombre: recordaba perfectamente que ella misma se había colado en el de Declan la noche anterior al fatídico duelo de Killian. De hecho, la irlandesa había llegado mucho más lejos que su cuñada, ya que le había robado no pocos besos al caballero hallándose este supuestamente inmerso en un profundo sueño.

—¿De verdad lo amas, Nora? —se limitó a preguntar.

—Si te soy sincera, en este momento albergo dudas —reconoció la escocesa—. Me asustó muchísimo. Tendrías que haberlo visto. Era como si se hubiera convertido en otra persona. Era... como mi hermano me advirtió que se comportaría lord Bolton y nunca lo hizo: libertino, descarado, dispuesto a tomar la doncellez de una joven sin ningún tipo de miramiento —admitió con el rubor subido a las mejillas—. Yo me enamoré del hombre correcto y atento, del que se esfuerza en ayudar a los enfermos. De su inteligencia, no de su mordacidad.

Nora recriminó a Erin cuando se fijó en que esta hacía ímprobos esfuerzos por no echarse a reír, causa más que suficiente para que la dublinesa estallara en una carcajada sonora.

—Discúlpame, querida —le rogó la esposa de Declan mientras intentaba controlarse—, pero es que no me imagino a John Sullivan en su faceta de seductor. Siempre lo he visto tan comedido... En absoluto pretendo decir que me parezca frío, pero...

—Podrías jurar ante Dios, sin temor a equivocarte, que no lo es —la interrumpió con un gruñido Nora—. Aquel día podría haber derretido a un témpano de hielo.

—Bueno, ¿y qué piensas hacer? —Erin adivinaba que tras el tosco proceder de Sullivan solo se escondía una pretensión: la de ahuyentar a la joven.

—Supongo que dejarlo estar. Ahora, cada vez que lo veo aparecer, procuro mantenerme lo más lejos posible. —De súbito, se llevó una mano a la boca e hizo un ruidito muy parecido al bufido de un gato. Ay, Dios mío, Erin, no le contarás nada de esto a Declan, ¿verdad? ¡Seguro que retaría a su amigo a un duelo! No más duelos en esta familia, por favor.

—Tu hermano no tiene por qué enterarse —la tranquilizó.

«Al menos no de momento», se dijo convencida de que aquel no sería el final del cuento. Porque, ahora que conocía la historia, podía entender el interés que la presencia de Nora despertaba de repente en Sullivan desde hacía unos días. A menudo lo sorprendía observándola a hurtadillas con ojos curiosos cuando creía que nadie estaba pendiente de él. Se abstuvo de realizar comentario alguno porque no deseaba forzar las cosas y su cuñada debía recuperar la seguridad perdida en la habitación del caballero inglés.

—Oh, Erin, menos mal que te tengo a ti —dijo la escocesa mientras la abrazaba con efusividad.

Erin la estaba reconfortando cuando entró un lacayo anunciando la llegada de *lady* Catriona, viuda del marqués de Lothian.

—¡Qué inoportuna! —se quejó Nora—. No quiero que me encuentre en semejante estado —se disculpó mientras de un manotazo se apartaba un par de lágrimas descarriadas y se ponía de pie—. Esa mujer me pone los pelos de punta. Aunque tal vez debería quedarme: apuesto a que te vendrá bien un poco de compañía… —recapacitó de repente al tiempo que se dejaba caer de nuevo en el mullido diván.

—No es necesario. Sal por la otra puerta y espera a que la marquesa se haya ido —le ordenó. No pensaba esconderse detrás de nadie—. Luego proseguiremos con nuestra charla. Vamos, ve tranquila —insistió.

En cuanto Nora O'Connor desapareció, la dublinesa se dirigió al mayordomo:

—Gracias, Philip. Puede hacerla pasar.

* * *

—¿Dice que ha venido a verme a mí? —había preguntado extrañada.

—Sí —respondió la visita, ya instalada frente a su anfitriona—. De hecho, ayer supe que su marido no se encontraba en Stormfield y, pese a las muchas dudas que me surgieron, decidí que era el momento de que usted y yo habláramos de mujer a mujer.

—Pues usted dirá —la invitó a iniciar la conversación mientras, nerviosa, se estiraba la tela de la falda, como si tuviera algo que colocar cuando todo seguía en su sitio.

—Soy consciente de que no empezamos nuestra relación con buen pie. —Erin se limitó a asentir—. Y en verdad que lo lamento, porque las mujeres deberíamos ayudarnos siempre las unas a las otras —dijo en un tono de voz extremadamente conciliador que erizó la piel de la señora O'Connor.

«¿Qué demonios quieres?», decía su mirada fruncida. Un mensaje que la marquesa viuda interpretó a la perfección.

—Erin, tal vez no consiga entenderlo, porque, como me ha dicho en un millón de ocasiones Declan, ustedes se casaron por conveniencia. —*Lady* Catriona se esforzó por que su aseveración sonara afectada, y consiguió lo que pretendía: que el cuerpo y la mente de Erin se tensaran al escuchar esas palabras.

—Tal vez fuera así en un principio, pero le aseguro que ahora las cosas son muy distintas —contratacó la irlandesa.

—Sí, pero… ¿por cuánto tiempo? Declan —a Erin le chirrió en los oídos que, por segunda vez, se atreviera a llamar a su marido por el nombre de pila— no es hombre de una sola mujer. De hecho, aun cuando era mi amante, sé a ciencia cierta que frecuentaba también a otras damas —dijo como si le hiciera un favor al revelarle tales asuntos.

—Estoy al tanto de ello. —Erin se felicitó al constatar que se le torcía el gesto a la marquesa viuda—. Y también de que no era el único en diversificar sus atenciones. Mi marido ya me ha puesto al corriente de que entre ustedes no existía ningún pacto de fidelidad —disparó con acierto—. Por lo que tengo entendido, tampoco ha sido parco el número de amantes con los que usted ha compartido el lecho.

—¿Me condena por ello, querida? No entiendo por qué a un hombre con muchas mujeres se le califica con simpatía y hasta admiración de mujeriego y, en cambio, se acusa de impúdicas a las damas que gozamos de los mismos placeres. Quizá coincida conmigo en que se trata de una sociedad un tanto hipócrita…

—Lo es —convino Erin—. Aunque he de reconocer que ni los unos ni las otras gozan de mis simpatías. Los votos matrimoniales deberían respetarse, tal y como ha hecho mi marido desde que nos casamos.

«Oh, pero eso cambiará», se dijo rabiosa la marquesa viuda.

—Considero que en mi caso estaba más que justificado el incumplimiento de los votos, señora O'Connor. Supongo que, a estas alturas, Declan ya la habrá informado del peculiar comportamiento de lord Kerr en la intimidad de nuestra casa y entenderá que mi orgullo no pudiera pasar por alto semejante afrenta.

—Comprendo lo que dice, y entiendo que reaccionara como lo hizo, pero no puede esperar que me parezca bien que siga persiguiendo a mi esposo.

—Le aseguro que, una vez casado, lo había dado por perdido, puesto que él me advirtió antes de su boda que se había propuesto serle fiel. Pero no voy a mentirle —y no lo hizo, aunque solo fuera en este caso—: guardaba la esperanza de que, al tratarse de un matrimonio sin amor, Declan regresara a mí. —Su expresión compungida no conmovió a Erin lo más mínimo—. He de reconocer que verlos tan unidos hace unas semanas me hirió en lo más profundo. Fue en ese mismo instante cuando decidí que mi relación con él había llegado a su fin. Sin embargo… —introdujo una pausa muy efectiva para sembrar el desánimo en Erin— acabo de descubrir algo que lo ha cambiado todo.

—¿Ha descubierto algo? —preguntó Erin, que se puso de nuevo a la defensiva.

—Querida, estoy encinta.

—¿Y eso qué tiene que ver conmigo o con…? ¿Declan? —Erin sintió que los pulmones se le descargaban de oxígeno y que le costaba respirar.

Lady Catriona, saboreando el momento de su victoria, asintió con semblante serio, como si en realidad lamentara horrores comunicarle aquella impactante noticia.

Capítulo 32

A la marquesa viuda no le importó tener que echar mano de sus talentosas habilidades como actriz para romper a llorar desconsolada.

—Pero no es posible... —dijo Erin mientras observaba el talle aparentemente esbelto de su rival—. ¿Y de cuánto se supone que está?

—De dos meses y medio.

La irlandesa no tardó en echar cuentas: el encuentro amoroso debía de haberse producido poco antes de su compromiso con Declan.

—¿Y está segura? —Erin sospechaba que podía estar siendo víctima de un ardid.

—No me cabe ninguna duda. El doctor MacFarlane me ha confirmado que estoy embarazada —le aseguró *lady* Catriona mientras se enjugaba las lágrimas con un pañuelo de seda que había extraído de la manga izquierda de su vestido.

—Pero no puede saber si el bebé que espera es de mi esposo, del difunto marqués o de alguno de sus otros amantes —objetó poniéndose de pie. Se alejó unos pasos de la dama, tratando de recuperarse del *shock* inicial.

—Es cierto que acostumbraba a recibir las atenciones de otros caballeros, pero hace dos meses y medio solo compartí el lecho con Declan. En cuanto a mi esposo... Stuart pasaba por largas rachas en las que volcaba todo su interés en otras representantes del género femenino... Ya me entiende —dijo con rabia sincera.

—¿Y qué quiere que le diga? ¿Qué espera de mí? —le preguntó Erin, francamente irritada por la situación que habían provocado Declan y su amante.

—Es preciso que tanto usted como yo demostremos altura de miras; querida, no podemos permitirnos ser egoístas. —Hizo desaparecer su ira como por arte de magia sustituyéndola por un gesto de súplica.

—Y eso quiere decir… —La estaba matando tanto rodeo.

—Lo más importante ahora es este niño indefenso… —dijo llevándose una mano al vientre—. Nuestro hijo, de Declan y mío. Es un O'Connor y merece tener un padre a su lado. Y yo… yo amo tanto a su esposo, que aun cuando podría decir que este bebé es fruto del matrimonio con lord Kerr y, por tanto, el heredero del marquesado, no deseo hacerlo. He aprendido la lección y ahora sé que lo que mi hijo necesita es lo mismo que yo he necesitado siempre: amor. Mucho amor. Tanto el de su padre como el de su madre. Es algo que todos le debemos a mi pequeño, él no tiene la culpa de nuestros pecados —añadió en actitud sumisa, como si fuera ella la que tuviera que hacer algún sacrificio.

—Pero Declan se ha casado conmigo. ¿Cómo pretende…? —La irlandesa se detuvo ante la significativa mirada de *lady* Catriona—. Le va a exigir que me abandone.

—Oh, no, no. Su sentido del deber se lo impediría.

—¿Pero entonces…? —Definitivamente estaba volviéndola loca—. Le agradecería que hablara claro de una vez.

—Quien debe marcharse es usted. —Hizo una breve pausa para saborear internamente el penoso estado en que había sumido a la señora O'Connor. No se conformó con plantear la idea, ya de por sí dolorosa, también tuvo que argumentarla—: Erin, no es de por aquí, nada la ata a nuestra tierra, y todos sabemos que su verdadera pasión es la Historia. Abandone a Declan y vuelva a sus libros, a Irlanda. Esta relación se inició sin ningún sentimiento por parte de ustedes y no creo que se hallen en un punto de no retorno. Y menos cuando su esposo se entere de que voy a darle un hijo. Él no la abandonaría, por supuesto —«Y llegó el momento de dar la puntilla, querida»—, pero le aseguro que no sería por falta de ganas.

Aquella frase, afilada y certera, se hundió de lleno en el pecho de Erin. La dublinesa se tomó unos segundos para volver a respirar.

—¿Y si me niego?

—Les declararé la guerra a todos los habitantes de Stormfield. Y, desde luego, cuando el niño nazca me encargaré de gritar a los cuatro vientos que Declan O'Connor tiene un bastardo.

—Pero a usted siempre le han preocupado las habladurías, la posición social... —objetó Erin, sin creerse del todo las amenazas—. ¿Cree que tras contar que ha alumbrado a un hijo fuera del matrimonio la seguirán recibiendo como hasta ahora en las casas principales? —Erin también sabía jugar sucio.

—No le recomiendo ponerme a prueba. —Le hervía la sangre, pero también era lo bastante inteligente como para saber que un enfrentamiento directo con la dublinesa no la conduciría al éxito, así que decidió rebajar el tono—: Discúlpeme, por favor —dijo posando una mano sobre la frente, como si se sintiera febril—, no debería decir estas cosas, pero le habla una madre desesperada. Erin, dele a mi hijo, y a su padre, una oportunidad para ser felices —añadió mientras se secaba una lágrima invisible—. Sus caminos, el de usted y Declan, se encontraron de manera fortuita y de igual forma pueden volver a separarse. No hace tanto que se casaron, y estoy segura de que pueden aducir que la boda no ha llegado a consumarse para solicitar la nulidad matrimonial.

La desfachatez de aquella mujer provocó que Erin dejara escapar el aire en un bufido incrédulo.

—Y he de rogarle una última cosa: que de momento no le cuente nada de esto a su esposo. He sufrido un amago de aborto y el doctor me ha explicado que debo esforzarme en evitar los disgustos. Sé que, en un primer momento, Declan se tomará este embarazo como un contratiempo y lo que ahora necesito es paz y tranquilidad.

—No puede pedirme que...

—No, no diga nada. Solo piense en ello —la interrumpió mientras se levantaba, simulaba un nuevo gimoteo y se despedía.

En ese instante, Nora, que había estado escuchando tras la otra puerta, entró en el salón como un remolino de viento: sus faldas batientes acariciaron los suelos de madera y la tierra se estremeció con un ligero temblor.

—Pero esa mujer... Esa mujer no es de este mundo. ¡Tiene que provenir de los mismísimos infiernos! —dijo mientras cruzaba la estancia de un lado a otro y cerraba de un portazo la puerta por donde unos segundos antes había salido la marquesa.

Cuando la benjamina de los O'Connor dio media vuelta y se encontró con la mirada llorosa de su cuñada, corrió a sentarse a su lado.

—Oh, no, Erin, no puedes creer en la palabra de esa... de esa... —Se quedó con las ganas de ponerle un apelativo a la examante del estúpido de su hermano—. Está mintiendo, sí. Claramente ha montado toda esta farsa para volver a crear un problema entre Declan y tú. Está desesperada, solo es eso. ¿De verdad crees que se quedó embarazada justo antes de vuestro compromiso?

—Nora, no sé qué pensar —repuso Erin con la mirada aún perdida en un llanto silencioso.

—¡Si estuviera encinta, de Declan o de cualquier otro, lo vendería como un embarazo del marqués para heredarlo todo! No, Erin —dijo enjugándole las lágrimas a su hermana política—, no la creas... Pronto, dentro de apenas unas semanas, su mentira será patente. No puede crecer en su vientre lo que no existe. —Tomó las manos de su cuñada para intentar infundirle la confianza perdida.

Erin asintió, pero otros pensamientos muy diferentes le rondaban la cabeza. ¿Y si realmente *lady* Catriona esperaba un hijo de Declan? ¿Qué derecho tenía ella a interponerse entre aquel pequeño y su padre? Se había regalado a sí misma la dicha de pasar sus últimos meses de vida junto a Declan, pero la mera posibilidad de que ese bebé viniera en camino lo cambiaba todo.

Empezó a darle vueltas a la idea de fingir su muerte de manera inmediata para que su esposo pudiera contraer nupcias con Catriona incluso antes de que diera a luz, de manera que nadie, jamás, pudiera atreverse a llamar «bastardo» al hijo de Declan O'Connor. «Por todos los santos, en mi búsqueda de la felicidad, he terminado por perderlo todo: la inmortalidad y al amor de mi vida», se lamentó.

—Nora, por favor, discúlpame. Necesito meditar con calma sobre este asunto, y, aunque normalmente aprecio muchísimo tu compañía, necesito hacerlo a solas…

—Deja que permanezca a tu lado —le rogó la señorita O'Connor, asustada al verla en semejante estado de abatimiento—. Te juro que lograré darte consuelo y, sobre todo, terminaré por convencerte de lo que a mis ojos es una verdad inquebrantable: que esa mujer no espera ningún hijo. O al menos no uno que sea de mi hermano. —Intentó mostrarse segura, aunque era evidente que no podía estarlo del todo.

—No te inquietes por mí. Estaré bien. Deja que suba a mi cuarto. De repente me siento muy cansada —dijo mientras se incorporaba algo tambaleante.

Nora intentó ayudarla a mantener el equilibrio, pero Erin, con una sonrisa forzada, rechazó su apoyo; debía salir de allí a toda prisa y buscar la intimidad de sus habitaciones para dejar explotar su tristeza. La señorita O'Connor la dejó ir, y durante años se estuvo reprochando no haber corrido tras ella en aquel decisivo momento.

* * *

Si una vez había funcionado para dejar atrás a su familia, ¿por qué no pensar que podía funcionar de nuevo? Además, el tiempo se le echaba encima: Declan tenía previsto regresar a Stormfield al día siguiente y estaba convencida de que, si lo veía una vez más, no podría armarse del valor suficiente para abandonarlo. Así que a última hora de la noche, cuando el gallo aún no había anunciado la llegada de una nueva jornada, Erin estaba lista para emprender viaje.

Bajó a la playa que circundaba el castillo y dejó sobre la fina arena uno de sus vestidos y unas zapatillas apuntando hacia el mar. Muerte por ahogamiento. Es lo que deseaba que pensaran; pero por una imprudencia, no por un suicidio. No quería que O'Connor pudiera recordarla como una cobarde, aunque ella en realidad se sintiera así por partir de su hogar sin ofrecerle explicación alguna. ¿Pero qué otra cosa podía hacer? Le estaba prohibido revelar al *highlander* que se había casado con una aprendiz de *banshee* y que, al enamorarse de él, se había condenado a una muerte segura en solo tres meses, ni explicarle que aquello no era sino un adelanto del viaje que estaba condenada a hacer desde el mismo instante en que encontró a *lady* Máda junto a la cama de su hermano Liam.

La dublinesa caminaba sobre los páramos ataviada con un sencillo conjunto de camisa y pantalón masculinos que había robado de entre la ropa recién lavada del castillo; asimismo había rapiñado de las caballerizas unas botas que parecían abandonadas. Por supuesto, todos sus vestidos le estaban vetados en aquella huida, ya que Nora, además de poseer una mente extremadamente despierta, conocía a la perfección el armario de su cuñada y la ausencia de alguna de sus prendas habría resultado sospechosa. Lo único de su propiedad que Erin llevaba encima era una bolsa de monedas, la lencería y su capa de *banshee* —que se había guardado mucho de mantener oculta a ojos de quienes habitaban Stormfield, incluido el propio Declan—. De esa extraña guisa le habría resultado imposible cubrir el trayecto de Skye a Dublín sin llamar la atención, por lo que se vio en la necesidad de guarecerse bajo el hechizo del *féth fíada*. Marchaba sin más compañía que la de *Argos*, que la sobrevolaba en círculos y era el único en cientos de kilómetros a la redonda que podía verla.

Recordó con tristeza que no había tenido más remedio que dejar abandonado sobre su escritorio–tocador el trabajo de aquellos cuatro meses y medio en tierras escocesas. Había concluido el libro de leyendas —a falta solo de los agradecimientos y las pertinentes revisiones por parte de su tutora—, y Declan lo encontraría medio envuelto en un papel grueso, prácticamente listo para ser enviado, con la dirección de *lady* Máda en la parte superior. Confiaba en que el *highlander* cumpliera con la que a todas luces era su voluntad de hacer llegar el volumen a Dublín; que su obra pudiera sobrevivirla era en buena parte un consuelo.

Persistía la noche cuando ascendió hasta la cima de la última colina desde la que podría vislumbrar el castillo. Se volvió para contemplar las vistas un instante.

—Stormfield…

Sí, el lugar hacía honor a su nombre: «campo de tormentas». Su estancia allí había sido tempestuosa, llena de tensiones y conflictos; pero, después, no solo había llegado la calma, sino la felicidad más absoluta. Inspiró con fuerza y se secó con la capa las últimas lágrimas. Qué hermoso le pareció el lugar y todo lo que dejaba atrás.

—Adiós, amor mío. Sé feliz.

Capítulo 33

Cuando Declan arribó a Stormfield aquel mismo mediodía, la noticia había corrido por toda la fortaleza como la pólvora: la esposa del joven señor había desaparecido engullida por las aguas del Atlántico.

—No es verdad. ¡No puede serlo! —le gritó O'Connor a su padre.

Se negaba a creer aquella trápala, pero las miradas luctuosas de Nora y de su madre, también presentes en el salón, le confirmaron que no se trataba de ninguna broma de mal gusto. Allí mismo, sobre un butacón, estaban los ropajes con los que, según atinaron a explicarle, se había vestido Erin aquella madrugada en la que, sin decir una palabra a nadie, había decidido bajar a la playa y, al parecer, tomar un baño en el mar, ligeramente agitado ese día. El *highlander* se sentía preso de una pesadilla. Necesitaba salir de aquel ambiente cargado por el aroma precoz del luto e iniciar de inmediato la búsqueda de su esposa.

Declan miró al mar con los ojos anegados en un sufrimiento que lo destrozaba como si un cardumen de espadas lo atravesaran de lado a lado una y otra vez. Se adentró en el ponto trastabillando por el impulso de las olas, que trataban de disuadirlo de internarse más en sus undosas aguas, y se dejó caer de rodillas.

—Killian, hermano, si sigues de alguna manera junto a nosotros, por favor, obliga a los hados, o al mismísimo Dios, a devolvérmela. No puedo perderla tan pronto. —Agachó la cabeza mientras las embestidas del mar, de repente imbuido de un espíritu más apaciguado, le salpicaban el pecho.

Y así, en un atormentado silencio, permaneció durante más de diez minutos, hasta que, a sus espaldas, oyó unas piernas abriéndose paso a través del agua.

—Declan… Lo lamento, amigo mío —intentó darle consuelo Sullivan.

—No está muerta. Sé que no lo está. Aún la siento —musitó el escocés.

—De hecho, no logro entenderlo… —reconoció John. O'Connor volvió levemente la cabeza, pero sin llegar a levantar la vista—. ¿Por qué razón iba a hacer algo así tu esposa? ¿Salir a nadar, con lo fría que en esta época del año está la mar?

—Siempre le ha gustado nadar y supongo que la temperatura de las aguas nunca ha representado un problema para ella —reconoció el *highlander*—. Pero sé que todo esto es un error.

El galeno no quiso darle falsas esperanzas, así que puso una mano sobre el hombro de su amigo y se limitó a dejarlo llorar.

* * *

En contra de lo que había imaginado Erin, en cuanto Declan supo del robo de unos ropajes masculinos en el castillo, sospechó que su esposa podría estar detrás; que podría haber tomado la decisión de huir de casa, aún no sabía por qué razón, disfrazada de jovenzuelo. Presunción que fue adquiriendo mayor solidez a medida que pasaban los días y *Argos* continuaba sin aparecer. Pasó largas jornadas buscándola por toda la región con ayuda de sus hombres, pero nadie supo darle noticia de ningún desconocido, fuera mujer o zagal, que hubiera cruzado la isla en dirección a Kyleakin en esas fechas.

* * *

Habían transcurrido seis semanas desde que sucediera la desgracia cuando una tarde en que Declan se hallaba reunido con John tratando cuestiones relativas a cartas de navegación y derroteros para el *Scottish Flying* Nora irrumpió muy nerviosa en el despacho de su hermano. Al ver que el teniente, a quien seguía rehuyendo, se encontraba allí y la miraba con curiosidad, estuvo a punto de dar media vuelta y salir por donde había entrado, pero se armó de valor para quedarse y preguntar impaciente:

—Hermano, ¿podría hablar contigo un momento? A solas —especificó haciendo caso omiso de la concurrencia del doctor Sullivan, que enarcó una ceja ante el nuevo desplante de la jovencita.

—Si no es sobre una cuestión personal que te ataña en exclusiva a ti, podemos tratar cualquier tema delante de mi amigo —respondió el *highlander* con los nudillos reclinados sobre un mapa que acababa de desplegar en el escritorio.

—Pero es personal... —se quejó ella, y por un momento el matasanos temió que el deleznable episodio que había vivido con la muchacha en su dormitorio fuera a ver la luz. Al notar la interrogativa mirada de Sullivan clavada en ella, Nora se apresuró a aclarar—: Sobre Erin.

El teniente carraspeó al notar que se le había secado la garganta debido a la tensión momentánea.

—Puedo dejaros a solas —se ofreció.

—No —sentenció O'Connor mientras lo sujetaba de la muñeca—. Por favor, Nora, si es para insistir en el discurso con el que todos nuestros amigos gustan taladrarme los sesos día sí y día también, puedes ahorrártelo. No pienso olvidar a mi esposa ni rehacer mi vida hasta que aparezca, ya sea viva o muerta.

—No es eso. ¡Y déjame continuar antes de proseguir con tus reproches que no vienen a cuento! —alzó la voz nerviosa. Sullivan disimuló una sonrisilla al ver que la joven sacaba las uñas con su hermano mayor: mostraba un gran coraje al atreverse a hablarle de ese modo al heredero de Stormfield—. Le he estado dando muchas vueltas y tal vez solo sea una fatal coincidencia, pero... —se detuvo. Un mar de dudas le cosquilleaba, con sus idas y venidas, la base de la garganta.

—Nora. Si no hablas ya, vas a acabar con mi paciencia —la amenazó Declan.

—De acuerdo. Ahí va: un día antes de la desaparición de Erin, *lady* Catriona vino al castillo para comunicarle que se hallaba en estado de buena esperanza —el *highlander* abrió los ojos sorprendido— y que el niño era tuyo.

—¡¿Mío?! —reaccionó colérico mientras se inclinaba de nuevo sobre las cartas de navegación del mar del Norte. Hundió con tanta fuerza los nudillos sobre la superficie del papel que, cuando por fin los retiró, había dejado en el mapa ocho diminutas hondonadas que antes no habían formado parte del relieve oceánico.

—No quise contártelo antes para no apenarte más. Porque en algún momento me pregunté si… tal vez…

—Explícate de una vez, Nora.

—Es que me pregunté si lo de Erin no habría sido tal vez un suicidio…

—¡Ella nunca se quitaría la vida! —se encrespó Declan.

—Si lo sé, lo sé. Pero todo lo ocurrido es tan extraño, que yo…

—No se preocupe ahora por eso, señorita O'Connor, y cuéntele a su hermano qué ocurrió exactamente aquel día —le sugirió Sullivan.

—La dama en cuestión —empezó a relatar, y una mirada reprobatoria le bastó al teniente para comprender que más le valía abstenerse de tratar con condescendencia a aquella joven de expresión vivaz— le aseguró a Erin que estaba encinta de dos meses y medio y que no había ninguna duda de que el bebé era tuyo porque desde hacía algún tiempo… —de repente el decoro la obligó a mostrarse cauta en el uso de las palabras— no… no había compartido dormitorio con su marido. Bueno, en realidad no lo expresó en esos términos —intentó aclarar ante el gesto extrañado y divertido de Sullivan por la ingenua explicación de la escocesa; por increíble que pareciera, la misma que se le había insinuado de manera tan atrevida semanas atrás. «¿De verdad ambas sois la misma persona?».

—Maldita sea… ¿Eso le dijo? —preguntó Declan. Nora, con las mejillas arreboladas, asintió tenaz—. Pues mintió. Es imposible que esté embarazada de mí.

Debido a que era cuestión de lo más delicada tratar un asunto como ese con su hermana, aún soltera, Declan se abstuvo de contarle que existían métodos para evitar la preñez. Pero es que además había otra razón de peso para descartar la patraña urdida por Catriona:

—La última vez que… —Declan hizo una breve pausa y prefirió dirigir su mirada ceñuda al doctor Sullivan, un interlocutor más adecuado para ese tipo de conversaciones—. De aquello hace ya más de siete meses.

—¿Crees que tu esposa se marchó porque no pudo soportar la idea de que fueras a tener un hijo con otra dama? —preguntó su amigo.

—Pero hablé con Erin —intervino Nora—. Yo misma le aseguré que Catriona mentía. ¡Si ni siquiera creo que esté embarazada, por Dios santo! Por las amigas que han venido a visitarme en estas últimas semanas, sé que la viuda del marqués de Lothian sigue acudiendo a todos los actos sociales en los que consideran bienvenida su presencia, y ni una sola boca ha insinuado durante este tiempo que su figura haya sufrido la más mínima transformación. Y eso que, echando cuentas, ya tendría que estar de cuatro meses.

—Tal vez Erin le creyó la mentira —argumentó Sullivan—; y los tres sabemos que tu esposa era una mujer orgullosa.

—Si no te importa, John, mi esposa «es» una mujer orgullosa —replicó en tono seco O'Connor—. Pero aunque ella creyera que Catriona se había quedado encinta antes de casarnos, ¿por qué razón iba a abandonarme? Creo… creo que cuando me escribió su última carta, apenas dos días antes de desaparecer, ya me amaba… —Carraspeó para aclararse la voz. Guardaba aquella nota en la funda de su almohada y la releía cada noche al irse a dormir—. Siempre he pensado que era más probable que alguien la hubiera secuestrado.

—Si fuera así —lo refutó el galeno—, ¿por qué no han exigido aún el rescate?

Declan tuvo que aceptar en su fuero interno que había pasado demasiado tiempo desde la desaparición de su esposa. De haberla retenido sus rivales contrabandistas del *Black Land*, ya se lo habrían hecho saber de alguna manera.

—Tal vez Erin nunca quiso abandonarte, pero tendrías que haber escuchado a Catriona, hermano. Fue tan persuasiva… Intentó hacerle ver que el niño que supuestamente esperaba merecía crecer con su padre al lado. Le rogó a Erin que no fuera egoísta, que su sacrificio era algo que le debía a aquel pequeño —recordó Nora, aún atormentada por no haber vigilado de cerca a su cuñada tras aquella fatídica tarde.

—Erin tendría que haber pensado que, de ser necesario, y no lo era porque era imposible que yo fuera el padre, habría respondido por ese niño —se quejó Declan—, y discretamente lo habríamos mantenido en una situación económicamente holgada, igual que a su madre.

—Pero Catriona la amenazó… Le advirtió que, si no se avenía a sus deseos, gritaría a los cuatro vientos que el pequeño era tu bastardo.

—Tal vez tu esposa no quería que el niño pasara por eso… —le hizo ver John—. Como tampoco habría sido partidaria del escándalo que habría salpicado a todos los O'Connor y que seguramente habría llegado incluso a las calles de Edimburgo y Londres, donde ya tienes una reputación como compositor.

—Maldita sea, ¿se atrevió a sacrificar nuestra felicidad, el resto de nuestras vidas juntos, por un embarazo del que ni siquiera podía estar segura? ¿Y solo por un posible escándalo? —bufó el heredero de los O'Connor.

—No me gustaría acrecentar tu pena, hermano, pero tú siempre has defendido el honor de esta familia a capa y espada y ella era consciente de ello. Tal vez no deseaba que nuestro apellido corriera de boca en boca entre los mentideros de toda Escocia y parte de Inglaterra, y la historia, a decir verdad, lo tenía todo para convertirse en un chismorreo de proporciones épicas: habría quien incluso se habría atrevido a señalarte, por supuesto a espaldas tuyas, como el presunto asesino de lord Kerr.

—¡Basta de suposiciones! Todas parten de la misma mentira: la de Catriona, así que decidme, ¡demonios!, ¿qué impulsó a mi esposa a abandonar Stormfield sin esperar a oír mis explicaciones? —Se sentía enfurecido con Catriona, pero también con Erin por lo que consideraba una evidente falta de confianza en él—. Debiste explicarme todo esto mucho antes, hermana —le reprochó a Nora mientras intentaba mantener bajo control sus sentimientos encontrados. No quería cargar contra ella una ira que solo merecían su examante y, sí, de alguna manera, también su esposa.

—Lo sé, pero ¿y si Erin realmente falleció aquella madrugada, en el mar? ¿Y si al contarte lo que aconteció esa condenada tarde te estoy dando alas en vano y no hago sino prolongar tu sufrimiento? —preguntó Nora con ademán compungido.

Sullivan se sintió tentado de acercarse a ella para intentar reconfortarla, pero se cuidó mucho de no hacerlo y de reprenderse por el mero hecho de habérselo planteado.

En cualquier caso, Declan se le habría adelantado:

—Has hecho muy bien en contármelo, pequeña —aseguró mientras la envolvía en un abrazo y le besaba la coronilla—. En efecto, me das alas, y esas alas me servirán para volar hasta Erin y traerla de nuevo a su hogar —le aseguró, y Nora decidió creerle.

Declan, que en realidad nunca había suspendido la búsqueda, continuó con sus pesquisas algo más aliviado al entender que tal vez Erin no se hallaba en manos de sus acérrimos enemigos, sino que se había marchado por voluntad propia. Con la inestimable ayuda de sus hombres volvió a recorrer cada uno de los caminos que cicatrizaban el terreno montañoso de la isla de Skye. Fue en vano. Si el Atlántico no se había llevado consigo a Erin, esta había desaparecido como por arte de magia.

Y Declan no sabía hasta qué punto podían ser ciertas tales conjeturas.

* * *

A los pocos días de la reveladora conversación con Nora en el despacho, *lady* Catriona tuvo la desafortunada idea de rendir visita a los O'Connor. Consideraba que ya había transcurrido un tiempo prudencial desde la muerte de Erin y que Declan agradecería el consuelo y apoyo de su vieja amiga; es decir, era el momento propicio para intentar recuperar definitivamente los favores de su examante y quizá futuro marido.

La dama no se molestó en mostrar ni un ápice de arrepentimiento cuando este le reprochó cada una de las mentiras con que había tiznado su nombre ante Erin.

—¿De verdad ni siquiera te sientes culpable? —Declan tuvo que agarrarse a la imagen que pervivía en él de Catriona para no acompañarla hasta la puerta y despedirla sin la menor cortesía. Y esa era también la razón por la que se había resistido a visitarla en su mansión para reclamarle el mal que les había hecho.

—¿Por qué habría de sentirme culpable? En el amor, como en la guerra, todo vale. Y yo deseaba recuperarte. Y aún lo deseo —reconoció mientras intentaba tomarle la mano.

—Estás enferma, Catriona —sentenció él mientras retrocedía un paso para apartarse de ella.

—No es eso. Simplemente te quiero.

—Tú solo te quieres a ti misma. No trates de justificar lo que has hecho.

—¡Pero si no he hecho nada! Si tu esposa fue tan imprudente como para darse un baño a esas horas y sin nadie cerca que pudiera auxiliarla, no es mi culpa, sino suya. ¡Y tú mismo acabas de asegurarme que no fue un suicidio!

—Y no lo fue. Estoy convencido de que se marchó, y pese a que no logro entender del todo sus razones, sí puedo adivinar que tu intervención fue desde luego determinante. Así que tengo que rogarte que abandones esta casa y no vuelvas a poner un pie en ella.

Cuando la distinguida dama se percató de que Declan hablaba en serio, se despojó de su altivo orgullo para suplicarle que no la apartara de su lado. Sus ruegos y lloriqueos no sirvieron para hacerlo cambiar de opinión. Así que Catriona, despechada porque Erin, incluso muerta —ella no dudaba de que el cuerpo de la irlandesa se estaba pudriendo en el fondo del mar—, pudiera arrebatarle a O'Connor, se juró entregarse a todo tipo de placeres que la hicieran olvidar lo poco generoso que, una vez más, el destino se mostraba con ella. «No me hundiréis. Yo soy más fuerte que todos vosotros juntos». Se prometió que volvería a casarse y que lo haría con alguien de inmensa fortuna: si no era con el sobrino de su difunto esposo, con quien ya había fracasado en sus intentos de seducción porque los intereses del hombre no podían ser más opuestos —en género y número—, habría de ser con cualquier otro. Si no podía tener dinero y amor, al menos tendría dinero.

Ese no había sido el único cambio que se había producido en la vida de Declan tras la huida de Erin. El *highlander* también había aprovechado el incipiente interés de su buen amigo John Sullivan por el movimiento de mercancías prohibidas para dejarlo a cargo de la tripulación del *Scottish Flying*. Los hombres de Declan al principio no vieron con buenos ojos el traspaso de poderes, porque la relación de confianza que se había establecido con O'Connor iba a ser difícil de igualar, pero el galeno no podía haber tenido mejor prueba de iniciación: le había salvado la vida a Drostan, y con ello se había granjeado un gran aliado y las simpatías de una parte importante de la tripulación. Así que, poco a poco, Sullivan —que también se había quedado con el sobrenombre de capitán Dram— fue ganándose el respeto de todos.

O'Connor se sintió sinceramente aliviado tras poner fin a sus actividades «comerciales», porque había deseado hacerlo desde que contrajera matrimonio: una vez asentada la situación económica del clan, consideraba innecesario seguir arriesgando el cuello en aquellos viajes y prefería dar una vida lo más tranquila posible a su esposa, que en más de una ocasión le había dejado meridianamente claro lo mucho que repudiaba su faceta de contrabandista. Si se había resistido a dejarlo antes era por la gente humilde a la que no deseaba dejar tirada sin el ingreso extra que suponía el *whisky* para sus alforjas. Pero ahora que su amigo se mostraba más que dispuesto a asumir el mando del *Scottish Flying*, Declan podía dejar atrás su vida al margen de la ley, como Erin hubiera deseado.

Erin. Con tan solo evocar su nombre, regresaba a su pecho ese dolor hueco que se le clavaba en el alma cada vez que abría los ojos al amanecer y no la encontraba tendida a su lado. Aquella alborada no fue una excepción, y lo primero que hizo fue echar un vistazo a la zona de la cama en que solía dormir su esposa. Cerró los párpados, intentando evocar el calor de su cuerpo, la imagen de su mirada y de su dulce sonrisa... Necesitaba más de ella. Captar su esencia, pero de una manera física. Sabía cómo conseguirlo. Se volvió para echar mano del libro de leyendas de Erin, que ahora reposaba sobre su mesilla de noche y se había convertido en su lectura de cabecera. De todas las pertenencias que la dublinesa había dejado atrás, esa era la que Declan sentía como más suya: aún le parecía percibir en aquellos folios el aroma a lilas que tanto caracterizaba a su esposa. De repente, se incorporó, como si alguien le hubiera apretado un resorte oculto.

¿Cómo no se le había pasado por la cabeza antes? Había estado tan preocupado de buscar en torno a él: en el castillo, en la playa, en la isla... Pero qué estúpido había sido, porque ahora se daba cuenta de que quizá había tenido la respuesta delante de sus narices todo el tiempo. Declan abrió el cajón de la mesilla y, llevado por el entusiasmo, extrajo sin excesivo cuidado el papel de embalar en que Erin había escrito con letra pulcra la dirección postal de *lady* Máda. ¿Acaso aquello no era una señal de que su esposa deseaba que él hiciera llegar el libro de leyendas a la historiadora? Había hecho oídos sordos a la petición muda de la irlandesa —lo único que había enviado a O'Grady, semanas atrás, había sido una misiva informándole de la trágica desaparición de su aprendiz—, porque deshacerse del recuerdo más preciado que guardaba de Erin no entraba en sus planes. Pero todo apuntaba a que, dado que había dejado el paquete preparado para su envío, esa había sido su intención desde el principio. ¿Y quién era él para negarle a aquella tesonera criatura su «última» voluntad?

Lo decidió en ese preciso instante: él mismo, en persona, llevaría el manuscrito a Dublín.

Capítulo 34

Erin, querida, abre los ojos —oyó decir a una voz conocida. La joven no terminó de salir de la somnolencia en la que había estado sumida de dos a tres de la tarde hasta que su tutora volvió a romper el silencio que reinaba en la habitación—. Él ha venido. Está en la puerta y ha pedido verme. Al parecer, quiere hacerme entrega de algo.

—¡Oh, Dios mío! —se irguió—. ¿Él? ¿Quién? —exclamó, y su expresión de auténtico terror denotó que era innecesario responder a aquella pregunta. Porque no había ningún otro «él». Solo había existido uno para ella.

Lady Máda intentó reconfortar a su discípula con una sonrisa antes de consultarle qué deseaba que hiciera: ¿recibirlo o darle con la puerta en las narices?

—¿Pero por qué ha venido? —Jamás en su vida le había resultado tan costoso controlar los nervios. El tenue temblor de sus manos era fiel reflejo de ello.

—Aún no lo sé. La señora Hudson —el ama de llaves de la casa— acaba de subir a informarme de que este caballero aguarda en la puerta principal —dijo mientras le pasaba a Erin la tarjeta de visita del heredero del clan O'Connor.

La aprendiz de *banshee* pasó la yema de los dedos cariñosamente por encima de aquella cartulina que había estado en manos de Declan minutos antes y en la que aparecía inscrito el lema del clan: «*Never back down*». Creyó sentir el calor residual de su esposo sobre aquella elegante tarjeta. «Declan, amor mío, por una vez da un paso atrás y regresa por donde has venido. No nos lo pongas aún más difícil».

—Creo que debo bajar a saludarlo —continuó la historiadora al ver que Erin seguía sin reaccionar—. De lo contrario, podría sospechar que sucede algo extraño. Dado que soy tu tutora y O'Connor y yo hemos cruzado correspondencia por tu reciente desaparición…, lo lógico es que ahora acceda a recibirlo en persona por si hubiera alguna novedad sobre este trágico asunto.

—Sí, supongo que… Supongo que está en lo cierto —coincidió. El cuerpo aún le temblaba.

—Querida niña, ¿estás segura de no querer atenderlo tú misma? —preguntó *lady* Máda mientras echaba un triste vistazo a la panza ligeramente abultada de Erin.

La joven dublinesa se cubrió cariñosamente el vientre con una mano.

—No. Aún es pronto para que mi esposo sepa de él… o de ella —añadió con una sonrisa doliente—. Y si, como todas suponemos, esto no termina bien, es una pena que prefiero ahorrarle. Ya sufrió bastante por la muerte de su hermano Killian —susurró mientras dejaba escapar una lágrima. Era una sensación extraña aquella de estar atravesando por el peor y el mejor momento de su vida.

—Tú decides, querida. Pero ahora procura descansar. —*Lady* Máda observó apenada las facciones apagadas de Erin y suspiró: en sus casi tres siglos de existencia jamás había conocido un caso semejante. Porque había ocurrido lo impensable, lo imposible para una *banshee* o incluso una aprendiz de *banshee*. Y resultaba evidente que la lucha entre la vida y la muerte era encarnizada en el interior de la muchacha—. En cuanto se haya marchado, te contaré cómo ha ido el encuentro.

—Gracias, *lady* Máda —dijo reteniéndola un momento de la mano—. Por cuidar de nosotros a pesar de que, como discípula, le fallé de una manera estrepitosa…

—No me has fallado, jovencita. De hecho, aún ignoro si lo que ha sucedido ha sido fruto de un milagro o de una malaventurada desgracia.

—Pase lo que pase, sin duda ha sido un milagro, *lady* Máda —le aseguró justo antes de que una nueva quemazón en el abdomen y la zona lumbar la obligara a retorcer las sábanas sobre las que se encontraba tumbada.

—¿Empieza de nuevo?

Erin asintió varias veces sin responder, acallando con pundonor el grito que pugnaba por abrirse paso en su garganta. Las primeras molestias las había notado a la semana de su llegada a Dublín, pero apenas si les dio importancia; ahora, tras más de seis semanas de evolución, el dolor se iba haciendo cada vez más insoportable.

—Pediré a la señora Hudson que te suba el aceite de argán —se despidió de ella la *banshee*.

* * *

Al regreso de *lady* Máda, la joven se sentía mucho mejor. De hecho, la encontró de pie —junto al visillo que cubría de blanco transparente la ventana de su cuarto— con un amago de susto en el rostro, ya que en su intento de contemplar a escondidas a Declan mientras atravesaba el jardín camino de la verja exterior de la mansión, él, por intuición, se había dado la vuelta para escudriñar los ventanales de la señorial fachada, como si en ellos buscara algo o a alguien, y Erin se había visto en la necesidad de girarse presurosa contra la pared para ocultarse. La irlandesa volvió a asomarse con un cuidado extremo para comprobar que Declan efectivamente abandonaba el vergel de O'Grady y enfilaba calle arriba.

«No puede ser que me buscara a mí, porque forzosamente ha de pensar que fallecí hace dos meses... ¿O no?», se inquietó. El corazón le latía alborotado.

—Erin, ¿qué haces en pie? —la amonestó su tutora—. Regresa de inmediato a la cama. Necesitas recuperar fuerzas.

La aún señora O'Connor obedeció.

—¿Qué ha ocurrido? ¿Qué le ha dicho Declan?

—Por favor, debes procurar no alterarte —le advirtió mientras volvía a cubrirla con la colcha—. Erin, tu esposo es plenamente consciente de que continúas viva.

—Oh, no, no —se acongojó Erin, con el alma en un puño—. Pero cómo...

—He intentado convencerlo de que se hallaba en un error, le he explicado que entendía su pena, pero que debía pasar página y asumir que, por mucho que nos doliera a todos, tú ya no estabas entre nosotros. Que si a estas alturas aún no habías aparecido ni muerta ni viva era sin duda porque las aguas se te habían llevado aquella mañana de octubre. Le manifesté que, por el descanso de tu propia alma y de la suya, debía dejarte partir en paz —relató la historiadora, que negó con la cabeza y sonrió débilmente—. Y he de reconocer que tu esposo ha hecho alarde de una gran paciencia conmigo, dado que en cuanto he dado por concluido mi sermón, me ha aclarado con una sonrisa muy cortés que nada de lo que yo pudiera decirle lo convencerá de que tú te has marchado para siempre, porque te siente exactamente igual que si nunca te hubieras ido de su lado. Me ha hablado del miembro fantasma de un tal señor Miller. No se ha molestado demasiado en explicarme de qué hablaba; he supuesto que tú sabrías a qué se estaba refiriendo.

—Sí, lo sé. Claro que lo sé. —Erin cerró los párpados. Aquella carta de Declan la tenía grabada a fuego en su memoria. También había tenido que abandonarla en Stormfield, porque, de haberla llevado consigo, podría haber despertado las sospechas de su marido. «Al parecer, de nada me sirvió prescindir de ella». Abrió de nuevo los ojos tras releer aquellas líneas invisibles—. ¿Qué más le ha dicho?

—¿Literalmente? —Erin asintió—. «Si está aquí o sabe de su paradero, y estoy convencido de que así es, dígale, por favor, que se marchó por una gran mentira. Y que si decide regresar a mi lado, estoy dispuesto a perdonar que, una vez más, haya depositado toda su desconfianza en mí». Esas fueron sus palabras textuales.

—Maldita Catriona… Siempre he tenido la corazonada de que había mentido acerca de su embarazo.

—¿Y qué vas a hacer, querida? ¿Deseas que lo mande llamar? Me ha obligado a apuntar dónde se encuentra alojado, en una posada no muy lejos de aquí.

Erin se moría de ganas por volver a estar entre sus brazos, aunque aquel reencuentro fuera más corto que decir «te quiero».

—No, ya es demasiado tarde para eso. —La aprendiz de *banshee* negó con la cabeza en repetidas ocasiones, como si intentara convencerse a sí misma de que aquella era la decisión acertada. Para Declan, unos instantes de felicidad en las semanas que a ella le restaban por vivir no podían compensar el dolor de toda una vida tras tener que ser testigo no solo de la muerte de su esposa, sino también de la de su hijo no nato.

—Permite que te exprese mi opinión, Erin: él desearía estar a vuestro lado en estos momentos. Por supuesto, te corresponde a ti decidir…, pero tú no lo has visto. Ese hombre te ama con una entrega ciega.

—Es tarde, es demasiado tarde… —volvió a repetir la dublinesa, y se volvió extenuada hacia la ventana para impedir que su tutora la viera llorar una vez más—. Será mejor que descanse. Dentro de solo tres días hay una misión que como aprendiz de *banshee* debo cumplir. Tal vez, si prosigo con mis obligaciones, la Muerte se apiade de mí y no se me lleve en el plazo estipulado. Enero… —recordó en un murmullo el final de su particular cuenta atrás—. La serviré con lealtad infinita si me concede una prórroga de seis meses: solo pido poder dar a luz a este bebé —admitió con una mano apoyada en la redondez que apenas empezaba a asomar.

—Presupones en la Muerte una humanidad que está lejos de sentir, Erin… Entiendo que desees aferrarte a cualquier esperanza, pero no es probable que se muestre compasiva contigo ni con el fruto de tu vientre.

—No podemos saber con certitud cuál será su reacción. —Angustiada, trataba de refutar el argumento de su tutora—. Usted misma me explicó que esta es una situación singular, ya que nunca antes una *banshee* había engendrado un hijo…

Eso era lo que O'Grady le había expuesto al descubrir, con gran sorpresa para la congregación, que los achaques que Erin O'Connor venía sufriendo casi desde su llegada a Dublín se debían a que la joven estaba encinta. Las *banshees* nunca se habían planteado el celibato como una obligación porque se suponía que sus vientres se volvían yermos desde el instante en que se comprometían a servir a la Muerte como aprendices.

—No debo ni quiero contrariarte —reconoció la dama mientras le apartaba un par de bucles de su rostro demacrado.

—*Lady* Máda —Erin retuvo de una manga a su mentora para captar toda su atención—, si existe la más mínima posibilidad de salvar a este pequeño, haré lo imposible por asirme a ella —dijo apretando los dientes y conteniendo las lágrimas.

—¿Y después?

—Alguien de su confianza hará llegar al pequeño a Stormfield, donde se criará feliz junto a su padre —soñó por un momento Erin, y, ante aquella visión del niño en brazos de Declan, una tierna sonrisa de felicidad se curvó en sus labios—. En una carta le explicaré a mi esposo los motivos de mi huida.

—¿Los motivos, Erin?

—No se preocupe. Sé que he hecho un pacto de silencio y no puedo revelar mi verdadera naturaleza. Simplemente procederé a contarle que deseaba recuperar mi libertad, que al descubrir mi embarazo me angustié ante la posibilidad de no poder desarrollar mi carrera como historiadora y que, por esa razón, decidí huir de Skye. Que si fingí mi ahogamiento fue para que no me buscaran. Conozco a mi marido y sé que recibirá con los brazos abiertos a su hijo, así que poco me importa cuán mal pueda pensar de mí: desde que me volví una lunática hasta que en realidad nunca lo amé… De hecho, tal vez así le resulte más fácil olvidarme.

—¿Olvidarte? —*Lady* Máda sonrió con gesto benévolo—. Me temo que un amor así no se olvida, y menos si le das un hijo que pueda recordárselo a diario.

—Rezaré por que el bebé se parezca lo menos posible a mí. Y estoy convencida de que, con el tiempo, Declan volverá a casarse. Tal vez con Marianne. —Al pensar en aquella posibilidad, se le encendió el rostro—. Ella sería una buena esposa para él y una buena madre para mi pequeño. —La luz se le apagó al instante—. Aunque, para ello, primero tienen que dejarlo nacer.

* * *

Pese a que la sensación térmica era más gélida que los seis grados que marcaba el mercurio, Declan se pasó los dos días siguientes montando guardia frente a la casa de *lady* Máda, justo al otro lado de la calle. Ponía especial cuidado en ocultarse en unos soportales para que no pudieran verlo desde la mansión.

Habían dado las cuatro de la tarde de aquel cinco de diciembre cuando sintió que el corazón se le detenía: Erin acababa de abrir y cruzar la verja del palacete. Observó con inquietud que no caminaba con la decisión a la que acostumbraba, sino como si estuviera ligeramente enferma.

—¡Erin! —la llamó a voz en cuello.

La irlandesa abrió los ojos e, incrédula, vio a Declan cruzando la calle para ir a su encuentro. Fue como tirar de una sábana blanca para dejar al descubierto un cuadro olvidado por todos durante semanas: de repente, el rostro de la joven cobró vida.

—Sabía que era imposible, que no podías estar muerta. Siempre lo he sabido —dijo al tiempo que la tomaba entre los brazos para acurrucarla contra su pecho.

—Oh, Dios mío, Declan, ¿qué hacías ahí?

—¿Y tú me lo preguntas? He venido en busca de mi esposa… —respondió con voz emocionada y abrazándola aún más fuerte, como si creyera que volvería a huir de él en cuanto se decidiera a soltarla—. Necio de mí, creí que cuando *lady* Máda te explicara que Catriona había mentido, que nunca estuvo embarazada, mandarías a por mí. Pero no: como de costumbre, mi testaruda esposa no podía ponerme las cosas fáciles —se quejó sin dejar de sonreír—. Me has tenido en un sinvivir durante todo este tiempo, preguntándome si mi mente no habría caído en garras de la demencia, si tal vez el mundo estaba en lo cierto cuando insistía en que te habías marchado para siempre. Solo Nora y yo creímos que seguías viva, y aquí estás —dijo apartándola ligeramente para verle el rostro a la luz de aquel día de cielos encapotados. Erin lucía un semblante pálido como el algodón—. ¿Has estado indispuesta? ¿Por qué sales a la calle si te sientes enferma? —Como la respuesta no llegaba, continuó con su particular interrogatorio—: ¿Tal vez ibas en mi busca? —Aquella suposición lo hizo sonreír.

—Declan, es tarde… Ya no hay tiempo para más.

—¿Tarde? ¿Para qué? ¿A qué te refieres?

—No puedo hablar de esto contigo. Lo tengo prohibido.

Declan bufó ante aquellas palabras.

—¿Por quién? ¿O'Grady?

—Jamás lo entenderías. —Al final no había resultado tan buena idea la de ir a dar un paseo para poner a prueba sus fuerzas. Y encima, había olvidado emplear el hechizo del *féth fiada*, como debía hacer cada vez que abandonaba la mansión—. Déjame ir, Declan. Ahora mismo no puedo pensar en ti. Tengo otras preocupaciones.

—¿Otras preocupaciones? ¿Acaso todo fue mentira y nunca me amaste? ¿Es eso, Erin? —le preguntó con los ojos atormentados por la angustia, pero sin llegar a creer en sus propias conjeturas.

—Por favor, señor O'Connor —dijo *lady* Máda acercándose a ellos con el aliento entrecortado. Acababa de presenciar el encuentro desde la ventana del salón y se había apresurado a salir en auxilio de Erin, cuyo aspecto físico se había ido deteriorando cada vez más durante la conversación con su esposo—, permítame que la lleve a casa. Le advertí que no se encontraba con suficientes fuerzas como para salir a pasear, pero ya la conoce, se empeñó y no fui capaz de impedírselo.

Erin miró a Declan con ojos suplicantes.

—Las dos han perdido el juicio si piensan por un solo instante que voy a permanecer alejado de ella ni un segundo más —replicó mientras obligaba a su esposa a sostenerle la mirada—. ¿Me has oído? ¿Quieres que me vaya y no vuelva? Bien, pero primero tendrás que explicarme algunas cosas, Erin.

—Y lo hará. Se lo prometo —intervino *lady* Máda—. Pero solo cuando esté preparada para hacerlo. Le haré llamar cuando así sea —intentó persuadirlo. Declan la miró desconfiado—. ¿No puede conformarse de momento con el hecho de haber podido confirmar que ella está viva? Como ve, en estas condiciones no va a ir a ninguna parte.

Erin, por su parte, se había quedado muda, sin saber cómo reaccionar, consciente de que estaba lastimando al amor de su vida y sintiéndose incapaz de hacer o decir nada que pudiera reconfortarlo. Una nueva punzada en el abdomen le dobló las rodillas, y el *highlander* tuvo que sujetarla para que no diera con los huesos en el suelo.

—¡Por todos los santos, ¿qué tiene?! —preguntó mientras la alzaba en brazos.

—Sígame, por favor —le rogó la historiadora antes de abrirle camino hacia el interior de la casa y conducirlo por las escaleras hasta el dormitorio de la dublinesa.

Una vez allí, la dama tomó uno de los extremos del embozo para abrir la cama y Declan depositó a Erin con delicadeza sobre las sábanas sin dejar de observar su gesto, empañado por el dolor. O'Grady se apresuró a tapar el vientre de la joven.

—Y ahora váyase, se lo ruego —dijo posando una mano en el antebrazo del escocés—. Su presencia aquí no hace sino exaltarla aún más, y precisa de paz y descanso.

—Pero yo deseo poder atenderla en todo lo que necesite… —se quejó él sin apartar la vista de Erin.

—Le aseguro que no escatimamos en cuidados; su esposa se encuentra en las mejores manos. —Como el *highlander* no se movía, intentó vencer su resistencia con una promesa—: No tardaré en hacerle venir, se lo prometo —dijo mientras hacía una señal a otra *banshee* que los había seguido hasta el dormitorio—. Ahora, márchese. La señorita Burke lo acompañará hasta la calle.

—Por favor, Declan, haz lo que dice *lady* Máda —susurró Erin.

El escocés vaciló, pero finalmente acarició la frente de su esposa con un beso y se despidió prometiendo volver muy pronto.

* * *

O'Connor no había llegado a marcharse. Permanecía junto a la casa de la historiadora, en su parapeto habitual, a la espera de ver salir a algún sirviente que pudiera ir en su busca. Se pasó las siguientes treinta horas escudriñando la ventana que había identificado como la habitación de su esposa, pero ni una sola vez se movieron los visillos.

A las doce de la noche por fin percibió el sonido de los cerrojos de la puerta. Alguien la había abierto y salió de la mansión de *lady* Máda: a pesar de que la calle estaba en penumbra, distinguió una sombra abultada, una mujer sin duda, por lo voluminosos que resultaban sus ropajes. Aquella persona descendió las escalinatas, atravesó el camino de grava que cruzaba los jardines de la entrada y se acercó a la verja que daba a la calle, tan desierta como un páramo escocés. Iba cubierta por una capa del color de la noche, provista de capucha, pero Declan hubiera reconocido aquellos andares incluso en medio de una muchedumbre: sin duda, era Erin. Masculló una maldición. «¿Pero adónde se dirige a tan altas horas de la noche y estando enferma?». Estaba cruzando la calle para acudir a su encuentro cuando, para su estupor, oyó que Erin murmuraba unas palabras y a continuación desaparecía como por arte de magia.

—¿Qué demonios…? —musitó, y caminó apresurado hacia el lugar donde ella se encontraba un momento antes.

Cuál fue su sorpresa cuando se topó, en mitad de la acera, con una masa invisible y, pese a no poder verla, de inmediato echó las manos adelante para envolver en sus brazos el cuerpo de su joven esposa. Le había sido imposible olvidar su tacto desde aquella primera noche en que la aprendiz de historiadora llegó a Stormfield y chocaron en el corredor que conducía a las habitaciones de la familia.

—¿Erin? —preguntó sin liberar a su presa—. Eres tú, ¿no es así?

Capítulo 35

Al constatar que su esposo no parecía dispuesto a soltarla, a la joven no le quedó otra alternativa que deshacer el hechizo del *féth fiada*. Cuando Declan O'Connor la vio reaparecer ante sus narices, no sabía qué resultaba más increíble: si el hecho de que su encuentro del día anterior no hubiera sido un sueño y realmente su esposa estuviera viva o que poseyera el don de la invisibilidad.

—Cariño… —se limitó a susurrar en ese primer instante, intentando recolocar en su cerebro un pensamiento lógico que le resultaba esquivo.

—No pensé encontrarte otra vez aquí —murmuró la joven, y se maldijo por no haber sido más precavida.

—Estaba esperando a que *lady* Máda me hiciera llamar —reconoció mientras le acariciaba su larga cabellera de rizos, que, sueltos, le llegaban hasta la cintura—. ¿Por qué sales a la calle a estas horas de la noche si estás indispuesta?

—Tengo algo que hacer… Debo ir.

Intentó desprenderse de los brazos de Declan.

—¿Adónde crees que vas? —la retuvo—. ¡Basta! —le rogó mientras ella persistía en el forcejeo—. No irás a ningún sitio.

—Por supuesto que sí —dijo mientras, sacando pocas fuerzas de sus muchas flaquezas, se afanaba en liberarse de él.

Si no fuera por lo contrariado que se sentía, Declan hasta se hubiera alegrado de ver resurgir a su Erin de siempre, a la mujer tozuda y asombrosamente independiente que había conocido en Escocia.

—Y yo te digo que no. No en tu estado.

Como si aquella frase tuviera el poder de dejarla petrificada, Erin dejó de plantear batalla.

—¿En mi estado? —«Por todos los cielos, *lady* Máda, Dairine, ¡no se lo habréis dicho! ¡No debe saber nada de mi embarazo!».

—Sí, en tu estado. Estás muy débil. ¿Qué mal te aqueja? ¿Te ha visitado algún médico, Erin? —preguntó preocupado, y ella respiró aliviada.

—Déjalo estar, Declan. Todo esto ya no tiene sentido.

—Habla conmigo, cariño, hazme entender. Cuéntame qué es lo que está ocurriendo. Aún no puedo creer que estés viva. Estas semanas he vivido un auténtico infierno. Te juro que, cuando desapareciste, todo mi mundo se vino abajo y solo el convencimiento de que lograría dar contigo logró sostenerme en pie.

Aquellas palabras le sonaron tan a verdad a Erin, que no pudo resistirlo más.

—Yo… Yo lo siento tanto —dijo mientras rompía a llorar. Si al menos hubieran tenido aquellos últimos meses para amarse… Sin embargo, ya no tenía sentido regresar a su lado, regresar a Stormfield. «Es probable que este embarazo no llegue a buen término y deseo ahorrarte ese dolor, amor mío»—. Pero debes olvidarme. Hay cosas de mí que ni sabes ni entenderías —le advirtió con gesto derrotado.

—No pienses por mí, Erin, y hazme el favor de ponerme a prueba. —Su exigencia sonó dulce como un ruego—. ¿Tu abandono guarda alguna relación con este fascinante poder tuyo de hacerte invisible? —preguntó mientras le limpiaba las lágrimas de las mejillas.

—Solo quise darte una oportunidad de ser feliz. —Lo miró rendida. Lo había echado en falta muchísimo, aunque algo menos cada vez que se pasaba la mano por la panza para saludar a la carne de su carne. Porque Declan estaba en su mente, en su corazón y en su vientre.

—¿Feliz? No sabes lo que dices. Apuesto a que estás delirando debido al mal que te aqueja, porque es imposible que pienses que puedo ser feliz sin tenerte a mi lado.

—Creí que si Catriona te iba a dar un hijo no querrías que fuera un bastardo. El niño no se merecía eso. Además, estaba el escándalo, la reputación de los O'Connor…

—¡Al diablo con Catriona y sus argucias y al diablo también con el honor de mi familia, Erin! —exclamó furioso consigo mismo por haberle dado a entender en algún momento que la respetabilidad del clan prevalecía sobre todas las cosas, incluida ella—. Y, por cierto, no creas que se me ha pasado el enfado. Por todos los cielos, ¿esa arpía te dijo que esperaba un hijo mío y la creíste sin más?

—Todo esto ya no tiene sentido —insistió—. Regresa a casa. Permite que todos piensen que he muerto y rehaz tu vida. —Incapaz de decirle aquello mirándolo a los ojos, fijó la vista en uno de los botones plateados que adornaban el abrigo de Declan—. Marianne será una buena esposa. Hagamos que tu viaje no haya sido en balde: si es lo que necesitas, te doy mi bendición para ser feliz con ella.

—¡Es suficiente! —le exigió antes de tomarla con dulzura de los hombros—. Olvídate de ninguna otra mujer del mundo, porque, aunque no estuvieras en él, yo te seguiría siendo igual de fiel que hoy. Nos pertenecemos el uno al otro, para siempre, y ni la mismísima muerte podría cambiar eso.

Obviamente, el escocés se equivocaba.

—Ay, Declan —resopló ella rompiéndose en mil pedazos.

—¿Crees que soy tan estúpido como para no reconocer un hechizo de invisibilidad? ¿Tal vez el *féth fiada*? —La dublinesa abrió los ojos sorprendida—. Vamos, yo también sé algo de leyendas. Por favor, no más secretos, no te los guardes más. Cuéntame lo que ha sucedido. —El heredero del clan O'Connor inspiró hondo y soltó el aire lentamente, como preparándose para escuchar una verdad que por fuerza habría de resultarle dolorosa—. Quién eres. Qué eres.

Si quería apartarlo definitivamente de ella, no le quedaba otra que revelarle su identidad. Y puesto que él ya había supuesto que se trataba de una cuestión sobrenatural, Erin consideró que romper su pacto de silencio con las *banshees* debía de estar justificado.

—Soy… —vaciló, pero la mirada de Declan la animó a continuar—. Soy una aprendiz de *banshee*. —La dublinesa estaba convencida de que semejante revelación provocaría que él la viera con nuevos ojos, como un monstruo aterrador, y que sin duda se apartaría de ella como de la peste y, por fin, la dejaría marchar. Para siempre. Sin embargo, O'Connor fue capaz de absorber aquel golpe sin dar ni un solo paso atrás.

—¿Una *banshee*, Erin? —Por supuesto, la cuestión era retórica: Declan no precisaba una definición del término, ya que había oído hablar de esos personajes mitológicos que se encargaban de anunciar la inminente muerte de una persona.

—Yo acompañé a Killian hasta el Confín, hasta las puertas que nos comunican con el más allá —confesó la irlandesa con el rostro congestionado por la pena.

—Pero recuerdo... —musitó el *highlander*—, recuerdo perfectamente que intentaste detener el duelo con Kirkpatrick. Aquella noche en que entraste en mi habitación.

—Tu hermano fue mi primera misión sin el apoyo de mi tutora. Soñé con el duelo aquella madrugada, siempre lo hacemos, y me pregunté si no podría evitar su fallecimiento. Por eso te visité en tu cuarto.

—¿Y eso se puede hacer? —preguntó algo aturdido—. ¿Burlar a la muerte?

Erin sonrió casi sin fuerzas.

—No, supongo que no. Pero ya os había conocido y no deseaba veros sufrir. Yo estaba allí cuando Killian se despidió de ti, aunque tú no pudieras verme... —Ante el atisbo de incredulidad que detectó en los ojos de su esposo, Erin continuó—. Las últimas palabras de tu hermano fueron un consejo dirigido a ti: «No seas estúpido: no le debes nada a nadie. Intenta ser feliz, hermano. Por ti y por mí». Y eso es lo mismo que te pido yo ahora. Sigue adelante con tu vida —dijo con una voz que pretendía sonar firme, pero que no lo fue a causa de la debilidad física que la embargaba.

Curiosamente, fue Declan quien tuvo que aferrarse con una mano a la verja que tenía a su izquierda. Jamás había compartido con nadie las últimas palabras de Killian.

—¿Estás destinada a ser la *banshee* de mi clan? ¿Intentas decirme eso?

—Así es. «Estaba» destinada a serlo.

—¿Ya no?

Ella negó con la cabeza, nerviosa.

—No, creo que es muy poco probable que lo consiga —se limitó a reconocer. No quería revelarle más secretos, y, aun así, sentía la imperiosa necesidad de hacerlo.

—¿Qué ha cambiado? —preguntó él, esperanzado ante la idea de que su esposa no tuviera que transformarse en una *banshee* y pudiera regresar a su lado.

—Estoy segura de que no pasaré la prueba.

—¿Qué prueba es esa?

—Todas debemos someternos a un periodo de prueba. Son doce meses como aprendiz y, concluido ese plazo, debemos… —se contuvo, indecisa.

—Por favor, no te detengas ahora, Erin.

—Debemos llegar a ese último día con el corazón libre de cualquier sentimiento humano —le aclaró—. Las *banshees* consideran que entorpecen la labor que nos ha sido encomendada: si andamos preocupadas por cuestiones mundanas, corremos el riesgo de no ser capaces de guiar a los recién fallecidos hacia la luz. Y, aunque los sentimientos no siempre son un impedimento para llevar a cabo nuestras misiones, no podemos permitirnos el riesgo de que puedan llegar a serlo, porque no le resultaríamos de ninguna utilidad a nuestra señora, la Muerte.

El gesto compungido de Erin le dijo que su fracaso como aprendiz de *banshee* en realidad no era una buena noticia. Acunó su rostro entre las manos y la miró directamente a los ojos.

—¿Qué ocurre si no superas esa prueba? —preguntó muy serio, vaticinando una respuesta estremecedora.

Antes de dársela, Erin decidió explicarle su primer encuentro con *lady* Máda, hablarle de la enfermedad de Liam, de cómo ella había ofrecido sus servicios a la Muerte a cambio de salvarle la vida a su hermano y de que, en caso de no resultar apta al finalizar el periodo de prueba, la Parca acudiría a su encuentro para acompañarla hasta el más allá en un viaje de ida, sin retorno.

—¿Morirás por tus sentimientos humanos? ¿Morirás porque me amas? —Al *highlander* le quemaba el aire en los pulmones. Él había perseguido a Erin para hacerla suya primero en cuerpo y después en alma, así que su conclusión no podía ser otra—: Yo te he sentenciado a muerte. —Se apartó de ella derrotado y asqueado consigo mismo.

—No es así, Declan. —La dublinesa dio un paso hacia su esposo—. Doy por bueno lo que he vivido en estos últimos meses. No te atrevas a culparte, maldita sea —le exigió—. Mi vida es responsabilidad mía y de nadie más.

—¿Pero por qué te expusiste así? —se enfadó él—. ¿Por qué aceptaste casarte conmigo?

—Yo... —Vencida, dejó escapar un suspiro—. La maldición de los O'Connor. —Declan la miró intrigado—. No querías casarte con nadie por temor a que tu esposa falleciera en vuestra noche de bodas, y entre las responsabilidades de una *banshee* está la de velar por la supervivencia del clan al que sirve. Lo consideré un deber... al menos en parte —admitió. Ahora sabía que se había enamorado de Declan O'Connor mucho antes de otorgar su consentimiento para aquella boda.

—¿Querías darme un hijo? —preguntó incrédulo.

—No, se supone que las *banshees*, desde el periodo en que empiezan a ser aprendices, no podemos quedar encinta —dijo rehuyéndole la mirada—. Mi plan desde el principio fue convertirme en tu «primera» esposa.

—Mi primera esposa... O sea, que dabas por sentado que habría una segunda.

—Marianne. —Erin notó que se removía incómodo—. Pensé que la admirabas —se explicó ella ante la protesta muda que exhibían los ojos del *highlander*—, que incluso la amabas y que, por ese motivo, no le habías propuesto matrimonio.

Declan resopló porque tanto Erin como él se hubieran mostrado así de obtusos. La atracción fue evidente entre los dos desde el primer instante... y, sin embargo, se tomaron todas las molestias del mundo en fingir que eran indiferentes el uno para el otro. «Cuánto tiempo perdido», se lamentó el escocés.

—Tengo que confesarte —dijo Declan, pensativo, con el enojo aún clavado en el ceño— que aquella noche, la de nuestra boda, no pegué ojo. Sentí que, pese a lo desastroso que había sido nuestro... —carraspeó avergonzado— nuestro «estreno» como marido y mujer, ya te amaba con toda mi alma. Te velé cada minuto, hasta la llegada del alba, temiendo que en cualquier momento dejaras de respirar debido a la maldición.

—Oh, Declan... —dijo acariciándole con suavidad una mejilla. El heredero de Stormfield sintió un estremecimiento al contacto con aquellos tiernos dedos que tanto había echado en falta—. Como aprendiz de *banshee*, tengo un pie en este mundo y el otro más allá del Confín. Ya estoy tocada por la Muerte, así que no puedo perecer por una maldición, como tampoco puedo hacerlo de muerte natural. Sobreviviría incluso al más terrible de los accidentes...

—Esto corrobora lo que llevo mucho tiempo sospechando: que ya te amaba el día en que nos casamos. —Su risa fue seca y triste—. ¿Entonces siempre tuviste planeado abandonarme, fingir tu muerte, al cabo de un tiempo de vida en común? ¿Es eso? —preguntó con el dolor asomándose a través de sus iris azules.

—Para mí lo más importante siempre fue superar la prueba como *banshee* —mintió Erin, porque en realidad fue su corazón, y no su mente, quien la había guiado en cada toma de decisiones.

Declan apoyó todo el peso de su cuerpo en la verja, aparentemente agotado.

—¿Aún tienes la oportunidad de superar esa prueba? Como aprendiz de *banshee* —le aclaró la pregunta.

—Sigo luchando para conseguirlo —insistió Erin en el embuste—. Debes entender que se me ha ofrecido el regalo más preciado que se le podría otorgar a un ser humano: la inmortalidad.

«Oh, Declan, no sabes lo dispuesta que habría estado a sacrificar ese don por ti y por el pequeño que viene en camino. Una sola vida con vosotros habría valido más que un millón de eternidades», pensó Erin, pero se guardó mucho de reconocer sus verdaderos sentimientos. Tal como estaban las cosas, lo que necesitaba era que él se marchara: si no lograba echarlo de su lado y en unas semanas la Muerte se presentaba a buscarla, Declan no solo la vería partir a ella, sino también a su hijo.

—Vivir para siempre… Sí, lo entiendo —mintió también él. «Es evidente que no me ama como yo la amo. ¿De qué me serviría a mí la inmortalidad si no pudiera compartirla con ella?», se preguntó. Pero estaba demasiado preocupado por su esposa como para seguir las miguitas que el resquemor le había ido dejando en el camino.

—¿De ahí la enfermedad? —preguntó el *highlander* observando el rostro cetrino de la irlandesa—. ¿Es por esa maldita prueba? —La línea de su mandíbula cuadrada se mostraba rígida por la tensión.

A Erin apenas le dio tiempo a asentir. Un intenso pinchazo en el bajo vientre le advirtió que algo andaba mal. Francamente mal. Declan no llegó hasta ella lo suficientemente rápido para evitar que cayera de rodillas sobre el suelo. Respiraba entrecortadamente y su piel translúcida había empalidecido de pronto dos tonos más. Cuando Declan la tomó en brazos se percató de que los cabellos de su esposa, como por arte de magia, habían empezado a cambiar de color: vio cómo el gris plata de las raíces avanzaba en cascada hacia abajo, hasta las puntas. Aterrado por aquella transformación y lo que podía significar, atravesó raudo los jardines de la mansión y pateó la puerta de *lady* Máda mientras pedía a gritos que le abrieran urgentemente.

El ama de llaves apareció en camisón, con una palmatoria en la mano que revelaba su expresión asustada. De inmediato apareció en lo alto de la escalera O'Grady, vestida de calle; en el último momento se había arrepentido de permitir a Erin que fuera a cumplir la que probablemente sería su última misión y se disponía a salir en su busca para sustituirla cuando se percató de que la Muerte rondaba cerca, a tenor del color ceniza que acababan de adquirir sus propios cabellos.

—Señora Hudson, dígale a Patrick que vaya en busca del médico —le urgió a su ama de llaves mientras corría, junto a Declan, por el pasillo que conducía a las dependencias de las *banshees* —. Y después despierte a Dairine y explíquele que debe hacerse cargo de la misión que se le había encomendado esta noche a Erin.

—Sí, señora. De inmediato.

—¿El médico vive lejos? ¿Tardará en llegar? —preguntó angustiado Declan.

—Supongo que al menos media hora —contestó la historiadora mientras permitía que el escocés tumbara a su esposa en la cama. Fundadas sospechas la empujaron a aproximarse a su pupila, que se quejaba en voz baja de los fuertes dolores abdominales—. Aunque me temo que incluso estando ya aquí sería demasiado tarde… —musitó tras levantar las faldas del vestido de Erin y confirmar sus peores temores.

Declan se quedó horrorizado. No entendía por qué había tanta sangre entre las piernas de su esposa. Los sollozos de la aprendiz de *banshee*, que se envolvía la panza como si pretendiera protegerla de un latrocinio, se le clavaron en el alma a su esposo cuando oyó aquellas dos palabras:

—Mi hijo… —resopló. El escocés dirigió una mirada exigente a *lady* Máda, y esta, ya sin secretos que esconder, hizo un gesto de reconocimiento.

—¡Por Dios, ¿está embarazada?! —estalló Declan—. Pero si ella misma me dijo que eso era imposible, que las *banshees* no… —se detuvo como si hubiera traicionado un secreto, pero la dama irlandesa no le dio importancia y habló como si fuera lo más normal del mundo que O'Connor estuviera al tanto de su condición inmortal:

—Ella siempre lo ha llamado «milagro». Y sin duda es algo extraordinario que jamás le había ocurrido a una *banshee* o aprendiz de *banshee*.

—Mi pequeño… —murmuró Erin, que no tardó en abrir los ojos en cuanto presintió la llegada de Aquella a la que tanto temía—. ¡No! ¡No! —se desgarró la voz mientras se encogía para alejarse de su destino—. ¡*Lady* Máda, no permita que se lo lleve! Dígaselo, dígale que solo necesito seis meses, no pido más, y seré su esclava para siempre. ¡Entonces podrá tomar mi alma y llevársela al mismísimo infierno si allí le resulta de alguna utilidad!

Impresionado por la reacción desesperada de su esposa, Declan siguió la dirección en la que esta miraba, pero, a sus ojos, allí el espacio permanecía vacío.

—No es posible, querida niña —intentó tranquilizarla O'Grady. Su voz contrastaba con la de Erin como lo habrían hecho un delicado pañuelo de seda y la rasposa arena del desierto—, y debes comprenderlo. Has de dejarlo marchar —dijo abarcando el vientre de su pupila con una mano—. Ha combatido con todas sus fuerzas, igual que lo has hecho tú durante estas últimas semanas, pero es el momento de que él o ella pueda abandonar la lucha.

«Él o ella…», repitió para sí Erin, y de repente ya no quiso guardarse nada; necesitaba compartir sus anhelos y desesperanzas con Declan.

—Lorken… significa «pequeño valiente» —dijo mirando con los ojos llenos de lágrimas a su esposo—. Así deseaba llamarlo: Lorken O'Connor. Algo me dice que es un niño —le dio tiempo a decir antes de gruñir y retorcerse con una nueva contracción, infinitamente más dolorosa que las de un parto normal porque aquí no habría un final feliz.

O'Connor había dado a su mujer la mano, invitándola a apretar cuando el dolor le estallara por dentro. Deseaba poder compartir con ella su sufrimiento; de buena gana se habría ofrecido para intercambiar los cuerpos en ese instante.

—Ese es un nombre muy apropiado —le dijo *lady* Máda con voz cariñosa mientras posaba el dorso de una mano sobre la frente de su pupila, perlada de gotas de sudor por las fiebres—. Ha sido la criatura más valerosa jamás engendrada. Pero ahora debes permitir que acompañe a la Señora. Merece descansar en paz. Se acabó la lucha, Erin.

La dublinesa vislumbró la figura de la Muerte a través de la cortinilla de agua que habían formado las lágrimas de sus ojos. No quería dejar ir a Lorken. Notaba el cuerpo tan entumecido que en ese tiempo casi ni experimentaba dolor físico, y sin embargo se sentía como si cristales rotos le laceraran el alma, como si ella misma fuera a romperse en mil pedazos. Solo la mano de su marido la mantenía entera.

—Declan… —le susurró como si él pudiera ayudarla.

—Amor mío —respondió él con la voz casi ahogada por el sufrimiento—. Supongo que *lady* Máda está en lo cierto y debes dejarlo marchar como ella dice. Me temo que él ya no nos pertenece. —Las sábanas ensangrentadas eran buena prueba de ello—. Te aseguro que la memoria de Lorken permanecerá siempre viva entre los suyos, entre los O'Connor.

Erin volvió a estremecerse en una nueva sacudida de dolor. Se arqueó en un movimiento casi imposible y, cuando volvió a posar la espalda en el colchón de la cama, sintió que, muy a su pesar, todo había acabado para el pequeño.

O'Grady procedió a depositar sobre el vientre de su pupila la capa blanca que ya la había visto usar en tantas ocasiones, y en ella recogió el alma del bebé ya fallecido. La irlandesa se incorporó y, en un intento inhumano, intentó ponerse de pie para arrancar a su hijo de los brazos de la *banshee*, pero Declan, aun sin ser testigo directo de lo que sucedía tras él, retuvo a su esposa en la cama, temiendo que pudiera caer redonda al suelo. El gemido de Erin fue prácticamente silencioso.

Lady Máda llevó el alma del pequeño junto a la Muerte, que destapó ligeramente la parte superior para acariciar con un dedo la fracción de piel que separaba ambos ojos, como había hecho seis meses atrás con el tío de la criatura, Killian. De repente, el bulto inánime cobró vida y resplandeció con luz propia, como si mil estrellas diminutas lo iluminaran. La *banshee* dijo algo en voz baja a su Señora, a lo que esta asintió con una inclinación de cabeza. Erin lloraba desconsolada y Declan la envolvió en un abrazo, sintiendo cada una de las diminutas convulsiones de su esposa.

En cuanto la Parca hubo desaparecido, la *banshee* regresó junto a la cama.

—Antes de partir, la Señora me ha dado su consentimiento para que ambos pudierais despediros de él —les dijo.

Erin se limpió a toda prisa las lágrimas, como si llorar en ese momento fuera una absoluta pérdida de tiempo, y, con el anhelo de una madre, armó con sus brazos una hermosa cuna en la que *lady* Máda depositó el alma de su bebé. Aun cuando el periodo de gestación no había alcanzado ni los tres meses, la irlandesa pudo contemplar a un niño completamente formado.

—Oh, Dios mío, es precioso. Declan, lo tengo aquí, en mis brazos… —informó a su marido mostrándole la capa de O'Grady, a sabiendas de que él no podría percibirlo—. Tiene tus ojos —lloró feliz mientras alzaba la mirada del hijo al padre, cuya expresión de sobrecogimiento la alertó—. ¿Declan?

—Erin, lo estoy viendo. Yo también puedo verlo. —Una expresión de orgullo y tristeza iluminó las facciones del *highlander*—. Tienes razón, su mirada es la de los O'Connor —sonrió también él mientras acariciaba una de las tiernas mejillas del bebé. Como si reconociera el tacto de su padre, Lorken se removió dichoso en brazos de Erin.

—*Lady* Máda, ¿por qué lo vemos tan formado? —preguntó ella mientras se pasaba una mano por su vientre apenas abultado—. Es tan grande como un recién nacido.

—¿Por qué razón lograsteis engendrarlo? Tengo la misma respuesta para ambas preguntas: es un absoluto misterio. Pero está claro que su alma siempre estuvo tocada por ambos mundos. ¿Quién sabe? Este niño es tan especial que a saber lo que los hados le tienen reservado.

La *banshee* les concedió a los tres unos minutos más de juegos y carantoñas, pero, pasado ese tiempo, se vio en la inevitable necesidad de interrumpirlos.

—Sabes que no podemos aplazarlo por más tiempo, querida. Este ya ha dejado de ser su lugar.

Erin besó en la frente a su pequeño y Declan la imitó. Ambos lo tomaron cada uno de una manita.

—Siempre te llevaremos en nuestros corazones, pequeño Lorken —dijo su padre mientras una lágrima le resbalaba por la mejilla. Era la primera vez que Erin veía llorar a su esposo, y, aún con el niño en brazos, besó a Declan en los labios con un amor infinito. Su hijo debía ser testigo de lo mucho que se habían amado sus padres.

Erin alzó los brazos para acomodar el alma de su niño en los de *lady* Máda, que desapareció pocos segundos antes de que el doctor entrara a paso apresurado en la habitación. El galeno colocó su maletín sobre la silla más próxima a la puerta y de inmediato se volvió para centrar toda la atención en su paciente.

—Oh, señora O'Connor… —susurró al contemplar la cantidad de sangre que empapaba las sábanas del lecho. Negó con la cabeza en silencio, ocupado en resolver el dilema de cuál sería la manera más adecuada de dar a conocer la mala noticia—. Me temo que…

—Lo sabemos —lo interrumpió Declan mientras se secaba las lágrimas de los ojos con el revés de una mano—. Ahora ocúpese de mi esposa, por favor —le ordenó mientras acariciaba los cabellos nuevamente castaños de Erin.

Capítulo 36

En cuanto transcurrieron unos días y la irlandesa se sintió preparada físicamente, le pidió a Declan que emprendieran viaje de vuelta a Stormfield.

A solas con *lady* Máda, le explicó que deseaba morir en un lugar donde al menos pudiera volver a ser feliz. La *banshee*, por su parte, le prometió que trataría de interceder por ella «ante las más altas instancias», pero se negó a mentirle y le advirtió que, en otros casos, la Muerte siempre se había mostrado inflexible con aquellas aprendices que no lograban superar la prueba de iniciación.

Durante la travesía en barco rumbo a Escocia, Erin, cansada de las mentiras que se había obligado a contar los últimos meses, discutió con Declan sobre la conveniencia de revelar la verdad, o al menos parte de ella, a las gentes de Stormfield, y llegaron a la conclusión de que, dado que O'Grady había otorgado a su pupila el permiso necesario para hacer partícipes de su historia al matrimonio O'Connor y su hija, en absoluto ajenos a prodigios sobrenaturales y maldiciones, lo mejor era sincerarse para que entendieran las razones que habían llevado a la irlandesa a abandonar el hogar de su esposo. Sin embargo, se guardaron de compartir que *lady* Máda era su tutora como *banshee*, la trágica pérdida de Lorken —suficientes penas había sufrido ya la familia— y el futuro incierto de Erin, es decir, sus más que probables exequias en las primeras semanas de enero. Lo último que necesitaba era vivir sus últimos días soportando la sombra de la compasión en las miradas del *laird*, *lady* Aneira y Nora.

* * *

—¡Por todos los santos! —exclamó la señora de Stormfield tras escuchar atónita toda la historia—. En verdad que esta nunca podrá ser una familia normal.

—Querida —le dijo su esposo mientras la tomaba por sorpresa y la sentaba sobre su regazo, en un gesto de ternura sin precedentes que hizo sonreír a todos los presentes, incluida *lady* Aneira—, qué aburridos seríamos si no nos persiguieran maldiciones ancestrales de *selkies* o sin una *banshee* en el clan.

—Padre, en realidad *exbanshee* —le recordó Nora—. Porque, como nos ha contado Erin, no ha superado la prueba y vuelve a ser mortal, como nosotros. ¿No es así? —Su ligera inclinación de cabeza denotaba que sospechaba que su hermano y su cuñada se habían reservado información adicional que no pensaban desvelar al resto de integrantes del núcleo familiar.

—¿Y el doctor Sullivan? —inquirió la dublinesa para cortar por lo sano las acusaciones veladas que la pregunta de Nora escondía—. ¿Dónde se encuentra?

—Oh, va y viene. Curiosamente, ha adquirido un maravilloso tono dorado en la piel, muy semejante al que te sueles granjear tú, Declan, en tus viajes a Londres, esos en los que vendes tus maravillosas melodías —respondió mordaz Nora, que se había cansado de guardar secretos que nadie se había molestado en revelarle.

El primogénito entornó los ojos mientras examinaba a la benjamina de la familia y se preguntó cuánto habría sabido esa pequeñaja de sus actividades comerciales ilícitas y cuánto sabría ahora de las del nuevo capitán Dram.

—¿Tenemos noticias de cuándo regresará? —preguntó Erin a su cuñada.

Había formulado la pregunta tras observar, inquieta, las miradas desafiantes que ambos hermanos se lanzaban; pretendía evitar que prosiguieran con un duelo mudo que podía despertar las sospechas de sus padres. Y, además, aguardaba interesada la respuesta, porque deseaba poder ver al teniente al menos una última vez… junto a Nora. Se preguntaba si la conexión que había observado entre la pareja semanas atrás había resistido el paso del tiempo y las ausencias intermitentes del galeno.

—Me dejó una nota muy escueta en el despacho —intervino por fin Declan. Erin notó que a Nora le brillaron los ojos de expectación— diciendo que unos negocios reclamaban su atención y que ignoraba cuándo, pero regresaría lo antes posible. Sin embargo, no especificaba su destino.

—Pues ya sabes más que yo —refunfuñó Nora.

—A tu madre y a mí nos informó de que partía hacia Inglaterra —comentó el *laird* como si nada. Su esposa confirmó con un ligero movimiento de cabeza.

—Pues qué bien. Todo el mundo estaba al tanto menos yo —murmuró entre dientes la señorita O'Connor, que se sonrojó al percatarse de que tanto Erin como su hermano la habían oído.

El *highlander* torció el gesto, como si empezara a sospechar de la hostilidad que Nora mostraba hacia el doctor Sullivan.

—¿Y de Marianne sabemos algo? —se interesó de inmediato la dublinesa en un intento de desviar la atención de Declan. Lo consiguió y Nora le dirigió una mirada de profundo agradecimiento.

—Finalmente, se salió con la suya e ingresó en un convento —le explicó *lady* Aneira, que, pese a sus débiles intentos de huida, no había logrado deshacerse del abrazo de oso de Waylon. El regreso de su nuera de entre los muertos le había hecho comprender al *laird* la futilidad de la vida y no estaba dispuesto a perder más tiempo en discusiones con una mujer a la que, pese a lo que ella pudiera pensar, llevaba tres décadas amando—. Pobre niña —prosiguió la dama tras dirigir una sonrisa amable a su esposo—, he puesto todo mi empeño en convencer a su padre de que es más probable que nosotros encontremos un marido para ella en Stormfield que no las hermanas de la Misericordia en Edimburgo. Pero de momento todo ha sido inútil. Ese hombre es terco como una mula y no dará su brazo a torcer.

—Hermanito, ¿y tú no quieres saber nada de *lady* Catriona? —preguntó Nora, a quien no se le olvidaba el pique que había iniciado con Declan.

—La verdad es que no —dijo él mientras tomaba una mano de su esposa para besársela con devoción.

—Pues es una lástima —dijo la joven acompañándose de una mirada perversa—, porque al parecer se ha fugado con un vizconde francés que resultó ser un fiasco como vizconde y como francés, ya que no era ni lo uno ni lo otro. Nacido en Inglaterra. En Todmorden, esté donde esté eso. Y cargado de deudas hasta las cejas —sonrió ladina—. Me veo incapaz de dilucidar si el orgullo de la dama le permitirá regresar a estas tierras algún día.

* * *

En Skye, el mismo día del regreso de Erin, se hizo correr la historia de que la joven había estado a punto de morir ahogada, que una corriente la había alejado del castillo y que, exhausta, había terminado varada en una playa donde la encontraron unos ingleses que se hallaban de paso por la zona. La irlandesa se había golpeado la cabeza contra unos arrecifes y había sufrido de amnesia durante semanas… hasta que su joven esposo, que no había dejado de buscarla, la encontró, por azares del destino, en uno de sus numerosos viajes a Londres.

—Para no haber pisado nunca Inglaterra, hay que ver la de veces que he visitado Londres —bromeó con su marido aquella noche, una vez a solas en las dependencias conyugales.

A Declan le hubiera encantado poder decir que «pronto podrían resolver ese asunto pendiente», pero no se atrevió a hablar del futuro. No con la guadaña de la Muerte pendiendo sobre la cabeza de su esposa. Se desvistieron y se tumbaron en el lecho, abrazados.

—¿En qué piensas? —preguntó O'Connor mientras repasaba con un dedo la arruguita que señalaba el ceño fruncido de su esposa—. Tienes el aire distraído.

Erin dejó escapar un suspiro y sonrió.

—Me estaba acordando de la historia de Calem y Rosslyn, de que al principio de su relación no podían estar juntos más que tres meses al año. —«No fueron conscientes de lo afortunados que eran ya entonces; qué no daría yo por tener la oportunidad de reencontrarme contigo cada año durante esos tres meses…», pensó. Se acercaba el día en que ella tendría que abandonar al amor de su vida, y sería para siempre. Porque una cosa era segura: no había superado la prueba de iniciación como aprendiz de *banshee*. «¿Cómo voy a hacerlo, si estoy llena de amor? Amor por ti y por nuestro pequeño Lorken»—. ¿La recuerdas, Declan? —le preguntó—. La leyenda.

—Amor mío, la he leído y releído decenas de veces durante estas últimas semanas. En realidad, el libro entero.

—¿Tanto te ha gustado? —preguntó ella con una sonrisilla irónica en los labios—. No me lo creo.

—Me gustó muchísimo, pero si lo releí tantas veces fue para sentirte cerca, para revivir esos momentos que habíamos pasado juntos con la señora Gowan y los demás... ¿Recuerdas nuestro viaje de vuelta de casa de James aquella tarde de lluvia y tormenta? Subidos en la grupa de aquel caballo.

—Sí... Recuerdo un beso que nunca fue por la aparición del carruaje de quien tú sabes —lo amonestó ella en broma.

—Ni imaginas lo que hubiera dado entonces por tenerte como te tengo ahora mismo —dijo mientras le acariciaba con cariño su sonrosada mejilla.

—¿Sabes? James, la señora Gowan, el señor Ferguson, Ralph... Todos aparecerán mencionados en los agradecimientos de la obra. Me alegro de por fin haberla terminado. *Lady* Máda insistió en que procuraría que la publicaran lo antes posible, pero no creo que llegue a tiempo de que yo...

Erin se percató de su error cuando ya fue demasiado tarde, porque la dublinesa se había autoimpuesto someter a ese órgano traicionero llamado lengua a una estricta vigilancia en las semanas que estaban por venir. ¿El objetivo? Evitar que soltara frases de marcado tono apocalíptico como aquella. No deseaba entristecer a su esposo.

El gesto de Declan se endureció al instante y, guiado por su instinto de protección, la abrazó con más fuerza aún, como si así pretendiera evitar que alguien pudiera arrebatársela.

—Tiene que haber algo que podamos hacer. No puedo dejarte ir así. Igual que tú llegaste a un trato con O'Grady, también yo podría alcanzar algún tipo de acuerdo con ella o con la mismísima Muerte si es preciso. No puedo perderte de nuevo. Acabo de recuperar a mi esposa —dijo antes de besarle la frente—. En cualquier caso… —añadió, y dudó sobre si compartir aquel pensamiento con ella—. En cualquier caso, no estoy dispuesto a dejarte marchar sola.

—¡¿Has perdido la razón?! —exclamó ella mientras intentaba apartarlo como castigo a la blasfemia que acababa de soltar—. Te ruego que no sugieras tales cosas ni en broma. Tú no irás a ninguna parte. Tu vida será plena —asertó como si aquella fuera una verdad suprema, palabra del mismísimo papa Pío VII—. Buscarás a una buena mujer y te dará una familia a la que adorarás y que te adorará. El clan O'Connor sobrevivirá y mi sacrificio no habrá sido en vano.

Declan arrugó la frente, en evidente desacuerdo con su mujer.

—Ya te he dicho que no habrá ninguna otra mujer para mí. Serás tú o ninguna.

—Declan, prométemelo. —Sus ojos verdes brillaban exigentes—. La vida es demasiado hermosa como para desperdiciarla, y tú serás feliz. No consentiré que se diga o se piense del marido de Erin Galbraith que fue un cobarde.

La dublinesa notó cómo su esposo apretaba la mandíbula antes de ceder:

—Como siempre, tú ganas: lo prometo, Erin. Prometo que, como mínimo, intentaré tener una buena vida el resto de mis días. Por Killian, por ti y también por Lorken, esté donde esté.

Capítulo 37

Oeclan y Erin regresaban de un paseo por la playa, que estaba cubierta de un manto albo tras la copiosa nevada de la noche anterior, cuando divisaron un carruaje a lo lejos. La irlandesa lo reconoció al instante e, instintivamente, se aferró a la mano de su esposo como si estuviera a punto de caer por un precipicio.

—¿Qué sucede? —la miró extrañado el escocés—. ¿Sabes de quién se trata?

—Ya lo creo —asintió ella mientras tragaba saliva para contener su desaliento—: Declan, es *lady* Máda —añadió sin mirarlo a los ojos.

Erin ya le había explicado el método de trabajo con el que acostumbraban a proceder las *banshees*. Por tanto, el *highlander* era plenamente consciente de que la llegada de O'Grady solo podía significar que la cuenta atrás para su esposa había dado comienzo: en un plazo de cinco días, la Muerte vendría en su busca para acompañarla al Confín.

—¿Y si te alejo de ella? —le propuso angustiado, y el temor pareció darle fuerzas. De inmediato, sin esperar respuesta, tiró de Erin en dirección contraria al castillo—. Escondámonos en la cueva a esperar el regreso de John. En cuanto vuelva de su último viaje, podremos partir en el *Scottish Flying*, rumbo a cualquier lugar lejos de aquí, donde no se pueda establecer vínculo alguno entre esa endemoniada *banshee* y tú.

—Para, amor mío —le rogó mientras se resistía a los intentos de su esposo de alejarla de Stormfield—. ¡Detente! ¡Ya! —Declan por fin frenó su marcha—. No hay lugar en el que pueda esconderme de la Muerte. Lo entiendes, ¿verdad? —intentó mostrarse serena, ser fuerte por los dos—. Debes aceptarlo igual que aceptamos la partida de Lorken.

—Pero es demasiado pronto... Apenas hace ocho días de nuestro regreso —le recordó—. O'Grady y tú dijisteis en Dublín que al menos te quedaba un mes de vida.

—Lo siento, cariño. No hay manera de estar seguro de la fecha hasta justo cinco días antes de la muerte, que es cuando ha de establecerse la conexión entre la persona y su *banshee*... —le recordó mientras le pasaba una mano por los cabellos, que ahora eran fiel reflejo del color de sus presagios—. Quiero que sepas algo: pese a que desde niña siempre me he sentido extremadamente orgullosa de mi apellido, no deja de ser irónico, y también hermoso, que *lady* Máda me vaya a guiar al Confín no como una Galbraith, sino como una O'Connor. En ambos casos es un honor.

—No, Erin... No te des aún por vencida.

—No me estoy dando por vencida. Me quedan cinco maravillosos días al lado del amor de mi vida y no entra en mis planes perder el tiempo lamentándome de lo que podría haber sido y no fue.

Erin al fin logró convencer a su esposo de regresar a la fortaleza para ofrecer a *lady* Máda la bienvenida que merecía. Pese al aplomo del que había hecho alarde minutos antes, en cuanto pisó los suelos del vestíbulo de Stormfield notó que se le aceleraba el corazón y se le ralentizaban las piernas.

—¡Erin, querida! —le salió al paso su suegra, en un estado de agitación y extrema alegría que por un momento hizo olvidar a la irlandesa todas sus congojas—. ¿A que no sabes quién ha venido a visitarnos? Oh, qué sorpresa, qué maravillosa sorpresa. *Lady* Máda O'Grady ha llegado con el invierno, tal como te prometió en su día. —Erin recordaba perfectamente aquella nota de seis meses atrás, la misma en la que la felicitaba por haber guiado con éxito a Killian O'Connor hasta el Confín—. ¡Aún no puedo creérmelo!

—¿Cómo que no? —se burló de ella Waylon, que, al llegar a su altura, la tomó por la cintura y se inclinó para darle un cariñoso beso en la sien. Para sorpresa de todos, la relación entre ambos había dado un giro de ciento ochenta grados. De hecho, el *laird* se había vuelto a instalar, de manera permanente, en los aposentos de su esposa—. Desde el mismo instante en que esta maravillosa criatura —dijo señalando a Erin— puso los pies en Stormfield, tuviste la convicción de que la afamada historiadora terminaría por rendir visita a su pupila y por tanto, de manera indirecta, también a ti.

—Oh, calla, calla —dijo *lady* Aneira, encantada con las atenciones que su esposo le venía prodigando en las últimas fechas—. La dama ha subido a instalarse —les informó señalando la escalinata—, aunque, al parecer, ha planeado permanecer con nosotros solo cinco días. —Erin y Declan intercambiaron una mirada nerviosa—. No os preocupéis —malinterpretó el gesto de los jóvenes—: yo la convenceré de que debe tomarse un descanso mucho más prolongado de sus numerosas ocupaciones. De hecho, debería pasar todas las Navidades en Stormfield, incluido Año Nuevo… —empezó a maquinar.

—No agobies a los muchachos con tus historias, Aneira, y dales el recado de la señora —la amonestó dulcemente su marido.

—Oh, sí, por supuesto. Su deseo era que, en cuanto regresarais de vuestro paseo, subierais a su encuentro. Necesita hablar con vosotros —dijo con una sonrisa, ignorante de las malas noticias que, a buen seguro, *lady* Máda había de traer consigo.

—Así lo haremos —repuso Erin a la par que, armándose de valor y del brazo de su marido, comenzaba a caminar en dirección a los escalones que conducían hasta el nivel del castillo donde se concentraban los dormitorios.

—Por supuesto, la hemos acomodado en la mejor habitación para invitados —les explicó *lady* Aneira cuando la pareja ya se alejaba.

Ambos ascendieron en silencio, sin atreverse a compartir sus funestos pensamientos.

Erin llamó en un par de ocasiones a la puerta de la alcoba donde habían instalado a la historiadora y una voz los invitó a entrar con un sencillo «adelante».

—Hola, queridos —los saludó la dama con su acostumbrada calidez.

Declan inclinó la cabeza en un gesto de bienvenida y Erin acudió a dar un abrazo y un beso a su tutora. Nada más separarse, la irlandesa descubrió el libro que reposaba sobre la cama.

Lady Máda interceptó su mirada y sonrió.

—Es tuyo. Ve y tómalo —la invitó.

Erin obedeció, y al segundo admiraba la preciosa encuadernación y la portada, en la que rezaba:

Mitos y leyendas. Volumen I: Escocia
Por Erin O'Connor

Se volvió hacia Declan para mostrarle orgullosa y agradecida el fruto de aquellos meses de trabajo en Stormfield. Una labor para la que había contado con la inestimable colaboración de su esposo y sus conterráneos.

—Pensé que no llegaría a verlo... —musitó ensimismada Erin, con una sonrisa profundamente satisfecha en los labios—. Gracias, mil gracias por lo mucho que ha hecho por mí en todos los sentidos, *lady* Máda.

—No ha sido nada, mi querida niña. He de reconocer que presioné como nunca al editor y a la imprenta para que estuviese a tiempo —dijo recalcando las dos últimas palabras—. Pero al final mis prisas resultaron inútiles.

—¿Inútiles? —preguntó Erin—. No ha sido inútil. Gracias a esas presiones hoy ha podido traérmelo.

—Sí, pero en realidad no era un asunto de tanta urgencia —dejó caer, y su sonrisa resplandeciente provocó que Declan entendiera incluso antes que su esposa.

—Explíquese, por favor —le rogó el *highlander*, que sentía en el corazón la presión de una gran esperanza.

—Se acabaron las misiones para Erin —dijo respondiéndole y fijando ahora su interés en la dublinesa—. Ya no eres mi aprendiz ni serás nunca una *banshee*.

—Bueno, he de reconocer que no me sorprende constatar que no he llegado a superar la prueba de iniciación... —admitió Erin mientras acariciaba el lomo del libro, evitando cruzar la mirada con su esposo.

—No la ibas a superar, efectivamente. Así me lo hizo saber la Muerte en nuestro último encuentro cuando le pregunté por ti y le rogué que te permitiera seguir con tu vida mortal —relató *lady* Máda.

—Pero la Muerte es inflexible —vaticinó Erin dejando escapar un suspiro de resignación. Buscó fuerzas en su interior para no derrumbarse ante Declan. «Aguanta, aguanta», se dijo con pundonor mientras intentaba mantener el control.

—Así es. Inflexible. También con sus propias normas —dijo, y esta vez Erin notó la sonrisa en los labios de su extutora.

—¿Con sus normas? —Erin levantó la mirada, asombrada por el gesto alegre de *lady* Máda.

—Oh, por todos los cielos. Mis oraciones han sido escuchadas… —susurró O'Connor, que sentía palpitar sus venas como si el flujo sanguíneo, igual que un *tsunami*, deseara arrollarlo todo a su paso.

—Ya te lo dije en su día —explicó la historiadora mientras contemplaba a la joven dublinesa—: una vida por otra.

Erin no necesitó más para entender.

—Dios mío, mi pequeño… —dijo mientras, emocionada, se llevaba una mano a la boca y, por fin, se permitía romper a llorar.

—¿Podría ser más específica, *lady* Máda? —preguntó impaciente Declan.

—Es muy sencillo. A Erin la ha salvado su hijo, Declan. El bebé que ustedes engendraron, por el simple hecho de existir y morir, es quien ha salvado a su madre. Erin se sacrificó en su día por su hermano y Lorken hizo lo propio por su madre.

—Pero yo hubiera dado mi vida entera por él. No es justo —solloró Erin mientras se abrazaba al libro, que enseguida fue sustituido por el cuerpo cálido y acogedor de su esposo.

—La vida. La muerte. No pretendas que sean justas contigo ni con nadie. Son lo que son, y cada uno debe aceptar su propio destino. El tuyo era tener una vida mortal. Es curioso, porque finalmente te vas a encargar de seguir mis instrucciones al pie de la letra. ¿Las recuerdas, Erin? «Asegúrate de que la estirpe de los O'Connor se perpetúe», te escribí. Y, si no me equivoco —dijo sonriendo abiertamente al ver que, incluso con público delante, Declan no podía resistirse al impulso de besar apasionadamente a su mujer—, eso es lo que, con la inestimable ayuda de tu esposo, comenzarás a hacer a partir de hoy.

* * *

Lady Máda no había viajado sola: traía consigo a un viejo amigo de Erin. Pese a que la conexión mágica entre la joven y *Argos* había desaparecido y ella ya no podía ver a través de sus ojos, el animal la reconoció al instante y, en cuanto la señora O'Connor le ofreció el brazo, el ave voló hasta él. El reencuentro se había producido en la torre donde aún se levantaba el refugio del cárabo; tras la desaparición de Erin, Declan había dado órdenes estrictas de que nadie osara desmantelarlo, ya que siempre había confiado en el regreso de su esposa.

—Quiero agradecerle de nuevo que me haya traído a *Argos*… —dijo la joven una vez instaladas en el cálido saloncito de invierno de Stormfield.

—Pensé que te gustaría conservarlo, y ya que no os hice ningún regalo de bodas… —respondió la historiadora en un tono ligeramente amonestador.

—Menuda pupila se fue a buscar —bromeó Erin.

—Hubieras sido una gran *banshee*. Estoy segura de ello. De hecho, aún me sorprendo de lo bien que te desenvolviste tú sola con Killian O'Connor… teniendo en cuenta el torbellino de sentimientos en que te hallabas inmersa —sospechó O'Grady mientras la miraba por encima de la taza de té. Aprovechaban que *lady* Aneira acababa de dejarlas solas para reclamar a la cocinera que se diera prisa con las pastitas que había solicitado hacía ya media hora.

—Sí, así es… —reconoció Erin muy seria—. Por fortuna todo fue bien y Killian cruzó al otro lado sin mayores sobresaltos. No hubiera podido perdonármelo nunca si las cosas hubieran salido de distinto modo.

Les llegó el sonido de los briosos cascos de un caballo. Extrañada porque no esperaban visitas, la dublinesa se acercó al ventanal principal de la sala a tiempo de ver a su esposo salir de los establos para dar la bienvenida al doctor Sullivan, que acababa de regresar de su viaje a «Inglaterra». En realidad venía de puertos franceses, donde, como después sería informada Erin, los negocios se habían desarrollado especialmente bien para los bolsillos de todos los implicados, incluido su marido, a quien, como armador de la goleta, le correspondía un porcentaje de las ganancias. La idea era que, cuando el total de esos beneficios equivaliera al precio estimado del navío, el *Scottish Flying* pasase a ser propiedad del nuevo capitán Dram.

La señora O'Connor sonrió al ver a los dos hombres conversando animadamente, y al poco se acomodó de nuevo en el sofá junto a su extutora.

En ese instante, Nora entró como un vendaval. Tan absorta iba en sus pensamientos que ni siquiera se percató de la presencia de su cuñada y *lady* Máda. Se encaminó directa a la ventana principal de la estancia para ocupar el mismo lugar que Erin unos minutos antes.

—Así que ahí está por fin, doctor Sullivan —murmuró la muchacha de cabellos rubios con una sonrisa retadora en los labios—. Nunca le va a resultar a nadie tan indiferente como hoy a mí.

—Erin, ¿querrías excusarme, querida? —Nora se revolvió con gesto asombrado al oír la voz de la señora O'Grady. «¿He hablado en voz alta o solo para mis adentros?», se preguntó al constatar que, en contra de lo esperado, no se hallaba sola en el saloncito—. Si me lo permites —continuó la historiadora—, me gustaría ir al encuentro de *lady* Aneira para explicarle que un paseo por los jardines me resultaría vigorizante. Necesito estirar las piernas tras tan largo viaje y si el lugar es la mitad de hermoso de como me lo describiste, estoy convencida de que querré recorrerlo de punta a punta, incluso con una capa de nieve ralentizando mis pasos —dijo con una sonrisa cómplice, previendo que las dos jóvenes tenían cuestiones urgentes que tratar.

Su expupila le sonrió agradecida.

—Por supuesto. Luego nos vemos, *lady* Máda.

En cuanto la puerta se cerró tras la historiadora, Erin estalló en una carcajada.

—¿Así que indiferencia? —se burló de su cuñada—. ¿Es ese el sentimiento que ahora te inspira el doctor Sullivan?

—Así es —respondió tajante Nora, que frunció el ceño contrariada por haber puesto al descubierto sus sentimientos.

—¿A quién pretendes engañar, hermanita? —preguntó con una inmensa dulzura Erin—. Y de experta en el autoengaño —se apuntó a sí misma— a aprendiz de la misma materia —señaló a su cuñada—, me gustaría decirte que... —Se quedó dudando un segundo.

—¿Qué? —preguntó Nora con los ojos muy abiertos, expectante como si estuviera a punto de escuchar al oráculo de Delfos.

—Que lo que haya de ser será.

—Ah, muy bien —dijo decepcionada ante un augurio tan ambiguo mientras se volvía de nuevo hacia el patio de armas y trataba de apaciguar su acalorada frente en el cristal.

Erin entendió que la escocesa había esperado un consejo que le hiciera tomar las decisiones adecuadas respecto a John Sullivan, pero no hay mejor cauce que el de la naturalidad para que las relaciones fluyan hasta desembocar en su propio destino. No en vano, la magia del amor reside en el proceso del propio enamoramiento. Y eso era algo que John y Nora aún estaban por descubrir.

epílogo

rin se inclinó para depositar una rosa blanca a los pies del monumento funerario levantado en el cementerio familiar en honor de su hijo Lorken O'Connor cinco años atrás; era una preciosa estatua para cuyos rasgos el escultor se había fijado en un retrato de niño del propio Declan. Este siguió los pasos de su esposa y colocó una segunda rosa.

—Vamos, muchachos. Vuestro turno —los animó el heredero de Stormfield.

Una niña de unos dos años de edad se aproximó a la estatua, agarrada dulcemente de la mano de su hermano mayor, de cuatro, y depositaron sendas flores en el suelo. Ambos tenían los mismos ojos azules de su padre y de Lorken, al que no habían llegado a conocer pero a quien, igual que Erin, debían la vida. Si aquella angelical criatura nunca hubiera existido, la aprendiz de *banshee* se habría visto obligada a acompañar a la Muerte al otro lado del Confín cinco años atrás y ni el pequeño Killian ni Ganeida habrían nacido.

—¿Lorken está en el cielo, papá? —preguntó Killian.

—Así es, hijo. Junto a tu tío.

—¿Junto al tío? —preguntó extrañado el niño, como si las cuentas no le salieran—. Si lo vi hace unos días… y Lorken no estaba con él.

—No nos referimos al tío John —le dijo con dulzura Erin mientras se agachaba para ponerse a la altura de sus pequeños—, sino al tío Killian, al que debes tu precioso nombre.

—Ah, claro —dijo sonriendo y dándose una palmada en la frente—. La tía Marianne —aunque nunca llegara a celebrarse la boda, en Stormfield seguían considerando a la señorita Morgan como de la familia— me contó el otro día que el tío Killian era muy valiente y que ella lo quería mucho.

—Sí. La tía lo quería mucho —confirmó Declan.

—¿Y si lo quería por qué se va a casar ahora con ese otro hombre? —A Killian le gustaba hacer preguntas difíciles a sus padres.

—Porque en esta vida se puede querer a muchas personas distintas. ¿Acaso no os quiero yo a vosotros con todo mi corazón? —dijo Erin mirando a los tres amores de su vida, pero en realidad algo triste porque al final Marianne hubiera dado su consentimiento para aceptar de nuevo un matrimonio de conveniencia. Una vez más, el señor Morgan se había salido con la suya.

* * *

—Estas dos semanas sin ti se me han hecho eternas —le dijo al oído Declan cuando dos horas más tarde fue en su busca a la cocina de Stormfield. Erin estaba dando las últimas indicaciones para el menú de la semana a la señora Campbell. *Lady* Aneira estaba más que dispuesta a compartir con su nuera las obligaciones de la casa.

—No creo que te hayas aburrido —se rio su esposa mientras se despedía del ama de llaves. Y tenía razón, porque entre las obligaciones como hijo del *laird*, sus composiciones musicales, que empezaban a ganar fama incluso en el continente, y los niños, O'Connor había andado muy ocupado. Aun así, ni un solo día había dejado de echar de menos a su mujer—. Y acabo de terminar la recopilación de leyendas francesas, así que durante un tiempo no tendré que moverme de casa. Hay mucho por reescribir y pulir.

—¿Satisfecha del trabajo de campo que has realizado?

—Mucho. Aunque, como siempre, te pasaré el libro antes de enviárselo a *lady* Máda. Ya sabes que tus sugerencias son bienvenidas. —Ambos habían tomado la sana costumbre de mostrarse sus mutuas creaciones antes de presentárselas al mundo.

—Yo también tengo alguna melodía nueva que enseñarte, aunque ahora, si te parece bien, mi dulce esposa, prefiero pensar en quehaceres mucho más placenteros —le anunció Declan mientras la tomaba en brazos como si pesara menos que el aire.

Erin, que se había llevado un buen susto al sentirse volar de repente, rompió a reír por el ímpetu descontrolado de su esposo.

—¿Estás loco? —dijo mirando en todas direcciones—. Declan, pueden vernos.

—Mejor. Que todo el mundo sepa que, después de cinco años casados, mi amor por ti no ha dejado de crecer ni un solo día, ni una sola hora, ni un solo minuto.

—Pero los niños…

—He pedido a tu hermano Liam que se los llevara a dar un paseo en carruaje y también se han apuntado tus padres y los míos. Al parecer van a estar fuera toda la tarde, aprovechando que la lluvia ha decidido darnos una tregua hoy —la puso al corriente mientras de una patada abría la puerta de las dependencias conyugales y la cerraba de una coz—. Así que, amor mío, prepárate para ser solo mía hasta bien avanzada la tarde. Si me apuras, hasta la hora de la cena.

Un oscuro recuerdo le veló la mirada a Erin y no tardó en compartirlo con su esposo:

—Pobre Marianne… La noticia me ha impactado.

—Lo sé, cariño —dijo Declan mientras la depositaba sobre el lecho conyugal—. Pero si la señorita Morgan ha resuelto aceptar esa propuesta de matrimonio, lo único que podemos hacer es respetar su decisión y limitarnos a desearle toda la suerte del mundo.

Y sin duda, Marianne la necesitaría, porque su futuro esposo, Ryan Bolton, no tenía precisamente la mejor de las reputaciones.

FIN